泰戈尔

和他的作品

何乃英◎著

中国·武汉

图书在版编目（CIP）数据

泰戈尔和他的作品 / 何乃英著. — 武汉：华中科技大学出版社，2018.8

ISBN 978-7-5680-4470-7

Ⅰ. ①泰…　Ⅱ. ①何…　Ⅲ. ①泰戈尔（Tagore, Rabindranath 1861—1941）—文学欣赏　Ⅳ. ①I351.065

中国版本图书馆CIP数据核字（2018）第178110号

泰戈尔和他的作品

Taige'er he Ta de Zuopin　　何乃英　著

策划编辑： 郭善珊
责任编辑： 李　静
封面设计： 伊　宁
责任校对： 北京佳捷真科技发展有限公司
责任监印： 徐　露
出版发行： 华中科技大学出版社（中国 · 武汉）　电话：（027）81321913
武汉市东湖新技术开发区华工科技园　邮编：430223
录　　排： 北京欣怡文化有限公司
印　　刷： 北京印匠彩色印刷有限公司
开　　本： 880mm × 1230mm　1/32
印　　张： 12.75
字　　数： 343千字
版　　次： 2018年8月第1版第1次印刷
定　　价： 56.00元

华中出版

本书若有印装质量问题，请向出版社营销中心调换
全国免费服务热线：400-6679-118，竭诚为您服务

目　录

引　言

你是什么人，读者，百年后读着我的诗？

我不能从春天的财富里送你一朵花，从天边的云彩里送你一片金影。

开起门来四望吧。

从你的鲜花盛开的园子里，采取百年前消逝了的花儿的芬芳记忆。

在你心的欢乐里，愿你感到一个春晨吟唱的活的欢乐，把它快乐的声音，传过一百年的时间。[①]

这是印度大诗人泰戈尔 1913 年发表的一首诗，收入他的英文诗集《园丁集》中，作为该诗集的“压轴之作”。

正如泰戈尔自己所预料的那样，他当年写下的美妙诗篇以及其他文学艺术作品，如今已经“传过一百年的时间”，并且越传越广，越传越远。不仅印度人和孟加拉人成为他的热心读者，世界上许许多多国家和民族的人都成为他的热心读者。人们从他的作品中感受到“百年前消逝了的花儿的芬芳记忆”，感受到“一个春晨吟唱的活的欢乐”，并且要把它“快乐的声音”继续传送下去，传过一百年，二百年，三百年，乃至更长更久的时间。

这才是真正经受得起时间考验的优秀诗歌的力量，真正经受得起时间考验的优秀文学艺术的力量！

① 泰戈尔 . 泰戈尔作品集 [M]. 北京：人民文学出版社，1961：63.

传奇家世

尽管许多学者对泰戈尔的家世进行过长时期的考证和研究，但结果仍然模糊不清。泰戈尔的身世充满传奇色彩。这里我们主要依据泰戈尔的孙女婿、泰戈尔研究家克里希那·克里巴拉尼和中国学者董友忱的研究结果略加介绍。

据传说，大约在 8 世纪中期，位于印度东部的孟加拉地区建立了一个强大的国家。这个国家的执政者信奉印度教，于是从卡瑙吉请来五个婆罗门，因为卡瑙吉是当时婆罗门的据点。这五个婆罗门及他们的子孙在孟加拉采取了一系列措施振兴印度教，建立起婆罗门文化，并在这个过程中使婆罗门成为孟加拉贵族阶级的基础。在这五个家族中，有一个名叫德卡什的，相传就是泰戈尔家族的祖先。

之后，大约在 12 世纪末期或 13 世纪初期，伊斯兰教从西北方进入印度和孟加拉，许多印度教徒被迫或自愿改变信仰，成为穆斯林。在自愿者的队伍中，包括一个名叫比尔阿利·汗的婆罗门，他与一个穆斯林姑娘谈情说爱，并获得了南孟加拉拉吉肖尔地区政府首长下属的重要官职。在他的手下，有一对婆罗门兄弟，一个名叫伽姆代沃，一个名叫吉叶代沃。此二人乃是德卡什的后裔（其间经过几代的传承，已经无从考证）。

当时还流传过这样一个故事。在伊斯兰教的斋月期间，有一次，伽姆代沃发现比尔阿利·汗在闻一个柠檬，便笑着说道："按照我们的教规，闻一下等于吃了一半，你的封斋被破坏了。"比尔阿利·汗没有答话，却暗记于心。过了一段时间，他在自己的宫殿举行音乐会，邀请伽姆代沃和吉叶代沃两兄弟以及其他印度教徒参加。同时在旁边的房间里摆设着香喷喷的牛肉菜肴。当这些香味飘进宫殿时，比尔阿利·汗笑着说道：“按照你们的教规，闻一下等于吃了一半，你们的种姓被玷污了。”他的话音刚落，伽姆代沃和吉叶代沃两兄弟以及其他印度教徒立即骚乱起来，纷纷捂着鼻子逃走。因为印度教徒认为，牛是神圣的动物，所以牛肉是不能吃的。从此以后，伽姆代沃和吉叶代沃两兄弟的后代，即泰戈尔的祖先——德卡什家族的人便受到正宗婆罗门的轻视，被称为“比拉利”（意思是“不纯洁的”）婆罗门。

故事自然未必完全属实，但德卡什家族受到轻视是确实存在的。他们遇到的重大难题之一是家里的女儿嫁不出去。在这种困境下，有一个名叫焦贡纳特·古沙里（他是诗人泰戈尔的第十二代祖先）的青年婆罗门勇敢地站出来，与同属比拉利婆罗门家族的一个姑娘结了婚。当然，焦贡纳特·古沙里也不得不为自己的行为付出一定的代价，那就是从此被视为“堕落的”婆罗门，并且只能带着妻子远走他乡，最终来到现今孟加拉国库尔纳地区的南区村安家落户。焦贡纳特·古沙里夫妇的后代子孙大致情况如下：焦贡纳特的儿子是布鲁绍多姆；布鲁绍多姆的曾孙是拉曼依德；拉曼依德有两个儿子，一个是摩黑绍尔，一个是舒克代博；摩黑绍尔的儿子是彭恰依·古沙里。

或许由于经历坎坷的缘故，这个家族的人似乎都具有某种冒险和叛逆精神。17 世纪末期，彭恰依和他的叔父舒克代博离家出走，从南区村来到恒河岸边一个名叫戈宾多普尔的渔村居住。当时这个渔村很小，后来由于英国人的入侵，迅速发展成为印度东部最大的城市加尔各答的一部分，即现在加尔各答的威廉堡一带。村里的居民几乎都属于低种姓，也就是所谓“不可接触者”[①]种姓的渔民，所以对于新来的两位婆罗门——彭恰依和他的叔父舒克代博十分敬重，尊称他们为“塔古尔”，即“老爷”“先生”的意思。这使他们叔侄二人十分愉悦。

彭恰依是一个头脑灵活的人，很善于与外来的英国人打交道、做

① 是印度各种姓以外的、没有权利、没有地位、最底层的一部分人，也称移民。

生意。这些英国人误以为“塔古尔”是彭恰侬的姓，于是便称他为“塔古尔”。由于英国人发音不准，误把“塔古尔”说成“泰戈尔”。日久天长，“泰戈尔”就逐渐演变成彭恰侬及其家族的姓氏了。

从一定的意义上说，以彭恰侬为首的泰戈尔家族，也许可以说是最早认识到一个新时代正在到来的家族之一。这是因为孟加拉和加尔各答地区乃是西方入侵印度的突破口。他们很快就使加尔各答发展成为印度对外贸易的中心城市。与此同时，彭恰侬·泰戈尔也依靠他们的力量兴旺起来，修建房屋，开辟土地，生活日益富裕。

彭恰侬·泰戈尔有两个儿子，长子名叫焦耶拉姆，次子名叫拉姆松多湿。他们都学会了一些英语，在英国人开办的东印度公司工作，负责土地测量。借此机会，焦耶拉姆结识了当地土邦王公克里什那琼德罗，并从他手里免费租借了三百余亩土地。在这种情况下，泰戈尔家族在经济方面蒸蒸日上，建立了新住宅和花园。但在婚姻方面依然未能走出“比拉利”的范围，如焦耶拉姆还是与当地“比拉利”婆罗门家族的女儿结了婚。

1756 年，焦耶拉姆去世。其后不久，加尔各答发生了一场战乱，泰戈尔家族的财产遭到严重损失。焦耶拉姆的次子倪尔摩尼依靠一笔补偿金，在加尔各答重振家业，于 1765 年建起了住宅。但是由于兄弟纷争，倪尔摩尼于 1784 年另在焦拉桑科（孟加拉语的意思是“双桥”）建立新居。后来，焦拉桑科便成为泰戈尔家族的祖居，而倪尔摩尼则成为泰戈尔家族的祖先。

1794 年，这个家族的新掌门人达罗卡纳特·泰戈尔出世。他是倪尔摩尼之孙。此人聪明、勇敢，富有开创精神，在商业领域大展雄才。经营糖、茶、煤、蓝靛和硝石等买卖。他拥有一支船队，经常往返于印度和英国。他甚至建立起第一家现代化的银行，名曰“联合银行”，还创立了“泰戈尔公司”，负责管理家族的众多企业，并且在孟加拉和奥里萨拥有许多土地和若干庄园，从而将泰戈尔家族的事业推上了登峰造极的时代。他就是诗人泰戈尔的祖父。

达罗卡纳特·泰戈尔在焦拉桑科修建起一座巨大而豪华的府邸。在这座府邸里，他终日过着奢侈享乐的生活，美酒佳肴，高朋满座，音乐不绝于耳，舞女尽显风姿。与此同时，在公共事业方面，他以慷慨大方而著称。例如：他为印度现代教育的第一个中心——印度教徒学院捐款，这个学院建立于 1816 年，后来发展成为著名的加尔各答大学；他为加尔各答第一所医学院捐款，这个医学院建立于 1835 年，后来发展成为印度医学教育中心之一，并且拥有不少附属医院；他为“孟加拉亚洲学会”捐款，积极参与该会活动。该会宣传印度古老文化，促使西方作家和学者了解印度梵文文学的成就（如歌德撰文赞扬迦梨陀娑的戏剧《沙恭达罗》），该会还促成印度考古学、动物学、植物学和地质学等一系列研究机构的建立，等等。在社会政治方面，他支持拉姆莫洪·拉伊领导的改革运动，包括破除迷信和保守观念，坚持印度传统哲学和宗教理论，反对寡妇殉葬风俗，支持现代教育制度等。

在达罗卡纳特·泰戈尔生活的时代，印度教徒出洋被视为大逆不道的行为，但他居然两次漂洋过海前往英国。第一次在 1842 年，第二次在 1844 年。他在第二次旅英期间突然死于伦敦，死因不明。时为 1846 年，终年 51 岁。

达罗卡纳特·泰戈尔共有六个儿女，其中长女和次子夭折，三子活到 34 岁，四子活到 13 岁，五子活到 29 岁，只有长子代本德罗纳特，即诗人泰戈尔的父亲长寿。代本德罗纳特生于 1817 年，童年和少年时期受到父母的宠爱，生活颇为奢侈。但进入青年时期之后，他的心理逐渐发生深刻的变化。特别是在恒河岸边陪伴祖母离世的三天三夜里，他思考了许多关于人生和世界的问题。之后，他的内心骤然涌起一种无比欢快的情绪，用他自己的话来说，就是“我感到自己似乎变成了另一个人”。从此，他厌恶富贵荣华，放弃家务管理，施舍金钱财物，渴望追求真理，并且着手研究印度宗教圣典和西方哲学著作。但是，这些举措并没有使他在恒河岸边获得的欢快情绪保持多久，他的心里仍然是痛苦的、不满足的。他在《代本德罗纳特·泰戈尔自传》里描绘当时的心境时写道：他的内心无限悲哀，他的周围一片黑暗。现世的诱惑业已消失，神灵的实感尚未到来；生活如此无趣，世界犹如墓地。

在这种困惑的状态下，代本德罗纳特·泰戈尔偶然读到印度古代哲学经典《奥义书》中的一首颂诗，其大意是：神灵存在于大千世界的一切物质之中，人们若要寻找幸福，不必舍此而求其他。这首诗使他豁然开朗。他觉得自己对神灵的认识深化了，自己的头脑清醒过来，并决心宣传自己的真正的宗教。1839年，他正式创立了一个印度教新团体——通梵协会（后改名为知梵协会），致力于宗教改革活动。他的教会以《奥义书》的思想为指针，主张绝对的一神论，崇拜存在于一切生命之中的普遍的、无形的神灵——梵，以宣传《奥义书》的基本精神为己任。这个既旧又新的信仰，向当时以偶像崇拜为中心的正统印度教提出了挑战。1843年，他的教会同宗教改革家拉姆莫洪·拉伊的梵社合并，统称梵社。后来梵社内部分裂为“原始梵社”和“印度梵社”，他是“原始梵社”的领袖。

代本德罗纳特·泰戈尔终生喜爱旅行，尤其喜欢前往喜马拉雅山区旅行。巍然耸立、四季积雪的喜马拉雅群山，使他感到无限快慰。他曾打算隐遁在喜马拉雅山上，于冥想之中度过余生。然而，当他面对溪水，思索溪水发源高山、滋润大地、奔流入海的过程时，终于有所领悟，决心像溪水一样，将自己所得的真理带到人类社会中去。从此以后，他虽仍然不断旅行，不断访问喜马拉雅山区，但不再考虑隐遁问题。

代本德罗纳特·泰戈尔的宗教改革活动和积极的生活态度，对于诗人泰戈尔的影响既深且广。举个简单明了的例子，诗人泰戈尔虽然读过许多印度教的经典，却没有狭隘的宗教观念。正如他自己所说的那样，他的心灵是在一种自由的空气中培育出来的，冲破了一切教义的束缚。

童年时光

1861 年 5 月 7 日，加尔各答焦拉桑科泰戈尔家诞生了一个婴儿，他就是日后成为印度近代伟大诗人的罗宾德罗纳特·泰戈尔。他曾写过关于当时印度的社会状况，认为 1861 年在人类历史上并不是一个重要的年代，但在印度孟加拉历史上它属于一个伟大的时代。那时有三个运动汇合在一起：一是印度教的宗教改革运动，发起人是拉姆莫洪·拉伊，其标志是“梵社”的建立；二是孟加拉文学革命运动，先驱者是第那·般豆·米特拉和般吉姆琼德罗·丘多巴泰[①]，前者是孟加拉近代戏剧的创始者，后者是孟加拉近代小说的创始者；三是民族觉醒运动，这个运动不限于政治方面（包括反抗英国殖民主义和改革印度社会），而且表达出力图保持独立人格的心愿。这三个运动同泰戈尔自己的生活、思想和创作都有密切的关系。

代本德罗纳特和他的妻子莎罗达荪多丽一共生育了 15 个子女（九子六女），泰戈尔（本书以下所说的“泰戈尔”均指诗人泰戈尔，即罗宾德罗纳特·泰戈尔）是父母的第八个儿子，他上有七个哥哥和六个姐姐，下有一个弟弟（一个姐姐和这个弟弟出生不久便夭折）。其中有好几个出类拔萃的人才，如：长子迪金德罗纳特（1840—1926），聪明智慧，富有独创精神。他大胆进行革新诗歌的试验，对于泰戈尔的成长颇有影响。他写了不少哲学著作，还研究孟加拉文速记法。次子绍登德罗纳特（1842—1923），是个梵文学者，还长于用孟加拉文和英文

① 般吉姆琼德罗·丘多巴泰（1838—1894）：小说家，主要作品有《毒树》《印蒂拉》《克里什诺康陀的遗嘱》《拉吉辛赫》《月华》等。

写作。他译过迦梨陀娑的《云使》，写过有关佛教的书，并出版过回忆录。他的女儿英迪拉后来成为孟加拉重要作家之一。三子海门德罗纳特（1844—1884），曾经担任泰戈尔少年时代的学习指导，主张首先用孟加拉文教育孩子，在这点上甚合泰戈尔的心意。五子久迪林德罗纳特（1849—1925），是个颇有天分的人物，在诗歌、戏剧、音乐、绘画方面都有所作为。五女绍尔诺库玛丽（1856—1932），是孟加拉近代文学史上第一个写长篇小说的女作家，而且富有音乐才华。

据说泰戈尔出生当日清晨，当代本德罗纳特正在屋顶凉台上盘腿静坐时，仆人前来告诉他“又一位小少爷降生了”的喜讯，并请他给这个小少爷取个名字。这时东方天空充满朝霞，红日徐徐升起。他面向朝阳叹道：“啊，罗比！”在孟加拉语中，“罗比”是太阳的意思。从此以后，罗比便成了泰戈尔的爱称（简称），而他的正式名字则是罗宾德罗纳特——这个名字由三部分组成，即罗比（意思是太阳）、因陀罗（天神的名字）和纳特（意思是主人）。泰戈尔是父母的第 14 个孩子。他生下来的时候，相貌端正，身体结实，不过似乎不如哥哥、姐姐那么漂亮。姐姐曾经一边给他洗澡，一边半开玩笑地说过：“我的罗比皮肤黑，长得不太好看，可是将来比谁都更了不起！”

当时泰戈尔家是一个四世同堂的大家庭，包括仆人在内共计几十口人。他们依然住在加尔各答市中心的焦拉桑科。这是一座以三层楼为主体的庭院，四周围绕栅栏。内院是女人生活的地方，外院是男人生活的地方。由于父亲不大喜欢料理家务，在泰戈尔出生时，家里已经不大富裕了。“说实在的，我家的境况已和穷人家相差无几，几乎没有马车等排场的累赘。庭院角落里罗望子树下的茅屋里，有一辆旧车，养着一匹老马。我的衣着十分朴素，很晚才穿袜子。早餐偶尔突破布罗杰绍尔订的菜谱，有块松软的面包和香蕉叶包着的黄油，那高兴的劲儿，简直就和手捧着月亮一样。当时家里正教育大家，要坦然承认富裕的家境已衰败的现实。”[①]——诗人晚年曾经这样回忆当时的情景。

母亲生过 15 个子女，健康受到严重损害，又要维持一个包括儿子、儿媳、女儿、女婿、孙子、孙女、外孙、外孙女在内的大家庭，所以无暇照顾泰戈尔。泰戈尔童年没有享受过多少母爱，主要是在仆人的照料之下过日子。他住在外院的一间下房里。他后来在回忆这个阶段的生活时，戏称之为“仆人统治时期”。这些仆人是很有才艺的，例如：有个人会念克里狄瓦斯改写的孟加拉文史诗《罗摩衍那》。另一个人能背诵和演唱民歌体的《罗摩衍那》，他面带微笑，秃顶放光，一行行诗句从他喉咙里，如同瀑布一般哗啦哗啦地流出来。他一面唱，还一面手舞足蹈地演示诗中的意思。还有一个人则善于讲强盗的故事。每当假日黄昏时分，南边小园子的树丛中蟋蟀嚯嚯地叫着，这边关于大盗罗怙的故事也正讲得津津有味。在昏暗灯光的映照下，泰戈尔的心随着故事的进展怦怦地跳个不停。这些也许是他最先接触的民间文学创作吧。

不过，据说仆人也有某些不足之处，比如：有个人比较贪吃。他不肯事前把孩子们应得的饭菜分完，而是等孩子们坐好，手指捏着煎饼，摇晃着逐个询问：“要不要再来一张？”从他的声调不难揣摩他希望得到的回答。泰戈尔几乎每次都回答说“不要了”。他日后回忆当时的情景时写道：“我从小习惯于尽量少吃食物，但不能说我少吃了身体就瘦弱。比起食量大的孩子，我的力气大而不是小。我的身体健康得可恶，想逃学都逃不成，苦恼极了。折磨身体，照样不生病。一整天脚穿水泡湿的鞋子，也不着凉感冒。秋天睡在露天凉台上，露水濡湿头发、衣服，嗓子眼里仍听不见咳嗽的动静。我从未发现消化不良之类的肚子痛的征兆。实在想逃学，只得对母亲撒谎说，肚子痛得不行。母亲心里暗笑，未露出一丝忧愁的表情。她把仆人叫来，吩咐说：‘去，告诉家庭老师，今天不必上课了。’”[②]

① 董友忱，主编．泰戈尔作品全集 [M]. 北京：人民出版社，2015（13）：873.

② 董友忱，主编．泰戈尔作品全集 [M]. 北京：人民出版社，2015（13）：874.

又如，有个仆人会骗孩子。他为了自己能够开怀畅饮，就让泰戈尔站在一个地方，周围拿粉笔画上圆圈，然后用严肃的语调警告说：你如果走出这个魔法圈外，就会招来可怕的灾祸。泰戈尔听过《罗摩衍那》的故事，知道女主人公悉多越过圆圈后所遭遇的可怕灾难，所以始终不敢走出圈外，只好望着面前的榕树出神。关于此类情景，他日后曾经写过一首诗，思念自己这幼年的伙伴：

喂，你站在池边的蓬头的榕树，你可曾忘记了那小小的孩子，就像那在你的枝上筑巢又离开了你的鸟儿似的孩子？

你不记得他怎样坐在窗内，诧异地望着你深入地下的纠缠的树根吗？

妇人们常到池边，汲了满罐的水去，你的大黑影便在水面上摇动，好像睡着的人挣扎着要醒来似的。

日光在微波上跳舞，好像不停不息的小梭在织着金色的花毡。

两只鸭子挨着芦苇，在芦苇影子上游来游去，孩子静静地坐在那里想着。

他想做风，吹过你的萧萧的枝杈；想做你的影子，在水面上，随了日光而俱长；想做一只鸟儿，栖息在你的最高枝上；还想做那两只鸭，在芦苇与阴影中间游来游去。（《新月集·榕树》）①

泰戈尔一天一天长大了，这种较为自由的生活不久也宣告结束，学习的重担随之落到他那幼嫩的肩上。根据父亲的意见，他的学习由三哥海门德罗纳特负责，在家里跟家庭教师学习孟加拉语，同时到音乐学校学习孟加拉语歌曲。后来，他又进入学校学习。他起初进的是东方学校。这是一所英国模式的教会学校。他不记得曾在那里学到过什么，只记得它那惩罚儿童的奇特方法——凡是不能背诵功课的，都

① 泰戈尔．泰戈尔作品集 [M]. 北京：人民文学出版社，1961（1）：223.

要站在凳子上，两臂伸开，手掌向上，并在手掌上加几块石板。他后来回忆这段经历时说，当时老师教给的知识全被他毫不费力地扔在一边，老师表现出来的烦躁、偏袒等却被他完全记在心里了，不过幸而他后来没有把那种残虐行为施加到别人身上。

泰戈尔不喜欢东方学校，不久转入师范学校学习。这是一所英国模式的所谓模范学校。这里最使他难忘的有两点：一是上课之前强制儿童唱英文歌曲，据说想要借此激发他们的学习兴趣，可是那难记的英文单词和生疏的外国旋律，使泰戈尔十分头疼，丝毫感觉不到愉快；二是有个老师说话极其下流，泰戈尔对他颇为厌恶，不论他提出什么问题，泰戈尔一概拒绝回答。结果期末考试时，泰戈尔所得分数居全班首位。那个好骂人的老师不服，说是主持考试的老师弄虚作假。于是校长亲自主持复试，结果泰戈尔仍然名列前茅。

在泰戈尔达到上学年龄之前，有一次看见比自己年长的哥哥和侄子上学校去，心里羡慕得很，哭闹着要跟着去。当时，家庭教师严厉地警告他说，你现在哭着要进学校，将来恐怕哭着想离开学校呢！现在，这个教师的话果然应验了。泰戈尔长大以后曾幽默地说，他平生没有听到过比这个更准确的预言。

家里人希望把他迅速培养成人，对他的教育工作抓得很紧，给他套上了家庭教育和学校教育的双重枷锁。他每天的活动都被排得满满的。早晨天不亮就起床去学摔跤。天冷的时候冻得浑身发抖，汗毛直竖。城里有个独眼的摔跤拳师担任他的教练。在他家一座大厅的北面有块空地，叫作“谷仓”。大厅的墙壁附近就是他们摔跤的棚子。把地上的泥土挖松，再浇上几十斤菜油，便成了摔跤场。他在那里和拳师练习摔跤犹如一场儿戏。不消多少时候，他全身上下便滚满了泥，然后穿上衬衫走回家去。摔跤回来立即学习骨骼知识。教师把一个骷髅挂在墙上教他（晚上又把这个骷髅挂在他卧室的墙上，任凭它在风中摇摆着咯咯作响）。七点准时上数学课。泰戈尔拿着书和石板坐在桌子前面，教师则在黑板上写满粉笔算式，样样都用孟加拉文教，算术、代数、几何全都有。然后，还要上文学课、自然科学课和梵文文法课。诸如此类的教学内容不能不算丰富，可是效果并不理想。用泰戈尔自己的话说则是："如此这般，整个早晨，各种学习任务堆在我面前，随着负担日益加重，我开始动脑筋舍弃一些东西；我把细密的网的网眼捅大，像鹦鹉学舌那样学的知识便从网眼中溜走了。"①

九点半，仆人照例送来米饭、豆汤和咖喱鱼等毫无滋味的饭菜，泰戈尔实在不想吃。饭后，从上午十点到下午四点，他一直被关在学校里。四点半从学校回来，体育教师已经在等他，他又得在那个木头杠子上把身体上上下下地乱翻一个小时。体育教师刚走，图画教师又到了。吃过晚饭，点亮油灯，英文授课随之开始。由于疲乏过度，他往往念着念着便打起瞌睡来，睡着睡着又忽然惊醒。总而言之，不念的时间比念的时间多。

这种过重的、呆板的教育，损害了泰戈尔的身心健康，也为他日后在儿童教育方面进行一系列新的探索埋下了种子。到他八岁那年，有个比他年长几岁的外甥劝他作诗，并且告诉他说，只要按照一定的格律塞进一定数量的词语，那些字就会凝结成诗。他照样一做，果然不错。他后来写道："我亲自试用了这种魔法，十四音节的结构中竟然开了一朵莲花，甚至引来了采蜜的蜜蜂。我和诗人之间的鸿沟填平了，从此我奋力追赶他们。"② 这次写诗的经验使他着迷。他找了一个蓝色封皮的笔记本，便不顾一切地在上面写了起来。好像一只刚长出角的小鹿，不管什么地方都要碰一碰，他用自己刚发出的新芽到处去麻烦别人，逢人便要请教。他的诗首先在家里传扬开来。有一次，他朗诵了一首表现悲伤情绪的诗，其中说水里浮着一朵美丽的莲花，一个少女游泳过去采摘，结果莲花却被少女的手所激起的浪花赶跑，终于没有得到。大家听了，都夸奖泰戈尔的确有诗才。风声传到了老师的耳朵里。老师把泰戈尔找来，写出一首诗的前两句，让泰戈尔续写后两句。

---

① 董友忱，主编．泰戈尔作品全集[M]. 北京：人民出版社，2015（13）：885.

② 董友忱，主编．泰戈尔作品全集[M]. 北京：人民出版社，2015（13）：895.

泰戈尔稍加思索，随即写了出来。老师看了十分高兴。过了几天，校长也听说了他会写诗的消息，便提出一句道德格言，命他写成一首诗。次日，泰戈尔按时写成。校长看了也很高兴，就让他到一个高年级班去朗诵，同学们听了也都表示佩服。

少年生活

儿童时期的泰戈尔热爱生活，喜欢幻想，对周围世界怀有强烈的好奇心。后来他曾说过，当回顾童年的时候，他首先想到的是那时他觉得人生与世界似乎充满了神秘感。他每天都会感到一些不可臆测的东西存在什么地方，很难预料自己什么时候会遇到它们。“自然”仿佛常常握住拳头微笑着问：“这里头包的什么，猜猜看？”他永远不敢回答，因为他觉得它的手掌里似乎没有什么东西不能隐藏。

1873 年 2 月 9 日，父亲亲自主持佩戴“圣线”仪式（成人式），让泰戈尔和他的一个哥哥、一个侄子步入经堂，随祭司朗诵吠陀经文，然后把头发剃光，戴上金耳环，将“圣线”斜挂在身上。之后让他们在三楼的一间屋子里进行为期三天的祈祷，冥想人生与宇宙的秘密。当时诵读的吠陀经文中的一句咒语，在泰戈尔心里留下深刻的印象。虽然那时还不能理解咒语的含意，但是那优美的韵律和抑扬的音调，使他终生难以忘怀。

仪式举行过后不久，泰戈尔从师范学校转入孟加拉学校，这是一所兼收英国和印度学生的学校，管理比较松散，有的学生十分淘气。泰戈尔正在发愁自己的光头可能成为同学的笑料之际，有一天，父亲把他叫到面前，问他是否愿意跟随自己到喜马拉雅山去旅行。泰戈尔听到这个消息，心里顿时涌起一阵狂喜，高兴得几乎要跳起来。他多么热爱自然，多么向往喜马拉雅的高山密林啊！此后的两三天他都是在期待和兴奋中度过的。当准备工作停当，新衣新帽制成之后，他终于开始了平生第一次长途旅行。

1873 年 2 月 14 日中午，他们一行从加尔各答火车站出发，傍晚抵达波尔普尔，随后来到圣蒂尼克坦。这是此行的第一个落脚点，离加尔各答一百四十多千米，父亲前些年（在泰戈尔诞生不久）把它买了下来，并且围墙建屋，命名为“圣蒂尼克坦”，意思是“和平之乡”。在这里，泰戈尔初次投入大自然的怀抱，感到无限欢欣。他日后在《生活的回忆》里写道：“火车向前飞奔。列车两侧，一排排绿树镶嵌的广阔原野，葱郁树木掩映的一座座村落，画一般迅速往后滑动，仿佛蜃景里的湍流。日暮时分，我们准点抵达波尔普尔。上了轿，我立即闭上眼睛，我宁愿波尔普尔的一切奇迹明天闪现在我清醒的眼前，提前在苍茫暮色中窥见奇迹的影子，明天的乐趣将会是不完整的。”[①] 父亲给他活动自由，但并不完全放任。白天，他得读梵文、孟加拉文和英文的书。晚上，他要坐在父亲身边吟唱颂神曲，并面对星空听父亲讲述天文知识。也是在这个地方，泰戈尔写出了自己的第一部诗剧，描写国王普利德威拉奇抗击穆斯林侵略者的故事。这个剧本没有能够发表，后来原稿也散失了。

他们在圣蒂尼克坦停留了一段时间，然后继续乘火车向西北行驶，第二个落脚点是阿姆利则。这里是锡克教的圣城。当地金碧辉煌的寺院——金庙，使他感到如同进入梦境一般。他曾多次跟随父亲前往寺院参加祈祷。父亲对锡克教怀有敬意，也希望泰戈尔消除门户之见，敬重印度教以外的其他宗教。后来不少事实证明，父亲的愿望没有落空。

在阿姆利则停留了一个月左右。当他们进入喜马拉雅山区时，已经是四月份了。他们时而沿着山坡攀登，时而乘坐滑竿上行，目的地是山上一个名叫帕卡鲁塔的地方。冰雪覆盖的山峰，深不可测的峡谷，高大茂密的树木，争妍斗艳的野花，倒挂在万丈悬崖上的瀑布，奔泻于高山峡谷间的溪水，这一切在泰戈尔看来都是新鲜的、奇特的。在这里，父亲不忘严格要求他。清晨，夜色尚未退尽，他便被唤醒，背

---

① 董友忱，主编 . 泰戈尔作品全集 [M]. 北京：人民出版社，2015（9）：609.

诵梵文；早饭之后，倾听父亲诵读《奥义书》经句；接着父子出去散步，随后读一小时英文，再进行冷水浴；下午和晚上，也安排了读书时间。

泰戈尔在喜马拉雅山上住了一个多月，5 月 23 日父亲打发一个仆人把他送回加尔各答。这几个月他不仅觉得无比愉快，获得不少实际知识和实际锻炼，身心为之一爽，而且也改变了他在家庭中的地位。过去，他受仆人“统治”，在妇女们的内院不受重视；如今，他仿佛骤然长大起来，成为内院“会议”的重要发言人了。每当黄昏时分，众人围在母亲身边，他的旅行故事便是备受欢迎的节目之一。此外，他还给他们朗诵诗歌，讲述天文知识，常使听众大吃一惊。最使母亲感到骄傲的是，他能用梵文背诵《罗摩衍那》。因为妇女们仅仅知道这部史诗的孟加拉文译文，梵文原著只有学者才能理解。“可爱的罗比呀，给我们朗诵几节《罗摩衍那》吧！”——母亲常常这样催促他。

但不幸的是，1875 年 3 月 8 日，泰戈尔的母亲去世。这对不满 14 周岁的泰戈尔来说，不能不说是一个沉重的打击。不过或许由于年龄太小，还不能充分领会死亡的含义吧，他似乎没有感到难以忍受的悲痛。据他后来回忆，母亲去世那天夜里，他睡在自己的卧室里，恍惚听到一个保姆跑进来，哭着说发生了一件不幸的事，但随即又跑出去了。次日清晨起来，才得知母亲于昨夜去世的噩耗。他看见母亲躺在床上，仿佛熟睡一般，没有感到特别难过。只是当他随同众人将母亲的遗体送往火葬场时，才开始明白母亲从此再也回不来，母亲所在的那个位置将永远空缺下来了。于是，一股悲痛的情绪猛然间在他心头涌起。

母亲走后，五哥久迪林德罗纳特和五嫂迦东波丽担负起管理这个大家庭的重任。令泰戈尔感到十分欣慰的是，迦东波丽仅比他大两岁，两人很快成为要好的小伙伴。迦东波丽不仅能够无微不至地照顾泰戈尔的生活，而且二人对于文学和音乐的见解也有许多相同之处。

自从远游喜马拉雅山并得到进入内室的权利之后，他更加不能忍受以往那种刻板的教育了。由于经常逃学，三哥海门德罗纳特只得让他再从孟加拉学校转入圣泽维亚尔学校。但是，该校的教育也同以前几个学校一样机械、刻板，加上严守宗教形式，校风更加沉闷。泰戈尔忍无可忍，终于在刚满 14 岁时退学了。家里人对此深表失望，但也无可奈何。泰戈尔自己日后提起这个变动，却颇有欣慰之感。

泰戈尔退学之后，三哥又给他请来两个家庭教师，一个教孟加拉文和英文，一个教梵文。教孟加拉文和英文的老师以莎士比亚的《麦克白》为教材，用孟加拉文给他讲解，然后让他全部翻译成孟加拉文。教梵文的老师以迦梨陀娑的《鸠罗摩出世》为教材，先讲解梵文原作，再翻译成孟加拉文。这种教学方法比较灵活，受到了泰戈尔的欢迎，而他的梵文、孟加拉文和英文的水平也得到了提高。

据说他在这段时间写过一部长诗《心愿》，于 1874 年刊载于《哲学教育杂志》上，不过没有署名，只有一个编辑写的小注：12 岁少年之作。

泰戈尔后来说过，他这段生活是自由自在、无拘无束的。实际上，离开学校这个“医院和牢狱的混合物”以后，他并没有放松对自己的要求，没有虚度自己的青春年华，而是正式开始了探索文艺创作道路的新时期。他一面如饥似渴地阅读各种各样的书籍，见到什么书刊报纸都要拿起来看一看；一面热情洋溢地与哥哥、嫂子、姐姐、亲戚、朋友交往，遇到什么问题都要向他们请教一番。十分幸运的是，当时加尔各答处于孟加拉“文艺复兴运动”的中心，泰戈尔的家庭又是这个中心的中心。在这个家庭里，学者、诗人、作家、艺术家人才济济，刊物在这里编辑，戏剧在这里演出，音乐在这里演奏。这种环境非常适合少年诗人的成长。

早期习作

在这种适宜的气氛中，在家里人的亲切鼓励下，泰戈尔胸中汇集的诗歌之泉得到了解放。1875 年 2 月，作为一个不足 14 岁的少年，他在加尔各答一年一度的“印度教庙会”上，当众朗诵了一首充满爱国激情的诗，题目是《献给印度教庙会的礼物》。这首诗语言流畅，声调优美，受到听众的欢迎。之后这首诗刊载在 1875 年 2 月 25 日用英文出版的《甘露市场报》上。这是他第一次在大众前露面，也是他的名字第一次在报纸上出现，这个成功极大地鼓舞了他。从此以后，他就开始了一系列的文学创作活动。1877 年 7 月 29 日，泰戈尔家主办的杂志《婆罗蒂》创刊。这个杂志由他的大哥迪金德罗纳特任主编，泰戈尔也是编辑部成员之一。该刊第一期刊载了他的一首诗、一篇短篇小说和一篇评论文章。有了这个园地，他的文学创作热情越发高涨，各种内容和形式的作品接连不断地涌现出来。从 1875 年到 1878 年间，他发表和出版了数量相当可观、形式多样的文学作品，包括《林花》《诗人的故事》《鲁德罗琼多》《帕努辛赫 · 泰戈尔诗集》《杂谈》《诺莉妮》和《少年之歌》等。其中以《林花》《诗人的故事》和《帕努辛赫 · 泰戈尔诗集》较为重要。

1875—1876 年在《知识幼芽和镜子》上连载的长篇叙事诗《林花》，是他的第一个重要成果。这部长诗于 1880 年 3 月 9 日出版单行本，全文分为八章，一千六百余行，叙述少女科莫拉的故事，表现了诗人对爱情的赞美和对生活的热爱。故事大意为，科莫拉在喜马拉雅山中长大，以动植物为伴侣，除父亲以外没有见过别人。她不知道，也不想弄明白什么叫世界，什么叫人。她认为自己是一朵“林花”，在树林的怀里开放、枯萎。父亲死后，她便成为孤儿。这时，一个名叫比久耶的过路青年发现她的美貌，把她带出山林，与她结婚，让她过起尘世生活。但是，她过不惯这种生活，也不能从比久耶那里获得足够的爱情，因此，又对另外一个青年——尼罗德产生恋情，并且向他直接表白。她对尼罗德说道：“我不知道什么叫结婚，也不知道什么叫丈夫，什么叫爱情。我只知道自己眼睛喜欢看的就是我所爱之人，耳朵喜欢听的就是他那玉液般的声音，我愿听他讲话，我愿看着此人！”尼罗德虽在心里爱她，却对她的直率感到惊讶，不肯答应她的要求。他回答道：“走吧，不贞洁的女人！我决不会接受你的这种爱情！你也不会再见到我，直到那一天我在生命之火中烧成灰烬！”虽然如此，尼罗德仍被比久耶所杀。科莫拉悲叹这个结局，只好回到自己最初的情人——自然的怀抱中去。然而，体验过人间爱情之后，她已不能安于这种孤独的生活，结果只好葬身山溪之中。这朵被人掐下的野花终于枯萎了。长诗的最后一节如下：

啊——抓住她——少女跳下了山崖！
心灰意冷的少女从皑皑雪峰跳下！
一枚花蕾离开了花树，过早地凋谢！
一颗熠熠闪烁的亮星从天空陨落！
平静的河水一面流一面啜泣！
她将科莫拉姑娘揽入怀里。
翻滚着泡沫的流水在翩翩起舞！
科莫拉的尸体就这样漂流而去！
激愤的水流承载着科莫拉的身体！
科莫拉的生命已经结束！
科莫拉痛楚的呼吸停止，
科莫拉那炙热的生命已变得冰凉凄楚！

幻想啊！我唱了这首歌是因为悲伤凄苦！
科莫拉的生命已经结束！
凶猛之风熄灭了灯盏！
科莫拉——这偶像已经牺牲亡故！[①]

《林花》虽然是泰戈尔最早在刊物上发表的作品，但《诗人的故事》是最早以书籍形式出版的作品（1878 年 11 月 5 日）。《诗人的故事》也是一部长篇叙事诗，共计四章，其内容与《林花》颇为相近，二者都是描写人们追求理想和幸福的故事。不过《林花》的主人公是一个少女，《诗人的故事》的主人公则是一位诗人。他在自然的怀抱中无忧无虑地长大。可是后来他痛感这种生活的空虚，渴望与人交往，获得爱情。正在这时，他和一个名叫莲花的少女邂逅。二人互相爱慕，并且共同生活。起初，诗人陶醉于爱情游戏和生活的幸福之中——两人住在森林里感到无比幸福快乐，仿佛世上只有他们两个人。他们仿佛是一缕馥郁的花香，是仙女的幸福之歌。但不久，他便感到不满足——他饮了那么多爱情的琼浆玉液，可为什么爱的干渴还未消除？姑娘倾倒了爱情的溶溶月光，可仍填不满他海一样的心。于是，他决心出外漂泊——

有一天诗人对少女说："莲花，
我要去周游世界！
我要走进克什米尔的森林
听彩鸟朗诵情诗！
我要去俄国的寒带、非洲的沙漠，
寻访名胜古迹！
你待在这儿，等我回来再亲吻

① 董友忱，主编 . 泰戈尔作品全集 [M]. 北京：人民出版社，2015（14）：654.

你月亮般的脸。”[1]

然而，他出外究竟想要寻找什么，连他自己也不知道。他到处流浪，始终没有获得幸福，最后只好绝望归来。这时，他才发现自己四处寻求的幸福原来就是这个少女的爱，可是当他终于再一次见到她时，她的身体已经变得冰冷僵硬了。

如果说《林花》和《诗人的故事》受到英国浪漫派诗歌（如雪莱、济慈的作品）的若干影响，那么《帕努辛赫·泰戈尔诗集》则具有印度教毗湿奴派诗歌的显著痕迹。毗湿奴派否定种姓与仪式，认为只要信神，人人可以得到解脱。这部诗集收入 20 首诗，描写罗陀与黑天的爱情故事。在印度文学史上有许多诗人都写过这个题材。据说泰戈尔写成后交给父亲和哥哥看时，佯称抄自古代经典著作。诗名中的“帕努”在孟加拉文中意思为太阳，与泰戈尔全名的前两个音缀“罗比”意思相同。泰戈尔的父兄得知这是泰戈尔的创作后，对他显露的诗才感到惊喜。诗中的人物除罗陀和黑天外，还有罗陀的女友。按照印度传统说唱文学的形式，每段末两行，以作者的口吻，或作总结，或发感慨。这样既能加深听众对内容的印象，也能使作者的姓名得以流传下来。以第一首为例：

春天来了，
蜜蜂飞舞的林野坡上
碧绿的绸袍。
妹妹呀，你听我言，
我满心喜悦，
胸中哀痛的熊熊烈火
已经熄灭。

---

① 董友忱，主编 . 泰戈尔作品全集 [M]. 北京：人民出版社，2015（14）：598-599.

一阵阵春风吹得我
心花怒放，
山林枝条上的喜鹊
喳喳喳欢唱。
妹妹呀，我的心泉
喷涌着爱欲，
整个世界处处飘荡着
我的衷曲。
身着春天艳服的三界说，
罗陀你满腹哀怨，
哪儿是你心中的春天——
最亲爱的黑天？
帕努说，深夜里
春风温煦，
爱情的浓郁花香也使
我心旷神怡。①

据泰戈尔自己说，他14岁时就曾经读过孟加拉文的毗湿奴派诗集，喜欢它那抒情的格调和大胆的韵律。这部诗集的写作似乎延续了很长时间。正如他在该诗集的《序》中所写的，这部诗集的创作，从孩提时期一直延伸到较大的年龄，由一条岁月的长线连接起来，各章水平不一，价值不尽相同。

这部诗集于1884年出版单行本。事实上，他当时对于毗湿奴派的宗教思想未必有多么深刻的理解，只不过企图借用这种诗歌形式表达自己内心的某种向往罢了。因为他觉得这种诗不必写出明确的对象，却可以抒发强烈的感情。诗人自己似乎相当重视这部作品，后来将它

① 董友忱，主编．泰戈尔作品全集[M]．北京：人民出版社，2015（1）：173.

收入自己的作品集中，其他那些早期习作大多未能获得这种待遇，直到很久以后才被编入所谓《非流行作品汇集》中。

以上是泰戈尔早期习作的简要情况。泰戈尔在日后出版这些作品的《序》中写道："我隐藏我的作品中那些被删除的部分已经有很多时日了，其中大部分是不完美的，不成熟的。一个时期我曾经是少年，当时作品的自然的不成熟性并不是过错。但是如果在文学的聚会上发表这些作品，就会使我感到汗颜。汗颜的原因是没有的，其中显露出一种年龄的傲慢，这种傲慢是可笑的，因为它是不自然的。成为自然的力量是属于成熟的年龄，这个年龄段可能存在各种错误与疏忽，但是通过无能的模仿使自己成为戴着别人面具的笑料，可不是正确的做法——我对此感触颇深。从我感到是根据自己的本性塑造自己的那个年龄段起，我认为自己承担起了文学的责任，并且迄今为止我已经做好把自己呈交民众评判会议的准备。在自然界的创造中一些东西被抛弃了，有扫除它的大扫帚。对于人的创作来说，也有应该被扫除的东西，可是被扫除后又被捡了回来，不得不承认它们的权利。一些没有完全到达发表水平的东西，或许也有价值，特别是在历史学和心理学方面；为了避免对文学的忽视，它们获得了出版者的通行证。"①

不仅如此，他甚至写道："《婆罗蒂》的每一页都被我少年游戏的可耻之作变成的印刷油墨污染了。羞愧不仅是因为生涩的作品，而且是因粗鲁无礼和过分的虚伪。"② 另外，他还举例进行更严格的自我批评："以前我年少气盛，曾写过对《因陀罗耆伏诛》的猛烈批评。生芒果的汁是酸的，生涩的批评也是谩骂。当缺少其他能力时，使用尖刺的能力是很厉害的。我也猛击这部不朽的诗篇，以此寻找使自己不朽的比较好的方法。"③ "久迪哥哥决定出版家庭杂志《婆罗蒂》，请大哥任主编。这是让我们激动万分的又一重大事件。当时我刚好十六岁，并

① 董友忱，主编 . 泰戈尔作品全集 [M]. 北京：人民出版社，2015（14）571.

② 董友忱，主编 . 泰戈尔作品全集 [M]. 北京：人民出版社，2015（14）1077.

③ 董友忱，主编 . 泰戈尔作品全集 [M]. 北京：人民出版社，2015（15）537.

未被排除在编辑部之外。在这以前，血气方刚的我，以激烈的措词写了一篇评论《因陀罗耆伏诛》的文章。就像生芒果的液汁是酸的，我这篇浮浅的评论中充斥谩骂，缺少切中肯綮的批评能力，就只得依赖于刻薄的挖苦讽刺。我也在寻找用指甲在这部不朽的名著上划几道浅痕，从而名垂千秋的最简便的办法。这篇不知天高地厚的评论，是我在《婆罗蒂》上发表的第一篇文章……《婆罗蒂》的一页页纸上的黑字里，印上了我少年时期的很多惭怍。惭怍不仅来自作品的幼稚，也来自狂妄自大、古怪的矫揉造作和华丽的虚假。”①

由此可见，泰戈尔对这些习作的态度是严肃认真的，他的自我批评是不留情面的。用他自己的话来说就是，自己只是为了解除心头闷气才来写作的。奇怪的是，自己当时既没有学问，也没有才能，居然能够在文艺的厅堂中占据一个席位，而且还不受别人批评。尽管如此，我们却可以从这些作品中看出，他在文学的表现形式、艺术风格和思想内容等方面都在努力地模仿和探索，古代梵文文学、中世纪毗湿奴派诗歌以及英国浪漫派诗歌（尤其是雪莱和济慈的作品），都在他的作品里留下了痕迹。这个时期，他尚未找到适合自己的创作模式，而是正在寻找那种将要属于自己的东西。

① 董友忱，主编．泰戈尔作品全集 [M]. 北京：人民出版社，2015（17）1031.

英国留学

随着年龄的增长，泰戈尔的诗才也在不断发展。他在家庭里业已获得诗人的称号，在社会上也崭露头角，但当时文学创作尚未成为一种专业，诗人还不被视为一个专门的职业。因此，二哥绍登德罗纳特建议让泰戈尔到英国去留学，这样将来或许能够当个文官，至少也能得个律师头衔。父亲接受了这个建议，泰戈尔出国的事就这样定了下来。

出国之前需要学习英语和英国的风俗习惯。为此，他离开加尔各答，来到印度西部的艾哈迈达巴德，住在一座 17 世纪建造的旧宫殿内，据说莫卧儿帝国的皇帝沙贾汗曾经在这里住过。二哥白天去上班，泰戈尔便整天一个人在这座古老的建筑物里游来逛去，思想自由驰骋，不断思考有关世界、社会和人生的种种问题。他在《少年时代》中这样描述当时的感受："我们是加尔各答的居民，在城里从未见到历史昂首挺胸的雄姿。我们的目光被拘羁于极近的矮小的岁月里。来到艾哈迈达巴德，我第一次看到，历史在这儿停滞了，显现了它返回的巨大内幕。"①

泰戈尔在这里住了四个月。他不仅学习英语，而且大量阅读了英国文学以及其他欧洲国家的文学作品，写了许多文学研究论文，如《英国人和英国文学》《撒克逊和盎格鲁撒克逊文学》《但丁和他的诗》《歌德》等。同时，他还写了各种主题的随笔，表达他对社会问题的真知灼见。除此之外，为自己写的歌词谱曲，也是在这里开始的。这种被

① 董友忱，主编 . 泰戈尔作品全集 [M]. 北京：人民出版社，2015（13）：902.

称为“歌”的形式，既是文学又是音乐。有时先有词后有曲，有时次序相反，有时二者同时产生。后来，他经常采用这种形式进行创作。据说在孟加拉地区，他的歌曲比他的诗歌流传得更为广泛。人们甚至有理由相信，只要孟加拉语还有生命力，他的歌曲便会永远存在下去。

为了减少泰戈尔的思乡之情，也为了使他更好地学习英语，二哥又把他送到孟买，托给一个朋友照料。担任他的英语教师的是这个朋友家里的一个名叫安娜的姑娘。她年纪比泰戈尔略长。两人彼此尊重，互相学习，结下了亲密的友情。他为她取了一个美丽的别名——诺莉妮（意思是“莲花”，即《诗人的故事》中女主人公的名字），并在为她所作的诗中咏唱这可爱的名字。她则认可他的诗才，而且巧妙地赞美他的容貌，甚至叮嘱他不要留胡须，以免遮住他的脸庞。这使泰戈尔十分得意。泰戈尔在安娜家里住了两个月，两个人便分手了。分手后不久，她就出嫁了，据说后来不幸早逝。然而，这段美妙的经历始终留在泰戈尔的记忆之中，直到晚年他还用诗一般的语言无限感慨地写道：

好几年，其他地区的鸟儿突然飞到我们家的榕树上筑巢。刚刚熟悉它们的翅翎之舞，某一天我发现它们已经飞走了。它们带来遥远森林里的陌生歌曲。同样，在人生旅途中，从世界陌生之地，走来亲人的女使者，拓宽我们的心田，悄然离去。没有人叫她们，她们是自动走来的。最后呼唤她们，却再也找不到了。她们一面离去，一面为活着的人的生活织锦，缀上绣花贴边，年年岁岁提高昼夜的价值。①

1878 年 9 月 20 日，泰戈尔辞别亲人，随二哥踏上前往英国的漫漫旅途。他们乘船经亚丁湾和苏伊士运河，随后兄弟俩在亚历山大港换乘另一艘船在意大利的港口布林迪西登陆，然后乘火车到巴黎，最

① 董友忱，主编．泰戈尔作品全集[M]. 北京：人民出版社，2015（13）：903.

后渡过英吉利海峡抵达伦敦。

这是他首次远洋旅行，他脑海里留下的印象新鲜而深刻。当时他在给亲人写的信里，详细地记录了自己的经历和感受。这些信陆续刊登在《婆罗蒂》杂志上，后来以《旅欧书札》的名字出版。在轮船上，开始几天由于波涛汹涌，船舶颠簸，他晕眩不已，只好日日夜夜躺在黑暗的船舱里，几乎没有机缘观赏大海的壮观景色。“自 20 日至 26 日，六天的经历，历历在目。你想必知道什么叫大海的折磨，但折磨得多么凶残，恐怕是你想象不到的。我上船不久就病倒了。阅读我的病情报告，铁石心肠的人也会泪流满面。整整六天，先生，我起不了床！我的舱房黑咕隆咚，小得可怜。为了不让海水溅进来，窗户全关死了。我像那些阳光下不准露面孔、肢体，不许让和风吹拂的印度大家闺秀一样，过了暗无天日的六昼夜。头天傍晚，旅伴硬把我从床上拽起来，拖到餐桌旁。用完餐起身的时刻，我的脑壳里发生了混战。我看不清东西，腿挪不动，摇摇晃晃，勉强走了两步，一屁股瘫坐在长凳上。旅伴搀扶我走上甲板。我用力扶着栏杆站定。那是个漆黑的夜晚，天空乌云密布，冰凉的海风迎面袭来。客轮向两侧喷着水花，茕茕独行在杳无人烟的无边的海上。海水哗哗地涌动，四周是望不尽的浓稠的幽暗。这是何等沉闷的氛围啊！”[①]——他在一封信里写道。

其后，布林迪西的美丽果园令他欣慰，巴黎的繁华使他觉得有些过分，而伦敦留给他的印象则是异常阴郁——烟雾弥漫，潮湿多雨，行人互相推挤，急忙向前赶路。他在同一封信里写道：“告别巴黎，渡过英吉利海峡，我们到了伦敦。映入眼帘的是黑烟、阴霾、雨雾、泥浆和人们来去匆匆的神态。我从未见过像伦敦这样阴郁、昏暗的城市。我在伦敦待了一两个小时，离开伦敦时，长长地舒了一口气。我的朋友告诉我，初识的伦敦不惹人喜欢，住段日子，交往多了，才能看清她的风姿。”[②]

---

① 董友忱，主编．泰戈尔作品全集 [M]. 北京：人民出版社，2015（1）：1060.

② 董友忱，主编．泰戈尔作品全集 [M]. 北京：人民出版社，2015（10）：1068.

最初一些日子是在布赖顿二哥二嫂的家里度过的。在这里，他白天进一所公立学校学习，其他时间则同二哥二嫂以及他们的孩子在一起，生活相当愉快。可惜好景不长，为了更加有利于泰戈尔学习英语，二哥不久又将他送到伦敦，让他过起独立的生活。时令正值冬季，天空总是阴沉沉的，太阳如死人眼睛一般失去光辉。在伦敦，他起初住在一家阴冷的公寓里，随后迁到一个性格怪僻的教师家中，他感到极其寂寞无聊，最后则寄居在司各特博士家，这时，他的生活才变得愉悦起来，因为主人夫妇和他们的几个女儿都对他抱有好感，小女儿对他的感情尤为深厚，教他唱英国歌曲，而他则教她读孟加拉语。与此同时，他到伦敦大学去听课。虽然父兄希望他学习法律，可是他的兴趣在文学方面，特别喜欢听哈姆莱·玛雷教授的英国文学课，主要内容是莎士比亚的戏剧。此外，他还访问过英国议院，十分关注爱尔兰议员关于爱尔兰地方自治的讲演。

不久情况发生变化，由于二哥一家准备回国，父亲不愿意泰戈尔只身留在异国，决定让他中断学业，随同二哥返国。听到这个消息，泰戈尔的心情悲喜交集。喜的是可以回到日思夜想的祖国和家乡，用他自己的话说就是“我早就盼望回家”“祖国的山山水水总是在召唤我”，悲的是突然告别英国和司各特一家人令他不安，司各特太太甚至伤感地问道：“你既然这么快就要离开，那你当初为什么要住到我们家来呢？”这个问题使他无言以对。

关于这段旅英生活，他在晚年曾经作过这样一个总结：“我在大学里只念了三个月书，但我在外国受的教育，几乎充满了人的爱抚。我们的造物主，一有机会，就往他的作品中加添新型材料。在与英国人心心相印的三个月里，我这件作品中也掺入了新材料。我肩负的任务，是每日黄昏至深夜十一点钟，渐次学习诗歌、戏剧和历史。这么短的时间内，学习的内容很多，那不是课堂里的学习，而是学习文学作品的同时，与人的心灵的交流。我留学英国，没有成为长辈所期望的律师，我人生底部的结构没有受到足以使之动荡的冲击，在我的身上，实现了东方和西方的握手。我在生命之中找到了我名字的含义。”[①]（据说他的名字“罗宾德罗纳特”含有太阳出于东方而落于西方，联结东方西方而不分东方西方之意。——引者注）

如上所述，散文集《旅欧书札》（收入10封信）具体地记录了他在英国留学的经历以及他对英国和英国人的看法。关于这本书，泰戈尔日后在一封信里评论道：

> 我写的这些书信中，强烈地表达的纯正的豪情，多于客观现实的叙述。孟加拉孩子初到英国，喜欢新的环境，有种种缘由。那是很正常的，也是一种好现象。但是，染上了挽起袖子大吹大擂的毛病，只会使形象向丑恶转化。应该说，我与一般孟加拉孩子不一样，那里没有值得我喜欢的任何东西。那时，我年纪不大，还不能认识到，那是思想贫乏的羞惭表露和无可描述的愚昧性的可悲的证明。
>
> 成为文学青年之后，我心里开始责备那本书。我逐渐明白，书中并未伤害我旅居的那个国家的荣誉，受损害的只是我自己的荣誉。尽管不少人一再请求，我也不肯出版这本书。但是，我制止出版，它便幽居冷宫，这在充满好奇心的年代是不可想象的。所以，我只得直言相告，作者承认，这部作品的哪些部分可以保留，哪些部分应该抛弃……
>
> 我希望把这本书纳入文学而不是历史的行列。可读性强的作品的价值在文学中，可读性不强的作品的价值在历史著作中。假如我能完全排斥历史学家，对我来说，那是善举，一条解脱之路便在脚下出现。关于我自己的诗歌，我一再下决心，要进行“割舍”的苦修。但是我生性软弱，面对众人的反对，我实现不了我的决心。挑选的责任，不得不让手执巨斧的悠悠岁月承担了，然而，在印刷机广为运用的时代，悠悠岁月也玩忽职守。我已失去一些书的版权，我越来越软弱了。

---

① 董友忱，主编．泰戈尔作品全集[M]. 北京：人民出版社，2015（13）：905.

《旅欧书札》并非完全不值得保存。站在这本书的立场上，我首先要说一下它的语言。我不敢肯定，可我相信，在孟加拉文苑，这是第一本用白话文写成的书，如今，它将近六十岁了。我无意借助历史为它争辩。但我相信，这些书信，可以提供采用白话文简明地表达思想的技巧的实证。

其次，清除作品的丛林中的杂草枯藤，发现了其中隐藏着的敬意。不尊重的情绪像野草，密集地簇拥在外面，将本质的东西遮盖起来，但未损坏它们。发现了它们，我心里万分喜悦。因为，我历来从心底里憎恨贬损的圆熟、刻薄和狡黠。在人的生活中，喜好的能力是天帝给予的最高奖品……

特别需要对您说明的是，如果说，那时映入我眼帘的英国的形象，纯粹是由我年幼的思维和不成熟性造成的，这不完全正确。在其后的大约六十年中，那里的人发生的变化，不可以称之为渐进。在不同的时期，历史这盘棋的棋子，往往朝后退一步，再大步朝前挺进。西方正出现这种情况……①

这段话既有科学分析，又有自我批评，同样表现了泰戈尔对自己作品严肃认真的态度。

① 董友忱，主编．泰戈尔作品全集 [M]. 北京：人民出版社，2015（1）：1055-1056.

《暮歌集》和《晨歌集》

1880 年 2 月，泰戈尔恋恋不舍地告别了司各特一家，结束了 17 个月的海外生活，与二哥二嫂一家人返回了印度。回国以后，他诗兴大发，接连写出几部不同风格的作品，继续进行他的艺术探索。先后取得的成果有诗剧《破碎的心》《蚁垤的天才》和《死神的狩猎》等。其中，出版于 1881 年的歌剧《蚁垤的天才》具有一定的代表性。该剧是在一个古代传说的基础上创作而成的，《罗摩衍那》的作者——蚁垤本来是强盗头目，后来由于救出一个少女，而少女正是智慧女神的化身，因而获得了写诗的才能，最后终于写成了史诗《罗摩衍那》。这个剧本的主旨在于通过描写蚁垤从内心痛苦到觉悟的过程，颂扬他的善良本性。泰戈尔认为，它的意义还在于开辟了自己创作的一种新倾向——面向现实的新倾向。他写道："作品中这种面向现实的新倾向当时不可能只局限在思绪的乱麻里。通过内心感受抒发情感的努力令我疲惫，于是就萌发了通过想象的途径进行创作的倾向。这条道路上的第一扇大门被《蚁垤的天才》打开了。尽管它的创作手段是诗歌，但是其实质却是戏剧，称它为叙事诗是不行的。过了一些时日之后，那时我的年龄大概二十三或二十四岁，当我乘坐轮船从迦罗亚尔回来的时候，一首歌突然在朝霞中生成，仿佛出现在大海之上。这首歌可以称之为戏剧之歌，也就是说，它不是自我感受，而是想象的产物。"① 此外，作者在音乐方面的革新也很值得称道，即试图把印度古典音乐、民间音乐同西洋音乐融合起来，并且取得了成功。

---

① 董友忱，主编 . 泰戈尔作品全集 [M]. 北京：人民出版社，2015（1）：469.

不过，他这个时期最主要的收获还不是以上几部剧本，而是1881年出版的一部诗集——《暮歌集》。据说这些诗歌起初是用石笔写在石板上的，随写随擦，不是为了让人夸奖，而是为了自己消愁解闷，但是写着写着，忽然觉得一种发自内心的灵感油然而生，顿时感到现在写出的诗句全部都属于自己，再也没有抄袭别人的东西了。

《暮歌集》收入21首诗，充满热情浪漫的幻想和忧郁悲哀的情调，表现了他对自然和人生的细致观察，抒发了他的种种感受。例如《星辰自杀》《希望的绝望》《幸福的哭泣》《心灵的歌声》《召唤痛苦》《难以忍受的爱》《致人死命之毒》《失败之歌》和《被遗弃的》等都是如此。以《被遗弃的》为例：

走了，再也没有什么可说的。
走了，再也没有什么可唱的。
我卑微的心，过去只是唱，
只是哭，只是倾诉：
“走了，一切都走了啊，
心胸只会受压而破碎。”

春天过去了，雨季哭诉道：
“花儿落了，鸟儿飞了——
只有我留下，啊，大家都走了。”
白天消失后，
只在沉寂的夜晚留下哭诉：
“白天走了，光明没了，太阳落山了——
只留下我一个，啊，全走了。”
似北风吹来，
谁在我幽静的心田哭诉：
“走了，走了，

啊，全都走了。”
节日过去了，这儿，那儿，
只残留枯萎的花环——
无油无火的破灯盏，
散落在泥地上——
谁也别忘了回头再看一眼，
全都走了！

如扔掉破旧肮脏的衣裳，
把我抛弃，
我以怯懦的目光张望——
我没有同伴。

因而，心灵一直哭泣，
一直吟唱，一直诉说：
“大家把我抛弃！
大家都走了。”

他们可曾回头张望？
好像回头看过。
恍惚中他们可曾哭泣？
可能哭过。
也许他们想——
我们把他带走——怎能让他一个人哭泣？
也许他们想过。
也许回头看过。
这之后？这之后！
这之后大概微笑。

一滴滴眼泪，顷刻间干掉。
这之后？这之后！
走了。
这之后？这之后！
花儿蔫了，鸟儿飞了，
光明没了，太阳落了，
全都走了，
啊，全都走了。
心在叹息哭诉：
“啊，全走了，
啊，大家把我抛弃！”①

这首诗通过反复吟唱“全走了”“全都走了”的方式，表达了诗人作为一个被遗弃者的孤寂、苦闷的心情，他既被大自然遗弃了，又被身边的人遗弃了。我们不难看出，诗中所抒发的是青年诗人内心的情感，所使用的是青年诗人内心的语言，因此，它让人觉得真切，富有感染力。作为 20 岁的青年诗人，他正处于多愁善感的年纪，时而喜，时而怒，时而哀，时而乐，而所有这些发自内心的思想感情都通过诗歌的形式在这部诗集里表现得淋漓尽致。

《暮歌集》是泰戈尔第一部充分表现出青年诗人特色的作品。他在该诗集的《序》中写道：

编入全集的《暮歌集》，是我诗歌创作最初的标志。《暮歌集》问世之前，我已写了不少作品，可我冷漠地任其绝灭了。这情形颇像我不保存童年时代为掌握写作技巧而使用过的笔记本。那些只能称作练习本，抄录的是他人的范文。小时候，我的确是通过模仿别人的作品

① 董友忱，主编．泰戈尔作品全集 [M]. 北京：人民出版社，2015（1）：5.

来提高写作水平的。不过，其间也显露出自己的特点。之后诗作渐渐趋于成熟，突破模仿的窠臼，表露自己的艺术个性。少年时代的诗，大多是那样写在练习本上的。

跨过使用练习本时期的界限，最早结集出版的是《暮歌集》。我不把它比作芒果花，而把它喻为刚成形的小芒果。换句话说，它露出了自己嫩绿的容貌。它尚未充盈甜汁，因而价钱便宜。但编入的诗作首次展示了艺术特性，给我极大的快乐。这些诗出于稚嫩的手笔，不是精品。它身着有别于当时其他诗歌的特殊韵律的服饰，而这种服饰市场上尚不流行。①

他还在另一处写道："从《暮歌集》起，我的诗歌之流开始汩汩流淌。从那里起步，我的写作就走上了自己的道路。那不是已准备好的道路——那是在前进过程中自己闯出来的道路。当时力量弱小，障碍巨大，我还不能看清自己诗歌的形式，心里还没有判断好坏的任何标准。此外，第一部作品与所有作品相比，其最大的缺陷就在于，这部作品缺乏真情实感。因为真情实感是人逐渐获取的，但是在获得真情实感之前，人就开始工作了；这种工作会产生很多无用的东西……在该诗集的诗歌中诗人有相当多的理由感到羞愧。"②

这部作品获得当时孟加拉著名小说家般吉姆琼德罗·丘多巴泰的赞赏。据说在学者兼作家杜特家的婚礼上，丘多巴泰作为主要来宾受到招待，当主人向他献上花环表示敬意时，他却把花环从自己的颈上取下来套在了泰戈尔的颈上，并对主人说：这个花环应当献给这位青年，难道你没有读过他的《暮歌集》吗？

"暮歌"这个名字表现出一种悲哀的气氛，同时似乎也意味着诗人早期习作的结束。一位有才华的诗人成长起来了，一颗新星出现了，这已成为无可否认的事实。然而，从世俗的观点来看，泰戈尔留学归

① 董友忱，主编 . 泰戈尔作品全集 [M]. 北京：人民出版社，2015（1）：14-16.

② 董友忱，主编 . 泰戈尔作品全集 [M]. 北京：人民出版社，2015（1）：1274-1275.

来，既未获得学位，也未找到工作，颇有一些浪荡才子的色彩。周围人们的这种看法，使他感到孤独和失望。于是，他给旅居喜马拉雅山的父亲写信，要求再度前往英国学习。1881 年 4 月 20 日，他准备同比他年岁稍大的外甥绍多普罗沙德二次出国。可是由于这个新婚青年恋家，出国计划未能实现。事后，泰戈尔不得不前往喜马拉雅山拜见父亲，说明事情的前因后果。宽宏大量的父亲并没有责备他，反而露出了笑容。

从喜马拉雅山回加尔各答不久，他又来到五哥久迪林德罗纳特和五嫂迦东波丽位于恒河岸边的花园别墅，与兄嫂一起度过了一段幸福愉快的日子。1883 年，他写了一部取材于历史事件的长篇小说——《王后市场》。在该书《前言》中，他写道："思想一旦冲出富有内在灵感的诗境，进入外在的理想世界，它就会四处信步漫游。大概，这是出于一种好奇心的驱使吧。处在高墙壁垒禁锢之中的思想，一旦冲出牢笼，它就会沿着五彩缤纷的生活之路驰骋。生活的画笔，当时正在散文王国里，探索着创作新画卷的种种新的经验。其中的第一次尝试，就是创作这部《王后市场》。这是用浪漫主义手法创作出来的一部描写人生游戏的作品，也是我在年轻时代创作的一部小说。尽管这部作品中的人物形象多少展现了当时生活的某些场景，但毕竟未能摆脱木偶式的呆板模式。小说中的人物显然是不够丰满的，他们只是被限制在一定模式里的装饰品。今天如果再回过头来看一下这部小说，你就会觉得，它好似一个初学绘画的生手绘制的一幅图画，在那里面并没有留下精确思想的熟练手迹。然而，在儿童的游艺室里，它还是有一定价值的。它以自己的丰富想象，沿着理智顺利发展的道路罗织了种种故事，从这些故事中喷射出最初思想的一些艺术火花。"①

不久，泰戈尔随同兄嫂从恒河岸边回到加尔各答焦拉桑科祖宅。在这个地方，据说他经历了第一次深刻的精神体验：一天清晨，他站

---

① 董友忱，主编 . 泰戈尔作品全集 [M]. 北京：人民出版社，2015（1）：777.

在屋顶阳台上看日出，突然觉得眼前仿佛拉开一层幕布一般，周围的景物顿时变得清明起来，美好与欢乐的波浪从四面涌起。他心里充满快乐和爱恋，长期以来积在胸中的忧郁和失望顷刻间烟消云散。这种异常欣喜的幻景持续了好几天。他试图把这个体验写在诗里，表明人生是充实的、美好的。于是，一首有名的诗《清泉从梦中苏醒》，便应运而生了。这首诗共有九节，以下是它的第一、七、八、九节：

哪一首歌儿，
今日晨鸟在啾啾吟唱？
从高渺的天空，
它正朝这儿飞翔！
不知它迷路的旋律
是怎样飘到这儿的，
它在暗洞里旋转着，
沉入幽深的洞底，
流着泪急切地
抚摩我的心房。
今天早晨，
阳光为什么突然
迷路，找不到寓所，
降落在我的心田？
多少年之后，
一束阳光射进洞里，
煜煜的金晖
渗透澄碧的静水。
抑制不住内心的激动，
幽居的静水瑟瑟战栗，
水面轻漾，

淙淙地唱起小曲。
今日清晨，
心灵不知为什么苏醒。
我看见我四周
是岩石坚固的牢笼，
坐在我胸脯上的幽暗
冥想入定，
这么多年之后，
不知道心灵为什么突然苏醒。

…………

不明白心灵今日为什么苏醒，
我听见远方的大海在高唱：
“推倒石牢，滋润干裂的大地，
为森林披上绿装，
催促百花开放，
付出全部心血，
换来世界心中的安宁——
你们是谁呀？
愿意步入我博大的心中？”

我前往什么地方？
我高唱仁爱的歌曲，
把热情留在人间；
急不可耐的心灵奔向遥远的大海，
我唱最后一支歌，
生命融入浩瀚的海洋。

哦，我四周
是多么阴森的牢笼！
将它摧毁，
不停地进攻！
哦，群鸟唱着动人的歌儿，
阳光照亮了幽深的山洞。[①]

随后，他又接连写了若干首诗(如《永恒的生命》《无穷的死亡》《回声》和《壮丽的梦》等)，共计13首，集为一册，于1883年出版，定名为《晨歌集》。如果说《暮歌集》意味着早期创作的结束，那么《晨歌集》则象征着向成熟期的过渡。比起前者来，后者在思想感情方面更为健康，一扫从前的悲哀和忧郁，代之以热情和明朗，在语言韵律方面也更为熟练，进一步显示出诗人的抒情才能。

关于《晨歌集》，泰戈尔在该诗集的《序》里写道：

在《晨歌集》里我那种最初显露的心灵带着不成熟的想法，沉湎于朦胧作品的创作，这种状况至今我还记得的。此前在《暮歌集》创作的时期，我心里的激情有一种喃喃倾诉的冲动。在《晨歌集》的创作季节已开始显露一点儿属于自己思想的形状。换句话说，那已不是鲜花，而是待收获的果实，尽管那是生长在未开垦土地上未经很好培育的果实。

回想那一时期，当时不知来自何处的一些思想，在心灵的内宅苏醒，敲击着大门。它们的名字是：《永恒的生命》《无穷的死亡》和《回声》。说到《永恒的生命》，我心里萌生出这样的感觉——它包含降临世界和离开世界这两种情况，它有如波浪一般，既升入光明又跌入黑暗。这个世界并非是一会儿用“是”和一会儿用“不是”而组成的，它是用

① 董友忱，主编.泰戈尔作品全集[M].北京：人民出版社，2015(1)：62-66.

有知觉的和无知觉的世界万物编织成的一个永恒的花环。这种感觉在内心深处强烈地震撼着我的心。当我审视内心的时候，有一种观念在觉醒：每个瞬间我的全部好与坏，每天我的苦与乐等一切体验，不断地构成一种创作形式，即以展现及不展现的升腾—降落为内容的创作形式。在思考这种情况的过程中，心里就产生一个问题：死亡是什么？可以给予这样的回答：生命保存一切，而死亡驱动一切。每一时刻我都在死亡，而通过死我在生的大道上挺进。仿佛在我中间进行着编织工作——编织过去、将来和现在。由瞬息间一连串死亡构成的凡世生活就像珊瑚岛一样在扩大，同样，一个个死亡通过我，扩张着今世和往世的体验之网——死亡以我的意识之线一针一针地把一个个世界连缀起来。现在依然记得，这一想法使我非常高兴……因此我要说，《晨歌集》中所有作品如果有什么价值，它也并非是百分之百的文学价值。[①]

兹以《回声》为例。这首诗共四节，其首尾两节如下：

啊，回声！
我似乎很喜欢你，
我似乎不会再喜欢别人。
你使我非常激动，
我的弦琴为你哭泣。
我从你口中听到鸟的歌唱，
听到林泉淙淙流淌，
听到极其神秘的森林之歌，
听到少年甜蜜的嗓音；
从你口中听到人世之歌，
我已深深地爱上你；

① 董友忱，主编 . 泰戈尔作品全集 [M]. 北京：人民出版社，2015（1）：55-56.

为什么我看不见你？
不得不满世界寻觅。

…………

我坐着在想，那些歌
不知怎样找到你——
不知在何处找到你。
不知在哪个洞穴，
在混沌的云雾之林，
在记忆与志向交织的
光影的御座上，
一个影影绰绰的身躯
自己与自己融和，
自己把自己遗忘，
仰望着虚空中的何人！
如同黄昏平静的夕阳，在金色的云层中
渐渐坠落西海，
在黎明的诞生之地，焦急的眼睛遥望着
它童年的东方；
在东方空茫的背景上，仿佛至今
都看得见黎明的回忆；
那个影子仿佛也在眺望，
也在哪儿唱歌——
傍晚披散长发的星宿
闭着眼睛在聆听，
世界神奇的美
在这儿慢慢消失。

歌曲、芳香、艳丽……世界上的一切
在这里全是回声。
回声，是你的乐园，
是你无与伦比的美，
如纤影在心田觉醒——
语言已急不可耐。
我一生一世苦苦寻觅，
什么时候能找到你？
你在遥远的地方，我从远方能听到
时现时隐的歌声。
你站在世界的中央，
吹奏美的情笛，
我在无尽的生命之路上寻找你，
心魂感到孤寂。
如同地球围绕太阳旋转，
我也在你四周旋转。
你在无尽的心路上倾泻歌曲之霖，
我会不转瞬地观看。
我时刻倾听你迷人的歌声，
在想象中勾勒你的形象——
你别骗人，说真话，
你不是海市蜃楼！
我多少次焦急地询问，
来吧——你在哪里——在哪里？
在那么遥远的地方，你为什么说：
“谁知道在哪里？”
给予希望者呀，你这是什么话？难道你

忘了自己？你难道不认识自己？[①]

关于这首诗的产生过程和写作意图，泰戈尔写道：“《回声》这首诗是我第一次去大吉岭时写下的。当时我被这样一个想法所吸引：世界创造是一种声音，它以回声的形式使我迷恋，使我激动，使我觉醒，它是美妙的，也是可怕的。创造的一切运动总是趋向于某个中心，而从这个中心又以回声的形式传出来的就是亮光，就是形态，就是音响。这些感觉虽然还不太明晰，但是在我心里很强烈地涌动着，我也曾经与几个朋友面对面地进行过讨论。然而当时还不是能用诗歌或散文进行探讨所有那些感受的时候。我当时尚未获得语言女神的恩惠。”[②] 由是可知，青年诗人心中充满激情，充满想象，对于世界的创造等重大问题怀有浓厚的兴趣，感到由衷的激动。

在此期间，泰戈尔还协助五哥久迪林德罗纳特组织了孟加拉第一个文学团体，设立“智慧女神社”，吸纳各行各业专门人才，希望用科学方法整理孟加拉文。协会成立初期工作进展顺利，后来由于成员意见分歧，不久半途而废。这是泰戈尔从事社会活动的开始，虽然没有取得明显成果，却使他增长了不少见识。

---

① 董友忱，主编 . 泰戈尔作品全集 [M]. 北京：人民出版社，2015（1）：81-86.

② 董友忱，主编 . 泰戈尔作品全集 [M]. 北京：人民出版社，2015（1）：56.

《大自然的报复》

1883年春季和雨季，泰戈尔随同五哥五嫂前往孟买附近的迦罗亚尔看望二哥绍登德罗纳特一家。迦罗亚尔是一个景色宜人的小海港，泰戈尔在这里度过了一段美好的时光，同时创作了诗剧《大自然的报复》。

这个戏的主人公是个修道士。他的思想不断变化的过程颇有戏剧性。他初次登场时，已经是避开人世在山中修炼多年的修道者，认为自己已经成为自由自在之身、无牵无挂之体，是个既没有恨也没有爱的孤独者。这时，他碰上一个无父无母的小姑娘，一个“不洁净的人”，一个“无信仰者”，一个“被厌恶的不洁净的非雅利安女人”。于是，一股怜悯与爱恋之情从他的内心油然而生，他立即决定收留她，把她留在自己身边。随后，他又对自己的行为感到后悔，看见小姑娘安然熟睡，他的内心便产生了激烈的思想斗争——

啊，身体疲惫的小姑娘睡着了！
她忘掉了人世间的侮辱和煎熬。
她枕着手臂躺在坚硬的土地上，
梦中在母亲的怀里歇脚。
这个小女孩的那双小手，
仿佛把我的心轻轻地拥抱。
逃走吧，逃走吧，此刻赶快逃。
修道士啊，她已经入睡，快动身吧！

逃吧，逃吧，现在赶快逃！
我蔑视这个人间世界，
看见小女孩，我最终还是该逃走。
不能，我不能逃走，我该留下来，
大自然啊，难道这就是你的罗网！
落入你的这种罗网只有鸟类飞蛾。①

可是，正在他犹豫不决之时，小姑娘突然惊醒，他也没有能够逃走。之后，小姑娘的存在又引发了他内心一场更加剧烈而深刻的斗争——他感到自己的信仰仿佛动摇了，自己的修行似乎失效了。这吓得他惊慌失措，迫使他再次下定决心立即逃走。但事出所料，小姑娘走了三天三夜找到了他。他只得与小姑娘一起重新回到自己修炼的山洞。当他在山洞里修炼时，小姑娘昏倒了，后来又失踪了。最后，在一个暴风雨之夜，隐约听见从森林里传来小姑娘的哭喊声，他再也忍不住了，决心不顾一切前去寻找她——

算了，就让修道士的誓愿见鬼去吧！
（开始摔东西）
扔掉拐杖，摔破钵盂！
今后我再也不做修道士！
我卸掉严酷的誓愿重担，
轻松舒展地叹一口气。
世界啊，伟大的舟楫，你驶往哪里？
请把我拉上你的载体——
我再不能只身游荡漂移。
成千上万的旅客都在前进，

① 董友忱，主编．泰戈尔作品全集 [M]. 北京：人民出版社，2015（1）：485.

我也想与他们一起前行。[1]

这表明他已经彻底抛弃了自己的信仰。然而，当他经过千辛万苦终于找到小姑娘时，她已经死去了。这就是大自然对他的报复。所以，在最后一场（第 16 场）修道士悲伤地吟道：

我的眼珠欢乐，我的心肝宝贝，
啊，我的爱女，我来了，孩子。
你为什么倒在泥土里？快起来，孩子！
为什么你的头枕在石头上？
过来，到我怀里来，别枕着岩石！
噢，孩子，你怎么这样傲慢！
抬起头来，说句话吧！
你怎么了？身体冰凉，也不喘气！
面色苍白，心跳也已停止！
孩子，孩子呀，你去哪里？
你这是怎么啦！孩子——
哎呀，这是何等残酷的报复啊！[2]

《大自然的报复》是泰戈尔第一部真正成功的剧作，它摆脱了他早期戏剧的稚嫩色彩，在作者戏剧的创作史上占有重要地位。泰戈尔本人对这部作品也相当重视。其原因之一是，这个剧本表现了作者的一个重要观点，即在“有限”的世界（现实的世界）才能达到真正“无限”的境界，才能获得真正“无限”的真理。毫无疑问，这种否定解脱遁世，肯定现实世界的思想，乃是泰戈尔积极生活态度的生动反映，也是泰戈尔全部诗歌甚至全部作品的基本主题。

---

① 董友忱，主编 . 泰戈尔作品全集 [M]. 北京：人民出版社，2015（1）：507.

② 董友忱，主编 . 泰戈尔作品全集 [M]. 北京：人民出版社，2015（1）：510-511.

关于这个思想，泰戈尔在该剧《序言》中写道："这本书是诗与剧的融会。修道士的内心情感是用诗来表达的，这就是他的独白。这位陷入自我沉思的修道士周围的沸腾的日常生活，是通过各种各样的形式和喧嚣表现出来的。它的特点就是它的琐碎性，这种反常可以说就是戏剧性。这种诗歌的情趣，就在于它们常常作为对言犹未尽之情的暗示。最后应该提到的就是，在虚空中寻求普遍必然会失败，无限每时每刻都在特殊中获得有意义的形态，在那里得到它才是真正的获取。"①

他后来在《生活的回忆》里将这个观点阐述得更加明确。其中写道："童年时代，有一天我进入内心世界没有标记的黑洞里，失去了外界的纯真的权利，但后来，从外界射进内心世界的一束醉人的阳光，又把我完全融进大自然。这一段历史，也曲折地反映在诗剧《大自然的报复》之中。这部诗剧，可谓我全部诗歌的总序。我认为，这是我诗歌创作的唯一思路，它的名字可以叫作'在有限中与无限相会'。这种感悟表现在《祭品集》的一首诗中：远离红尘的解脱，我不追求；重重的束缚中，我亦能够品尝解脱的甘美滋味。前面谈到，出版的《研讨集》收入了我写的一些短小散文。开初写那些散文，我试图在理论上解释《大自然的报复》的旨趣。我阐述的观点是：'有限'不是局限，它在微粒中可以昭示蜷缩的无底的深邃。我不知道，作为理论，那种解释有无价值，作为诗的《大自然的报复》处于怎样的地位。但是今天，显而易见的是，这唯一的观念身穿各种服装，占据了我所有的作品。"②

1883年秋天，泰戈尔随同兄嫂一家回到加尔各答，住在一幢别墅里。这时，他的生活从表面上看来是闲散自由的，其实他头脑里思索和创作的齿轮始终在不停地运转。他经常眺望窗外劳动大众的日常生活和孩子们的各种游戏，思考种种问题，心有所感立即提笔成篇。这些不同风格的诗作共计27首，汇集成册，1884年以《画与歌》的名

① 董友忱，主编．泰戈尔作品全集[M]. 北京：人民出版社，2015（1）：470.

② 董友忱，主编．泰戈尔作品全集[M]. 北京：人民出版社，2015（9）：695.

字出版。诗人自己后来说过，这部诗集可以说是《晨歌集》和1886年所写的另一部诗集——《刚与柔》的桥梁。从前，他的感情是冲动的，题材难以确定；现在，他不再受主观感情束缚，外界事物引起了他的注意。同时，他还用散文这种形式表达自己对社会、政治、文艺、哲学等各种问题的见解。泰戈尔在《画与歌·序》里写道："总之，由于无力的语言渴望急于表现自己，在所有这些作品中出现了虚构的情感，这种情感是不自然的。但是已经出现了趋向自然的一种企图。因此，流行的口语迈着凌乱的步伐走进了某些作品里。在我的语言和韵律中出现了这样一种混合的风格。《画与歌》是《刚与柔》的序曲。"①

关于这部诗集写作时的激动心态，泰戈尔写道："我是怎样像醉汉似的写完了我的《画与歌》……当时我日日夜夜简直像疯了一样。以我的外表表现出的精神状态，如果当时你们第一次看到我，就会认为，这个人简直是个诗歌狂。一种新的青春活力犹如洪水一样，突然涌进了我的整个身体和心灵。我不知道，我在往哪里去，我被带往何处。一阵风浪袭来，一夜之间有多少鲜花在魔咒的威力下绽放了，其中却见不到什么果实。只有一种美好的狂喜，其中没有任何结果。你们也感受到这样的一种状态——头发在飘扬，衣襟在飘扬，摆脱羁绊的心灵不知驰向何方；我手拿竹笛，面带笑容，心不在焉地四处游荡。我的春天在周围欢笑，青春之花在心中绽放，鲜花的芬芳飘溢，森林中弥漫花的芳香。——说实话，现在我的心里还感受到那种对新的青春活力的陶醉。读着《画与歌》，我的心灵竟然如此地活跃起来，这种情况在以前所写的任何作品里都不曾有过。"②

① 董友忱，主编．泰戈尔作品全集[M].北京：人民出版社，2015（1）：111.

② 董友忱，主编．泰戈尔作品全集[M].北京：人民出版社，2015（1）：1276.

婚姻家庭

这种无忧无虑的生活没有继续多久，父亲和家里人为了收住他的心，为了让他担负起为人的责任，便决定给他寻找妻子。父亲把这个任务交给五哥久迪林德罗纳特。征婚的消息传出以后，立刻便有一个王公表示愿意将自己的女儿许配给泰戈尔。久迪林德罗纳特带着泰戈尔前去相亲，王公带着两个年轻女子出来见面。一个花容月貌、活泼开朗，一个相貌平平、腼腆羞涩。泰戈尔兄弟二人以为待嫁的是第一个，哪知道其实是第二个。第一个是王公的妃子，第二个才是王公的女儿。结果自然不欢而散。

父亲为此事训斥了久迪林德罗纳特。因为在父亲看来，儿女婚姻必须由父母做主，不应该让泰戈尔本人去相亲。而泰戈尔家族又是一个“比拉利”婆罗门，不可能与加尔各答的正统婆罗门人家联姻。于是，他们只好到外地去寻找。最后总算由泰戈尔的远房姑姥姥做媒，在库尔纳县南小区福尔多拉村的拉伊乔杜里家物色到了一位姑娘。据说为了寻找合适的新娘，父亲特地派泰戈尔的二嫂甘丹侬蒂尼、五哥久迪林德罗纳特和五嫂迦东波丽等人出了一趟远门，最后才算完成了这项不轻松的任务。

他们相中的姑娘生于 1874 年 3 月 1 日，当年九岁零十个月（印度地处热带，女孩儿发育快，成熟早）。她家也属于“比拉利”婆罗门。她的相貌一般，也不认识多少字。这样一桩平凡的亲事得以达成，虽然是家里人的意思，但是也征得了泰戈尔的同意。由此可见，泰戈尔在创作上虽然热情浪漫，在生活上却很安分守己。

1883 年 12 月 9 日，泰戈尔的婚礼在他家的祖宅焦拉桑科举行。父亲没有出席担任主持工作，二哥绍登德罗纳特一家也没有参加，整个仪式似乎并不十分隆重、热闹、喜庆。有趣的是，新娘原名婆波达丽妮，但泰戈尔认为这个名字不太好听，显得有些粗俗老气，于是便给她改名为穆里纳莉妮，意思是“一束荷花”。新娘自己也觉得这个名字优雅动听，便欣然接受。

婚后，泰戈尔一面安排穆里纳莉妮到洛雷特学校学习英文，一面请家庭教师在家里教她梵文和孟加拉文。由于她既聪明又用功，所以这三种语言文字的水平提高很快。此外，她还热心学习弹奏钢琴和登台演戏。泰戈尔的姐姐、嫂子们也都觉得新媳妇的人缘好，性情温和，为人朴实，是一个贤妻良母型的妇女。

从保存下来的许多文字材料（特别是书信）可以看出，泰戈尔和穆里纳莉妮的关系很亲密，生活很幸福。婚后不久，他们的子女就陆续出生了。1886 年 10 月 25 日，他们的大女儿玛图莉洛达（乳名贝拉）诞生，当时穆里纳莉妮 12 岁，泰戈尔 25 岁。1888 年 11 月 27 日，他们的大儿子罗廷德罗纳特诞生。1891 年 1 月 23 日，他们的二女儿蕾奴卡（乳名拉妮）诞生。1893 年 1 月 12 日，他们的小女儿米拉诞生。1896 年 12 月 13 日，他们的小儿子绍明德罗纳特诞生。这个由父母和儿女组成的七口之家形成了一个其乐融融的小世界。

但是，在泰戈尔和穆里纳莉妮结婚之后不久，一连串不幸的灾祸降临到泰戈尔家：1884 年 4 月 19 日，泰戈尔的五嫂迦东波丽突然服用鸦片自杀身亡，时年 25 岁；几个星期之后，泰戈尔的三哥海门德罗纳特也不幸死去；泰戈尔的五哥久迪林德罗纳特因为丧妻和破产的双重打击，决心进山隐居。这些亲人的噩运令泰戈尔哀伤不已，尤其是五嫂出人意料的死亡更使他感到异常震惊。他后来写道，直到那时，他还不了解由眼泪和微笑组成的家庭生活会有裂缝。他对它是那么依恋，因此，无法察觉它正在发生的一切。当死亡来临，生活的一个方面突然出现了一个大窟窿，他就手足无措了，仿佛失去了一切。太阳、月亮、大地、森林依然像往昔一样存在着，唯有她不存在了，她像幻梦一样消失得无影无踪。虽然她已不在人间，但他无时无刻不感到她依然活在人间。这可怕的怪事使他迷惑，而他又怎能听凭迷惑的存在呢？——灾祸使他悲伤，使他迷惑，同时也推动他进一步思考人生，进一步思考社会。

正在这时，父亲为了进一步培养泰戈尔，让他参加了自己领导的原始梵社（当时孟加拉的宗教改革组织——梵社一分为三，即原始梵社、印度梵社和大众梵社），并担任该组织的秘书职务，以便引导他关心宗教改革事宜，锻炼他的实际工作能力。泰戈尔当时虽然对宗教问题和宗教活动不感兴趣，但是他不愿违背父亲的心愿，决定以认真的态度接受这项新工作。他上任后，发现原始梵社具有保守倾向，决心进行改革，可是遇到了重重障碍，结果还是失败了。

与此同时，他还参与了当时以宗教和社会问题为中心的论战。在这场论战中，他与著名作家般吉姆琼德罗·丘多巴泰站在了对立面上：般吉姆琼德罗·丘多巴隶属于印度教新毗湿奴派，虽然提倡宗教改革，但仍然主张保留若干陋习，包括维护偶像崇拜在内；泰戈尔则明确主张废除这些陋习，包括偶像崇拜在内。双方分别在《传道士》和《婆罗蒂》上发表文章，展开论战。最后般吉姆琼德罗·丘多巴泰主动表示希望和解，泰戈尔深为前辈的谦虚态度所感动，一场论战方告结束。

《刚与柔》

在此后的几年里，泰戈尔继续满腔热情地从事各种文体创作活动。重要成果有两部。一部是1886年取材于传说故事的长篇小说《贤哲王》。据说这部作品的灵感是他在梦中得到的。当时有一家名叫《少儿杂志》的月刊，该刊女编辑不断向他约稿，他不得不一有时间就冥思苦想。有一天，他乘火车去拜访一个人。闲来无事，便构思小说。可是，想着想着迷迷糊糊地睡着了。在睡梦中，他看见一个父亲领着一个女孩来到寺庙祭神。女孩发现在洁白的石头台阶上，残留着杀生祭祀的血迹。她用悲伤的语调一次又一次地问父亲："爸爸，为什么有这么多血迹？"父亲想捂住她的嘴，不让她再问。女孩就开始用衣襟擦拭台阶上的血迹。泰戈尔梦醒之后心想：故事有了！这部小说写的便是残暴的杀生祭祀与非暴力的仁爱祭祀之间的斗争。另一部是探索人生意义的音乐喜剧《虚幻的游戏》(1888)。这个剧本是为了在妇女艺术节上演出而写的。据泰戈尔说，剧本的故事与任何特定的社会、特定的国家都无关。

不过，最足以表现泰戈尔当时心境的作品还是诗集《刚与柔》。这部诗集写于1886年，收入80首诗。诗的内容丰富，形式多样，有童谣诗、宗教诗、爱国诗、恋爱诗等，中心思想是讴歌生活的欢乐，抒发作者爱人类、爱生活、爱现实世界一切的炽热感情。

关于这部诗集，泰戈尔在《诗人的说明》里写道：

青春是人生季节的嬗变时期。这时节，鲜花和作物中潜藏的活力，通过绚丽的色彩和形态骤然展现。《刚与柔》是我青春乍临时的作品，那时我刚刚感受到了自我表现的强烈冲动。记得那时心绪动荡不定，但我衣着朴素，身穿围裤，披一块薄披肩，毯角上插几枝清晨摘的素馨花，脚穿一双拖鞋。我去塔卡尔书店买书，也不讲究穿戴，这是对英国店主乐意接受的习俗的轻视。我这种放浪形骸、无法无天的疯狂劲儿，在《刚与柔》中得到直接的反映。

有一点值得注意的是，诗集中这类作品在当时的诗苑并不流行。为此，我不得不忍受诗歌理论家和文艺批评者的尖刻抨击。我之所以能置之不理，得力于青春的豪放。自身中迸发的情感，对我来说也是新奇而亲切的。当时除了赫姆·般鲁吉和诺宾·森[①]之外，没有一位蜚声全国的诗人愿意引导诗坛新秀在已开创的诗歌风格的道路上前进。不过，我已把他们全忘了。我从小认识我们家族的朋友——诗人比哈里拉尔[②]，我有欣赏他诗作的习惯，可他创立的风格早已别离我的作品。我极为赞赏我大哥宣扬的梦幻主义，但我与他别具一格的诗性似乎并无相同之处，因而尽管喜欢，我写的诗未受他的影响。《刚与柔》中的诗，是从心泉喷涌出来的，如果说曾与外界的因素相融合，那也是次要的。

我这本诗集中，题材的繁复和审察外界的倾向性是显而易见的。当初我所说的话，贯穿我以后的诗歌创作："我不愿诀别这美好的人世，我愿活在普天下黎民之中。"《祭品集》中抒写了同样的题旨："远离红尘的解脱，我不追求。"

在《刚与柔》中，与青春激情一样，首次渗透给我的强烈感触，是人生道路上死亡的闪现。仔细阅读我诗作的读者一定注意到了，对死亡的深刻认识，是我诗歌的一项特殊内容，它表现于各类作品中，而首先表现于《刚与柔》中。[③]

---

① 诺宾·森，即诺宾德罗·森（1847—1909）：孟加拉语诗人。

② 比哈里拉尔·丘克罗波尔迪（1835—1894）：现代孟加拉语诗歌的奠基人。

③ 董友忱，主编．泰戈尔作品全集 [M]. 北京：人民出版社，2015（1）：197-198.

诚然，在《刚与柔》中，诗人对现实生活的热爱贯穿始终，如卷头第一首诗《生命》的内容如下：

我不愿诀别这美好的人世，
我愿活在普天下黎民之中。
阳光沐浴的花木芬芳绚丽，
让我消融于那活泼的精灵。
人世间生命的游戏绵绵不绝，
悲欢离合蕴含多少眼泪笑容，
以芸芸众生的苦乐把歌曲谱写，
我欲将万年不朽的广厦建造。
纵使力不从心，只要还活着，
但愿在你们中间获得栖身之地，
想必你们都会采摘这种花朵，
我应当每日将新曲之花催开。
含笑采撷这花吧，假如花儿
日后枯萎，你就心安地将它扔弃。[1]

这种炽热的感情绝不限于开篇第一首，只要随手举出《青春的梦幻》《歌的热情》《丰乳》《吻》《胴体》《玉臂》《纤足》《芳躯》《睡美人图》《神圣的爱情》《神圣的生命》这些诗歌，我们从标题便不难想见其中的内容。兹以《丰乳》二首为例：

一

在青春的春风的徐徐吹拂下，
少女心底纯正、甜柔的爱欲

① 董友忱，主编 . 泰戈尔作品全集 [M]. 北京：人民出版社，2015（1）：201.

在胸前开出两朵娇嫩的鲜花，
琼浆似的幽香令人心荡神迷。
柔情的澄清细浪昼夜不停地
拍击轻烟迷蒙的心湖的沙滩。
聆听情笛的召唤，含羞的芳心
欲冲出躯体，寻找外界的缠恋，
乍遇阳光，猛地收住脚步——
满面绯红，往衣襟后面躲藏。
生长的爱情之歌一天天成熟，
应和着心律庄重热烈地奏响。
看，那是处子的神圣殿阁，
看，那是母亲特有的莲花宝座。

二

这儿有圣洁的苏梅鲁山脉[①]——
神仙游乐的辉煌福地。
贞女高耸的乳房似仙境之光
照亮了黎民百姓的碌碌凡世。
这儿清晨升起稚嫩的太阳，
日暮下垂的夕阳筋疲力尽。
两座浑圆洁净的山峰上，
夜里仙人睁着放光的双目。
温情的永恒之泉涌流甘露，
自古滋润世界干裂的嘴唇。
人世无限而无奈的依怙
徘徊于大地欢乐的梦境。

① 指北极。——译者注

凡世有令人神往的天堂，
幼神爱吻芸芸众生的故乡。[①]

但是，欢乐与痛苦、生存与死亡既互相对立，又密切联系。正因为诗人对现实生活的爱是如此浓烈，所以对死亡的思考也就格外深入，感受也就格外强烈。如《冥河》一诗的情调是悲凉的：

泪水汇聚成汹涌的冥河，
四周积压着漆黑的夜色。
从东岸传来粗重的喘息声，
驶向西岸的渡船满载着旅客。
闪电灼灼撕裂沉闷的夜空，
船上垂首静坐着互不相识的旅客。
脖子上戴着诀别的泪珠项链，
一颗颗散脱的泪珠落进河中。
依稀可以看见阴影似的彼岸，
昏暗中闪烁着星灯的微光。
在那里难道都遗忘，飘落的花朵
堆积成一张无梦的酣眠之床！
抑或只有在无边无尽的黑夜
无舵手的渡船在茫然漂泊？[②]

《海底》一诗的情调是无望的：

生灵万物统统在水面上漂浮，
在碧蓝的海水上翩翩起舞。

① 董友忱，主编 . 泰戈尔作品全集 [M]. 北京：人民出版社，2015（1）：249-250.

② 董友忱，主编 . 泰戈尔作品全集 [M]. 北京：人民出版社，2015（1）：267.

注入大海的有繁星、月亮、太阳，
一股泉水仿佛也从某处不断注入。
注入生命，注入歌声，注入爱情之瀑布——
这是天空海洋想完成的任务。
忽然有人像水波一样沉没了——
几个发亮的水花渐渐消逝在溺水处。
当时我在思索何处是终点，
我在哪个无底的深渊沉没。
海底凝固的黑暗在水中苏醒。
在那里光明消失，歌声停住——
在那里永远低垂着无边的帷幕。
无限的过去沉没于何处？[①]

① 董友忱，主编 . 泰戈尔作品全集 [M]. 北京：人民出版社，2015（1）：268-269.

《心声集》

1889 年至 1890 年这段时间，泰戈尔是在不断迁徙的旅行中度过的。据说他有个习惯：每当心绪不宁、悲哀袭来的时候，就想出去旅行，即使不能远行，也要变换住处。在这几年间，他先后在加尔各答、绍拉普尔、大吉岭、浦那、伽吉普尔、什来多赫和圣蒂尼克坦等地逗留。

在这不断迁徙和旅行的过程中，产生了两部重要作品：剧本《国王与王后》和诗集《心声集》。

《国王与王后》出版于 1889 年，内容主要表现个人爱情与国家义务的冲突，以及国王与王后之间的矛盾。国王比克罗姆代博起初一味追求个人爱情幸福，全然不理国家大事，不顾民众疾苦。待到爱情理想破灭，又出于报复和虚荣的心理，不惜把家庭纠纷扩大为一场战争，并且从本国打到外国去。在他看来，战争犹如一种创作，它美得像花一样，而报复则比爱情的淡酒强烈得多。王后苏米特拉与之相反，她不肯将个人幸福置于王后职责之上，认为王权比爱情重要，国王的心应该给人民大众，不该自己一人独占。她关心穷苦百姓的生活，不忍听到他们的哭声，并且为了拯救百姓，决心清除欺压他们的官吏，包括自己的亲戚在内。当国王因为沉湎于爱情，不肯执行自己的任务时，她虽是个女人，却毅然抛弃家庭、爱情、休息和安宁，离开国王前去请求救兵，镇压叛乱，以使国王坚强起来。结果，国王表面上赢得了胜利，实际上却失败了：他的敌手——克什米尔国王不愿投降，宁肯献上自己的头颅；他的王后并没有回来乞求他的爱，而选择了死。当他最后表示要与王后重归于好时，王后没有答应，而是倒地死去。因此，他的报复心和虚荣心未能得到满足，也永远不能得到满足。剧本以他的一段忏悔作为结束：

比克罗姆代博（跪下）
女神啊，我配不上你的爱情，
难道因此你就不能原谅我吗？
难道你让我永远成为罪人？
今生今世我眼含热泪恳求你的宽恕，
你不肯给我改正错误的机会吗？
你像天神一样冷静而残酷，
你的惩治是多么严厉啊！[①]

关于这个剧本的主题，泰戈尔明确指出：苏米特拉和比克罗姆代博之间存在一个矛盾——由于苏米特拉的死亡这个矛盾解决了。比克罗姆代博那种强烈的爱欲成为苏米特拉接受他的障碍，苏米特拉的死亡终结了他的爱恋。只有在平静中比克罗姆代博才能感受到苏米特拉的真诚。此外，比起作者以往的剧本来，这部作品的显著特点是人物性格对比鲜明，故事情节错综复杂。

《心声集》是由随手记在笔记本上的诗篇汇集而成的诗集，收入65首诗，1890年出版。泰戈尔在《序》中记述了这部诗集灵感的由来和写作过程：

小时候，印度西部在我心目中是一片富于浪漫色彩的神奇土地。古往今来，印度人与外国人在这里接触，彼此间发生冲突。多少个世纪，一个个帝国的崛起、崩坍，重新积敛的财富的膨胀、湮灭，在这儿的广阔历史背景上镌刻一幅幅色彩奇特的画卷。前往印度西部某个地方

① 董友忱，主编．泰戈尔作品全集[M]．北京：人民出版社，2015（1）：680-681.

小住，在心里触摸那风云变幻的动荡年代，是我多年的夙愿。

终于有一天我踏上了旅途。西部地域辽阔，我偏偏选中伽吉普尔，有两个原因。我听说伽吉普尔有很多玫瑰园。我心幕上早印上了盛产玫瑰的设拉子的形象。幻想强劲地牵引着我的神思。可到那里看到的是商人经管的玫瑰园，既无夜莺，也无诗人的盛情邀请，心幕上那美景顿时消失了。另外，伽吉普尔未遗留下壮丽的古代历史的深刻痕迹。在我眼里，它的模样就像身穿素服的寡妇，而且她并非出身于名门大户。

然而，我在伽吉普尔住了下来，另一个原因是，这儿有我的远房亲戚戈贡琼德罗·罗易，他是鸦片公司的一位高级职员。由于他的帮助，我在这里的饮食起居方便多了。租用的一幢平房，可以说在恒河畔又不在恒河畔。前面横亘着几英里长的沙洲，种的是绿豆、大麦和油菜；远远地可以望见恒河的流水，缓慢行驶的拉纤的船只。平房四周有很多土地，荒废着，如果换成孟加拉的沃土，早就该长出茂密的丛林了。宁静的晌午，用辘轳打上来的清冽的井水，汩汩地流向农田。炎热时分的倦风，送来羌巴树枝条的密叶间杜鹃的啼鸣。一边矗立着一株苍老的苦楝树，宽大的树荫下是纳凉的好去处。灰白的土路绕过平房，蜿蜒地朝天边延伸。远处有一座村庄，砖墙瓦顶的房屋历历在目。

伽吉普尔不能与阿格拉—德里比肩，也不能与设拉子—撒马尔罕相提并论。但我的心沉浸于不受干扰的幽静之中。我在一首歌中写道：我渴望走向远方，脱离熟悉的世界，我被这里层层的“迢遥”包围着。头顶上习惯的庞大手掌一旦挪开，自由便进入思想王国。置身于这样的氛围，我创作诗的全新阶段突兀地来临了。我多次看到新的环境对我幻想的影响。居住在阿尔莫拉时，我的笔触骤然找到写《儿童集》的新路。那儿虽无创作那类诗的任何动力和契机，却诞生了有别于先前创作风格的新的诗歌形式。《心声集》亦是如此。在新的环境中，这些诗忽然间有了新的形体。在这之前的《刚与柔》，与它没有明显的雷同。这一时期的作品中，我赋予复合辅音以充分的价值，使韵律具有新的表现力。《心声集》中开始出现韵律的各种变化。一位艺人仿佛与诗人融为一体了。[①]

《心声集》开篇的序诗，题名为《礼物》：

幽秘的心灵中每时每刻翻腾
凡世的波澜，
喧腾的心田因而再无片刻的宁静，
昼夜难以入眠。
歌声交织着甘乐，永无休止地扬播——
没有歌词只有吟唱。
那种奇妙的声音急不可耐地唤醒
五彩缤纷的幻想。
于是我这一生不做其他事情，
只构建无限的有限。
着力塑造心声的雕像，以希冀
以爱情以语言。
外面的世界赠送几多芳香几多风景，
身着最美丽的华服，
满腹离愁，朝夕盘桓，来到心扉外面，
声调凄怆地痛哭。
耳闻醉人的歌曲，诗人幽深的心灵里，
苏醒孤寂的遐想。
离弃隐蔽的府第，迈着羞惶的步履，
走来心中成形的愿望。
内心世界外部世界情真意切地结合，

① 董友忱，主编. 泰戈尔作品全集 [M]. 北京：人民出版社，2015（1）：295-296.

充溢诗人的幸福之情。
在那欢乐的时刻将生命最美的绽放
在你的手上供奉。[①]

这首诗表明诗人的心灵是永不平静的，他要用自己的一生“构建无限的有限”，他要将自己内心世界与外部世界结合时的“幸福之情”，将自己“生命最美的绽放”，奉献给他心目中的主宰者。

这部诗集的题材多种多样，有颂爱情的诗、咏自然的诗、讲哲理的诗、关于社会与民族问题的诗、具有宗教色彩和神秘倾向的诗，等等。其中，描写八百个朝觐者前往圣城——普里乘船遇难的诗、向古代大诗人迦梨陀娑表示敬意的诗，都相当出色，表现了诗人丰富的想象和强烈的激情。

前者题名《海浪》，描绘这场海难的可怕经过，颇有震撼人心的力量。全诗分为 10 节，前几节主要描写海浪的狂暴和人们的惊恐，如第一、二节写道：

在无边大海的怀里，毁灭举行
惊心动魄的聚会。
狂风扑扇着亿万羽翼，时而俯冲，
时而高飞。
与海面疯狂拥抱的云天用昏暗罩住
大地的眼睛。
电光闪闪，泡沫呻吟，造化发出尖利、
惨白、可怕的笑声。
无眼、无耳、无家、无爱的发狂的
一群海怪挣断枷锁，

① 董友忱，主编．泰戈尔作品全集 [M]. 北京：人民出版社，2015（1）: 297.

不知朝何处的死亡奔去。

失落了海岸线，黑沉沉的大海哭叫着
掀起波涛，
发怒的样子令人恐怖，它喘息、狞笑，
疯子一样吼叫，
凝聚、膨胀、迸裂——腾跃着寻找
自己的边际——
仿佛是别离陆地的蛇群甩动着尾巴，
吐舞着信子；
仿佛是汹涌的胶状的夜色，向十方
迢迢地扩张，
挤破一张张睡眠之网。

后几节主要颂扬人们面对灾难挺身而出的英勇奋斗的精神，着力描绘了一个“高大的女人”的形象，她紧抱儿子跳海逃生，显示出无比的勇气和力量。第八、九、十节写道：

在这种无理性之物的怀里，人类竟然
无畏地摇晃！
死亡这魔鬼未能吞尽所有的欢乐、
所有的希望！
为了活命，母亲为什么跳海，胸前抱着
她的儿子？
走近死神，也不奉献，紧紧搂着她
心中的宝贝！
海天之间矗立着一个高大的女人——
谁能抢走她羸弱的

儿子的性命？

她从何处获得了力量，紧紧地抱着
怀里的儿子？
在惊涛骇浪里漂浮，爱从何处进入
人类的心灵？
她从不绝望，不向危险屈服。爱的甘露
孕育新的奇迹——
母亲的这种慈心，在世界的何处还有立足之地？
难道这里没有母爱？
在毁灭中默默无言的母亲心中的真情
战胜死亡——
是哪位女神赐予她这样的柔肠？

附近的同一个地方有慈爱，说没有慈爱——
很值得怀疑。
崇高的信念，极端的颓唐，同居于
共筑的楼宇。
何谓真理，何谓荒谬，日夜争论不休，
人心时而沉沦，时而高尚。
无理性的妖魔炫耀威力，鄙夷哀求。而爱把人
搂在怀里，祛除恐慌。
天神、妖魔之间的这种永恒的戏耍
难道会导致荣枯兴衰？
胜负搏斗难道永远无止无休？[1]

---

① 董友忱，主编．泰戈尔作品全集 [M]. 北京：人民出版社，2015（1）：338-342.

后者题名《云使》。原著《云使》的作者迦梨陀娑是印度中古时期最杰出的诗人，也是泰戈尔最崇敬的诗人之一。他大约生在公元4世纪到6世纪的笈多王朝时代，再准确一点说，是在350年至472年之间。一般认为属于他的可靠的作品有五部，即《鸠摩罗出世》《罗怙世系》《沙恭达罗》《优哩婆湿》和《云使》，另外还有两部作品也很有可能是他的，即《摩罗维迦和火友王》和《时令之环》。这七部作品，分别属于三种体裁——叙事诗、抒情诗和剧本。《云使》是一部抒情长诗，分两章（“前云”和“后云”），写财神俱毗罗手下的一个小神药叉，由于玩忽职守，犯了过错，受到财神的诅咒，被贬谪一年。他不得不离开自己温暖的家庭，来到南方罗摩山的树林中居住。在流放地住了几个月之后，到七月初雨季开始时，他看到一片带雨的乌云飘上山顶，正要继续从南向北飘荡。在这片令人产生情爱的雨云面前，他激动不已，便决定委托这片雨云充当自己的使者，请求这片雨云使者把他的信息传达给他心爱的妻子，以寄托他对妻子的百般思念——“云啊！你是焦灼者的救星，请为我带信，带给我那由俱毗罗发怒而分离的爱人；请到药叉主人所住的阿罗迦地方去，那儿郊园中湿婆以头上的新月照耀宫城。”[①] 接着，他用充满诗情画意的语言，生动地描绘了从罗摩山到他的故乡阿罗迦城的沿途风光，描绘了阿罗迦城的美妙景色，描绘了他心爱的人的美好形象，并委托雨云使者为他传递信息——“云啊！现在请听我告诉你应走的路程，然后再倾听我所托带的悦耳的音讯；旅途疲倦时你就在山峰顶上歇歇脚，消瘦时便把江河中的清水来饮一饮。”这部作品充满炽热的感情和浪漫的色彩，想象丰富，韵律和谐，语言优美，被视为古典梵语抒情诗的典范。泰戈尔在一天下暴雨时（这首诗后面特别注明“下午暴雨时节”），超越时间空间的界限，发挥诗人特有的想象力，遥想一千余年前迦梨陀娑写诗时的情景和心态，与之心心相印，情感交融，穿越时空，终于写就一篇激动人心的同名

① 季羡林，主编．东方文学作品选[M]. 金克木，译．长沙：湖南人民出版社，1986（下）：76.

诗篇。

泰戈尔的《云使》共计九节，兹引首尾各两节如下：

诗圣，被遗忘的哪一年，
哪个圣洁的雨季的哪一天，
你写成《云使》？
诗中的雷云
将人间无数离人的别恨
浓缩于自己一层层的冥黑
和频频演奏的雨曲。

那天优禅尼城的宫殿上空，
乌云密布，雷声隆隆，
狂风呼啸，电光闪闪。
乱云撞出的炸雷唤醒千百年
胸中隐忍的别离的哭泣。
一个个白昼抑制的泪水
夺眶而出，冲决岁月的羁绊，
润湿你不朽的诗篇。
那天世上所有的离人
曾双手合十，仰望奔云，
面对远方亲人的住所，
齐声唱起忧伤的离歌。
曾想让充满泪水和思恋的
书信跨上自由的新云的翅膀，
飞抵遥远的窗口。
躺在窗前泥地上的思妇
果真披头散发、衣衫褴褛，

果真眼含泪水。

…………

我的灵魂流云般地游逛，
最后抵达最北端，神往
已久的阿洛迦福地，
这儿坚贞不渝的妻子创造的古代的美，
除了你[①]，谁能够采撷欣赏？
谁能走进吉祥天女的殿堂？
这极乐世界里终年如春，
皓月照临不败的花林。
紫玉山脚下是清澈的池塘，
鲜艳的荷花竞相开放。
深宫里有数不清的珍奇，
愁绪满怀的宫女掩面啜泣。
从开启的窗棂，只见她
消瘦的玉体斜倚着绣榻，
似东方天空将垂的弯月。
诗人，今日我心底的郁结
因着你的咒语彻底排遣。
在我获得的离情的天界，
离别的恋人在永恒的美景中
清醒地独度长夜。

幻象倏然隐逝——但见

① 指迦梨陀娑。——译者注

窗外大雨如注，凄冷的夜阑
悄然而至，平原尽头的夜风
哀泣着遁向无边的虚空。
深夜，我毫无睡意，默默沉思：
谁发出诅咒？为什么制造分离？
为什么爱情找不到自己的路？
为什么压抑的爱欲仰天哭诉？
哪个男人去了远离人间山河的、
没有太阳只有宝石闪光的黄昏之国，
在玛纳斯湖畔的别离之榻上
年年岁岁安心卧躺？①

其中既有对迦梨陀娑笔下优美意境的深切体验，又有对迦梨陀娑杰出才华的热情赞叹，更有泰戈尔的切身感受。

泰戈尔认为，《心声集》是他第一部感情色彩十分浓重的诗集。关于这部诗集的重要性，他在《诗歌选》的前言中写道，《心声集》可以作为划分其余诗集中诗歌好坏的标准。由此可见，他是非常重视这部诗集的。评论者也有近似的评论，如：英国传记作家爱德华·汤普森认为，这部诗集的基调是泰戈尔的坚定信仰，这部诗集是泰戈尔成熟的标志；《泰戈尔传》的作者克里希那·克里巴拉尼认为，这是泰戈尔第一部真正成熟的作品。泰戈尔将这部作品的诗歌按内容分为五类，即爱情诗、自然诗、社会诗、宗教诗和宇宙观诗，他日后所创作的诗歌基本上不出这五类。

① 董友忱，主编．泰戈尔作品全集[M]．北京：人民出版社，2015（1）：442-446.

田园生活和短篇小说

1890年8月22日，泰戈尔同二哥绍登德罗纳特和他的朋友一起从孟买出发再一次前往英国。轮船起航不久，便在阿拉伯海遇上惊涛骇浪，他又像第一次旅英那样，不得不在船舱里躲避了四天，之后才逐渐适应了航海生活。抵达伦敦以后，他立即前去第一次旅英时曾经住过的司各特一家人原来的住所，但可惜他们早已离开，不知去往何方。在伦敦停留期间，他的生活过得很愉快，然而没有作品产生。离开祖国，创作的源泉似乎也跟着枯竭了。因此，同年10月5日，他突然决定只身回国（二哥和他的朋友不愿缩短行程），并于11月3日回到印度。这次旅英的情景，全部记在他第二年出版的《旅欧日记》上，时间从1890年8月22日至11月4日，文笔轻快幽默，读来饶有风趣。

第二次旅英归来不久，一种新的生活便开始了。从1890年到1898年，泰戈尔遵从父亲的命令，接替大哥管理家族的田地产业。起初，他不太乐意接受这个任务，觉得事务工作枯燥乏味；后来，在实践过程中逐渐改变了看法，不仅不再感到枯燥，反而觉得颇有意思，并且获益匪浅。

他家的产业主要包括三处田庄，分散在孟加拉和奥里萨的广大地区，有些地方处于帕德玛河（意为“莲花河”）岸边。为了方便照料，他不是定居在一个地方，而是经常住在航行于帕德玛河的一艘船上，他将这艘船命名为“帕德玛号”。他爱帕德玛河，喜欢它那浩荡的水流和汩汩的波浪，喜欢头上清澈光洁的蓝天、两岸翠绿繁茂的树木以及一望无际的广漠平原；他爱“帕德玛号”，觉得住在船上犹如身穿一件旧长衫一般舒适异常；他也爱这种生活，因为在这里愿意怎么幻想就怎么幻想，愿意看多少书就看多少书，愿意写多少字就写多少字，随心所欲，无拘无束。他在此地不仅得以接近大自然，欣赏孟加拉美丽的田野风光，而且得以接近农民，观察他们俭朴的生活和辛勤的劳作。他渐渐爱上这些朴实、勤劳的人们，开始关心他们的疾苦，同情他们的不幸。他为这些农民感到忧虑。在他看来，农民好像大地母亲软弱无力的婴儿，母亲不把食物送到他们嘴里，他们就会死掉；母亲的乳汁干涸，他们只能啼泣；待到饥饿稍微缓和，他们又要马上忘掉曾经的不幸。他甚至说过：我不知道以平等的方式将大地的恩赐——土地分配给所有人的社会主义理想究竟能否实现，如果不能实现的话，那么这种法则真是残酷，人们也真是不幸了。他在当时写给家里人的信里，时常谈到农民，描述他们因为洪水泛滥，只好割下尚未成熟的稻子，用船运回家去的凄凉光景。

为了改善佃农的生活，泰戈尔想方设法征得父亲和家里人的同意，减去他们一半的地租。他还制订了一个农村开发计划。这个计划有两条指导原则，即自立与启蒙，且以后者为主。所谓自立，就是依靠农民自己，不依赖外力的帮助，否则农民将永远是无力的婴儿。所谓启蒙，就是进行各种各样的教育，鼓励农民树立信心，否则他们便会失去政治上的自由，还会在肉体上和精神上失掉力气。他还帮助农民掌握科学，否则他们便会盲目相信各种欺骗。泰戈尔当时在自己家的领地实验了这个计划，后来又到圣蒂尼克坦建立了一个农村开发实验中心进行实验。他在自己有限的财力物力和有限的活动范围内设法为农民造福，采取了一系列措施，诸如改革收租办法，修建学校、医院、道路和水利工程，设立信贷机构和自治组织，杜绝贿赂和高利贷剥削，等等。

尽管泰戈尔的农村开发计划并没有产生明显的实际效果，但是他关心农民的一片真情是人们有目共睹的。事实正如有的泰戈尔研究者所指出的那样，在泰戈尔从 1890 年开始管理家产到 1941 年去世为止的 50 年间，印度农民问题一直是他所关注的主要问题之一。他不仅关注农民的不幸命运，而且经常竭尽所能帮助农民解决困难。

这段农村生活经历为他的短篇小说创作提供了丰富的素材，促使他写出了 60 余篇短篇小说，其中 40 余篇在他家主办的杂志《实践》上发表。他把在那条船上所见所闻的人物、事件和生活场景加以提炼和想象，构思出一个个生动的故事，创作出一篇篇感人的小说。他曾经说过，他笔下的人物往往就是他的同伴，在阴雨天，陪他坐在屋里；太阳出来后，又跟他一同散步。有的人物在作品写作之前，已经活在作者的心中，甚至成了朋友。

关于短篇小说的创作，泰戈尔在许多文章里做过解说，这些解说十分有助于我们阅读和欣赏他的作品。其内容主要涉及以下几个问题。

第一，为什么要写作这些短篇小说。

他在 1893 年的一封信里写道：“我没有想到，我所做的哪一件真实的工作是有现实意义的。一个时期我总是觉得，我能写出许多短篇小说，而且不会写得很差——在写作的时候也可以获得快乐。就像满怀自豪的少女，她有自己喜欢的许多情人，对其中的任何一位都不想放手，我也仿佛有些类似的情况。我不想让‘有诗才的人们’中的任何人丧失信心——当时那里的工作可以极大地扩展。”①

在 1894 年的一封信里又写道：“从昨天起，我脑子里突然萌生一种幸福的念头。我想了一下，就发现，我们要做有益于世界的事情，尽管有了愿望，却没有行动。但是如果行动起来，投身于我们能做的事情中，很多时候自己会有益于世界的，哪怕是为了最初的目标，也可以做成一件事情。今天我觉得，如果我不再作别的什么事情，只是坐下来写短篇小说，那么，我心里就会感到一些快乐，如果能写成，也许，会使一些读者心里感到快乐。写短篇小说会有这样一种快乐感，那些我所描写的人们，会占据我日日夜夜所有闲暇的时光，成为我孤

① 董友忱，主编 . 泰戈尔作品全集 [M]. 北京：人民出版社，2015（7）：1062-1063.

独心灵的伙伴，下雨时他们会消除我那关闭的房间的狭窄性，在阳光强烈的炎热时节，在帕德玛河岸的明媚风景中，他们会在我的眼前漫步。今天上午一个肤色亮晶黧黑、傲慢的、名叫吉莉巴拉[①]的小姑娘出现在我想象的王国里。我刚刚写了五行，而且在这五行里我只说了这样一件事，昨天下了一场雨，今天雨停了，移动的乌云和移动的阳光在相互寻找猎物，此时在东边承受毛毛细雨的大树之下的乡村土路上，上面提到的吉莉巴拉应该出现了，或者我的船上就会有藏青果落下来——这样就不得不等一会儿吉莉巴拉了。不管怎么样，她总是在我心里……我曾经这样想，我什么都不做，只是写短篇小说——我让自己成为快乐的人。”[②]

第二，这些短篇小说的写作过程。

他在1900年的一封信里写道：“《实践》杂志上的大部分作品都由我来写，而且其他作者的作品我也得插手作很多修改。这时候经营地产的重担落在我的肩上，我不得不经常沿着水路和旱路去乡村漫游——在这种经历的鼓舞下，我开始创作短篇小说。《实践》创刊以前，《忠告报》就诞生了……我每周都为这家报纸写短篇小说、评论和文学论文。我的短篇小说写作就是在这里开始的。我写了六年的时间。《实践》在第四年就停刊了。该杂志停刊几天之后，我做了《婆罗蒂》杂志一年的编辑，因此我不得不写短篇小说和各种文章。”[③]

第三，这些短篇小说的价值和地位。

他在1940年的一封信里写道：“一些人在我的作品里找不到中产阶级，因此就发牢骚，现在到了我该向他们发表一个说明的时候了……一个时期我一个月接一个月地在创作农村生活题材的短篇小说。我相信，在这之前孟加拉文坛还没有如此连续地展现过农村生活的画卷。当时并不缺少中产阶级的作家。他们几乎全都沉醉于对普罗达波辛赫

① 短篇小说《乌云和太阳》的女主人公。——译者注

② 董友忱，主编.泰戈尔作品全集[M].北京：人民出版社，2015（7）：1063.

③ 董友忱，主编.泰戈尔作品全集[M].北京：人民出版社，2015（7）：1063.

或普罗达巴迪多[①]的构思中。”[②]

直到 1941 年 5 月，他已八十高龄并且卧病在床时，仍在为自己的短篇小说所受的不公正待遇鸣不平。在一段谈话记录里，他详细地阐述了这些短篇小说的历史价值和地位——“我写了无数短小的抒情诗——看来，世界上的任何诗人都未曾写过这么多——可是当你们说我的短篇小说都像是歌谣，我惊奇得说不出话来……我要说，在我的短篇小说里从来不缺少现实的东西。我所写的都是我自己看到的，是我的心灵感悟到的，都是我直接体验到的。我在短篇小说中所写的东西，其主要部分蕴含着我的体验和我的观察。如果把它说成是歌谣，那你就错了……你们说我的语言，你们说，即使我写散文，我也是诗人。我的语言如果在某个时候超越了我的短篇小说部分而获得特殊的价值，你们也不能因此而怪罪我。其原因就在于，我的孟加拉散文不得不由我自己来创作（语言）。没有（现成的）语言，我不得不一章一章、一节一节地进行创作……随着故事情节的发展，就需要创作语言。你们提到诸如莫泊桑等几乎所有外国作家，他们都获得了已经准备好的语言。在写作的过程中如果不得不创造语言，我不知道他们会是怎么样的情况。稍微想一下，就会明白，我所写的那些短篇小说，第一次展现出孟加拉社会的生活画面。”[③]

同年 6 月 9 日又在一封信里写道：“当时我的年龄还小。我漫游孟加拉邦的农村、码头之后回来了。这些短篇小说都是满怀着喜悦写成的。长期以来这些短篇小说是我非常喜爱的，可是我国并不很欢迎短篇小说，我心里曾经有过这种苦恼。过了这么久之后，这一次我获得了你们《相识》杂志授予我的应得奖励。在这中间我毫不犹豫，完全享受快乐。我的这种体验我不能不告诉你。”[④]

---

① 此二人都是 16 世纪印度历史上反对莫卧儿王朝的英雄国君。——译者注

② 董友忱，主编 . 泰戈尔作品全集 [M]. 北京：人民出版社，2015（7）：1064.

③ 董友忱，主编 . 泰戈尔作品全集 [M]. 北京：人民出版社，2015（7）：1064-1065.

④ 董友忱，主编 . 泰戈尔作品全集 [M]. 北京：人民出版社，2015（7）：1067.

以上我们之所以花费许多篇幅引出泰戈尔关于他的短篇小说的论述，目的在于说明他对这些作品的重视和这些作品的重要性。泰戈尔所写的短篇小说的确丰富多彩，的确在他的创作中占有重要地位。

从思想内容来说，这些小说直接而具体地反映出孟加拉社会的种种问题，涉及生活的各个方面。有的揭发英国殖民者在印度横行霸道、胡作非为的种种暴行，如《乌云和太阳》(1894)，写有爱国心和正义感的青年律师绍什普松，同“洋大人”打官司场场败诉，最后一次蹲了五年监狱，弄得家破人亡的故事。有的暴露印度官员的黑幕，如《法官》(1894)，写法官莫希特莫洪·德多判处女犯基罗达绞刑的故事。基罗达在无数次不幸遭遇中度过了青春时代，已经38岁时又被一个男人遗弃。她感到绝望，决心抱着孩子投井自杀。结果母子全被邻居打捞上来，基罗达复活，孩子却死掉了。基罗达因此以谋杀罪受审，并被严厉的法官莫希特莫洪·德多判处绞刑。然而这位法官不是别人，正是二十四年前诱奸和遗弃基罗达的罪人。有的讽刺投靠殖民当局的洋奴，如《加冕》(1898)，描写舍科尔家父子在洋大人面前卑躬屈膝的丑态。父亲在宦海中充分展示了点头哈腰的谄媚伎俩，终于获得了高官厚禄。儿子则把老子那套点头哈腰的本事移到自己身上，于是那颗年轻的脑袋，就如在水里起伏的南瓜一样，开始在身居高位的英国人门前摆动起来。也有的表现被压迫者的不幸遭遇，如《喀布尔人》(1892)，叙述穷苦的喀布尔小贩同“我”的女儿米妮交往的故事。当时一般孟加拉人认为，身材高大的喀布尔人是很可怕的，据说他们专门诱拐小孩，并且动辄拔刀杀人。但泰戈尔笔下的喀布尔人却是善良、可爱的。喀布尔小贩为生活所迫，不能和自己的女儿在一起生活，便同年龄与自己女儿相仿的米妮结成了忘年交。他对米妮的爱纯朴、真挚、感人，他们之间的友情超越了民族和宗教的偏见。这篇作品充满作者对“小人物”的深切同情。

不过，他的短篇小说最突出的主题是妇女的命运问题。妇女问题是当时印度反对封建势力，争取民族复兴所面临的重要问题之一。泰戈尔早在少年时代就对这个问题表示关切。例如，他在 1878 年写的一篇随笔中，巧妙地驳斥了轻视妇女作用的论调：有人说女人等于“0”。然而在数字“1”（即男人）的右侧放上“0”，男人就增加十倍的力量，变成“10”；但对于把女人放在相反方向的可悲男人来说，女人就将他撕得粉碎，把他放在小数点之后，就变成“0.1”。

在这些有关妇女问题的短篇小说里，他对封建婚姻制度的种种罪恶进行了有力的揭露，对遭受摧残的青年女子表示了深切的同情。

《河边台阶的诉说》（1884）的女主人公库苏姆是早婚和所谓“贞节”的牺牲品。她七岁被迫出嫁，一年之中仅和丈夫见过一两次面，八岁就成了寡妇。从此以后，她便擦掉额上的红痣，捋下手上的镯子，穿上深色的长衣，带着愁思的面容生活。十年过去了，她才发育成熟。这时，她的村里来了一个苦行者。有人说，他就是库苏姆的丈夫；有人说，他跟库苏姆的丈夫长得一模一样；但也有人说，他有些地方不像库苏姆的丈夫。不管怎样，库苏姆热烈地爱上了他。然而，当她大胆地向他表白自己的衷情时，却遭到他的坚决拒绝。这个沉重打击终于迫使库苏姆投河自尽。小说在结尾处意味深长地写道：经常在“我”的怀抱里玩耍的库苏姆，今天离“我”而去了，她上哪儿去了，“我”无法知道。

《弃绝》（1892）是对种姓制度的控诉。按照印度传统习惯，不同种姓的人不能通婚。这种制约给许多青年男女的婚姻造成不幸，尤其给许多妇女带来不幸。在这篇小说里，漂亮的女主人公库苏姆是个寡妇，又是个首陀罗的女儿，却和身份高贵的婆罗门赫蒙托互相爱慕，并且经人撮合结为夫妇。结婚之后，库苏姆的“秘密”被公公发现了。公公命令儿子把她赶出门去。赫蒙托经过激烈的思想斗争，终于背弃父亲的意志，夫妇双双离家出走。库苏姆的性格热情而坚强。在恋爱过程中，她热烈地追求，有时不吃饭也不睡觉，有时无缘无故地流泪，有时几乎发狂；在“秘密”被发觉后，她镇定自若，毫不惊慌，仿佛是迈着无畏的脚步从火焰里走过来的，却没有人知道她被灼伤得多么厉害。

《莫哈玛雅》(1892)的故事更加令人惨不忍睹。年轻貌美的莫哈玛雅仅仅因为和情人拉吉波幽会被哥哥发觉，便受到骇人听闻的严厉惩罚：哥哥把她带到火葬场，强迫她和一个垂死的人结婚。她第二天就成了寡妇，还要为丈夫焚身殉葬。只是由于一阵突然袭来的狂风暴雨，火葬堆被扑灭，她才没有被烧死，然而脸上已经留下不可磨灭的伤疤。她逃到拉吉波家里，表示要在他家住下去，只要对方发誓永不揭开她的面纱，永不看她的脸。拉吉波答应了她的要求，她便住了下来。但在一个月明之夜，拉吉波忍耐不住，悄悄走进她的卧室，看到了她那可怕的伤疤。正在这时，莫哈玛雅惊醒过来，拉吉波请求原谅。莫哈玛雅一言未发，头也不回地走出房间，再也没有回来。她的沉默的怒火，在那毫不留情的永别的时刻，给拉吉波的余生烙上了一道长长的疤痕。莫哈玛雅的遭遇悲惨到了极点，她的性格也倔强到了极点。她敢于破除清规戒律，自由恋爱，而且敢作敢当，公然向封建礼教挑战，向卫道者挑战。她大胆地从火葬场逃到情人家里，同他一起生活，这也是对封建礼教的反抗。她不能忘记脸上的伤疤，不肯容忍拉吉波的窥视，同样表明她坚决维护自己的尊严，对封建礼教怀着永不熄灭的怒火。

普通女人的命运本来就够悲惨的了，更何况那些有天生生理缺陷的呢!《素芭》(1893)写的就是这样一个故事。素芭细妮姑娘生来就是一个哑巴。因为这个缺陷，她从小就成为父母的灾祸和痛苦，遭到全家的厌弃，只能和同样沉默无言的大自然以及母牛、山羊、猫交朋友，再有一个伙伴就是村里名叫普罗达普的懒汉。她外表沉默，内心孤独。当她长大成人以后，她的父母便用欺骗的手段把她嫁到远方。没用多少时间，她的丈夫就发现自己上了当，于是又娶了一个会说话的妻子。素芭的悲惨处境可想而知。

这些短篇小说不但在反映现实的层面上具有一定的广度和深度，而且在艺术表现方面形成了自己的特色。例如，在结构布局上，单纯而自然。作者往往不是截取生活的横断面，而是从头到尾地叙述故事的始末和人物的一生，颇有民间故事的味道。但他的小说又绝不使人觉得松散，而是构思精巧，层层递进，很有引人入胜的力量。又如，在人物刻画方面，他善于用不多的笔墨描绘出生动的形象和鲜明的性格。

不过，他的短篇小说最引人瞩目的艺术特色乃是其抒情性。有的评论者认为，泰戈尔的短篇小说可以与莫泊桑和契诃夫的短篇小说相提并论，莫泊桑长于揭示人的理智，契诃夫长于表露人的灵魂，而泰戈尔则长于抒发人的感情，三者各有所长。这可能是因为泰戈尔首先是一个抒情诗人，所以他写小说也具有抒情的特征。甚至可以说，他似乎创造了一种新的文学形式——将抒情诗和短篇小说结合起来的文学形式，这是颇有见地的评论。确实，泰戈尔的短篇小说常常具有浓郁的诗意，充满浓厚的抒情气息，有不少小说通篇都像是优美的抒情诗或者优美的抒情散文。其他许多小说也随处都有优美的抒情段落。这种抒情性突出表现在以下几个方面。

首先，他无限热爱大自然，他用他那支生花妙笔生动地描绘出印度、孟加拉热带和亚热带多姿多彩的自然风光，并且将自然环境与人物的命运和感情的变迁巧妙地交织在一起，互相映衬，以加强艺术的感染力。如《女乞丐》写的是奥莫尔辛赫和科莫尔这一对青年男女坎坷的经历和悲欢离合的故事。当小说开始时，他们正全身心地沉浸在互相爱慕的幸福和欢乐之中，他们所居住的村庄也被作者描绘得如画一般美不胜收——“这个被浓密树林围绕着的幽暗村落，宛如披着一幅黑色面纱，避开人世的喧闹，孤零零地藏在静谧的群山里。远处绿茸茸的草地上，牛儿在吃草；池塘边，村里的姑娘们正在汲水；栖息在村中昏暗的树丛中的林中诗鸟——多愁善感的印度夜莺，正在唱着忧伤的歌儿。整个村庄就像是诗人的梦境一样。”[①] 正是在这个美丽的村庄里，他们携手游玩，采撷鲜花，并肩击浪，朗读史诗，尽情地享受人

① 董友忱，主编．泰戈尔作品全集 [M]. 北京：人民出版社，2015（14）：118.

生的快乐。但到小说结尾处，他们都已饱经世事沧桑，遍尝生活苦果，尤其是科莫尔，此时已经病入膏肓，卧床不起，奄奄一息。于是周围的环境也变得格外可怕起来，令人不寒而栗——“漆黑的夜晚，浓密的云雾遮住了满天的星斗，可怕的雷声在每个山谷中回响，雷电不断地闪光，照亮了每个山冈。霎时间大雨滂沱，狂风大作。山里的居民很久没见过这样的暴风雨了。贫穷的寡妇的小茅屋在摇晃，雨水透过薄薄的屋顶，从上面流到屋里；屋角放着一盏昏暗的小油灯，它的火苗在不停地跳动着。”[①] 尽管这时奥莫尔辛赫不期而至，但科莫尔那病弱的身体已经受不住这种过度兴奋，“她那双湿润的眼睛慢慢地合上了，心脏慢慢地停止了跳动，这盏灯慢慢地熄灭了。”[②]

其次，他常常用诗意盎然的语言描写人物的外貌和神态，使之充满生机和活力。在描写外貌方面，可举《素芭》和《莫哈玛雅》为例。《素芭》的女主人公素芭是一个哑女，不能用语言表达思想，只能靠眼睛传达感情。小说在描绘她眼睛所传达的丰富表情时写道：“素芭虽然不会说话，但她有一双缀着长长睫毛的黑黑的大眼睛……这双眼睛在表达思想感情的时候，时而睁得大大的，时而闭得严严的，时而炯炯有神，时而悲楚暗淡；有时就像西垂的月亮一样，凝视着前方；有时又像急速的闪电，在四周闪亮。哑人自有生以来除了面部的表情就再也没有别的语汇，但是他们眼睛的语汇却是无限丰富，无比深沉——就像清澈的天空一样，成为黎明与黄昏、光明与阴影的宁静的游戏场所。”[③]《莫哈玛雅》的女主人公莫哈玛雅具有一种光彩夺目的美，但作者没有具体描写她的脸形如何，耳目口鼻怎样，而是这样写道：“莫哈玛雅是名门之女，今年二十四岁。正值美貌的青春年华，就像未加修饰的一座金像，又像秋天的阳光那样沉寂和熠熠闪光，她那眼神犹如白昼的

---

① 董友忱，主编 . 泰戈尔作品全集 [M]. 北京：人民出版社，2015（14）：129-130.

② 董友忱，主编 . 泰戈尔作品全集 [M]. 北京：人民出版社，2015（14）：129-130.

③ 董友忱，主编 . 泰戈尔作品全集 [M]. 北京：人民出版社，2015（9）：476.

光辉一样开朗和坚强。”[①] 这就不仅表现了她外貌的美，而且展示了她性格的倔强。在描写神态方面，可举《河边台阶的诉说》为例。《河边台阶的诉说》的女主人公库苏姆成为寡妇十年之后才发育成熟。对于她的青春美，作者满怀深情地赞叹道："库苏姆一天比一天显得更加俊美和充满青春活力，就像雨季开始的时候恒河一天比一天显得更加丰满一样。但是，她那淡素的服装、忧郁的面容和悠闲的表情，给她的青春罩上了一层阴影，使得一般的人看不见她那充满青春的美。仿佛没有人发现库苏姆已经长大，就连我也没有注意到。库苏姆在我的心目中永远是个小姑娘。她的脚镯确实没有了，但是每当她行走的时候，我就好像听到了她那脚镯声。就这样，一晃十年过去了，村里人似乎谁也没有发觉她长大了。”[②]

再次，他有时还用充满诗情画意的语言描写人物的内心世界，以便更加充分地展示复杂而尖锐的心理冲突。如在《弃绝》里，为了突出女主人公库苏姆那热情而坚强的个性，为了突出她在自己的"秘密"泄露后无所畏惧的心态，小说写道："库苏姆以深沉、严肃的声调，把一切都讲了出来。她仿佛是迈着坚定的步伐，从火堆上走过来的，谁也不知道烈焰把她灼伤得多么厉害。”[③]

泰戈尔的短篇小说创作同其他体裁的创作情况有所不同。在诗歌、戏剧、散文等方面，他都经过一段摸索，走过一段弯路，然后才找到适合自己的形式。但在短篇小说方面，他似乎从一开始就显得颇为成熟，表现出艺术巨匠的气概。这大约是因为，他是印度和孟加拉第一个写短篇小说并获得成功的人，在这方面没有现成的东西可以模仿。他写短篇小说之前，已经在其他体裁创作方面有了不少的艺术实践，积累下了相当丰富的写作经验。总之，泰戈尔的短篇小说达到了很高的艺术水平。这些以普通人的命运为对象并富有批判性和现实性的作

① 董友忱，主编 . 泰戈尔作品全集 [M]. 北京：人民出版社，2015（9）：482.

② 董友忱，主编 . 泰戈尔作品全集 [M]. 北京：人民出版社，2015（7）：594.

③ 董友忱，主编 . 泰戈尔作品全集 [M]. 北京：人民出版社，2015（9）：406.

品，开拓了他自己文学创作的新方向，在孟加拉乃至印度近代文学史上也有开一代新风的意义。有人甚至认为，直到今天，印度在短篇小说方面的成就也未能有谁超越他。

《金船集》

值得注意的是，泰戈尔在关心农民的生活，并写作表现现实生活的小说之际，他头脑中的神秘主义思想倾向也在日益发展和充实。从童年时代起，他就模糊地感到宇宙之间存在一个主宰，它活在一切有生命的或者看来似乎没有生命的东西之中，活在人们心中，它也主宰着泰戈尔本人，并使他同万物发生密切的联系。到了成年时期，这种模糊的感觉进而发展成为明确的意识，并且通过他的创作表现出来。他曾在一封信里谈过自己的神秘体验。据他说，他觉得自身犹如一架内部藏有复杂琴弦的钢琴一般。是谁突然来弹奏这架钢琴的呢？又是为了什么来弹奏的呢？他自己也不明白。他只知道现在在弹什么曲子，音调是高是低，表现的是欢快还是悲哀的情绪。

泰戈尔首先是诗人。他虽然也喜欢写短篇小说，但是他写诗的兴致无疑是最高的，因为诗歌是最能够充分表达他的神秘思想和独特心境的艺术形式。因此，从 1894 年开始，他在写短篇小说的同时，还动手写了好几部诗集。

1894 年问世的诗集是《金船集》(收入 42 首诗)。关于这部诗集的创作环境和创作过程，泰戈尔在《序》中写道：

《心声集》的大部分诗，是在印度西部一座城市的平房里写的。新鲜的感触，勾起我心中包含别样趣味的激情。在那陌生而幽静的氛围中，我编织新韵律之网，这是以前从未做过的事。新鲜中蕴涵的无限发出召唤，心儿立刻响应。其中隐匿的东西，像枝条上的花苞，在阳光下绽蕾开放。但《金船集》是在另外一种环境中写成的。那时，我在河流纵横的孟加拉乡村巡游，恒河平原的新奇，是流动的富丽的新奇。不仅如此，许多熟悉和不熟悉的东西，在我的脑海聚集。我不能说，孟加拉邦是个陌生地区；我懂得它的语言，懂得它的音乐。比起映入眼帘的景物，更多的景物以丰富多彩的形态进入我心灵的内宅。我在内心世界不断地受到"认知"的欢迎；产生的感悟，从我潺潺流动的短篇小说的创作之河中可以清楚地看到。假如我定居在那源泉的岸边，假如我不被吸引到比罗普姆干燥旷野的苦修之地，那创作之河至今仍不会停止流淌。

不管是冬季、夏季还是雨季，从年初到年底，我一次次接受帕德玛河的热情款待——或在拜沙克月[①]炎热的阳光下，或在斯拉万月[②]的滂沱大雨中。彼岸是掩映着村落的秀丽、葱绿的树木，此岸灰白的沙滩上杳无人影，在中间帕德玛河水流的背景上，天国的画家在不同的时辰，用不同色彩的光影之笔涂抹。这里，有人和无人的场景，在我的生活中交汇。饱含悲欢的消息，农民的生活之河的奇特喧声，每时每刻飘入我的心房。近在咫尺的农民的苦况，唤醒了我的心灵。我为他们思考问题，为他们办事，下定了履行各种责任的决心——在我的脑海中，那决心的纽带至今未被割断。与农民接触，延伸了我的文学之路和工作之路，拓宽了我的生活领域。那时的建树，世界的本相，以及从人群中获得的鲜活经验，开拓了我的智力、想象和志趣。那时，首次收割诗歌的作物装满了金船。当时我曾表示怀疑：这只船将装完我的收获，但能够带着我远航吗？[③]

这部诗集以卷头第一首诗《金船》命名。这首诗注明"1891 年法

---

① 孟加拉历拜沙克月在公历 4—5 月间。

② 孟加拉历斯拉万月在公历 7—8 月间。

③ 董友忱，主编 . 泰戈尔作品全集 [M]. 北京：人民出版社，2015（2）：5-6.

尔衮月[①]写于什来多赫舟中”，全文如下：

云雷轰响，大雨如注，
我坐在河滩孤独无助。
刚割下的稻谷，
一堆堆，一簇簇，
河中波涛起伏，
呼啸着奔去。
割稻时突然下起大雨。

我孤单地守着一小块地，
周围汹涌的河水在嬉戏。
遥望河对岸，
林荫如墨染，
村舍罩云幔。
正黎明时分——
此岸一块地，只有我一人。

是谁唱着歌谣驾船而来？
那么熟悉，他魁伟的身材。
风鼓白帆，
船行似箭。
狂涛凶残，
撞击陡峭的岸堤——
那么熟悉，他壮健的身姿。

① 孟加拉历法尔衮月在公历 2—3 月间。

喂，你驾船去什么地方？
请在这河滩停泊片晌。
下船，含笑
将金色水稻
搬上船堆好，
然后远行——
随你将水稻慷慨赠送。

你能装多少就装多少——
你问还有吗？没有了。
刚才错误地
搬到河滩的
水稻全装在船里，
一层层，一摞摞——
现在行行好，你也带走我。

船首船尾，水稻似山，
小船哪有空地再让我站！
乌云滚滚，
雷声阵阵，
独我一人，
河边踯躅。
金船载走所有的稻谷。[①]

对于《金船》含义的理解，人们当时曾经产生许多分歧，引起不少争论。为此，诗人自己在书信和讲话中予以阐释。如《圣蒂尼克坦》

① 董友忱，主编．泰戈尔作品全集[M]．北京：人民出版社，2015（2）：8-9.

一书收入一篇题为《船载》的讲话稿，其中写道：

我写了一首叫作《金船》的诗，在这里可以说说它的含义。

人一生都在种植庄稼。他一生的庄稼地就像一座小岛——它四周被空茫包围着——只有小岛那一小块地方是可以讲述的——因此，《薄伽梵歌》写道："毁灭之日即世界永生之时，无须为此遗憾悲戚。"

当大限渐渐来临时，小岛四周河水上涨，他那一块沙洲沉入空茫之中的时候到了——他可以把一生的劳动成果装在人世之舟上。人世将接受一切，一点儿都不会扔掉——但当人说道，你把我也带走，别把我留下，这时候人世说道，哪里有你的位子呢？我怎能带你走呢？我要把你一生值得保存的全部作物装在船上，但你不值得保存。

每个人一生劳作为人世作出一些贡献，人世接纳、保存他的全部贡献，不让其毁坏——可是当人企图同时永远保存自我的时候，他的企图失败了。人生享受过了，自我作为它的税，交到死神手里，账就算清了——它绝不是储存之物。①

由此不难看出，诗人在这首诗里所要表现的是对人生意义的思索。在诗人看来，人生的意义在于为社会作出自己的贡献，而不在于保存自己，事实上也不可能永远保存自己。

卷尾最后一首诗写于1893年，题为《漫无目的的旅行》，描写诗人登上这艘金船，跟随一个"俏丽的船姑"进行"漫无目的的旅行"。看来依然是对人生归宿的探索，而这种探索也依然是无果的。该诗的最后两节如下：

随后时而乌云密布，
时而阳光普洒。

---

① 董友忱，主编．泰戈尔作品全集[M]．北京：人民出版社，2015（2）：1135.

辽阔的大海时而发怒，
时而平静如画。
风推篷帆，时光迅逝，
船哟，你向何地疾驰?
但见黯淡的落日终于滚下地平线。
我一再地问你：
“那里是否有温馨的死亡，
是否宁静，黑幕下是否可以安眠?”
你抬眼听着，粲然一笑，
依旧默然。

黑夜展开阔大的翅膀，
缓缓而降，
黄昏的天空洒满金灿灿的霞光。
只能听见潺潺的流水，
只能闻到你玉体的芬芳，
微风掀动你的青丝，
令你的秀发飘荡。
我内心慌乱，身体麻木，
于是我就疾呼：
“你在哪里哟? 快过来靠近我！”
黑暗中看不见你的笑容，
你依然缄默。①

《金船集》收入的诗十分优美。有赞美大地的，有讴歌海洋的，也有怀念少年时代伴侣的。总的来说，诗的风格热情洋溢。不过，这种热情有时并不那么明朗，仿佛被覆上一层微妙的阴影。

① 董友忱，主编．泰戈尔作品全集 [M]. 北京：人民出版社，2015（2）：147-148.

《吉德拉星》和《春收集》

在《金船集》之后，泰戈尔又相继出版了《吉德拉星》《春收集》和《微思集》三部诗集。

《吉德拉星》收入36首诗，于1895年出版单行本。这部诗集以第一首诗《吉德拉星》的题目命名。在印度历书中，“吉德拉星”是印度二十七宿中的第十四宿。这首诗是献给诗人的灵魂——吉德拉星的，所以诗中反复地说“你独居我的心底，我心中只有你”。

在《吉德拉星》的《序言》中，泰戈尔写道：

当信徒声称“我按照高踞心座的保护神的指令行事”时，他们是把保护神和自己区分开来的。因而，他们个人生活的全部责任落到了保护神的肩上。我在《吉德拉星》诗集中曾经说过，我倾吐的是我心灵的主宰通过我想说的话，这句话听起来与信徒的言论相似。其实，《吉德拉星》诗集中抒发的情感，与之大相径庭。我感受到的双重存在，像重叠的星体，包含在我的个性之中，具有很强的吸引力。它的决心，通过我、我的苦乐和我的正误得以实现。在实现这种决心的过程中，第一个我成为乐器，第二个我可以成为乐师。但产生的音乐——乐器本身的特性，是它的主要成分之一……

在双重的存在中，祭拜至高的神明。从一种存在输出的宗旨，通过另一种存在的外面的劳作而得以表现。世界上经常发生这两种存在的矛盾……自身的两种存在的协调是否已经实现？这个令人忧虑的问题，在《吉德拉星》集中多次提出来了。事实上，《吉德拉星》集中描写的人生舞台上悲欢离合之戏的男女主角，没有一位处于生灵的存在之外，没有一位是天神的化身……

……有些人指责我轻视现实生活中人们的心声，降低与现实接触的价值，在自己的诗集中只散布欢乐、善德和《奥义书》里的幻想。倘若他们全面地评价我的诗歌，也许会发现他们对我的指责是不公正的。我相信，我一直沿着人们的心声之路，从事诗歌和散文的创作……[①]

由于这段话涉及他的独特信仰，所以有些费解，仔细琢磨不难发现，它把这部诗集的含义阐述得颇为清晰。一言以蔽之，他在《吉德拉星》中所倾吐的乃是“我心灵的主宰通过我想说的话”。

《优哩婆湿》被认为是这部诗集中最优美的诗篇之一。优哩婆湿的形象和故事之所以得到广泛流传，在很大程度上与迦梨陀娑的名剧《优哩婆湿》有关。泰戈尔选用这个题材，再一次显示出他与迦梨陀娑在精神上的密切联系。迦梨陀娑的剧本写天宫歌妓优哩婆湿和人间国王补卢罗婆娑之间的悲欢离合，颂扬优哩婆湿敢于冲破一切清规戒律，大胆追求爱情和幸福的反抗精神。故事说：优哩婆湿下凡来到人间，与国王补卢罗婆娑同居。因为忌妒心理作怪，她贸然闯入禁止女人进去的鸠摩罗树林，身体随即化为一棵蔓藤。补卢罗婆娑不见优哩婆湿的踪影，心里十分焦急，便到树林里四处寻找。天上飘过一片云彩，他误以为它是吞食优哩婆湿的魔鬼，准备向它进攻，后来才知道自己认错了。他又向孔雀、杜鹃、蜜蜂、大象和高山等询问优哩婆湿的消息，但都没有得到满意的答复。随后，他发现一块发光的宝石，宝石引导他朝一棵蔓藤走去。他一拥抱蔓藤，便看见优哩婆湿躺在自己的怀里，并且见到了优哩婆湿给他生的儿子。然而，天帝因陀罗说过，他一见到自己的儿子，优哩婆湿就要归天。最后，故事的发展又出现了新的

① 董友忱，主编．泰戈尔作品全集[M]. 北京：人民出版社，2015（2）：167-169.

转机——因陀罗请他前去助战，他获得了胜利，于是因陀罗加恩于他，允许他和优哩婆湿重新团聚。

泰戈尔这首诗写于1895年前往什来多赫的途中，全文如下：

你不是慈母、少妇、娇女，你是绝色美女，
呵，天宫的舞伎优哩婆湿！
暮色降临牧场，你的倦体裹着金色罗裳，
你不在村里哪家门口点燃黯淡的灯光。
寂静的子夜，你不像燕尔新娘颔首低眉，
面现笑靥，走向洞房，
芳心羞涩战栗，步履迟疑。

你不戴面纱，面如朝晖，你桀骜不驯。
你像一朵无茎的鲜花悄悄地开于何时？
呵，鲜花似的优哩婆湿！
太古时代的春晓你从翻腾的沧海冉冉上升，
右手执琼浆的金觞，左手持鸩毒的玉盅——
大海的万顷波涛在你的足下渐渐平静，
如同亿万条巨蟒在雄浑的诵经声中垂下毒信。
因陀罗赞美你质朴无瑕，
似洁白的白莲花。

某个时候你是否就像花蕾初绽的纯情少女？
呵，青春永驻的优哩婆湿！
幽深漆黑的海底，坐在何人的宫殿里，
你抚弄珍珠宝石像做儿童的游戏？
在珍珠灯闪耀的寝宫里海浪之歌回萦，
华丽的珊瑚之榻上面绽开纯洁的笑容，

你安眠谁人的怀中？
在与世界一起苏醒时，你的体态婀娜，
青春的光彩闪烁其中。

世世代代，你只是宇宙的情女——
呵，美丽绝伦的优哩婆湿！
你含情脉脉的秋波曾经迷醉三界，
入定的隐士被惊醒，苦行的功果被断送；
多情的春风把你的芳馨传遍乡村城镇，
热情歌颂的诗人像疯啜花蜜的蜜蜂，
空怀一腔痴情。
轻舒广袖，脚镯叮当响，你行走犹如电光。

你在天宫翩翩起舞，欢快无比，
呵，步履似浪涌的优哩婆湿！
大海的波涛也应和节奏手舞足蹈，
平原的绿色衣袍轻拂着稼穑之梢，
星星从你乳胸前的项链坠落大地——
目睹此景，热血沸腾的凡夫俗子不禁心荡神驰。
你那地平线般的腰环霎时间仿佛要折断。

你像天国里升起的明媚的东方晨曦，
呵，迷惑天地的优哩婆湿！
你的腰肢因宇宙之泪的浣洗而分外娉婷，
三界的滚滚热血将你的双足染红，
你裸露着销魂的芳躯，秀发披散，
亭亭玉立在世界欲望的莲花上，纤足如嫩藕一样。
你是心灵王国里永恒的舞伎，

呵，梦境的爱侣！

你听，蓝天、绿原正为你哭泣，
呵，心冷装聋的优哩婆湿！
你能否从悠远的太初重返人世？
你能否青丝淋漓地从无底的大海升起？
第一个黎明你那最初的柔美身躯
如若再现，全世界会定睛对你凝视，
你将垂泪如雨——
刹那间，大海的巨澜洪波奏响动人的歌曲。

你像垂落的高贵的明月不会回归，
呵，寄寓桑榆的优哩婆湿！
所以，在如今大地春天的欢声笑语里，
听得见永别时一声声悲伤的叹息，
十方天地，当月圆之夜笑声四起，
渺远的回忆吹响凄切的竹笛——令人潸然落泪。
可希冀将在生命的哭泣中复活——
呵，豪放的仙娥！①

泰戈尔在一封信里对《优哩婆湿》的写作意图作了详细说明，其中写道：

优哩婆湿是什么，我不想用英语的逻辑词语给她下定义，在诗歌中她是有意义的。一种解释是，她只是美的抽象——她不是实体，她是激发我们内心情味的一种灵感。优哩湿婆是女人显现的美的象征。

① 董友忱，主编．泰戈尔作品全集[M]. 北京：人民出版社，2015（2）：228-230.

那美体现自己的最高目标。因此，如果某项任务出现在她前进的道路上，那么，那项任务就会受阻。她身上不仅有抽象的美的魅力，这种美依托于女人形象，所以自然也有对女人的幻想。雪莱称其为理智之美，如果硬把女人与优哩婆湿等同起来而感到困惑，那么，我对此是没有责任的。我在此诗前几行的诗中就说了，她不是鲜花，不是蝴蝶，不是明月，也不是歌曲——她仅仅是女人——不是母亲、女儿或家庭主妇——她与家庭没有关系，她是迷人的。

应该记住，优哩婆湿是谁……她是天堂的舞女，是仙界畅饮琼浆的宴会上的侍女。

神仙享受的不是女人的肉体，而是女人的美丽。无论如何，这身体是美丽的，但这是美的圆满。创作中这种形象的极致美体现于人的形体。这种人的形体的极致属于天堂……

……美的理想尽管在女人身上获得了圆满的体现，它与身体并非没有联系，但是这种理想也是难以描述的。身体承受着优哩婆湿的这种不可描述性，但它并不抽象。

……《优哩婆湿》这首诗叙述了这种仙女般的女人形象给人带来的惊奇和愉悦。

至少在《往世书》的想象中，这个优哩婆湿是真实的，就像你和我一样。当时她降临凡世，与人也有联系；这种联系是不抽象的，而是真实的。她甚至与补卢罗婆娑结合了……

你们要记住，心里想着优哩婆湿，在诗歌中表现想象的美，如以吉祥女神为写作对象，那美的标准就又不一样了；可能会响起更美妙的高亢曲调。但是追求情味的人不这样评论诗歌。优哩婆湿就是优哩婆湿，如果为了道德训诫，我把她塑造成吉祥女神，那么我就应该受到谴责。[①]

① 董友忱，主编 . 泰戈尔作品全集 [M]. 北京：人民出版社，2015（2）：1147-1148.

这就是说,《优哩婆湿》所要表现的是女人的美，是女人圆满的美，是女人达到极致的美，是女人无可挑剔的美，是这种美给人带来的惊喜和愉悦。确实，诗人运用他的妙笔达到了这样的目的。

此外，在这部诗集中，有的诗所抒发的感受丰富而深刻（如《告别天堂》），有的诗所描写的内容紧密联系现实（如《让我回去》），这体现了诗人既陶醉于自己的艺术，又关怀国家民族命运的心态。总之，这些诗在思想和艺术方面都显示出一定的水平。正因为如此，不少人对这部诗集的评价颇高，有人甚至认为它代表泰戈尔诗歌创作的最高成就。

《春收集》（1896）收入 79 首诗，是一部短诗集，大部分用十四行诗的形式写成。它的特色是朴素。形式是朴素的，语言朴实无华，表现方法亦无标新立异之处。内容也是朴素的，有的描写诗人在帕德玛河上所见到的平凡的日常生活，如在河边洗水瓮的少女，结束工作走回家去的工人，边唤母牛名字边给母牛洗澡的青年等；有的抒发诗人对现实生活的热爱之情。前者以《朋杜》为例：

恰特拉月[①]的中午最为难熬。
干渴的大地忍受着白日的炙烤。
这时候从外面的什么地方我听到
某人在呼叫："朋杜王后，快来哟！"
炎热的中午在这静谧无人的河边
这温柔的呼唤引起我的好奇。
我合上书本徐徐站起，
打开屋门向外望去。
一头身高体壮的白花牛犊
静静地站在河边上的草地。

① 孟加拉历恰特拉月在公历 3—4 月间。

一个年轻人站在水中，
呼唤它下水洗澡："朋杜王后，快来呀！"
望着那个后生和他的朋杜王后，
我的好奇心里涌入一股玉液般的甜蜜暖流。[①]

后者以《厌世》为例：

深夜，厌世者喃喃自语——
"今日弃家寻找膜拜的神祇，
哄骗我留在尘世的是何人呢？"
神说："是我。"——他充耳不闻。
他的妻子胸前搂着娇儿，
在床的一侧幸福地酣睡。
他又问："都是何人，你们这些幻影？"
神回答："是我。"——但无人倾听。
"我的主，你在哪里？"他下床问道。
神说："在这里。"——他仍然听不到。
睡梦中的婴儿拉住母亲在啼哭——
神吩咐他："回去吧。"——他不听从。
"唉，唉！"神无奈地叹息，
"背弃我的信徒都去哪里？"[②]

关于《春收集》，泰戈尔在《序言》中写道：

江中湍流的边缘，一根不起眼的折断的树枝被卡住了。浑水中的泥沙在它身上沉淀下来，渐渐淤积成一个小岛。水上漂来的各种无用

① 董友忱，主编．泰戈尔作品全集[M]. 北京：人民出版社，2015（3）：30-31.

② 董友忱，主编．泰戈尔作品全集[M]. 北京：人民出版社，2015（3）：15-16.

的杂物在那儿聚集，一簇簇水草被挡在那儿，鱼儿获得栖息之地，白鹤单腿站立，贪婪的目光搜寻着猎物。不大的一块地方，形成一道不可思议的风景——与周围环境并无明显的相同之处。《春收集》就是一部犹如那小岛似的出人意料的小诗集。潺湲的江水集聚一些外来之物，在它的形态中短时间内骤然出现一个奇观。

巴迪萨尔地区的纳格尔河具有浓郁的乡村气息。河面狭窄，水流缓慢。河的这边有贫苦农民的房屋、牛舍、仓廪、稻草堆。对岸是庄稼收割后的空旷农田。我把船泊在那儿，度过夏天的日子。酷暑难忍，天气使人无法专心读书。我关闭木船的窗户，拉开百叶窗，透过细缝，朝外张望。我的心仿佛安装了照相机的镜头，心里储积了小面积的外景的投影。正是因为面积很小，我看得分外清楚。我把清楚地观察到的回忆装入并不华丽的语言。只在对直观的清晰度产生疑惑时心里才试图加以修饰。观察景物，当心灵说“非常清楚”时，不会萌发浓墨重彩地修饰的念头。《春收集》的语言之所以如此质朴，原因就在于此。

这个集子的开头几首诗，继承了早先的诗风，换句话说，可称之为抒情诗。

我把年轻时写的作品，分为“歌”与“画”两类。当时我认为：我诗作的天然特性，是采用两种艺术表现自己。外部的景象映入我的眼帘，我于是在心中吟唱。《春收集》的许多首诗中，我看到歌的情感，但没有歌的形式。原因是，制约我笔端的那种诗体，透进了歌的情味，但歌的曲调尚未获得地盘。[①]

通过这段文字，我们不难明白《春收集》在内容和语言方面的特色及产生的原因。

《微思集》(1899)收入110首诗，是一部短诗集，语言简练，含义深刻，耐人寻味，发人深省，颇有言简意赅之妙。其中不少作品后

① 董友忱，主编.泰戈尔作品全集[M].北京：人民出版社，2015(3)：5-6.

来收入作者的英文诗集《飞鸟集》中。兹举数例如下。

例一,《自己的和给予的》:

明月说:“我把清辉洒向了人间,
虽说我身上还有些许污斑。”①

例二,《中庸》:

高贵与低贱坦然同行,
独往独来的只有中庸。②

例三,《雾的怨恨》:

雾抱怨说:“我在近处,因而你对我轻慢——
云在天空漫游,居高临下,神气活现。”
诗人正色说道:“雾呀,仅为这个你有怨气?
云及时降雨,可你只弥散虚情假意。”③

例四,《自由》:

箭矢暗忖:“飞吧,我有自由,
只有雕弓爱在一处死守。”
雕弓笑道:“箭啊,你忘了
你的自由归我管束?”④

① 董友忱,主编.泰戈尔作品全集[M].北京:人民出版社,2015(3):95.
② 董友忱,主编.泰戈尔作品全集[M].北京:人民出版社,2015(3):95-96.
③ 董友忱,主编.泰戈尔作品全集[M].北京:人民出版社,2015(3):97.
④ 董友忱,主编.泰戈尔作品全集[M].北京:人民出版社,2015(3):100.

例五,《休息》:

工作和休息连在一起
恰似眼珠和眼皮。[①]

例六,《人生》:

生与死一起做人生的游戏,
如同走路，脚抬起又落地。[②]

① 董友忱，主编.泰戈尔作品全集[M].北京：人民出版社，2015(3)：103.

② 董友忱，主编.泰戈尔作品全集[M].北京：人民出版社，2015(3)：103.

《花钏女》

在19世纪90年代，除短篇小说和诗歌之外，泰戈尔在戏剧和散文创作上也收获颇丰。

戏剧创作方面的代表是《花钏女》。这部剧本写于1891年，一年之后出版单行本。这是他用无韵诗形式写成的一部抒情剧，通篇洋溢着浓郁的诗情画意，给人以清新的感受，堪称泰戈尔最优美的剧作之一。

关于《花钏女》，泰戈尔在《前言》中叙述这个剧本的构思过程时写道：

很多年以前，我乘火车从圣蒂尼克坦前往加尔各答。当时好像是恰特拉月。铁道两旁是荆棘丛生的树林。在树林中，黄色的、紫色的和白色的花儿在盛开。看着看着，我的心中不禁想到，再过一些时候，阳光就会变得灼热起来，到那时这些花儿将带着五颜六色的海市蜃楼消失，村落院子里的树枝上将结满芒果，大树将以它们体内蕴藏的浓浓汁液汇集成累累果实。同时，不知为什么突然我又想到，如果一个漂亮的姑娘感觉到，她以她那青春的魅力迷惑住了她的爱人之心，那么，她就会作为小妾而斥责她的爱人，因为他把她的美色作为自己幸福的主要部分与人分享。这就是她的身外之物，这恰似从季节之王春天那里获得的新郎，为了靠短暂的诱惑力量达到活生生的目标，如果她内心有合适的品质和力量，那么，对于她的情人来说，那种摆脱了诱惑力量的给予，就是最大的收获和两人生活在一起的支柱。在那种给予中表现出了灵魂的永久特征，在结局中没有疲倦，没有萎靡不振；在习惯势力的灰尘和光辉中没有污点。这种品质和力量是生命中的宝贵财富，它并不依赖于冷酷大自然的迫切需要。也就是说，它的价值是人为的，不是自然的。

当时，我脑海中就产生了用话剧形式表达这种思绪的想法，同时，我心中浮现出了《摩诃婆罗多》中花钏女的故事。很多天以来，我在心里就一直在构思改编这个故事。最后，在奥里萨邦一个叫作般杜亚的寂静的村落里，我终于有了愉快地写作此书的空间和时间。①

它的故事是根据史诗《摩诃婆罗多》中般度族五兄弟之一的阿周那和花钏女的恋爱故事改写的。不过，原来的故事比较简单，泰戈尔则予以充实和改造，形成了一个富有生命力的全新的故事。主要内容为：花钏女本来是个面貌不太美丽，非常爱好武艺的女子。她向英雄阿周那求爱，遭到他的拒绝。为了获得阿周那的爱情，她不得不请求爱神和春神赐予她短短一天的美貌。他们答应了她的请求，并且不是短短一天，而是整整一年。因此，她获得了阿周那狂热的爱恋。然而，这种借来的美丽和包裹着的虚伪，使花钏女感到十分痛苦，也使阿周那渐渐不安起来。他的心得不到满足和安宁，他觉得空虚和厌倦，一心向往那兼有男人的勇敢和女人的温柔的真正的花钏女。一年过去了，花钏女终于现出原来的勇武样子，他们获得了真正的爱情，他们的生命圆满了。

为什么花钏女的伪装不能使他们的爱情获得满足，使他们的生命获得圆满呢？因为永远不满足现状，永远追求和向往更加美好的东西，是推动生活不断前进的动力。而人们所追求和向往的终极目标不是别的，乃是单纯的真实。正如阿周那对花钏女所说的那样：

① 董友忱，主编．泰戈尔作品全集 [M]. 北京：人民出版社，2015（2）：269.

你的奥秘我摸不透。
我活了这么久，
可是你的奥秘我却无法寻求。
你仿佛总是让我远离你的奥秘。
你就像女神总是躲在神像的背后，
给予我无价的亲吻之宝石、拥抱之琼浆，
自己却不索取，什么也不渴求。
无形的无韵律的情爱无时无刻不在我心中激起悔愧的缘由。
啊，女英雄，我通过经常交谈认识了你。
我觉得这种娇艳美色只是一个泥塑的偶像，
一个精心编织的艺术彩屏。
我还常常觉得，
你的身体再也不能承载你那容颜的负荷，
它在瑟瑟地颤抖。
经常的灿烂笑容隐含着泪水，
有时候眼睛里噙满了眼泪，
瞬时间仿佛泪水就会夺眶而出。
起初静修者会产生错觉，
心灵被幻觉所迷惑；
然后就现出了真相，
从里到外焕发出毫无修饰的光芒。
你身上的这种真实在哪里呢？
请展示吧！也请你把我的真实拿走吧。
那种不知疲倦的团聚是持久的。
亲爱的，你为什么流泪啊？
你为什么把脸埋在臂弯里？
你为什么那么激动？
是不是我让我的心爱之人伤透了心？

那就算了，那就算了吧。
你那种迷人的面貌就是我苦修的圆满善果。
我非常幸运的是，
我常常听到一种沐浴着春风、从青春贾牟拿河彼岸传来的歌声。
我的这种苦痛较之一般的幸福更幸福，
它是一种更大的希冀，比心灵更宏阔，
因此，亲爱的，
我才觉得它是心灵深处的钟爱之情。[①]

在这个戏的最后，花钏女向阿周那说明了事情的前因后果：

我是花钏女，是国王的女儿。
也许你还记得，
那一天一个女人出现在那个湖边的神庙里，
这个没有姿色的女人身上佩戴着各种首饰。
不知道那个不知害羞的女人都说了什么，
又用男人的方式向那个男人提出了要求，
而那个男人却拒绝了她的要求。
你做得对。假如你接纳了那个小女人，她将终生悔恨。
主人呐，我就是那个女人，
那种打扮令人讨厌。
后来，由于春神的恩典，
我获得了一年时间的美妙容颜。
我用伪装的手法征服了那个英雄的心。
但那不是真实的我。
我是花钏女，

① 董友忱，主编．泰戈尔作品全集 [M]. 北京：人民出版社，2015（2）：304-305.

不是神，我也不是普通的女人。
我也不是那种让别人顶礼膜拜的女人。
我也不是让人随意轻视、随意抛于脑后的女人。
如果在危险的道路上你让我留在你身边，
如果你让我分担你的忧虑，
假如你让我在艰巨的事业中助你一臂之力，
如果不论是在顺境还是在逆境中你让我做你的助手，
那么，你就能真正认识我。
在我腹中已经孕育着你的孩子，
如果他是男孩儿，
我就会从小将他培养成人，
使他成为阿周那的第二代。
将来有一天我会把他献到你的足下，
亲爱的，那时节你才会真正地了解我。
今天，我只是匍匐在你脚下，
我是花钏女，是国王的女儿。①

阿周那的回答则是："亲爱的，今天我成了最幸运的人。"——这就是故事的结局。

泰戈尔这个时期所写的散文，数量之多和涉及范围之广也着实令人吃惊。其中最富有特色的作品是写于 1893 年的《五元素》，1897 年出版单行本。所谓五元素是指"气""土""水""火""空"。作者把它们加以人格化："水""火"是女性，好穿凿，感情丰富；"气""土""空"是男性，其中"气"好谈理想，"十"反应迟钝，"空"观点模糊不清。他们互相争论，探讨生活与文学诸问题，然后由作者进行裁判。全书笔调幽默，使人读来不忍释手。

① 董友忱，主编．泰戈尔作品全集 [M]. 北京：人民出版社，2015（2）：307-308.

圣蒂尼克坦和《怀念集》

1898年初，泰戈尔的生活又发生了新的变化。2月18日，英国政府通过了镇压印度民族运动的治安维持法案，并在此之前逮捕了印度民族运动“急进派”领导人巴耳亨伽达尔·提拉克。殖民主义者的野蛮暴行激起了孟加拉人民的愤怒，加尔各答举行群众集会强烈抗议。在法案通过前一天的大会上，诗人满怀爱国激情，登台发表演说，对英国政府的镇压政策提出严重抗议。会后，他还积极参加援救铁拉克的捐款运动，并热心支持加尔各答鼠疫流行病的救济活动和医疗活动。他成了群众爱国运动的有力鼓舞者和实际参加者。

与此同时，他个人的生活环境也发生了变化。自由自在的田园生活告一段落，维持家庭生计和教育孩子的重担开始提到日程上来。为了实现自己的教育理想，也为了解决自己子女的教育问题，他征得父亲的同意，决定在远离大城市、接近大自然的圣蒂尼克坦建立一所类似印度古代静修院式的学校。

在圣蒂尼克坦，他把很大精力投入到教育工作中去。泰戈尔是位教育改革家。他一生都在关心教育改革问题。这不仅因为他自己童年时代深受机械教育压迫之苦，而且因为他认识到不改变英国殖民地式的机械教育方式，印度人民的精神成长就会世世代代受到压抑。教育的目的是什么呢？他认为教育不仅仅是为了传授知识，它的最高目标在于“心灵的充分发展与自由”。怎样才能达到这个目的呢？他认为现有的学校教育是不实用的，必须创办一种静修学院式的教育机构，把印度古代的教育理想同现代的社会环境结合起来。这种静修学院有自己的特点，例如：设备简单，生活俭朴，没有教室，没有桌椅，上课时师生围坐在大树下，以使学生生活在和平、宁静的大自然的怀抱之中，使他们的心灵得到陶冶；既有体力的劳作，也有思维的训练，让学生首先通过四肢五官认识世界，然后通过头脑认识世界；教学注意启发诱导，反对机械灌输，以激发学生的学习兴趣，真正把知识学到手；既注重知识教育，也不忽视音乐、美术的力量，把学生培养成为完全的人；让学生首先自由地学习祖国语言，不要一开始就强制他们死记硬背外国语言；在培养个人创造能力和独立精神的同时，强调为社会服务，为周围群众服务；教师一面和学生共同生活，一面以自己的高尚情操熏陶学生；等等。总之，他力图将沉闷、刻板的教育方式变为愉快地教、愉快地学的新型教育方式。

经过两年左右紧张、艰难的筹备，1901 年 12 月 22 日，这所学校正式成立。开学的时候，共有五个学生（包括他的大儿子罗廷德罗纳特）和五个教师。这个大胆实验，遭到社会舆论的猛烈抨击。守旧派反对，攻击他是个狂妄的改革者，任意窜改祖宗传统，亵渎印度教教规，因为五个教师里，有三个是基督教徒，其中还有一个外国人。革新派也反对，攻击他留恋过去，不肯前进。社会舆论的反对给学校募集资金的工作带来严重困难。为了维持这个学校，泰戈尔只好卖掉一部分房产和藏书，他的妻子也变卖了自己的珠宝首饰。不仅如此，他还拿出许多时间和精力参加并指导实际教育活动。他热爱儿童，愿意和他们生活在一起，也愿意担负教育他们的工作。学生没有合适的课本，他便亲自动手编写了四册孟加拉文教科书和读物。这些读本也是很好的文学作品。

1902 年 3 月，泰戈尔将妻子、儿女带到圣蒂尼克坦，在这里过起新的家庭生活（在此之前，他的大女儿玛图莉洛达已于 1901 年出嫁，二女儿蕾奴卡也已许配人家）。这样一来，泰戈尔就可以将更多精力投入学校，他的妻子穆里纳莉妮也承担起师生的伙食工作。

然而，俗话说“天有不测风云，人有旦夕祸福”。学校刚刚稳定下来，穆里纳莉妮便于同年6月身染重病，不久移居加尔各答就医无效，于11月13日撒手人寰。当时，她刚满28岁。这位妇女将近二十年来不遗余力地关怀丈夫的生活，支持丈夫的工作。她辛勤操劳，养育了五个儿女，衣着朴素，几乎不戴珠宝首饰。她赢得了丈夫的爱，占有了丈夫的心。正因为如此，在她最后两个月卧床不起期间，泰戈尔不分昼夜亲自看护妻子，不肯把她交给专职护士。妻子死去那天晚上，他不让任何人靠近自己，通宵在阳台上走来走去。屈指算来，泰戈尔与妻子共同生活了不足20年，妻子去世时，泰戈尔只有41岁，正当壮年，但他此后一直独身，始终没有再婚。由此也可以看出，泰戈尔对妻子感情之深厚，人格之高尚。

妻子之死，使泰戈尔感到异常悲痛。妻子为他献出了自己的一切，他还没来得及酬谢她，她就离他而去了。为了表达自己的思念之情，他接连写下27首诗集为一册，定名为《怀念集》（但出版单行本较晚，是在1914年）。这部诗集感情真挚，动人肺腑。如第5首如下：

她不在，她已不在我的居室——
我四处寻觅，不见她的踪迹。
主人，我的居室如此狭小——
从那里失去的就再也找不到。
你有无边的居所，有世界乐园，
啊，主人，我专程来寻找。
我独自站在你的暮空下，
遥望着你，泪水沁满双眼。
这里永远不会失去任何容颜、
任何欢乐、任何渴望。
我把这颗沉痛的心带到那里——
请将它沉没，将它沉没。
在我的家里已经消逝的琼浆之味，

在寰宇中我得到它已失去的触摸。[①]

又如第27首诗如下：

你热爱这绿色的土地，
你的笑颜充满纯真的欢喜。
与人世之波水乳交融，
你学会了时时快乐惬意，
你的心能占有他人的心。
这绿色的土地对你是多么亲。

今日，你仿佛从蓝天
俯瞰着这寂寞的平原。
你那动人的笑靥，
你那顾盼的快乐，
感染众人，唱着离歌周游
棕榈树林、村庄和田畴。

你最爱的我的瞳仁里
摄储着你深情的凝睇。
此刻我孤独、冷清，
回忆着对视的情景——
你在我的心房与我分享
我瞳仁里你温和的目光。

冬日的阳光在树林里战栗，

① 董友忱，主编.泰戈尔作品全集[M].北京：人民出版社，2015（4）：435-436.

朔风吹来什里斯树叶落满地——
在阳光阴影的瑟瑟颤抖中，
在冬日正午疏林的絮语里，
你的亡魂，我的梦魂，
共游时不觉泪水把衣襟沾湿。

啊，你在我生命中生活，
在我心中把期望诉说——
我深切地感受到你十分
神秘地在我的心里
化为另一个我。
啊，你在我生命中生活。[①]

其中有的诗后来由诗人自己译成英文，收入英文诗集《吉檀迦利》中。这里引用一首英文诗的译文——即《怀念集》第5首，在《吉檀迦利》中是第87首，以见一斑：

在无望的希望中，我在房里的每一个角落找她；我找不到她。

我的房间很小，一旦丢了东西就永远找不回来。

但是你的房子是无边无际的，我的主，为着找她我来到了你的面前。

我站在你薄暮金色的天穹下，向你抬起渴望的眼。

我来到了永恒的边涯，在这里万物不灭——无论是希望，是幸福，或是从泪眼中望见的人面。

呵，把我空虚的生命浸到这海洋里吧，跳进这最深的完满里吧。让我在宇宙的完整里，感觉一次那失去的温馨的接触吧。[②]

---

① 董友忱，主编 . 泰戈尔作品全集 [M]. 北京：人民出版社，2015（4）：453-454.

② 泰戈尔 . 泰戈尔诗选 [M]. 谢冰心，石真，译 . 北京：人民文学出版社，1958：352.

妻子死后不久，二女儿蕾奴卡身体状况不佳，医生提议到高原地区疗养。1903 年，泰戈尔带着二女儿蕾奴卡、三女儿米拉和小儿子绍明德罗纳特，来到喜马拉雅山区的哈贾里，不久转赴阿尔莫拉。为了孩子，他忍住自己丧妻的悲哀，同他们在一起游戏，倾听他们的娇言嗔语，心有所感，随即写下许多充满天真烂漫色彩的儿童诗。这些绝妙无比的儿童文学作品共计 50 首，后来集为一册，于 1903 年出版，名叫《儿童集》，其中有许多首诗后来收入他的英文诗集《新月集》中。

故事诗

在圣蒂尼克坦这几年间，泰戈尔在文学创作方面结出了丰硕的果实。除上述《怀念集》和《儿童集》外，1900 年出版的诗集《故事诗》和 1903 年出版的诗集《叙事诗》是这个时期最重要的成果。这两部作品可以说是孪生姐妹，在内容和形式上都有许多相似之处。

关于这些诗歌的写作缘起，泰戈尔在《序言》中写道：

又一种风格的诗作像洪水一样涌入心中的一天来临了。接连数日，它在心田泛滥。在英语诗学中，这一类诗称为 Narrative，即叙事诗。它欢乐的奔流似乎无意停息。在我的诗歌世界，形成了一座新岛。在那样的心态下，宽阔的诗河中腾跃的故事，有时采用了戏剧形式。

没有必要评判这些作品的优劣良莠，值得思考的是创作的心理过程。创作的欲望平常是委顿的，只要在某个阶段突然振作起来，那些幽秘的灵感，就会沿着敏捷的思路开始显现。细想一下就会发现，即使把用语言写的诗当作故事诗，它们仍是画作。它们中间没有编织的故事之链，它们是一个个独特的景观。

画作具有外向性，以敏锐的目光可看到它清晰的线条。所以，在心中酝酿的画作，必然选用有真实基础的素材。我在这方面探寻，曾进入历史王国。那时候，观察外界的亢奋的目光，带着历史的珍藏，聚集在诗作和戏剧中。就这样，这段时间内我的诗苑里建造的一间新屋，其外观在画中浮现，其情味渗入故事，在其内部的意象之光展现出戏剧性。[1]

这段话说明了他的叙事诗的产生过程及其特色。

对于《故事诗》（收入 24 首诗）的材料来源，泰戈尔也有所说明："这本书中所描写的佛陀故事，是拉健德罗拉尔·米特罗从一本有关尼泊尔文学的英文书中收集来的。拉其普特的叙事故事、拉贾斯坦多德人和锡克人的故事内容，取自一两本英文的锡克教历史。毗湿奴的故事取自《敬信蔓》。可以发现，这些诗与原本还是有一些区别的——我相信，从文学创作规则看，我不会因为进行这些改写而被咒骂。"[2]——这就是说，他的故事诗是有依据的，但又不是宗教典籍的翻译和民间传说的记录，而是自己的艺术创作。若将他的故事诗和这些材料予以比较便不难看出，有的只是采用原来故事的梗概，有的连故事情节本身也有很大变动，语言几乎全部是他自己的，至于人物形象的刻画和诗歌思想感情方面的创新之处就更不用说了。显然，他并不是为讲故事写故事诗，而是借古喻今，通过历史上的故事唤起人们的民族自豪感，利用这些现成的故事表达自己的思想感情。原来有些故事并不怎么富有生气，或者早已淹没在浩瀚的历史文献里，不为人注意，如今经过他的重新发掘和创作，又获得新的生命，这真可以说是化腐朽为神奇了。

这些作品大都具有较高的思想性和较强的战斗性，贯穿于其中的主要思想是反对异族侵略，反对封建暴政和宗教陋习，赞美人们的高尚品格。

印度在历史上曾经屡次遭到帕坦人、莫卧儿人的压迫，其中尤以自 16 世纪至 19 世纪统治印度长达三百年之久的莫卧儿帝国影响最为深远。在莫卧儿帝国时期，印度各地人民起义运动此起彼伏，连绵不绝，特别是素来以勇武善战、不畏强敌著称的锡克教徒、拉杰普特人和马

---

① 董友忱，主编．泰戈尔作品全集 [M]. 北京：人民出版社，2015（4）：3.

② 董友忱，主编．泰戈尔作品全集 [M]. 北京：人民出版社，2015（4）：1032.

拉塔人的反抗最为猛烈。他们这些可歌可泣的英雄事迹引起诗人的极大关注。他描述他们的感人故事，热情讴歌他们的无畏精神。这里有在莫卧儿皇帝奥朗则布面前，维护本民族的尊严，拒不屈膝下跪的拉杰普特民族英雄西鲁希王，他的豪言壮语是“除了父母的双脚，我从不向任何人拜倒”(《不屈服的人》)；有战败被俘，宁肯割下头颅，不愿割下发辫的锡克教英雄特鲁辛格，因为锡克教徒终生不剃发须，要他割下发辫就是让他背叛自己的宗教(《更多的给予》)；有面对国土沦丧和人民遭受涂炭的现状，心中无限愤慨，但又懂得必须等待时机以便东山再起的锡克教最后一位祖师戈宾德·辛格，他“不转瞬地凝望着东方的天际，等待着晓日初升的黎明出现”(《戈宾德·辛格》)；有新婚之夜奔赴疆场，英勇捐躯的拉其斯坦麦特里王子(《婚礼》)；有机智勇敢，利用洒红节一举消灭帕坦将军及其部队的普那戈王后，“帕坦人从那条路上来了，他们再不能从那条路上生还”(《洒红节》)等。

《被俘的英雄》描写的是1710至1716年，锡克教徒在其领袖——般达的领导下，奋起反抗莫卧儿王朝的大规模起义运动。这次起义虽然遭到失败，但也给莫卧儿帝国以沉重的打击，自此以后旁遮普实际上脱离了莫卧儿帝国的统治。

五河环绕着的英雄之邦
辫子盘在头上的锡克
响应古鲁的号召站起来了——
不屈不挠、勇敢、坚强。
“古鲁琪万岁”的欢呼
在旁遮普四方回荡；
新觉醒的锡克
不转瞬地凝望着

清晨里新升起的太阳。[①]

诗一开头就以这样明朗、雄壮的句子，热情赞美锡克教徒的英勇起义运动。继之，又用形象的语言描绘他们流血牺牲的壮烈场景，赞扬群众的暴力反抗运动：

英雄们的鲜血
洒在五河岸上——
战士们的生命像鸟儿
成群地飞回鸟窝一样
飞离了千千万万
被利刃刺穿的胸膛。
母亲——祖国的眉心里
有鲜红的圣痣辉煌，
英雄们的鲜血
洒在五河岸上。[②]

起义最后失败，英雄变成俘虏，但仍然不屈不挠。诗人先用简洁有力的笔法，描述了群众之中没有一个胆小鬼：

俘虏们一个个
高呼着："万岁古鲁琪！"
在刽子手的刀下
从容就义。
一天一夜里，
一百个英雄的

① 泰戈尔．泰戈尔作品集 [M]. 北京：人民文学出版社，1961（1）：72-73。
② 泰戈尔．泰戈尔作品集 [M]. 北京：人民文学出版社，1961（1）：74。

一百个头颅落了地。

七天七夜里七百个
生命在刀下完结。[1]

再用细腻入微的笔法详写领袖般达毫不畏惧的英雄气概。刽子手不容他简单地一死了之，首先逼他亲手杀死自己的儿子：

没有说一句话，
般达慢慢地把
孩子拉在胸前。
伸出右手放在孩子
头上给他祝福，
又吻了一下孩子
红色头巾的边沿。

匕首紧握在手中，
般达凝望着孩子的面孔。
他悄悄地在孩子的耳边说：
“高呼一声‘古鲁琪万岁！’
我的好儿子，害怕的
不是锡克教的英雄！”
孩子的嫩脸上闪耀着
勇敢无畏的光辉，
口里高呼着：“古鲁琪万岁！”
法庭里回荡着孩子的呼声，

---

① 泰戈尔，泰戈尔作品集 [M]. 北京：人民文学出版社，1961（1）：76。

孩子凝望着般达的面孔。

般达用左臂
搅着孩子的头颈，
右手用力地把匕首
刺进孩子的胸口。
地面上倒下了
孩子的身体，
孩子口里高呼着：
“胜利，古鲁琪！”①

通过般达给孩子作祝福，吻孩子的头巾，教孩子喊口号以及后来用匕首刺死孩子等一系列动作，既表现了他对儿子的无限深情，又突出了他的大无畏精神。最后是般达自己的死：

刽子手用烧红了的
火箸扯碎了般达的身体。
英雄屹立着死去——
不曾发出一声痛苦的叹息。
旁观的人闭上了眼睛，
法庭里是一片死寂。②

这非同寻常的壮烈牺牲，使般达的英雄形象更显得高大伟岸。在诗人笔下，锡克教徒从群众到领袖，从孩子到大人，人人英勇，个个顽强，团结一致，万众一心，汇成一股不可抗拒的洪流，形成一种不可征服的力量。这首诗是锡克教徒宁死不屈的嘹亮颂歌，是印度人民

① 泰戈尔．泰戈尔作品集 [M]. 北京：人民文学出版社，1961（1）：76-77.

② 泰戈尔．泰戈尔作品集 [M]. 北京：人民文学出版社，1961（1）：78.

英勇无畏的有力证明。

这些诗绝大部分写于1900年前后。那正是泰戈尔面对日趋尖锐的民族矛盾和日益高涨的民族运动思想比较激进的时期。目睹在英国殖民主义者铁蹄下的印度民族所受的深重苦难，他感到无比痛心。他讲述浴血奋战、前仆后继、不畏强敌、不怕牺牲的历史故事，乃是为了激发印度人民的爱国热情，鼓舞他们投身于救民族于水火的行列。

反对封建压迫和宗教陋习，是泰戈尔故事诗的另一个重要主题。例如：在《轻微的损害》里，他谴责了以人民生命财产为儿戏，为了满足自己片刻欢乐，命人焚烧百姓茅屋的迦尸国王后，赞扬了体察民情，严惩王后的国王；在《王的审判》里，他表彰了遵守法制，不徇私情，依法处死自己儿子的罗陀罗奥国王；在《代理人》里，他通过拉姆达斯之口，要求马拉塔联邦盟主希瓦吉当国王如平民一般谦虚谨慎；在《丈夫的重获》里，他颂扬杜尔西达斯说服一个寡妇放弃殉葬自焚的愚蠢打算，赞美这位宗教改革家反对野蛮风俗的正义行动。

属于印度教故事的《婆罗门》一诗，通过圣者乔答摩毅然接受出身低贱的苏陀伽摩诵习圣典《吠陀》的故事，赞颂了乔答摩敢于打破种姓界限，漠视婆罗门尊严的精神，表现了诗人反对种姓歧视的进步思想。《吠陀》是印度教古典经籍中最古老、最重要的著作，按照传统，只有高贵无比的婆罗门才有权利诵习。苏陀伽摩知道这个规定，但仍然坦率地说出自己低微的出身：

> 这时候，苏陀伽摩
> 来到圣者身边，躬身向他摸足致敬，
> 默然不响睁大了一双真诚的眼睛。
> “愿你幸福，善良美丽的孩子，”
> 圣者乔答摩又重复昨晚的讯问，
> “你属于哪个种姓？”孩子扬起头说：
> “师父，我不知道我属于哪个种姓。

我问过母亲，母亲说：‘苏陀伽摩，
你生在没有丈夫的遮婆罗的膝下，
妈妈曾侍奉过不少男人——不知道
谁是你的父亲。’”①

他的话犹如一个晴天霹雳，吓得乔答摩的弟子们张皇失措，有的讪笑，有的替他害羞，有的辱骂他。唯有乔答摩的反应与众不同：

为孩子的坦白深深感动，圣者乔答摩离开坐席
伸出双臂把苏陀伽摩抱在怀里说：“孩子！
你不是一个非婆罗门，你属于
再生种姓里最高的种姓，你生于
一个从不欺骗人的婆罗门家庭。”②

通过弟子们和乔答摩对待苏陀伽摩态度的强烈对照，后者并不一味墨守清规戒律的卓越见识和非凡勇气就鲜明地出现在读者面前，诗人的爱憎感情也分明地呈现在读者眼前。

泰戈尔还在他的故事诗里赞颂印度人民的高贵品德。这里的人物多半都是普普通通的民众，他们并未在历史上作出什么显著功绩，也不曾留下什么赫赫英名。但是，诗人认为他们的所作所为值得记录，值得讴歌。其中有不畏强暴、不怕牺牲、为供奉佛陀而英勇捐躯的宫女师利摩蒂（《供养女》）；有勇于救死扶伤，不顾一切拯救舞女瓦萨婆达多的尊者邬波笈多（《密约》）；有在室罗伐悉底城发生大灾荒时，挺身而出，主动承担救济灾民重任的孤独长者的女儿（《比丘尼》）；有弃官苦修，睥睨珍宝的隐者萨那坦（《点金石》）等。

《报答》所写的故事可谓激动人心：迦尸城美女夏玛让单恋着她的

① 泰戈尔．泰戈尔作品集[M]. 北京：人民文学出版社，1961（1）：21.

② 泰戈尔．泰戈尔作品集[M]. 北京：人民文学出版社，1961（1）：21-22.

乌蒂耶充当罪犯替身，以救出她所热恋的青年瓦季勒森；同样热恋着夏玛的瓦季勒森，弄清事情的原委之后，毅然决然抛弃了她。在这首诗里，夏玛和瓦季勒森形成鲜明的对比。夏玛明知不对，仍然放手去干罪恶的事，并且事后不肯承认错误，更不设法改正错误。瓦季勒森既热烈地爱着夏玛的如花美貌，又深深地恨着她的所作所为；既感到追求个人幸福的强烈诱惑，又受到损害他人利益的良心责罚。他的内心充满急风暴雨般的矛盾。他一听完夏玛的惊人自白，就离开她的身边，整个白天像疯子一样四处奔走：

> 他跳下船，登上岸，走进森林里。
> 黑暗里，枯叶在他脚下沙沙作响，
> 腐草散发出扑鼻的霉烂气息，
> 老树向四方伸展着无数槎枒的
> 树枝，形成的黑影万怪千奇。
> 他行行重行行，直到路已不通——
> 整个森林伸出缠满乱藤的手臂，
> 暗中默默地阻拦着他再向前走去。[①]

可是到了晚上，他到底遏制不住对夏玛的爱情，又如“飞蛾怀着热切的希望扑向灯火”一般，疲惫不堪地奔回小船——

> 呵！小床上，横着一只玲珑的脚镯！
> 他一次又一次地把它紧贴在胸口，
> 那镯上金铃的细响也一次又一次
> 像箭一样刺进他的心窝。船角里
> 放着一件蓝色丽纱，他扑在上面

---

① 泰戈尔．泰戈尔作品集 [M]. 北京：人民文学出版社，1961（1）：44.

把脸埋在皱褶里——那丝的柔软，
不可见的香气，不由自主地使他
勾起那可爱、动人的身材的回忆。
晶莹的初五的纤月，慢慢躲在
七叶树的后面，瓦季勒森伸手
向森林呼唤："回来吧，亲爱的！"
森林的浓密的黑暗里有人影
出现，幽灵似的独立在沙滩。
"来，亲爱的！""我已经回来了。"
夏玛扑在他的脚前说："原谅我，
最亲爱的，你那慈悲的手不曾
将我杀死，想是我命不该绝。"
瓦季勒森望着她的脸，伸出
双手把她抱在怀里，突然一阵
战栗，又用力地把她推得远远的。
他惊叫着："哦，为什么？哦，
为什么你又回来？"闭上眼睛，
把脸掉开，轻轻说："走开吧！
不要跟着我。"女人沉默了片刻，
于是跪在地上向青年摸足行礼，
然后向岸边走去——像梦一般地
渐渐消失在森林中的黑夜里。[①]

瓦季勒森心里两种思想感情的反复较量终于有了结果，正义终于占了上风。诗人没有回避矛盾，而是充分展开矛盾，因为只有充分展示瓦季勒森和夏玛之间的尖锐冲突，充分展示瓦季勒森内心世界的剧

① 泰戈尔．泰戈尔作品集 [M]. 北京：人民文学出版社，1961（1）：46-47.

烈斗争，才能最有力地鞭挞夏玛的损人利已，最清晰地突出瓦季勒森的光明磊落，才能产生动人心弦的艺术力量。

泰戈尔的故事诗不仅思想丰富，而且在艺术表现上颇具特色。

首先是故事动人。篇篇都有足以打动人心的故事。有的情节比较简单，短小精悍，一目了然；有的情节复杂，曲折跌宕，引人入胜。但无论属于哪种情况都绝不平淡无奇，令人乏味，而是波澜起伏，矛盾尖锐，结局往往出人意料，发人深省。

其次是形象生动。诗歌篇幅有长有短，人物描写有详有略，可是篇篇都有生动的艺术形象。有的采用精雕细刻的笔法，能够充分展示人物性格的发展变化和内心的矛盾冲突；有的采用粗线条勾勒的笔法，能够画龙点睛式地描绘出人物的清晰面貌。虽然他所写的人物都是过去历史上的，但是他能够赋予他们新的生命。在他的笔下，这些人物都是有血有肉、栩栩如生的。

再次是抒情味浓。诗人既善于讲述故事，描绘人物，也善于抒发感情，打动人心。诗的风格丰富多彩，摇曳多姿。有的以细腻取胜，缠绵悱恻，凄切动人；有的以粗犷见长，激昂慷慨，悲壮感人。抒情手段也变化多端。有时通过人物语言行动直接抒发感情；有时着重描绘环境，渲染气氛；有时赋予自然景物以人的思想感情，喜人之所喜，哀人之所哀，使感情色彩更加浓郁。

最后是语言优美。生动的口语，民歌的调子，少雕琢，不晦涩，读来明白晓畅，朗朗上口，美不胜收，这是故事诗语言的显著特点。作者还经常运用巧妙的比喻和有力的反复，前者增强了语言的形象性，加强了语言的表现力；后者增加了语言的节奏感，增强了诗歌的感染力。

可能正是因为如此，泰戈尔的故事诗在印度和孟加拉流传极为广泛，是中小学课本中经常选用的教材，也是大学文学系学生喜欢研究的内容之一。

《叙事诗》（收入 8 首诗）与《故事诗》的内容相近，其中《两亩地》

（1895）一诗在中国流传较广，因为该诗曾经被收入中学语文课本。这首诗的主人公巫宾是个朴实善良的穷苦农民。他“只有两亩地，其他的一切都在债务中失去”。可是，王爷不肯给他保留这块最后的“站脚地”，用勾结法庭、伪造借据的阴险手段强行夺走了。巫宾只得换上苦行者的衣履，以乞讨为生，在外流浪了十五六年。后来当他回到日夜思念的家乡，在本来属于自己所有的土地上拾起两只芒果时，竟被王爷骂为“惯窃”。巫宾再也忍耐不住，眼睛里滚出泪水，苦笑着说道：“你，王爷，如今是位圣贤，我倒成了盗贼。”[①] 这是他对这个社会的所谓“现实”和“公理”的最严正的抗议。巫宾是最忠厚老实的农民，然而，这个社会连他这样的人也容不下，逼着他破了产，逼着他喊出了不平的呼声。《两亩地》乃是诗人“感于哀乐，缘事而发”的作品。它真实地反映了当时印度农村的现实生活，触及了印度社会的根本矛盾，在泰戈尔的诗歌中独放异彩。

① 泰戈尔．两亩地 [M]．石真，译．北京：人民文学出版社，1959.

《祭品集》

如果说《故事诗》和《叙事诗》侧重于反映外在世界的社会现实，那么1900年至1901年间相继出版的三册抒情诗集——《幻想集》《瞬息集》和《祭品集》，则侧重于表达诗人自己的胸怀抱负，抒发个人的内心感受。

《幻想集》收入50首诗，这些诗写于19世纪90年代，单行本出版于1900年。这部诗集展示出诗人头脑中多种多样的想象，包容了各种不同风格的诗歌：有的以欢快的调子和轻快的旋律歌唱自然和生活的美，表现出诗人对自然和生活的热烈憧憬，洋溢着犹如青年一般的火热感情（如《含福的新雨》《胆大妄为》《秋》）；有的则在这种快乐的情调上蒙了一层暗淡悲凉的阴影（如《她是我的母亲》《离别》《破庙》）。以《破庙》一诗为例：

破庙里的神灵，
演奏你的颂曲，
琴弦一根根裂崩。
暗蓝的暮空
听不见你晚祭的法螺声。
你的殿宇萧索、阴冷，
破庙里的神灵！

你冷寂的庙堂里，

早春的和风时时
送来热情的芳菲，
想呈献在你彩足的花环，
至今没有鲜花编织，
尽管花讯早已传入
你冷寂的庙堂里。

你那些懒于拜谒的教徒
整天冷漠地闲逛踯躅，
期望谁人施舍供奉的食物?
黄昏时分，在树荫下
他们饥肠辘辘，
蜂拥地挤进破庙里，
这伙懒于拜谒的教徒!

破庙里的神灵，
多少个祈祷之夜已经度过，
多少个节日已归于沉静，
多少个杜尔伽女神像
隆重地送进了恒河中——
只有终年默坐的你无人照应，
破庙里的神灵! [①]

后来，诗人又将这首诗译成英文，收入英文散文诗集《吉檀迦利》中。以下引用的是其英文诗的译文：

① 董友忱，主编．泰戈尔作品全集 [M]. 北京：人民出版社，2015（4）：205-206.

破庙里的神呵！七弦琴的断线不再弹唱赞美你的诗歌。晚钟也不再宣告礼拜你的时间。你周围的空气是寂静的。

流荡的春风来到你荒凉的居所。它带来了香花的消息——就是那素来供养你的香花，现在却无人来呈献了。

你往昔的礼拜者，漂泊流浪，永远在企望那还未得到的恩典。黄昏来到，灯光明灭于尘影之中，他困乏地带着饥饿的心回到这破庙里来。

对你来说，许多佳节都在静默中来到，破庙的神呵。许多礼拜之夜，也在无火无灯中度过了。

精巧的艺术家，造了许多新的神像，当他们的末日来到了，便被抛入遗忘的圣河里。

只有破庙的神遗留在无人礼拜的，不死的冷淡之中。[①]

这里需要说明的是，泰戈尔是不赞成偶像崇拜的。在这首诗里，他面对一座破庙，想起破庙里的神在无歌无花无火无灯中度过的日日夜夜，心情复杂沉重。他对那些懒于礼拜的流浪者，则予以辛辣的讽刺。

除此之外，这部诗集中还有几首诗似乎反映出诗人对于自己即将面临的危机和灾难的预感。

1900 年出版的另一部诗集——《瞬息集》收入 62 首诗。这些诗在情调的明朗、快乐和轻松方面，几乎是空前的。诗人将瞬息之间涌上心头的情绪凝练成诗的语言，于是，这部诗集应运而生。自由地驱使活在群众口头的日常语言，使之凝练化、音乐化，是它在表现形式方面的显著特色。其中有的诗（如《誓言》《同一座村庄》《两姐妹》等）后来由诗人自己译成英文散文诗，收入英文诗集《园丁集》中。以《笨拙》一诗为例：

① 泰戈尔 . 泰戈尔作品集 [M]. 北京：人民文学出版社，1961（1）：164-165。

今天我多少次编织花环，
编好又折散——
我晓得这是谁的过错！
你就坐在远处，用眼角的
余光瞧着我。
亲爱的啊，你用那一双眼睛
信誓旦旦地发问我，
我的手指如此地慌乱，
是何人目光的过错。

今天我坐着要为你唱歌；
吐不出歌词，
发不出声波。
你那两片朱唇
狡黠地笑呵呵。
那双眼睛啊，告诉我
为何有这样的过错——
为何嗓子堵塞，
说不出话来哦！

我留下花环和维那琴。
黄昏已经降临。
请让你的仆人休息吧——
什么都不要说啦，
我就坐在你的脚下。
亲爱的，请给我这个
笨拙的仆人
用静默的嘴唇能够

做到的某种劳作吧。[①]

然而，这种欢乐情绪顷刻之间即宣告消亡。随后问世的《祭品集》（1901 年出版），风格与之迥然不同，热情洋溢、无拘无束的放浪者变成庄严肃穆、百依百顺的皈依者，天马行空的想象变成单纯赤裸的崇拜，语言的游戏变成朴素的词句。《祭品集》共收诗歌 100 首，是献给诗人心目中的神灵的，有人认为它堪称世界最高水平的宗教诗。

开篇第一首诗就明确地表明了诗人的这种态度：

生命之主啊，我每天
将站在你面前。
世界之神，我双手合十，
将站在你面前。

在你那无垠天空下，
无人的幽静之园——
谦恭之心流着泪，
我站在你面前。

在你这个五彩缤纷的世界，
啊，在劳作的海边，
在整个世界的人群中，
我站在你面前。

在你的世界，当我的工作
完成得很周全，

① 董友忱，主编．泰戈尔作品全集 [M]. 北京：人民出版社，2015（4）：244-245.

王中之王啊，我独自无声地
站在你面前。[1]

最后一首诗是：

你把我留在人世的一间屋里，
我在屋里忘记一切痛苦。
请你日日夜夜亲手
仁慈地开启一扇门。
在我工作和休息的时候，
那扇门开着让你进来。
和风从那里带着你脚上的尘土，
在我的心上吹过。
你开门走进这间屋子，
我开门走到外面。

不管我能否得到一些幸福，
请为我留下一种幸福。
我的主，那幸福只属于我和你，
你清醒地待在那幸福里。
不要让其他幸福把它遮盖，
愿人世不让它蒙上灰尘，
请从喧嚣中把它举起，
珍惜地放在你的怀里。
其他幸福尽可装进乞丐的口袋，
请为我保住这一种幸福。

---

① 董友忱，主编．泰戈尔作品全集 [M]．北京：人民出版社，2015（4）：352.

主啊！多少信念已破灭，
让我心中保留一种信念。
在我忍受烈火烤灼的时候，
把你的名字烙在我心坎上。
每当痛苦进入我的心中，
但愿那上面有你的签字。
恶言恶语带来多少打击，
在打击中你的乐曲被激醒。
即便心中一百个信念破灭，
这个信念永存我心底。①

在这些诗里，诗人觉得自己是无力的、渺小的，而神则是力量的源泉，光明的象征，自己同神在一起就没有恐怖，没有忧愁。第 14 首表现的就是这种心态：

在你的无限中不管
我全身心地走出多远，
哪儿也没有离别，
哪儿也没有死亡、悲酸。

一旦离开你，
只管瞧着自己的面容，
死亡就会露出死亡之相，
那痛苦就会成为陷阱。

啊，圆满，在你的脚边

① 董友忱，主编 . 泰戈尔作品全集 [M]. 北京：人民出版社，2015（4）：426-427.

拥有一切啊——
没有恐惧，它只属于我的——
所以我才日夜哭泣。

只要在生活中
观瞻你的容貌，
一瞬间就能摆脱尘世间
负担和心头的烦恼。①

既思念神，赞颂神，又热恋现实世界和现实生活；既思念神，赞颂神，又关怀自己的祖国和自己的民族。作者的这些思想也在诗中得到形象的表现。前者如第 30 首：

远离红尘的解脱，我不追求，
在重重的束缚中我照样能够
随时品尝解脱的甜美滋味。
这辽阔平原的泥钵一次次
舀取、倾倒你色泽鲜艳的
芳香的琼浆。在你的庙堂里，
用我的亿万条灯芯和你的火焰
像点亮华灯那样点燃人寰。
我不赞同关闭人体感官的门扉，
进行传统的瑜伽式的苦修。
你所有的欢悦融于景色的旖旎、
浓郁的花香和歌谣的乐趣里。
在憧憬的火光中萌生我的解脱，

① 董友忱，主编．泰戈尔作品全集[M]. 北京：人民出版社，2015（4）：363-364.

我的爱情以虔诚的形式结出硕果。[1]

后者如第57首：

啊，所有天神中至高的天神哟，
隆隆雷声在静修林的绿荫里
宣布：在万物之上，在水中，
在火中，在生长药材的雨林里，
一位天神的完整统辖万古不朽。
这种自由大度的宣言属于印度。
坚强自由无畏而质朴的人们
不受限制，跨越河流森林山脉，
他们洋溢着英雄般的神采，
骄傲地前进。他们在大千
世界唯一伟大而宽广的
真理之路上找到了你。
他们勇猛地穿越宇宙，任何
地方不接受对灵魂的制约。[2]

这部诗集中的14首诗，即第75、98、72、99、86、33、81、26、44、24、39、18、89、90首（按《吉檀迦利》顺序排列），后来由诗人自己译成英文散文诗，收入英文诗集《吉檀迦利》中。由此不难看出该诗集在他的诗歌创作中的重要性和代表性。兹举例说明如下。

例一，本集第24首，在《吉檀迦利》中列为第81首。本集第24首如下：

① 董友忱，主编.泰戈尔作品全集[M].北京：人民出版社，2015（4）：376-377.

② 董友忱，主编.泰戈尔作品全集[M].北京：人民出版社，2015（4）：395-396.

我经常惭愧地想："今天
无所作为，浪费了宝贵时间。"
其实，何曾浪费，每个瞬息，
我主，你收存极为仔细。
啊，明察秋毫的心灵之主，
你莫测地蛰居于我的心中，
闲暇时把种子育为幼芽，
催开花坛姹紫嫣红的鲜花，
让花儿变为甜蜜的果实，
果核里有繁衍后代的能力。
在懒散昏眠之榻上躺卧，
总觉得有许多事情未做。
次日清晨睁开惺忪的双眼，
却见艺苑里果实已挂满。[①]

而《吉檀迦利》第 81 首则如下：

在许多闲散的日子，我悼惜着虚度了的光阴。但是光阴并没有虚度，我的主。你掌握了我生命里寸寸的光阴。

你潜藏在万物的心里，培育着种子发芽，蓓蕾绽红，花落结实。

我困乏了，在闲榻上睡眠，想象一切工作都已停歇。早晨起来，我发现我的园里，却开遍了异蕊奇花。[②]

例二，本集第 89 和 90 首，在《吉檀迦利》中合成一首，即第 95 首。本集第 89 首如下：

---

① 董友忱，主编 . 泰戈尔作品全集 [M]. 北京：人民出版社，2015（4）：372-373.

② 泰戈尔 . 泰戈尔作品集 [M]. 北京：人民出版社，1961（1）：161-162.

我跨进人生的大门，走进
这奇妙世界的乐园之时，
我记不清楚。是什么神力
在无穷奥秘之怀将我孕育，
如森林里的花苞在子夜绽放？

可是天亮以后我把头高高扬起，
睁开双眼仔细地观察大地，
我看见它那金光点缀的蓝色裙衣；
我看见苦乐交织的人间尘世，
那无从窥测到的无量奥秘。
顷刻间它好似母亲的胸脯，
是那样熟稔，那样温柔。
那无形的玄妙的伟大力量
对我来说就是母亲的形象。[①]

第90首如下：

我的死亡也不可卜测，因而
我今天害怕，全身瑟瑟战栗。
与家庭告别时，眼泪簌簌，
为搂住认定属于自己的生活，
伸出双臂。唉，你愚昧无知，
从降生的那一刻起，是有谁
在哄你，与你作对，变家庭、
人生为私物？在死亡的黎明，

① 董友忱，主编．泰戈尔作品全集[M]．北京：人民出版社，2015（4）：418-419.

看见那陌生的面孔，一瞬间
又像我很熟识似的。我如此
热爱人生，因而也就相信，
我必定也会这样热爱死亡。

这就像婴儿被抽出奶头，受惊哭泣，
而嘬起另一只奶头，又安然入睡。[①]

而《吉檀迦利》第95首则如下：

当我跨过此生的门槛的时候，我并没有发觉。

是什么力量使我在这无边的神秘中开放，像一朵嫩蕊，中夜在森林里开花！

早起我看到光明，我立时觉得在这世界里我不是一个生人，那不可思议、不可名状的，已以我自己母亲的形象，把我抱在怀里。

就是这样，在死亡里，这同一的不可知者又要以我熟识的面目出现。因为我爱今生，我知道我也一样在爱死亡。

当母亲从婴儿口中拿开右乳的时候，他就啼哭，但他立刻又从左乳得到了安慰。[②]

诗人把这部宗教诗集献给自己的父亲（此诗集开头写有“谨将此诗集呈献到最值得尊敬的父亲大人的莲花足前”），因为这位宗教改革家在宗教方面给予诗人不少教诲，《祭品集》中所包含的许多思想，都是父亲教给他的。当诗人给父亲朗诵这些诗时，父亲异常高兴，决定担负该书的出版费用，以示奖励。据说几年以前，在诗人年轻的时候，父亲听说他作宗教歌曲，就曾把他叫到身边，命他歌唱。他唱的那支

① 董友忱，主编．泰戈尔作品全集[M]．北京：人民出版社，2015（4）：419.

② 泰戈尔．泰戈尔作品集[M]．北京：人民文学出版社，1961（1）：168.

歌开头是:“眼睛不能看到你，因为你是眼睛中的瞳仁；心灵不能了解你，因为你是内心深处的秘密。”父亲听了深受感动，说道:“这个国家的统治者们要是理解国民的心愿和国民的语言的话，必然会酬劳这个青年诗人。”统治者们没有酬劳青年诗人，他自己酬劳了青年诗人。

此外，泰戈尔这时还写有《献祭集》(收入46首诗，但这部诗集出版单行本较晚，是在1914年)，同样具有浪漫色彩和神秘色彩。

例如第7首:

我在树林里狂奔，
自身的气息
麝香一样馥郁。
初春夜里南风吹拂，
我方向不辨。
我错误地企求，
得到的却不遂愿。

从我胸中腾起的
渺茫希望
和海市蜃楼一样。
我伸出双臂未能
把他搂在胸前。
我错误地企求，
得到的却不遂愿。

我这管竹笛
妄图禁锢自己的心曲，
简直像个疯子。
在被束缚的心曲中

听不到乐调的柔婉。
我错误地企求，
得到的却不遂愿。[①]

诗人自己将这首诗从孟加拉文译成英文散文诗，收入英文诗集《园丁集》中：

我像麝鹿一样在林荫中奔走，为着自己的香气而发狂。

夜晚是五月正中的夜晚，清风是南国的清风。

我迷了路，我游荡着，我寻求那得不到的东西，我得到我所没有寻求的东西。

我自己的愿望的形象从我心中走出跳起舞来。

这闪光的形象飞掠过去。

我想把它紧紧捉住，它躲开了又引着我飞走下去。

我寻求那得不到的东西，我得到我所没有寻求的东西。[②]

《献祭集》最后一首诗如下：

很久很久的事，当我无声无息
像其他星球上的人来到人世时，
我没有任何身份，两手空空，
唯一的财产是哇哇的啼哭声。
如今，是人们的真诚情谊
从我的嗓门引出了各种歌曲。
宇宙之神，今世你占有我心中

① 董友忱，主编 . 泰戈尔作品全集 [M]. 北京：人民出版社，2015（5）：111-112.

② 泰戈尔 . 泰戈尔作品集 [M]. 北京：人民文学出版社，1961（2）：17.

极小的一隅，你让我的生命
容纳了整个世界。我每天
把五彩旋律编成的新歌呈献
在你足前，我一向从内心希望
和你一起爱我的那些人
在你的祭祀结束时收下我的新歌。
被你屏弃的，请也以爱情连结。

在新建的房屋里，你就这样
以爱维系新生者。爱的阳光
使我在一簇簇新绽的鲜花中
世世代代显露；受爱的吸引，
我内心隐藏的感情的甜蜜
成为永不耗竭的新鲜甘汁，
汩汩流向外界——为响应
你爱的召唤，在无穷的生命中
我博采人世间新生活的芳菲，
将全新的嬗变的艳姿细心描绘。
谁愿在一个凡世这狭小漆黑、
不死的枯井里以一种方式生活！
我沿着新的死亡大道前行，
在一个个世界俯身对你献上膜拜之歌。①

这首诗中的“你”，与上引《祭品集》几首诗中的“你”相同，都是指诗人心目中的神灵，或称主宰者。

① 董友忱，主编 . 泰戈尔作品全集 [M]. 北京：人民出版社，2015（5）：176-177.

《眼中沙》和《沉船》

泰戈尔的艺术趣味是多方面的，创造力量可谓无穷无尽。在20世纪最初几年里，他不但写出了五彩斑斓的诗篇，而且在长篇小说创作方面也取得了可喜的成绩。《眼中沙》和《沉船》可以作为代表。

长篇小说《眼中沙》于1901年在《孟加拉观察》上连载，1902年出版单行本，描写的是孟加拉中产阶级的家庭生活。

关于这部小说的写作情况，泰戈尔在该书《前言》中写道：

纵观我踏上文学生涯之路的前前后后，就会明白，无论是对我个人来说，还是对当时孟加拉文坛而言，长篇小说《眼中沙》的出现都是出乎意料的。某种暗示从外部世界闯进了我心灵深处，这是一个连我自己也很难弄明白的问题。对这一问题最为简便的答复，就是一家月刊提出连载长篇小说的要求。绍琼德先生提出了开创《孟加拉观察》的新阶段。我的名字被列入编辑中，尽管我不是很情愿。困难的就是要继承过去某些光荣传统，对此我心里感到相当困惑。但是执意要求和不情愿在我心中产生了矛盾，我几乎无法左右，现在亦然。

有一个时期，我们在《孟加拉观察》上品尝到了长篇小说《毒树》[①]的情味。在当时，那种情味还是很新鲜的。后来《孟加拉观察》杂志不得不转入新的发展阶段，再也不可能返回到它的第一个阶段。往昔

① 《毒树》是般吉姆琼德罗·丘多巴泰所创作的一部以社会现实生活为题材的长篇小说。这一小说曾引起强烈的反响，它是般吉姆的一部代表作。《孟加拉观察》是般吉姆于1872年4月1日创刊的。当年，《毒树》这部小说就在这个刊物上连载。——译者注

的那一幕完全消退了。新编辑们置身于十字路口。副主编赛雷什确信，我可以通过小说使这家月刊时来运转，重新焕发出耀眼的光彩。实际上，这种要求来自外部。在这之前我还没有动手创作篇幅很长的小说，只写了一些篇幅较短的小说。由于形势所迫，在这个时代的工厂里，是该写写现实题材的小说了。当时，魔幻之手种下了《毒树》，现在看来，即使穿戴着过去的衣服首饰，也会朦胧地看到其现代的伦理道德。因而，当故事情节难以展开时，我就下到了心灵那个世界的工厂里去，在那里的烈焰之中，通过铁锤的锻造，坚硬的金属也可以塑造成像。在这之前，我在孟加拉语里未见过用小说的形式对人类始祖这种无情的创造行动进行过描写。但这之后，这种帷幕朝外的一面，通过《戈拉》《家庭与世界》和《四个人》等逐渐在大庭广众之中显露出来。不仅如此，在短篇小说的计划中，我的笔也没有回避与社会的粗浅接触。《被捣毁之巢》和《判决》，它们都可归入批判现实主义文学范畴。到后来，在《遁逃集》的诗歌里，也触及了那些与社会发生的矛盾和冲突。

《孟加拉观察》的新阶段，从一个方面来看，把我的心拽入政治社会关注的风暴中；从另一个方面来讲，通过小说以及诗歌，又使我与人性建立了牢固的关系，并逐渐地开始了一个实践创作的时期——发芽生根，茁壮成长。女人的嫉妒之心，从《眼中沙》小说内部，推动了矛盾冲突的发展。正是这种嫉妒，使莫亨德罗的激情轻而易举地暴露无遗。这就像是野兽笼子的门敞开着，野蛮事件当然就会接二连三地发生。文学新阶段的创作方法，不只是对事件给予种种描写，而是要研究并揭示人物内在的心理活动。在《眼中沙》这部小说里，就采用了这种方法。①

在这段话里，特别值得关注的是，泰戈尔明确地将他的《眼中沙》等一系列小说纳入“批判现实主义”的文学范畴，纳入“不只是对事

① 董友忱，主编．泰戈尔作品全集[M]．北京：人民出版社，2015（12）：486-487.

件给予种种描写，而是要研究并揭示人物内在心理活动”的文学范畴。正是在这个意义上，泰戈尔将他自己的小说创作和印度以及孟加拉的小说创作推到了新阶段。

《眼中沙》的女主人公比诺蒂妮给自己取了一个新名字——眼中沙（眼睛中的沙砾）。这个名字含有象征意义：她是一个寡妇，所以她的美貌和才智只会给自己和别人带来痛苦，不可能带来幸福。她在小说里所扮演的角色正是如此。比诺蒂妮无依无靠，只得寄居在亲戚家里。亲戚家有个青年，名叫莫亨德罗，从小娇生惯养，恣意任性。他的新婚妻子阿莎还是个天真烂漫的女孩子，既不会料理家务，也不善于辞令。当比诺蒂妮来到他们家时，这对年轻夫妇正沉浸在恋爱的美梦中。不过好景不长，他们彼此太亲热了，就像下定决心要把毕生的感情一下子耗光似的。他们的爱情之歌一开始唱的就是最高音，好像要忙于在爱情还没有破灭之前花掉所有的感情似的。因此，比诺蒂妮的闯入，立即在他们的生活中激起了波澜。

比诺蒂妮的性格热情而勇敢，社会的不公平待遇使她感到格外痛苦，逼她走上反抗的道路。她就像是一只被激怒了的黄蜂，要蜇刺所有的人，甚至要毁灭整个世界。怀着这种心情，起初她以为莫亨德罗是自己恋爱的对象，便用心中燃烧的火，点燃了莫亨德罗的家，破坏了莫亨德罗和阿莎的爱情，破坏了他们的幸福生活。但不久她发现自己看错了人，莫亨德罗虽然真心爱着自己，可他的爱是盲目的，他并不了解自己，而且他也不能依靠。当她拒绝他的时候，他还会甘心受她支配，可是一旦她对他俯首听命，他就要开始寻找自由了。后来，她发现莫亨德罗的朋友比哈里才是自己真正的恋爱对象，于是就坚决、大胆地追求他，并用“一根魔杖”点醒了他心中蕴藏着的青春活力，致使他敢于公开宣布要和自己结婚。这种“不正当的爱情”，是她企图把自己从孤独中拯救出来的冒险尝试。因为她觉得比哈里了解自己，甚至尊敬自己，而且除他之外，自己在世界上再也没有别人了，只有他才是自己所需要的和可信赖的保护者。

然而，尽管如此，故事仍以悲剧告终。这是因为比诺蒂妮是个寡妇，而比哈里是个有身份的人，他们结婚就会降低比哈里的种姓，使他变成无权利的人。所以，当比哈里向比诺蒂妮求婚时，她斩钉截铁地予以拒绝。小说有这样一段描写：

比诺蒂妮对比哈里说："你刚才怎么说那样的话，我都不相信是你说的。你是不是在开玩笑？"

比哈里说："不，我说的是真心话，我要娶你。"

比诺蒂妮："为解救我这个有罪的女人？"

比哈里："不，因为我爱你，我尊敬你！"

比诺蒂妮："这是对我的最高奖赏。此外，我什么也不需要了。不过结婚不行，宗教道德是不会容忍的。"

比哈里："为什么？"

比诺蒂妮："我想起这些，就感到害羞。要知道我是一个寡妇，一个被指责的女人。我要是与你结婚，就是在整个社会面前对你的侮辱，会使你失去种姓和权利。不行，这不可能。从现在起，再也别提了，真是羞煞人！你不要再提此事了。"

比哈里："你要抛弃我？"

"我没有抛弃你的权利。你总是悄悄地给许多人做好事。你可以把任何责任的一部分委托给我。我将肩负起这份责任。你可以把我当作你的女仆。不过，你绝不能与我这寡妇结婚！你一时冲动，什么话都可以说出来。但是，我如果同意你这样做，就是在社会面前把你毁了，而且我这一生就再也别想抬起头来了。"

比哈里："可是，比诺蒂妮，我爱你啊！"

比诺蒂妮："今天，你有明确表达这种爱的权利。"

说完后，比诺蒂妮匍匐在地上，不断地吻着比哈里的脚。

"为了来生能配得上你，我要修苦行。"比诺蒂妮坐在比哈里的脚旁，继续说道，"在这一生中，我再也没有什么指望了，也没有什么需求了。我使别人受了许多苦，我自己也受了许多苦。但我现在明白了许多事情，也得到了不少教训。如果我忘掉这些教训，我就会毁掉你，也毁掉了自己。正是由于你人品高尚、宽宏大量，我今天才能再次抬起头来，我不想失去你的保护。”

比哈里脸色忧郁，沉默不语。

比诺蒂妮双手合十说：“你不要忘记，你如果娶我，你是不会幸福的，你会失去尊严，我也会失去尊严的。你永远纯洁、善良。你就像今天这样吧！我将在远方为你祈福。愿你快乐！愿你幸福！”①

这段对话以及比诺蒂妮最终主动离开比哈里远走他乡的结局，清楚地表明比诺蒂妮在本质上并非完全为自身利益着想的自私自利者，而是真心为自己心爱的人着想的利他主义者。至于比哈里，自然不失为一个正直的青年，却不是一个叛逆社会传统习俗的角色。他没有勇气完全按照自己的心愿行事。虽然他当场不肯接受比诺蒂妮所讲的意见，过后却不得不按照她的话去办，甚至拒绝她一起参加工作的要求，迫使她到迦尸苦修去了。事实证明，比哈里也并非比诺蒂妮可信赖的保护者。

比诺蒂妮的生活道路是坎坷不平的。她虽然敢作敢为，尽力加以反抗，可是终因得不到同情和支持而失败。显而易见，社会对于寡妇的歧视和虐待，乃是造成这种苦痛的根源。

《眼中沙》是泰戈尔所写的第一部成功的长篇小说。这部作品真实地描绘了社会现实生活，细致地表现了人物的性格特征和心理活动。从这个意义上说，它超越了孟加拉小说的一般水平，把孟加拉小说提到了新的高度。当时孟加拉的小说不外乎历史小说，或是上流社会的趣谈，或是二者的混合。《眼中沙》乃是孟加拉乃至印度文学中严格意义上的近代批判现实主义长篇小说的发端。

---

① 董友忱，主编．泰戈尔作品全集[M]．北京：人民出版社，2015（2）：486-487.

1902 年，泰戈尔又动手写了另一部长篇小说——《沉船》。这部作品从 1903 年至 1905 年在《孟加拉观察》上连载，1906 年出版单行本。在出版单行本时，作者删除了不少他认为多余的内容。

泰戈尔在《沉船·序》中写道：

对读者来说承担某项任务是合适的，让作者来承担此项任务就不合适。作者本人来研究分析自己的作品不好。可以说这样做是不妥的，因为完全不带个人感情色彩来进行这项工作，简直是不可能的，所以，就不会有公正客观的评判标准。出版者渴望知道，为什么我要写《沉船》。关于这一点，就连天神都不晓得，更何况凡人呢！出版者要求提供更多外部的信息材料。然而，大河之源是在地下的深层，牛嘴山洞[①]并不是它的源头。如果将出版者的约稿看成是一种鼓励，那么，倒可以多讲几句。除此之外，我还能讲些什么呢？从小说中所得到的东西和从出版者那里所得到的东西是完全不同的。毋庸赘言，从深层次上说，写小说不能太着急。写小说的人不走出家门，就会遇到困难，他就会陷入冥思苦想之中：“我写什么呢？”时间的要求也会起变化。在当代心理描写已成为小说创作的一种追求。故事情节在小说中已退居次要位置。因此，在这种反常的情况下探索内心的奥秘，描写男女主人公生活中所发生的一场严重误会——这既很残酷，又很有趣。最棘手的一个问题就在于，忠于丈夫的观念尽管在我国普通女性的心目中是存在的，但是其根基是否就那么深厚，以致她们甚至可以怀着羞愧的心理撕破无意中所萌发的第一次爱情之网。不过，对于这个问题作出圆满的回答是不可能的。长期以来所形成的社会观念在某一个女性的心目中不可能不如此的牢固，因此，她一得知自己那位并不认识的丈夫的消息，就扯断一切情感的纽带，立即出走去寻找他。感情和观念这两种东西，如果在一个女人的心中都同样十分牢固，如果这两者

① 牛嘴山洞：喜马拉雅山脉中的一个著名的山洞，其形状似牛的嘴，故名牛嘴山洞。据说印度的恒河发源于此山洞。——译者注

最后兵刃相见，那么，这部小说的戏剧性就可能会更加强烈，在人们的心里就会长期留下一道悲剧性的痛苦伤痕。而这场悲剧的最主要的承受者就是罗梅什——他的痛苦不是由于他内心里相互对立的情感冲突造成的，而是由于难以摆脱的事态发展的错综复杂性造成的。如果评论家由于这个缘故而责怪作者，那么，我是不会反驳的。我只想说明一点：我在这部小说的部分描写和表达人物苦恼中注入了一些诗意，如果说这样做并没有破坏读者的情趣，那么，《沉船》中的这一部分，大概可以为诗人赢得一点点荣誉。但是我还不敢这样说，因为读者的口味是在迅速变化的。①

从艺术表现来说，这段话里有两点需要注意：一是重在心理描写，即“在当代心理描写已成为小说创作的一种追求。故事情节在小说中已退居次要位置。因此，在这种反常的情况下探索内心的奥秘，描写男女主人公生活中所发生的一场严重误会——这既很残酷，又很有趣”。二是含有若干诗意，即“我在这部小说的部分描写和表达人物苦恼中注入了一些诗意，如果说这样做并没有破坏读者的情趣，那么，《沉船》中的这一部分，大概可以为诗人赢得一点点荣誉”。

这部小说仍以孟加拉中产阶级的家庭生活和婚姻问题为题材，并且同样不乏对社会现实的精确描绘和对人物性格特征、心理活动的细致表现。由于作者有意愉悦读者和注重趣味，故使得故事发展富于传奇色彩，结构独出心裁，没有哲理性的繁难议论，结尾也不完全是悲剧的调子。此外，随处可见的优美的自然景物描写和生动的比喻，也为小说增添了不少光彩（这大约就是作者所说的“诗意”吧）。

小说的男主人公罗梅什是个性情柔顺而又正直的青年。他和海梦莉妮互相爱慕。他们本来是可以顺利结成伴侣的，但是由于罗梅什的父亲从中作梗，强迫罗梅什同另一个姑娘举行婚礼。后来又由于遇到

---

① 董友忱，主编 . 泰戈尔作品全集 [M]. 北京：人民出版社，2015（3）：283-284.

风暴沉船，两对新婚夫妻同时离散，罗梅什错把别人的新娘科摩拉当成自己的妻子。自此以后罗梅什陷入了进退维谷的境地：他既不能把科摩拉留在自己身边而不承认她是自己的妻子，又不能把她交给任何其他的人，更不能和她在一起过夫妻生活；同时，他也不能同海梦莉妮结婚。罗梅西无法摆脱这种困境，只好带上科摩拉无目的地出走。在出走过程中，天真热情的科摩拉终于明白事情真相，感到无地自容，自然不肯再同罗梅什一起生活下去，同时也未放弃找到自己丈夫的希望，于是毅然离家。这时，她真正的丈夫诺林纳克又和罗梅什的情人——海梦莉妮相识，并由双方父母撮合，准备缔结良缘。这种错综复杂的关系怎样结束呢？故事的收场是悲喜参半的：科摩拉冲破重重困难找到了自己的丈夫诺林纳克，夫妻终于团圆；罗梅什和海梦莉妮这一对有情人却很难破镜重圆，海梦莉妮感到忧郁和绝望，罗梅什则觉得自己是个多余的人。这可以从小说临近结尾处的一个场面看得十分清楚：

罗梅什转过身来，透过窗子心不在焉地注视着街上的人群，过了片刻，他听到了脚步声。他转过脸来瞧了一下，看见一个女人把头伏在地上向他行大礼。当她站起来时，罗梅什再也坐不住了，他急忙站起来，叫了一声："科摩拉！"科摩拉纹丝不动地伫立着。

大叔说道："罗梅什先生，天神把科摩拉的一切苦难变成了对她的赐福，并为她驱散了周围的一切迷雾。您在她最困难的时候保护了她，为此您吃了不少苦头。很长一段时间她是跟您生活在一起的，因此，不和您谈一谈，她是不会和您分手的。今天她是来接受您的祝福的。"

罗梅什沉默了片刻，然后竭力清了一下哽塞的喉咙，说道："我祝你幸福，科摩拉！我可能无意或有意地做过一些对不起你的事，请你原谅。"

科摩拉什么也没有回答，只是靠着墙壁伫立着。

过了一会儿，罗梅什又继续说道："如果你需要我向某人作些解释和排除某些障碍，请讲。”

科摩拉双手合十说：“请您不要对任何人讲我的事。请记住我对您的这一请求。”

罗梅什说：“长期以来我没有对任何人讲过你的情况，即便由此引起许多误会和麻烦，我都默默地忍受了。最近几天来，我在想，即使把你的情况讲出去，对你也不会有什么伤害，所以我只对一家人披露过你的情况。看来这样做对你不但没有害处，反而有好处。大叔大概已经认识他们了，这家人就是安俠达先生和他的女儿。”

“海梦莉妮？”大叔接着说道，“我当然认识。他们都知道了这一切？”

罗梅什回答道：“是的。如果您觉得还有什么情况需要对他们一家人讲，那么，我可以去讲。不过，我再也没有什么企盼了——很多时机都被我错过了，而且还失去了许多。现在我渴望解脱。如果现在我能还清一切债务，然后离开，那我就得救了！”

大叔握住罗梅什的手，亲切地对他说：“不，罗梅什先生，不需要您再做什么了。您承受过很多痛苦，现在您获得了解脱，您自由地生活吧，祝您幸福，祝您的事业取得成就，这就是我对您的祝福！”

罗梅什临走的时候，望着科摩拉说：“我这就走了。”

科摩拉什么话也没说，再一次把头伏在地上，向罗梅什行了大礼。

罗梅什离开大叔的住处走出来，犹如在梦境中一样，他一边在路上走着，一边开始思忖：“见到了科摩拉，这就好；要是见不到她，那么，这一段生活就不会很好地了结。尽管我还没弄清楚，那一夜科摩拉是在了解到什么情况后才突然离开伽吉布尔那栋平房出走的，但是有一点很清楚，我现在完全成了一个多余的人。除了我自己，谁也不再需要我了。现在我要走进茫茫的世界去安排自己的生活，没有任何必要再回顾往事了。”[①]

① 董友忱，主编．泰戈尔作品全集 [M]. 北京：人民出版社，2015（3）：529-530.

罗梅什性格的突出特点是软弱无力和优柔寡断。当他父亲强制他结婚时，他虽然满肚子不高兴，可是也只说出几句模棱两可的话，并且一被对方三言两语顶了回来，就再也无言以对，只好凭空盼望发生什么意外事件来阻止这桩婚事。后来，阻止婚事的意外事件并没有发生，他的命运同两个女人奇妙地联系在一起。他既不愿对科摩拉说明她的真实处境，也不敢向海梦莉妮讲清事情的来龙去脉，只是一而再、再而三地拖延下去，结果既给别人造成灾难，也给自己招来痛苦。毫无疑问，对于罗梅什来说，这是一个彻头彻尾的悲剧故事，构成这个奇特的悲剧故事的基础是认错了人，而认错人的客观原因是包办婚姻，主观原因则是他本人的软弱无力和优柔寡断。

爱国诗人

1903 年 9 月 19 日，泰戈尔年纪不足 13 岁的二女儿蕾奴卡死去了。这个孩子有些非凡之处，格外为父亲所器重。如今不幸夭折，泰戈尔深为惋惜。况且，不足一年时间，连续失去妻子和女儿两个亲人，他怎能不心痛欲死呢?

然而，生活对他的打击还不仅限于此，1905 年 1 月 19 日，他十分敬重的父亲以 88 岁高龄离开人间。父亲在思想修养、为人处世方面对他的影响既深且广。父亲生前喜欢坐在圣蒂尼克坦两株并排的七叶树下静思。为了纪念他老人家，泰戈尔特地在这里建立了一座石碑，上面刻着四句诗：

他
是我生命的寄托，
是我精神的慰藉，
是我心灵的平和。[1]

不仅如此，关于父亲，他还在许多文章里表示过怀念之情，兹举《代本德罗纳特·泰戈尔》一文如下：

从儿时起，我就特别注意到一件事情，即使在诸多事物的百忙之中，我的父亲也能令人惊异地保持自己的独立性。他从一出生就具备

① 董友忱译。

了这样一种力量——这是他品格中的一个主要特点。家庭的需要，财富的彰显，爱情和友谊的吸引，都没能破坏他内心的平静。我觉得，他仿佛在他自己的内心深处寻找到了一个永不枯竭的宁静的源泉，正是这种源泉使他成为这种孤僻和特立独行的拥有者。当我的祖父去世时，他几乎到了崩溃的边缘。但是，即使到了那种时候，他也能像英雄一样对于这个世界和这个家庭保持了一种淡然恬静的态度，当时，他在自己的灵魂深处寻找到了慰藉。

在我十岁的时候，我有机会与父亲一起去喜马拉雅山常住。在这之前，我还一直没有机会与他如此亲密地接触过。每当他从寂静的住处回家时，我和家里的其他人都怀着恐惧和尊敬的混杂心情注视着他。当他提出要我与他一起远行的建议时，我那种高兴的心情简直难以形容。在前往喜马拉雅山的路上，我们在圣蒂尼克坦住了几天。正是在那里，我从他那儿开始获得最初的教育。这已经是六十五年前的事了。就像现在一样，当时，在学习方面我也是漫不经心的。目前那个建有剧场的地方当时种着一棵椰子树。我坐在它的树荫下开始了我第一首诗的写作。父亲对我那孩子般的想象从来不做任何阻拦，可是，尽管我与他有机会进行了密切接触，我却总是感到，他的灵魂就像星星一样，单独伫立在高空世界之中。当时，我并没有像现在这样明白，当他陷入沉思的时候，他常常淹没在自己的沉静之中，那时，他自身与自己的内心相通了。在喜马拉雅山上，当他面向东方陷入冥思时，看到在神奇的光芒中他熠熠生辉的宁静的面庞，我的心中不禁生出敬畏来，这些事直到现在我还记忆犹新。那些认识他和尊敬他的人都能感受得到他这种宁静和禁欲的伟大。在他的亲戚和朋友之间，他如同太阳一样。他虽然离所有人很近，但是，他却像覆盖着白雪的高峰一样，在所有人的上面高昂着头颅。

这个静修院就是他对我们的最大贡献。虽然它远离外面的喧嚣，但是，它的工作就是思考人们内心最深处的福祉。圣蒂尼克坦静修院的建设计划和实施，体现出他对大自然美感的体验和对生命中所蕴含的真理的理解。他从来都没有用预言欺骗过任何人。在任何情况下，在感悟真正的愉悦中，他总是抱有毫不动摇的信念，他从来不容许将其损害。他知道，如果不摆脱桎梏，要想取得自我发展是不可能的。正是在这个静修院，他扩展了那种解放的思想。为了不使真理受制于人为的桎梏，我尽了我最大的努力。像我的父亲一样，我也相信，如果得不到自由成长的机会，灵魂或心灵就不可能获得最终的成功。我永远都不会忘记我对他的亏欠。因为正是他用他那人生的理想教会了我尊重人的个性和将真理置于一切之上的观念。①

1905年是印英矛盾趋向激化，印度民族解放运动高涨的一年。当时担任印度总督的寇松是个狂妄的帝国主义分子。他一贯粗暴地蹂躏印度人民的民族感情，采取一系列严厉措施巩固殖民主义统治。并且在他任职的最后阶段，悍然颁布了孟加拉分治的法律。原来孟加拉邦包括孟加拉邦、比哈尔邦和奥里萨邦，人口七千八百万，其中孟加拉人约四千一百万，一半信仰印度教，一半信仰伊斯兰教。伊斯兰教徒在东孟加拉（今孟加拉国）占多数，印度教徒则居住在西孟加拉和比哈尔、奥里萨。现在，殖民当局把东孟加拉加上阿萨姆邦划为“东孟加拉与阿萨姆邦”。人口三千一百万，其中三分之二是伊斯兰教徒。其余部分仍叫“孟加拉邦”，但孟加拉人不到三分之一。这样分治的目的，在于分裂孟加拉民族，使大部分孟加拉人脱离其政治中心加尔各答，并煽动印度教徒与伊斯兰教徒的宗教仇恨，从而削弱民族运动的力量。

寇松分割孟加拉的行为，激起了孟加拉和全印度各阶层人民的普遍愤慨，促进了民族解放运动第一个高潮的到来。1905年10月16日分治决议生效之日，孟加拉人宣布为志哀日。从这天清晨开始，加尔各答街头出现了有史以来第一次有组织的大游行。泰戈尔与广大群众一起，高呼爱国口号，向恒河岸边挺进。游行群众手挽着手，高唱泰

① 董友忱，主编．泰戈尔作品全集[M]．北京：人民出版社，2015（18）：231-233.

戈尔特意为这个活动创作的一首歌曲，其中有“所有的孟加拉姐妹兄弟，让我们永远心连心，永不分离”等慷慨激昂的词句。与此同时，商店停业，居民不生烟火。傍晚，群众举行抗议大会，与会者多达数万人。此后，运动规模不断扩大，地域不断扩展。运动最初的口号是重新合并孟加拉，后来则进一步提出民族自治和提倡国货的主张。斗争方式开始是和平的，而后则采取了示威、罢工、焚烧英国货物等断然措施，而国大党（全称是国民大会党）激进派领导人则提出了武装斗争的号召。

在自治运动期间，殖民当局采用了武力镇压。为此，泰戈尔发表了《告自治运动的被迫害者书》，内容如下：“我向那些在孟加拉邦当前自治运动中遭受惩罚的人们呼吁，今天所有孟加拉邦的心都在承载着他们所遭受的一切痛苦，这种痛苦已经变成了玉液琼浆，并且将他们提升到不朽的高度……造物主让那些立下伟大誓愿的人们，在世界面前经受火的考验，并让这种誓愿的宏伟善良绽放出辉煌的异彩。今天造物主特别选定了几个人作为孟加拉大地坚定履行誓愿的代表，去经受这种艰难的火的考验，他们的生命是富有意义的。全邦血红的愤怒火焰在他们生命的历史上没有留下任何污点，而是一次又一次地用金色字母写上：祖国母亲，我向你致敬！”[①]

早在英国宣布分割孟加拉之前，泰戈尔业已预见这种危险，并向孟加拉人民发出过警告。在事情发生之后，他立即投身到群众运动的行列中去，并且谱写了若干首热情洋溢的歌曲。在这些歌曲里，他抒发了自己对祖国无比深厚的爱：

我能生在这一片土地上，因此我有运气去爱她，我是有福的。

即使她不曾拥有王室的珍宝，但是她的爱的活财富对我就够宝贵的了。

① 董友忱，主编．泰戈尔作品全集 [M]. 北京：人民出版社，2015（5）：1210.

对我心的最好的芬香礼物就是从她自己的花朵中来，我也不知道还有何处的月光能用这样的美妙来泛滥我的心身。

呈现在我眼中的第一道光辉是从她自己的天空来的，让这光辉在我眼睛永闭之前再亲吻它们。①

他呼唤战士不要迟疑，莫怕孤立，为祖国未来而英勇战斗：

如果他们不响应你的号召自己走开了，
如果他们害怕，无言地畏缩着面对着墙，
呵，不幸的你，
敞开心怀独自发言吧。

如果他们在穿过旷野时自己走开，背弃了你，
呵，不幸的你，
把荆棘踩在脚底，沿着血迹独自前进吧。

如果当风暴惊扰之夜
他们不举起灯来，
呵，不幸的你，
用痛苦的雷焰焚灼你自己的心
再让它自己燃烧吧。②

他热切盼望一个美好、富裕、真实和自由的祖国出现在世界上：

让我祖国的地和水，空气和果实甜美起来，我的上帝。
让我祖国的家庭和市廛，森林和田野充盈起来，我的上帝。

---

① 泰戈尔．泰戈尔诗选[M]．谢冰心，石真，译．北京：人民文学出版社，1958：51.

② 泰戈尔．泰戈尔诗选[M]．谢冰心，石真，译．北京：人民文学出版社，1958：53.

让我祖国的应许和希望，行为和言语真实起来，我的上帝。

让我祖国儿女们的生活和心灵合一起来，我的上帝。[①]

他热情鼓励人们奋勇前行，不要畏惧狂风巨浪，不要迟疑回顾，不要枉费心思：

我们的航程开始了，船长，我们向你鞠躬！

风涛狂啸，浪头犷暴，但是我们行驶下去。

危险的恫吓在路上等待着奉献给你他的痛苦的礼物，在风暴的中心有个声音呼叫："来征服恐怖吧！"

让我们不要迟疑着去回顾那些落后的人，或以恐惧和顾虑来使警醒的时间麻痹的人。

因为你的时光就是我们的时光，你的负担就是我们自己的负担，而生和死只是你游戏在生命的永存之海上的呼吸。

让我们不要在挑选微小的帮助和慢慢地挑数朋友上枉费心机吧。

让我们首先懂得你是和我们在一起而我们永远是你的。[②]

这些歌曲主要表现的是诗人对祖国的爱恋和对为祖国而牺牲的精神的赞美，虽然有时还不免流露出一些孤独的情绪，但是他的爱国热情毕竟是难能可贵的。

此外，听到学生仅仅因为参加爱国活动和高唱爱国歌曲就被赶出加尔各答大学校门的消息，他深为不满，便和其他几个爱国教育工作者一道筹办民族学院。他还专门为该校学生开设了以"文学的本质""文学创作""美与文学"和"世界文学"等为主题的讲座。这些讲演稿后来被编为《文学》一书，于1907年出版了单行本。

1906年以后，印度的政治斗争形势日益尖锐，群众爱国运动的规

① 泰戈尔．泰戈尔诗选[M]. 谢冰心，石真，译．北京：人民文学出版社，1958：56.

② 泰戈尔．泰戈尔诗选[M]. 谢冰心，石真，译．北京：人民文学出版社，1958：57.

模不断壮大。1906年一年之间，孟加拉先后举行群众抗议集会数百次，工人罢工，学生罢课，农民也逐渐参加到斗争行列中来。同时，在孟加拉燃起的怒火迅速向全国各地蔓延，发展成为全国性的反帝爱国运动。到1907年，斗争怒火越烧越旺。加尔各答的群众示威活动接连不断，并往往在与警察的冲突中结束。在殖民当局审讯民族运动领导人期间，几乎每天都有抗议大会。英国派驻印度总督在给伦敦的信件中承认，整个孟加拉像一座火药库。英国政府也担心会爆发武装起义。但正在这个关键时刻，泰戈尔退出了战线，开始过起半隐退的生活。

他的思想发生了深刻的危机。他希望印度独立自由，但并不认为获得独立自由要以不惜一切手段粉碎英国殖民统治为代价。当投身于群众运动中时，他曾试图把民族觉醒的热情和群众对英国统治的不满巧妙地引导到自己所设计的复兴民族的积极轨道上去，诸如建设农村，改革教育等。然而，实际运动并不受他的主观设想左右，于是他失望了。他唤起了风暴，但当风暴愈来愈猛烈时，他又非难这种风暴；他鼓舞了战斗，但当战斗愈来愈紧张时，他又舍弃这种战斗。政治上的失意使他感到苦闷和孤独。激进派痛骂他，群众责难他，认为他背叛了自己的国家和民族。殖民政府监视他，认为他是个危险人物，并且发下秘密文书，要求帝国主义的支持者和政府工作人员，不得把孩子送进他的学校读书，也不准以任何方式援助他的学校。可是，泰戈尔不肯改变自己的态度，只要自己认为正确，不论遭到什么指责，他都不肯妥协。

除了在社会生活上遭到打击以外，他在家庭生活中又遭遇了新的不幸。1907年，他的小儿子绍明德罗纳特因患霍乱死去，年仅11岁。他认为这个孩子很有天分，也许日后能够成就一番事业，现在却突然死去，这使他分外伤心。五年之间，泰戈尔接连失去了妻子和两个孩子。活着的三个孩子之中，长女在外地丈夫家里生活，长子到美国去留学，小女儿又刚刚出嫁。因此，唯一留在身边的小儿子的死亡，使他成了孤身一人。这种境遇分外加重了他的苦闷和孤独感。

但是，苦闷和孤独并未妨碍他的创作，反而促使他发愤写作。无论是在加尔各答，在圣蒂尼克坦，在什来多赫，还是在其他地方，他那支生花妙笔从未停息过。从1906到1911年间，除了文学创作之外，他还写了许多有关国家、社会、教育、文学理论与批评、文学史、民间文学、语言学等方面的论文。其中包括四册文学评论集:《文学》《古代文学》《现代文学》《民间文学》。这些文章分析明快透彻，笔调优美动人，论述内容广泛。从古代文学到现代文学，从书面文学到口头文学，几乎涉及印度文学全部领域。在从整体的角度论述各个时期的文学问题，在发掘长期被埋没的民间文学宝藏上，他的功绩是不容抹杀的。

《渡口集》

1906年泰戈尔出版了一部重要的诗集——《渡口集》，收入56首诗，继续讴歌他心中的梦想，抒发内在的情怀。在开卷的《献词》里，他写道：

朋友，这是我羞愧的萝藤。
从天空得到什么，
从轻风出来什么，
那是心灵的话语，
在绿叶里躲藏。
小心翼翼地寻找，
你应该知道，
打破它那
无声的激动。
我羞愧的萝藤。

朋友，充满梦幻之风
轻吻降临的黄昏。
收集带叶的树枝，
暂且作睡梦之枕。
所有的鲜花以蓝眼睛，
默默地眺望着星星，

眺望着浩瀚的苍穹，
思索着哪一位情人。
我羞愧的萝藤。

朋友，你带来闪电似的触摸，
请把幸福赐给我；
睁开你那同情的眼睛，
请注视着我的心窝。
带着整天芬芳的恋歌，
带着对全天光明的怀念；
这一切充满心田，
垂首向着大地——
我羞愧的萝藤。

朋友，你知道的小东西，
其实，它们并不渺小，
哪里存在真理，
哪里就有世界万物。
这里隐藏着羞愧，
你将隐藏在其中——
生与死，光与影
带来风暴的消息。
我羞愧的萝藤。①

在这首诗中，诗人将自己的诗歌比为“萝藤”，把它们奉献给自己的“朋友”——这个“朋友”似乎既可以包括人间的朋友，也可以包

① 董友忱，主编．泰戈尔作品全集[M]. 北京：人民出版社，2015（5）：196-197.

括他心目中的神灵。四节诗都以“我羞愧的萝藤”作结，反复咏唱，增添诗意。

最后一首诗题名《渡口》，全文如下：

你是谁，在两岸之间摆渡？
啊，渡口的船夫！
我在家门口坐着，
看到这一幕，
啊，渡口的船夫！
散集时人如洪流，
大家都要去码头，
当时我在心里想，
我也要去你那里，
啊，渡口的船夫！

傍晚时分你划着船，
到对岸去，
看到后我心里高兴，
不禁哼起歌曲，
啊，渡口的船夫！
黝黑的河水潺潺流淌，
我的两眼含着泪水，
对岸闪现出的金光
把我的心灵遮挡，
啊，渡口的船夫！

我看到你不言语，
啊，渡口的船夫！

你的眼睛里写着什么？
我凝神观望，
啊，渡口的船夫！
如果你突然
看我一眼，
我就在心里想，
我也要去你那里，
啊，渡口的船夫！①

这首诗表达的似乎也是诗人的一种心愿——通过渡口到对岸去，达到与神灵融合的心愿，神我合一的心愿。在表现方法上，也与《献词》有异曲同工之妙，即三节诗都以"啊，渡口的船夫！"作结。

这部诗集中有10首诗后来被译为英文散文诗，即《囚徒》《隐匿的》《觉醒》《缺乏主动》《吝啬》《赐予》《井台边》《多此一举》《失去的财宝》《消遣》（按《吉檀迦利》顺序排列）收入英文诗集《吉檀迦利》。由此可见，他认为这些诗在诗歌创作中具有一定的代表性，这部诗集在他的诗歌创作中具有重要的意义。如《井台边》：

我不希求你什么，
也没告诉你我的姓名——
当你致谢后离去，
我看着你默不作声。
当时我一个人坐在
尼姆树荫覆盖的井台边，
女友们走向村庄，
每个人头顶着水罐。

① 董友忱，主编．泰戈尔作品全集[M]．北京：人民出版社，2015（5）：293-294.

她们不住地叫道：
“快走，天不早了！”
我懒洋洋地坐着，
满腹莫名的烦恼。

当你悄悄走近我时，
我没有听见脚步声。
你的眼神黯淡无光，
声音疲倦地说：
“我是干渴的过路人。”
我听了意乱心慌，
赶紧把甘洌的井水
倒入你掬着的手掌。
尼姆树叶飒飒舞动，
杜鹃欢快地歌唱。
洋槐树的一阵花香
在蜿蜒的村径上荡漾。

当你问起我的名字，
我顿时满脸羞红，
我做了什么事情，
值得你铭记心中？
我从水罐倒给你
几口解渴的井水，
成为我心中一份
极其珍贵的记忆。
中午的井台上，
鸟儿又在唱歌，

尼姆树叶又在飒飒作响——

我入神地听着。[①]

这首诗即是《吉檀迦利》的第54首：

我不向你求什么；我不向你耳中陈述我的名字。当你离开的时候我静默地站着。我独立在树影的井旁，女人们已顶着褐色的瓦罐盛满了水回家了。她们叫我说，“和我们一块来吧，都快到了中午了。”但我仍在慵懒地流连，沉入恍惚的默想之中。

你走来时我没有听到你的足音。你含愁的眼望着我；你低语的时候声音是倦乏的——“呵，我是一个干渴的旅客。”我从幻梦中惊起，把我罐里的水倒在你掬着的手掌里。树叶在头上萧萧地响；杜鹃在幽暗处歌唱，曲径里传来胶树的花香。

当你问到我的名字的时候，我羞得悄立无言。真的，我替你做了什么，值得你的忆念？但是我幸能给你饮水止渴的这段回忆，将温馨地贴抱在我的心上。天已不早，鸟儿唱着倦歌，楝树叶子在头上沙沙作响，我坐着反复想了又想。[②]

不言而喻，诗中的“你”，即那位要水喝的“旅客”，也像上引两首诗（《献词》和《渡口》）中出现的“朋友”和“你”一样，乃是诗人心目中神灵的化身。

① 董友忱，主编 . 泰戈尔作品全集 [M]. 北京：人民出版社，2015（5）：236-237.

② 泰戈尔 . 泰戈尔作品集 [M]. 北京：人民文学出版社，1961（1）：148.

《戈拉》

泰戈尔这个时期在小说创作上的一个重大收获无疑是长篇小说《戈拉》。这部小说于1907至1909年在《外乡人》杂志上连载，1910年印成单行本出版。许多学者认为它代表着泰戈尔长篇小说的最高成就，是印度现实主义文学的杰作。

《戈拉》描绘的是19世纪70至80年代民族复兴时期孟加拉的社会生活。当时印度民族资产阶级及知识分子的队伍已经逐渐形成并壮大起来，新兴无产阶级的力量在不断加强，为数众多的农民对现状感到越来越强烈的不满，反对殖民统治、谋求独立自主的民族意识深入人心，开展民族解放运动的条件业已成熟。不过，由于印度社会的种种复杂情况，民族运动从一开始就产生错综复杂的矛盾。当时，印度民族运动主要有两大派：一派主张接受英国资产阶级文化，大力改革印度教，铲除印度一切封建陋习，通过社会改良争取在英国殖民体系内获得较大的政治权利。19世纪初由拉姆莫洪·拉伊创立的梵社是这一派的代表。他们进行了废除种姓制度、反对偶像崇拜和寡妇殉葬等有益的活动。但是这个团体后来分裂为“原始梵社”和“印度梵社”两部分。“原始梵社”主张既要改革印度教的落后习俗，又要维护印度文化的优良传统，可是由于他们缺乏进行实际政治活动的力量，所以后来没有在社会上发挥很大的作用。“印度梵社”的领导人克舒勃·昌德拉·森，是个积极的社会活动家和宗教改革家。不过这个社团中有些人有轻视印度民族文化传统，盲目崇拜西洋文明的倾向。小说里所说的“梵社”，就是指“印度梵社”中这一部分人。另一派则坚决反对崇拜英国资产阶级文明，主张努力发展印度民族文化，这当然是无可非议的。令人遗憾的是，他们同时提倡复古主义，要求严格遵守印度教一切传统，包括落后的传统。19 世纪 70 年代形成的“新印度教”属于这一派。担任其领导职务的，先是作家般吉姆琼德罗·丘多巴泰，后是政治活动家提拉克。

这部小说产生于 20 世纪初，因而也具有新的时代特征。当时正是国大党中的激进派在 1905 至 1908 年民族运动中起决定作用的时期。激进派反对温和派与英国殖民主义妥协的方针，提出用暴力推翻殖民统治的口号，要求民族独立和解放，但同时也提倡复古，坚持维护印度教的落后传统。激进派的领袖就是原来“新印度教”的领导人提拉克。由此不难看出，激进派这种力图使民族运动带上宗教色彩的主张，正是“新印度教”思想体系的继续和发展。

对于“印度梵社”中某些人轻视民族文化，崇拜西洋文明的偏向，泰戈尔是坚决反对的。对于“新印度教”和激进派，他则采取分析的态度，既赞成他们的爱国热情和行动，又批判他们的复古倾同。

这部小说据说是受到爱尔兰妇女西斯塔·纽艾娣塔（1867—1911）为人的启示而构思出来的。西斯塔·纽艾娣塔为“新印度主义”的使徒——维威卡南达的说教所感动，于 1898 年来到印度，献身于社会福利事业，在加尔各答创立女子学校。同时，她还著书多种，将印度教和印度文化介绍给世界。泰戈尔赞赏她的诚意和勇气，说她对自己这个印度人讲印度教教义时总是微笑着，她比有些印度人更加热爱印度，比有些印度教徒更加笃信印度教。她曾经到泰戈尔家的领地做客。一天傍晚，他们两人坐在船上乘凉时，她要求泰戈尔讲一个故事。于是，泰戈尔向她讲起戈拉的故事。这个故事就是后来写的小说《戈拉》的梗概。

同西斯塔·纽艾娣塔一样，小说主人公戈拉也是一个有着爱尔兰血统的人（他的生身父母在 1857 年印度民族起义时被杀害），也是一个比有些印度人更加热爱印度，比有些印度教徒更加笃信印度教的人。他是正统派新印度教徒、印度爱国者协会的主席。他的身上具有当时许多进步知识分子的共同特点：既具有澎湃的爱国热情、积极的活动和斗争精神；又具有狭隘的民族和宗教观念，并且缺乏明确的斗争方向和实际办法。

他无限热爱印度，准备为她献出自己的财富和生命、血液和骨髓、天空和光明，总之，献出所有的一切。他坚定地相信印度必将获得自由，认为自己的祖国不管受到什么创伤，不论伤得多么厉害，都有治疗的办法，而且治疗的办法就操在自己手里。他不但自己有这种信心，也要别人有这种信心。他对他的战友说："我们当前唯一的工作，就是把我们对祖国坚定不移的信心灌输给那些没有信心的人。由于我们已习惯于以祖国为耻，我们的心灵已被奴隶的劣根性所毒害。若是我们每个人都能以身作则抵制这种毒素，那么我们就会很快找到可干的事情了。现在无论我们干什么事，无非就是历史教科书上提到过的、别人已经做过的事情，重新再做一遍。我们能全心全意地去干前人干过的事情吗？这样下去，我们只会使自己走下坡路。"①

不过，他的思想偏见也是严重的。他严格遵守印度教所有的规章制度，小心保护婆罗门种姓的纯洁。虽然他这样做并非纯粹出于浓厚的宗教感情，而是想把印度教当作团结人民、接近人民的工具。可是这类行动常常在事实面前碰壁，不仅得罪自己周围的亲友，而且也给社会造成严重危害。比如，他非常热爱他的养母阿侬德莫伊，但因为她雇用了一个信仰基督教的女佣人，他就坚持不肯喝这个女佣人端来的水，也不准他的朋友在那里吃东西。这深深地伤了他养母的心，也使他自己极为痛苦。又如，他最亲近的朋友比诺耶和梵社一位姑娘洛莉达来往，这引起他的强烈反感，他甚至不惜用和比诺耶绝交的极端手段来反对这桩美满的婚事。再如，他本人也深深地爱上了梵社姑娘苏乔丽达，却拼命勉强自己压抑这种感情，勉强断绝这种关系，闹得双方十分苦恼。然而，生活的实践迫使他逐渐放弃自己的偏见。尤其是在深入农村社会，深入人民群众的过程中，他亲眼看到，在昏睡般

① 董友忱，主编．泰戈尔作品全集[M]. 北京：人民出版社，2015（3）：560.

的农村生活中，那种所谓通过爱情、服务、怜悯、自尊和对全人类的尊敬而给一切人以生命、力量和幸福的宗教，根本就不存在；宗教传统只是把人分为种种等级，又把各个等级互相分开，甚至把爱情也赶走了。因此，他觉得再也不能用自己所虚构的迷惘之见来欺骗自己了。

正在这时，戈拉的养父养母揭开了他出身的秘密——他不是印度人，而是爱尔兰人。这个突如其来的消息，起初使他觉得自己周围一片空虚，茫然不知所措，随后他就感到自己仿佛重新复活，心情无限振奋。他兴高采烈地说道：

直到今天为止，我一直倾注全力去了解印度，可是我却处处碰壁。然而我总是不分昼夜地想把这些障碍当作自己的敬仰对象。为了使这种敬仰的根基坚不可摧，我除了做这唯一的工作之外，再也无暇顾及其他工作了。正是由于这个缘故，每当我跟真正的印度正面相对时，我总是一次次畏葸不前地退了回来。我总是用我那一成不变的、不加批判的想法去塑造印度，为了把我的信仰完整地保存在这坚如磐石的堡垒里，我一直在跟我周围的一切进行顽强的斗争！如今，我那思想感情的堡垒，顷刻间像梦一样烟消云散了。当我完全摆脱这一切之后，我忽然发现，我已处在一个更大的真实之中。整个印度的一切善恶，一切苦乐，一切智慧与愚昧，全都进入了我的心胸，如今我真的有权为她效劳了，因为我的眼前已展现出真正的工作园地——它不是我内心假想的场所，而是给两亿五千万印度儿女谋福利的合适的园地！①

只有到了这时，戈拉才从狭隘的宗教观念和习俗的严重束缚下彻底解放出来，也就是从封建思想的严重束缚下彻底解放出来，成为一个坚强的爱国主义者和民主主义者，决心为印度的民族民主革命贡献自己的一切。

---

① 董友忱，主编 . 泰戈尔作品全集 [M]. 北京：人民出版社，2015（3）：976.

与戈拉相对立的人物是买办洋奴哈兰。他是梵社的把持者。除了肤色以外，他完全英国化了。他把英国教科书上侮辱印度人的句子背得烂熟，恬不知耻地用来辱骂自己的同胞，胡说他们都是一些忘恩负义的人。他表面上装得一本正经，实际上专门利用梵社搞教派斗争，干卑鄙勾当，以便达到不可告人的目的。当苏乔丽达和洛莉达突破教派圈子，民族意识觉醒时，他又是写匿名信，又是发表文章进行恶毒攻击，甚至不惜挨门挨户去诽谤她们。作者无情地揭露了他的丑恶嘴脸。

波雷什则是一个具有民主自由思想的知识分子。他既反对新印度教的复古，也不赞成梵社的宗派主义；既尊重个人自由，也争取社会改良。他支持真理，但也能容忍谬误；有崇高的理想，但缺乏实际的行动。有人认为，他的许多看法在某种程度上体现出作者的观点。这种说法似乎有一定的道理。

戈拉的养母阿侬德莫伊是作者极力加以赞美的人物。她虽生活在一个正统派印度教家庭里，却对印度教的落后保守传统不予理会，纯然本着自己的天性行事。她的所作所为不但遭到丈夫和大儿子的反对，甚至连戈拉在纠正偏见之前也不能理解，直到最后才充分认识到了她的价值。正如小说结尾处所写的那样："妈妈，你仍然是我的妈妈！"戈拉深情地说，"原来，我到处寻找的妈妈，一直就坐在我的家里。你没有种姓，你不分贵贱，你不计仇恨！你真是幸福的象征。你就是我的印度！"①

苏乔丽达和洛莉达是两个性格迥异的年轻女性。

苏乔丽达生性温柔恬静。她本来是个虔诚的梵社信徒，崇敬梵社领袖哈兰，并且准备为了梵社利益和他结婚，虽然觉得这种婚姻并无什么幸福可言。但是当她认识戈拉，听到他那充满爱国热情的谈话之后，内心深处起了深刻的变化，民族意识顿然觉醒。如她自己所说的

---

① 董友忱，主编 . 泰戈尔作品全集 [M]. 北京：人民出版社，2015（3）：987.

那样：以前，我跟祖国的“过去”和“未来”都没有什么关系，可是现在我心里对这种关系的伟大和实在有了清醒的认识，我简直忘不了它。然而，令人遗憾的是，戈拉虽然启发了她的爱国意识，却不能告诉她如何进一步采取行动。

洛莉达则是一个疾恶如仇、敢作敢为的姑娘。她认为一个人容忍邪恶，不加抗议，就是助长邪恶。对付邪恶的有效手段，乃是与邪恶坚决斗争。在她看来，妇女也应当和男人一样敢于战斗。用她自己的话说就是：我真弄不明白，凭什么因为我生来是个女孩，就得万事忍受，不加抗议。——这些话表明她是印度新型妇女形象的代表。

总之，在这部小说里，作者广泛、真实地展示了孟加拉的社会生活画面，深入、细致地探索了印度民族命运问题。他热情地歌颂了先进的正统派新印度教徒炽热的爱国感情和对祖国解放的坚定信念，同时有力地批判了他们的教派偏见、种姓观念以及复古倾向，指出应该面对现实，真正为祖国服务。用我们今天的话说，就是反对帝国主义，争取民族独立的斗争，应该同反对封建主义，进行民主革命的斗争联系在一起。

《戈拉》在20世纪初叶问世，具有很大的现实意义。它实际上对激进派的功过给予了比较全面的评价。这有助于印度人民探求自己的出路，对于印度广大爱国知识分子来说尤其具有启发作用。由于历史条件的特点，印度许多知识分子不能正确处理反对帝国主义和反对封建主义、民族革命和民主革命的辩证关系，或者如“印度梵社”那样，轻视印度民族文化，盲目崇拜西洋文明，或者如“新印度教”那样，反对迷信西洋文明，提倡民族复古主义。戈拉所走过的曲折道路告诉他们如何才能正确处理这种关系。

此外，《戈拉》在艺术表现上也有鲜明的特点。首先是论辩性。这部小说主要通过人物之间的对话和论辩推动故事情节的发展，表现人物的性格。无论是在父母子女之间、兄弟姐妹之间、情人之间和朋友之间，还是在不同教派、不同观点的人们之间都要进行论辩，并且这些论辩往往涉及祖国、民族、社会、政治、宗教、种姓等当时印度人所密切关注的问题。这是因为小说的主题和题材具有社会性和争议性，小说的主要人物又是知识分子，他们处于开始觉醒的阶段，需要探讨许多认识问题，而实际行动常常跟不上去。这种论辩对于加强小说思想内容的广度和深度起到了积极的作用，但若就艺术表现的生动性和多样性而言则产生了某些不良影响。其次是它的抒情性。泰戈尔是抒情诗人，他写小说也经常带有浓郁的抒情味道。在这部小说里，作者无论是在描绘景物、布置环境，还是在叙述事件、刻画人物时，都怀着满腔的热情，读者仿佛能够从中感觉到他那颗火热的爱国之心在激烈地跳动，尤其是戈拉由于知道自己出生的秘密而抛掉思想偏见后所发表的大段抒情独白，更把小说的感情推上了高潮，颇有激动人心的力量。这里再举一例，即在戈拉第一次登场时，小说是这样描写他的独特形象的：

那位主席就是戈拉莫洪，亲密的朋友们都叫他戈拉。他与周围的人相比，身材高大魁梧。他的肤色白得出奇，没有一点杂色。因而，大学里有位教授就称他为“雪山”。他的身高几乎达六英尺，骨骼粗壮。他的两只手大如虎掌。他的嗓音是如此的深沉和洪亮，要是他突然问一声“那是谁？”准得把你吓一大跳。他的脸盘略显得大了些，而且也显得过于刚毅。他的腭骨和下巴颏有点像城堡大门上坚硬的门闩。他的眉毛很淡，几乎看不出来，但额头却很宽阔。嘴唇薄薄的，抿得很紧，鼻子像把宝剑高悬其上。他的两只眼睛并不大，却非常锐利；目光如利箭一般瞄着远处某一看不见的目标，像闪电一样顷刻间射向近处的某一物体。戈拉看起来并不很漂亮，但却不容忽视，因为不论与谁在一起，他都显得卓尔不群，超凡脱俗。①

① 董友忱，主编．泰戈尔作品全集 [M]. 北京：人民出版社，2015（3）：546-547.

《国王》和《邮局》

泰戈尔这个时期对戏剧创作同样充满热情，出版于1910年的《国王》和出版于1911年的《邮局》堪称代表。

《国王》主要描写的是国王和王后苏德尔绍娜的矛盾。苏德尔绍娜本来同国王一起生活在暗室里，但是她一直看不见国王，因此总觉得不满足，要求在光明之中见到国王。由于她内心充满骄傲，喜爱那种世俗的美，所以真假不辨，错将假王当作国王，并且不肯悔悟，决心离开暗室。她的出走给国家带来一场灾难，引发了一场战争。这个灾难使她获得思想上的自由，让她明白她不该等待国王前来寻找自己，而是应当自己前去会见国王。这时，只有这时，她才真正达到了与国王合一的境界。正如她在以下一段独白里所说的那样：

苏德尔绍娜　他（指国王——引者注）可能是来过，但是我只得到了暗示，却无法相信。当我心中充满埋怨和骄傲的时候，我认为他也离我而去了。当骄傲融化，我走到外面的大路上的时候，心中想着他也出来了，我又能见到他了。但是现在，我心中却没有任何担忧了。正是为他而忍受的这种痛苦让我感受到了他的存在。而这崎岖的路在我的脚下也像奏响了乐曲。这仿佛就是我的维那琴，我那痛苦的维那琴——在这痛苦的琴声的伴奏下，他从坚硬的石头里，从干枯的土块里出来了，拉住我的手，如同他以前在暗室中握住我的手一样。身体就像被刺到一样突然惊起。谁说他不在这里？苏龙格玛，你难道不知道吗，他悄悄地来了？

（苏龙格玛唱道）

在黑暗中你用双手把我抱起。

啊，主人，你是何时脚步轻轻地走来的？

我曾想过，我的终身伴侣，

我或许失去了你，

但我在今晚才知道你不会将我丢弃。

那个夜晚我熄灭了灯盏，

而你却为我点亮了北极星。

当你走的路已到尽头，

我才发现原来你一直

暗暗与我同行。①

这部剧的最后一场——第 20 场，所要表现的就是全剧的结果——国王和王后重新在暗室里团聚，全文如下：

（暗室）

苏德尔绍娜　主人，你从我的身上拿走的那些爱，请不要再返回给我。我是你脚前的奴仆，请给我服侍你的权利吧。

国王　你对我是否能够忍受啊？

苏德尔绍娜　能啊，国王，当然能。在我的欢乐树林中，我曾经希望在自己王后的内宫里看到你，可是我看到你是那样丑陋，你奴仆中最下贱的奴仆看起来也比你漂亮。现在那样看你的渴望已经完全消除了。你并不英俊，主人，你不英俊，你无可比拟。

国王　在你身上也有与我相似之处。

苏德尔绍娜　如果说有的话，那也是无可比拟的。我内心里有对你的爱，在那种爱中印上了你的影子，在那里你自己可以看到自己的

---

① 董友忱，主编 . 泰戈尔作品全集 [M]. 北京：人民出版社，2015（5）：446.

形象，那不是我的，而是你的形象。

国王　今天我要打开这间暗室的大门。这里的一幕已经结束了。来吧，跟着我来吧，来到外边的光亮处。

苏德尔绍娜　来到外边之前，我要向我黑暗的主人，向我的无情，向我的恐怖致敬！[①]

《国王》是泰戈尔剧作中最富于象征意义和个人特色的作品之一。在这部作品里，作者把他自己对人生最强烈的体验，即与神灵结合的体验戏剧化了。剧中的国王是神灵的象征，王后对他态度的变化象征着人们对神灵从不理解到理解的过程。国王是无影无形的，所以王后和其他人始终不能看到他。他的相貌不能用尘世的美丑观念去衡量。他既充满热情，又刚毅冷酷。他不肯自己走进人们的心中，必须人们前去寻找他。由此可见，人们必须谦虚、服从，必须勇于自我牺牲，主动前去寻找，才能达到与神灵结合的境界——这些就是作者所要表现的主要思想。

泰戈尔自己的论述可以帮助我们进一步理解这部剧本的深刻含义。他在《我的宗教》一文中写道："在剧本《国王》中苏德尔绍娜很想看到自己那无形的国王，由于迷恋形象的错误，她将花环戴在了假国王的脖子上，然后由于这个错误和罪过而引发了火灾，爆发了可怕的战争，这在她内心和外部都激起了极大的不安，让她到达了真实的团圆。通过爱创造了道路。所以，在《奥义书》里就有这样的表述：她通过内心的煎熬而悔改，从而创造了一切。由于我们心灵在进行这种创造，所以总是感到痛苦。可是，我如果把它叫作痛苦，那么，还没有说出最后的话语；在这种痛苦中也有美，也有欢乐。"[②]

他在《无形宝石》的前言中又写道："苏德尔绍娜到外面去寻找国王。在用眼睛可以看到东西的地方，在用手可以触摸到东西的地方，

① 董友忱，主编．泰戈尔作品全集[M]. 北京：人民出版社，2015（5）：449.

② 董友忱，主编．泰戈尔作品全集[M]. 北京：人民出版社，2015（5）：1174.

在库房里可以储存东西的地方，在拥有财富荣誉的地方，她送去了新郎佩戴的花环。由于她傲慢的理智，于是她就决定凭借理智的力量去外面实现人生的价值。她的女伴劝阻她说，自己的主人会来到内部安静的房间呼唤她，在那里如果能认识他，那么，在外部就不会认错他；否则，就会错误地认为那些用虚幻迷惑眼睛的人是国王。苏德尔绍娜听不进这番话。她看见形象优美的人，就在心里默默地将自己献给他。当时她的四周突然着起火来……通过这场火灾她认识了自己的国王，经过痛苦的打击她的傲慢慢慢消逝了，最后承认了自己的失败，离开王宫，伫立在大路上。随后，她与她的主人邂逅了。主人不存在于某种特殊形象、特殊地点、特殊物品之中，主人存在于一切邦国、一切时代，用自己内心的欢乐情味就可以感受到他——这出话剧述说了这一切。”①

《邮局》是泰戈尔的剧本中最受群众欢迎的作品之一。作品的主人公是个名叫奥莫尔的少年。他生了病，被大夫和养父关在屋里，以免再受风寒。他十分苦闷，只得从小小的窗口观看外界生活，同卖酸奶的、哨兵、卖花姑娘、男孩子们、老爷爷等各式各样的人交谈。他羡慕他们自由自在的生活，向往他们所到的地方。后来，他看见国王的邮局，想到国王也许会给他一封信，便天天等待着。从此以后，他的身体一天天衰弱下去，他的心灵却始终盼望国王的消息。最后，国王终于派来了传令官和御医，奥莫尔则沉沉睡去了。

下面是奥莫尔坐在窗前和路过的小姑娘苏塔的一段对话。通过这段对话，作者将奥莫尔渴求走到外面去的心理描绘得淋漓尽致：

奥莫尔　你是谁呀，这样戴着脚铃发出叮叮当当的声音在走路，你不能站一会儿吗？

（小姑娘上）

---

① 董友忱，主编 . 泰戈尔作品全集 [M]. 北京：人民出版社，2015（5）：1174.

小姑娘　我哪有时间站啊。时间已经不早了。

奥莫尔　你不想站住，我也不想在这里待下去了。

小姑娘　看到你，我就觉得你像是清晨的星星，你说说，你怎么了。

奥莫尔　我也不知道我怎么了，医生就是不让我走出家门。

小姑娘　啊，那就别出去了。必须听医生的话，不能淘气，那样人们就会说你是个坏孩子。你看到外面肯定会心神不安，还不如我把半开的门给你关上吧。

奥莫尔　不，不，别关。在这儿所有的东西都关得严严的，只有这扇门还开着一条缝。你还没说，你是谁呀，我还不认识你呢。

小姑娘　我叫苏塔。

奥莫尔　苏塔？

苏塔　你不知道？我是这里马莉妮的女儿。

奥莫尔　你干什么呢？

苏塔　我在采花儿，然后放进篮子里再编织花环。现在我正在采花儿呢。

奥莫尔　采花儿呢？所以，你的两只脚都这么兴奋啊！你一走路，脚铃就会发出叮叮当当的声音。如果我能够与你一起去，那么，我就可以爬上你够不着的高枝上替你采摘那里的花儿。

苏塔　那好啊。看来你对花儿比我还了解。

奥莫尔　了解，我很了解。我知道羌巴和她七兄弟的故事[①]。我认为，如果大家放我出去，我就可以跑到密林里去，那里连小路都没有。可爱的鸟儿坐在细细的枝头上打着秋千，在那儿，我可以作为羌巴花开放。你能成为我的喇叭花姐姐吗？

苏塔　你真聪明。我怎么能成为喇叭花姐姐呢，我只是苏塔，我是绍西·马莉妮的女儿。我每天要扎这么多花环。如果我能像你一

① 印度孟加拉地区流传的民间故事，羌芭就是羌芭花。——译者注

样坐在这里，那该多好玩呀！

奥莫尔　如果那样，你整天会做什么呢？

苏塔　我有一个洋娃娃，我会为她举办婚礼。我还养了一只叫梅妮的小猫，我会带着它——我得走了，太晚了，再晚就采不着花儿了。

奥莫尔　你不能再跟我说会儿话吗？我感到真高兴！

苏塔　好吧，你别淘气，你要像乖孩子一样坐在这里别动，我先去采花儿，回来的路上我再跟你聊天。

奥莫尔　你不送我一枝花儿吗？

苏塔　我哪能随随便便送你花儿呢？得要付钱哟。

奥莫尔　等我长大了，我会给你钱的。我会越过那个小溪出去找工作，那时我就能付钱给你了。

苏塔　好吧。

奥莫尔　那你采完花儿还会来吗？

苏塔　会来。

奥莫尔　肯定会来？

苏塔　肯定来。

奥莫尔　你不会忘记我吧？我叫奥莫尔，你记得住吗？

苏塔　不，忘不了。你看，我一定记得住。①

毋庸置疑，这个剧本同样具有深刻的象征意义。奥莫尔的心时而飞向红土路边、老树底下的村庄，时而又飞向光怪陆离、美妙无比的鹦鹉岛。他有时想摇身一变，变成美丽的花朵，有时又想作苦行者的徒弟，以便走到天涯海角。总之，他所向往的是那广大遥远的世界，是未曾了解的真理、未曾踏过的土地、未曾见过的事物，是完全自由的境界。然而，大夫和养父不肯给他这样的自由。所以，奥莫尔一心盼望国王的到来，希望能够跟国王到外边去，因为只有到外边去，他

① 董友忱，主编．泰戈尔作品全集 [M]. 北京：人民出版社，2015（6）：494-496.

才能够活下来。不仅如此，他还希望国王派他当一名邮差，以便把国王的信分送到家家户户，让大家都能获得自由的信息。由此我们不难看出，人们要求自由的天性虽然受到外界力量无情的压制，但始终不肯屈服，始终抱着获得自由的希望，这应该是这个剧本所要表现的主要思想。

关于这一点，泰戈尔在好几封信里都曾提及。

第一，“我写《邮局》的时候，我的内心里突然掀起了波浪……一股强烈的激情在心里萌生了。走吧，到外面去，走之前你应该环绕地球——应该了解那里人们的苦乐悲喜。那时候我在学校的事情很多。可是突然出了什么事呢？夜里两三点钟的时候，我登上黑暗的屋顶平台，思想展开了想象的翅膀……我觉得要发生一件事，可能是死亡。仿佛应该急忙跑到车站去——这样一种欢乐在我的心里苏醒了。我仿佛正在离开这里。我活过来了。当人们这样呼唤的时候，我已经没有危险了……”①

第二，“小母亲，我正在为前往遥远的国家做准备……我的心在诉说这样的话语，我要环绕着我所降生的这个世界进行一次旅行，再与它告别。然后就不会有时间了。全世界的江河、山峦、海洋和人类居所都在呼唤我。我的心热切地渴望冲出我周围琐碎事物的包围……我们的工作和生活的无用之物一天天增多，在四周形成了一道围墙。我们长期生活在我们自己的这种围墙里。至少，若能常常突破这道围墙，看看这个世界，我们就能够明白我们所降生的这片土地有多大——我们就能明白我们不是降生在监狱里。所以在先于所有人进行大规模旅游之前，我想以这次短小的旅行为其拉开序幕——从现在起就应该为一点一点打破束缚做准备。”②

第三，“我记得，在我写它（《邮局》——引者注）的时候，我自己的一种情感在鼓励我写它。奥莫尔代表着这样的一种人，其精神接

① 董友忱，主编．泰戈尔作品全集[M]．北京：人民出版社，2015（6）：974.

② 董友忱，主编．泰戈尔作品全集[M]．北京：人民出版社，2015（6）：974.

受开放之路的呼唤。他在寻求自由，渴望摆脱由精英们所设置的习惯藩篱和由受尊敬的人们为他构筑的固执观念的围墙。”①

第四，“《邮局》中的奥莫尔死了，那些对此怀疑的人们不相信，在御医的手里谁都不会死的——确实是医生害死了他。”②

① 董友忱，主编．泰戈尔作品全集 [M]. 北京：人民出版社，2015（6）：975.

② 董友忱，主编．泰戈尔作品全集 [M]. 北京：人民出版社，2015（6）：975.

《献歌集》

然而，最直接抒发作者孤独和苦闷心情的还不是戏剧，而是抒情诗。世上许多人对宗教和神灵的洞察力都来自对孤独和苦闷的深切体验，泰戈尔也不例外。当他在社会上孤立无援，在生活上苦闷异常时，他的诗歌的宗教味道和神秘色彩也就越发浓重。诗集《献歌集》就是在这种情况下诞生的。

从 1909 到 1910 年间，他写了一系列宗教味道和神秘色彩浓厚的诗歌。这些作品共计 157 首，于 1911 年集为一册出版，取名为《献歌集》[①]。贯穿整部诗集的中心思想是爱，爱神灵，也爱现实世界。我们由以下两点不难看出这部诗集在诗人心目中的重要地位：一是他后来从这部诗集中选出 53 首诗，译成英文散文诗，收入后来获得诺贝尔文学奖的主要作品——英文诗集《吉檀迦利》中，占全书 103 首诗的一半以上；二是他将这两部诗集命以同名。

《献歌集》入选《吉檀迦利》的 53 首诗如下（按《吉檀迦利》顺序排列）：第 78、22、87、125、127、105、107、119、39、2、31、44、151、16、71、18、20、157、61、17、145、143、103、152、80、138、124、88、58、83、62、34、56、121、134、30、3、101、149、36、26、92、24、10、25、123、114、116、142、68、47、132、148 首。

兹举《献歌集》第 3 首如下：

---

① 《泰戈尔作品全集》将此诗集音译为《吉檀迦利》，本书为了避免与英文版《吉檀迦利》混淆，采用意译《献歌集》。在孟加拉文中，这两部诗集是同名的。

你让多少陌生人与我相识，
你在多少人家给我提供位置。
朋友，你使远近沟通，
你使陌生人成了弟兄。
当要离开故居时我心中不安，
不知道将会发生什么样的变迁。
新居处你是我老知己，
我把这一点几乎忘记。
朋友，你使远近沟通，
你使陌生人成了弟兄。

在生生死死今生来世，
无论你把我带往何地，
你都是我无穷生命的伴侣，
你将使我对一切认知。
认识了你，大家都不再是外人，
没有任何禁忌任何惊恐。
你提醒我要与大家团聚在一起，
我仿佛时刻能见到你。
朋友，你使远近沟通，
你使陌生人成了弟兄。[①]

而在《吉檀迦利》里，与之相应的诗则是第63首：

你使不相识的朋友认识了我。你在别人家里给我准备了座位。你缩短了距离，你把生人变成弟兄。

---

① 董友忱，主编.泰戈尔作品全集[M].北京：人民出版社，2015（6）：8-9.

在我必须离开故居的时候，我心里不安；我忘了是旧人迁入新居，而且你也住在那里。

通过生和死，今生或来世，无论你带领我到哪里，都是你，仍是你，我的无穷生命中的唯一伴侣，永远用欢乐的系链，把我的心和陌生的人联系在一起。

人一认识了你，世上就没有陌生的人，也没有了紧闭的门户。呵，请允许我的祈求，使我在与众生游戏之中，永不失去和你单独接触的福祉。①

再举第 142 首如下：

这是临走的那一天
我要述说的话语——
我看到的得到的一切
无与伦比。
光明之海滋养的
百瓣莲花中的花蜜，
我曾畅饮过，
我感到荣幸之极——
这是临走的那一天
我要表达的话语。

在宇宙形象的游戏室，
我曾做过各种游戏，
我曾睁大双眼
欣赏无上之美。

---

① 泰戈尔 . 泰戈尔作品集 [M]. 北京：人民文学出版社，1961（1）：153.

不可触摸的美，
你分布于万千形体之内，
在这里如果你要收回
只管收回——
这是临走的那一天
我要表达的话语。[①]

而在《吉檀迦利》里，与之相对应的则是第96首：

当我走的时候，让这个作我的别话吧，就是说我所看过的是卓绝无比的。

我曾尝过在光明海上开花的莲花里的隐蜜，因此我受了祝福——让这个做我的别话吧。

在这形象万千的游戏室里，我已经游玩过，在这里我已经瞥见了那无形象的他。

我浑身上下因着那无从接触的他的摩抚而喜颤；假如死亡在这里来临，就让它来好了——让这个作我的别话吧。[②]

两相比较，二者所表现的都是诗人与神灵融合的体验，其中的"你"指的是诗人心目中的神灵。二者的主要区别在于，前者是格律诗，后者是散文诗；前者是孟加拉文原作的汉译文，后者是英译文的汉译文。

在1911年，泰戈尔还写过一首有名的歌曲——《印度的主宰》，献给同年12月召开的国大党会议，表达他希望祖国统一、人民团结、民族觉醒的美好愿望。这首歌的首末两节如下：

你是一切人心的统治者，

① 董友忱，主编．泰戈尔作品全集[M]. 北京：人民出版社，2015（6）：123-124.

② 泰戈尔．泰戈尔作品集[M]. 北京：人民文学出版社，1961（1）：168.

你是印度命运的付与者。
你的名字激起了
旁遮普，辛德，古吉拉特和马拉塔，
达罗毗荼，奥利萨和孟加拉的人心。
它在文底耶和喜马拉雅山中起着回响，
掺杂在朱木拿河和恒河的乐音中，
被印度洋的波涛歌颂着。
他们祈求你的祝福，歌唱你的赞颂，
你印度命运的付与者，
胜利，胜利，胜利是属于你的。

…………

夜渐明了，太阳从东方升起，
群鸟歌唱，晨风带来了新生的兴奋。
承受了你爱的金光的摩抚
印度苏醒起来，低头伏在你的脚前。
你万王之王，
你印度命运的付与者，
胜利，胜利，胜利是属于你的。①

这首歌曲音调铿锵，感情深厚，传达出印度人民的心声，因而在印度独立后被定为国歌，为群众广泛传唱。

1911 年，泰戈尔在自己 50 岁的时候，为了总结所走过的道路，写了一本回忆录，题为《生活的回忆》（1912 年出版单行本）。内容共有八个部分，叙述并不完全按照时间顺序。正如他自己所说的那样：

---

① 泰戈尔．泰戈尔诗选 [M]. 谢冰心，石真，译．北京：人民文学出版社，1958：64-66.

人生的回忆不是人生的历史，而是艺术家的创作；事实与印象有照应，但并非完全同一。这部书不仅文字生动风趣，而且具有珍贵的史料价值，使读者得以更真切地了解泰戈尔。

走向世界

1912年是泰戈尔开始走向世界的一年。这一年的3月19日，他预定起程旅欧。但是由于突患重病，行期只好延后，再度返回帕德玛河畔的什来多赫，休养生息，恢复体力。同年5月7日，在加尔各答市政府礼堂人们为他举行了50寿辰祝贺仪式。

在什来多赫休养期间，他仍然沉湎在虔诚的宗教感情之中，这促使他创作出许多宗教诗歌，因为他觉得诗歌最适合抒发这样的感情。他在这里着手为自己所景仰的神灵编织“诗歌的花环”，后来辑成一本诗集，共计111首诗，定名为《歌环集》，于1914年出版。诗中明显表现出他那难以抑制的漂泊思绪，而更多的诗则是献给他心目中那伟大的神灵的。例如:《歌环集》第23首:

你神奇的游戏
使我绵延万世。
你以崭新的生命
斟满我倒空的心杯。
你携带小巧的情笛，
翻过山岗，越过流水。
我告诉哪个人
你吹了多少支乐曲?

在你甘露般的抚摩下，

我这颗心
消失于无边的欢乐里，
发出欢快的乐音。
你日夜不停的赐予
只装在我一只手里。
一个个时代消逝，
赐予仍注入我手中。[①]

这首诗后来收入英文诗集《吉檀迦利》，是该诗集的第 1 首：

你已经使我永生，这样做是你的欢乐。这脆薄的杯儿，你不断地把它倒空，又不断地以新生命来充满。

这小小的苇笛，你携带着它逾山越谷，从笛管里吹出永新的音乐。

在你双手的不朽的按抚下，我的小小的心，消融在无边快乐之中，发出不可言说的词调。

你的无穷的赐予只倾入我小小的手里。时代过去了，你还在倾注，而我的手里还有余量待充满。[②]

此外，他又将这个诗集里的第 20、14、17、16、7、30、18、29、8、26、21、24、6 首诗（按英文诗集《吉檀迦利》顺序排列），共计 13 首诗，译为英文散文诗，收入英文诗集《吉檀迦利》中，足见他对这部诗集也很重视和满意。

在什来多赫，诗人还着手进行了一项十分重要的工作，即以《献歌集》等诗集为基础，翻译和编辑自己的英文散文诗集《吉檀迦利》。为什么要这样做呢？他曾在一封信里谈过自己的想法，大意如下：在这种时候安静度日的唯一方法，是从事某些轻松的工作。在身体那么

① 董友忱，主编 . 泰戈尔作品全集 [M]. 北京：人民出版社，2015（6）：167.

② 泰戈尔 . 泰戈尔作品集 [M]. 北京：人民文学出版社，1961（1）：123.

虚弱的情况下，怎么会产生翻译诗歌的野心呢？人们也许觉得奇怪。不过自己决非自暴自弃或者硬充好汉，而是打算通过别的语言重新玩味一下过去时日所体验过的欢乐情绪。为这种冲动所驱使，他的小笔记本上便渐渐写满了诗，后来又揣着这个笔记本乘船。

经过一段时间的休养，泰戈尔的身体得到康复。同年5月27日，他带着儿子罗廷德罗纳特、儿媳普罗蒂玛出发旅英。在船上，他继续从事《吉檀迦利》的翻译和编辑工作。到达伦敦后，他住进一家宾馆，随后去拜访了英国著名画家威廉·罗森斯坦（伦敦皇家美术学院院长），并把《吉檀迦利》的诗稿交给了他。罗森斯坦当天读了这些诗，深受感动。次日，他打电话给著名诗人叶芝，告诉他这里来了一位伟大的诗人。叶芝起初没有十分在意。罗森斯坦又给叶芝写信，并寄去一部分诗稿。叶芝读后，大为感动，立即赶到伦敦，反复阅读全部诗稿，兴奋不已。7月30日晚上，罗森斯坦邀请爱拉兹·庞德、梅·辛克莱、欧内斯特·里斯、爱利斯·迈奈尔、亨利·内维森、查尔斯·特里威廉、福克斯·斯特兰韦兹等诗人及作家和知名人士在自己家里聚会，请叶芝当众朗诵这些诗歌。朗诵之后，众人一言不发，纷纷离去。泰戈尔心中无底，不知所措。但出乎意料的是，从第二天起，他陆陆续续收到聚会者热情洋溢的来信。他的诗歌在国外得到了认可，获得了知音，这是让他再高兴不过的事了。罗森斯坦和叶芝也感到兴奋不已，两人立即商定出版这部诗集，罗森斯坦负责联系出版社，叶芝负责写序言。

《吉檀迦利》于1912年11月在伦敦出版（最初由印度协会出版了750部限定版，继之由伦敦麦克米伦社出版了普及版）。一经出版，该书立即轰动了英国和印度各界，不少批评家不相信泰戈尔能够写出这样优美的英文，认为是由叶芝彻底改正或者重新写过的。然而，事实并非如此。罗森斯坦说过，这种传言毫无根据，是很容易证明的。因为他藏有《吉檀迦利》的原稿，包括英文和孟加拉文两种。叶芝确实在许多地方提过意见或者予以提示，但诗集依然是按照泰戈尔原来所写的样子付梓的。

泰戈尔这次在英国停留了四个月左右，会见了萧伯纳、高尔斯华绥等不少知名作家和艺术家。同年 10 月，他们一行前往美国。首先在伊利诺伊州的阿本纳休养了一段时期，然后访问芝加哥和波士顿等地。《吉檀迦利》在伦敦出版，使他名声大振，各种各样的邀请函纷至沓来。他先后到芝加哥大学和哈佛大学进行学术讲座，阐述印度的思想文化传统。

1913 年 4 月 14 日，泰戈尔由美国返回伦敦，并在伦敦连续发表讲演。同年 9 月，他满载荣誉回国。

与此同时，1913 年度诺贝尔文学奖评选活动正在紧锣密鼓地进行之中。瑞典科学院诺贝尔奖评审委员会收到英国诗人斯塔杰·穆尔郑重推荐泰戈尔的信函，瑞典诗人海顿斯坦姆也大声疾呼：我们终于发现了一位真正具有高水平的诗人，我们不应该忽视他。结果，在 15 位评委中，有 12 人投票支持泰戈尔。泰戈尔成功了！有意思的是，据说负责发拍电报的人不熟悉获奖者的名字，弄得张皇失措。因为亚洲人获得诺贝尔奖，这还是有史以来第一次。

11 月 13 日，泰戈尔获得诺贝尔文学奖的消息传到了印度，传到了圣蒂尼克坦，人们奔走相告，全都欣喜若狂，诗人自己当然也是高兴的。可是，同时他也感到苦恼和不安。正如他在几天之后给罗森斯坦的信里所写的那样，获奖所引起的社会兴奋旋风是可怕的，那简直像是一场恶作剧。他这几天被贺电和贺信闹得头痛。而且，以前对他毫不亲近，没读过他一行作品的人，如今却来大贺其喜。这使他多么厌烦，而这种厌烦实在难以充分表达出来。本国同胞长期不能正确评价他的贡献，看到外国人予以承认，他们才跟着唱起赞歌，这使诗人感到屈辱。（事实确是如此。对泰戈尔的文学才能，印度国内只有少数人给予肯定，不少老式学者和国粹主义者常常寻找机会对他进行攻击，总是把他的作品截取几行，让学生们改为“正确的孟加拉文”，甚至在他获得诺贝尔奖后，加尔各答大学入学考试中还有这类题目。）因此，当加尔各答各界知名人士五百人组成的大型代表团乘专车来到圣蒂尼克坦表示祝贺时，诗人终于忍不住发起火来，表示拒绝接受他们的祝贺。

1913 年 12 月 26 日，加尔各答大学举行特别仪式，授予泰戈尔荣誉文学博士称号。

1914 年 1 月 24 日，瑞典科学院在斯德哥尔摩举行诺贝尔奖授奖仪式，评审委员会主席在授奖词中指出，由于泰戈尔写出了最优秀的理想主义诗歌——如《吉檀迦利》《园丁集》和《新月集》等，所以被授予诺贝尔文学奖。泰戈尔本人没有出席授奖仪式，他在发去的感谢电报里写道：谨向瑞典科学院转达我的谢意，你们全面、深入的理解缩短了我们之间的距离，使陌生人变成了兄弟。

1913 年是泰戈尔活动频繁的一年，满载荣誉的一年。他的英文诗集《吉檀迦利》在这一年获奖，另两册英文诗集《园丁集》和《新月集》也于这一年在伦敦出版。这三部诗集使泰戈尔名震世界。

《吉檀迦利》

《吉檀迦利》共计收入103首诗。这些诗歌分别选自《春收集》《幻想集》《祭品集》《怀念集》《献祭集》《儿童集》《渡口集》《献歌集》和《歌环集》等9部孟加拉文诗集和一部剧本——《坚固堡垒》。

"吉檀迦利"是孟加拉文的音译，意思是"奉献"。这部诗集是诗人奉献给自己心目中的神灵的。对于这个神，诗人在不同的诗歌里使用了不同的称呼，比如"你""他""我的主""上帝""圣母""圣者""我的朋友""我的情人""我的父""我的国王""万王之王""诸天之王""我的永远光耀的太阳"，等等。那么，这个神究竟是谁呢？就是前文多次提及的诗人心目中的神灵。泰戈尔认为宇宙万物有一个共同的主宰者，这个主宰者是一个无形无影而又无所不在的主体——梵，而梵也就是神。不过，值得注意的是，泰戈尔心目中的神，既不同于中国人心目中的老天爷，也不同于西方人心目中的上帝，他不是高高在上的，而是近在身边。关于这个神，泰戈尔在《人格》一书中有这样一段生动的描绘："在印度，我们的文学大部分是宗教性的，因为与我们同在的神并不是一个遥远的神；他属于我们的寺庙，也属于我们的家庭。我们在所有恋爱与慈爱的人性关系中，都感觉到他与我们亲近；而在我们的喜庆活动中，他又成了我们尊敬的主宾。在开花与结果的季节，在雨季到来的时候，在秋天的累累果实中，我们看到了他的披风的边缘，而且听到了他的脚步声。"[①] 泰戈尔认为，人们只有

① 刘安武，倪培耕，白开元，主编．泰戈尔全集 [M]. 石家庄：河北教育出版社，2000（22）：167.

达到与“梵——神”完全合一的境界，才能真正感到快乐和幸福。《吉檀迦利》所表现的，就是他自己对于这种境界的追求和感受。

首先，在《吉檀迦利》里，诗人表现了他日夜盼望与“梵”相会，与“梵”结合，达到“梵我同一”的理想境界的急迫心情。第103首诗就集中表现了这种心情——

在我向你合十膜拜之中，我的上帝，让我一切的感知都舒展在你的脚下，接触这个世界。

像七月的湿云，带着未落的雨点沉沉下垂，在我向你合十膜拜之中，让我的全副心灵在你的门前俯伏。

让我所有的诗歌，聚集起不同的调子，在我向你合十膜拜之中，成为一股洪流，倾注入静寂的大海。

像一群思乡的鹤鸟，日夜飞向它们的山巢，在我向你合十膜拜之中，让我全部的生命，起程回到它永久的家乡。①

在这首诗里，他表示渴望把自己所有的一切全部奉献给神，与神完全融为一体。为了充分表达这种急迫的心情，他用了一系列形象的比喻，如把自己的全副心灵比作七月的湿云，在上帝的门前俯伏；把自己的所有诗歌比作一股洪流，而把上帝比作它所倾注的静寂大海；把自己的全部生命比作一群思乡的鹤鸟，而把上帝比作它起程回去的永久家乡。

其次，在《吉檀迦利》里，诗人表现了他未达到“梵我同一”理想境界时的无限痛苦。他虽然热烈追求，可是这种境界毕竟很难达到，这种求而不得的情况，在好几首诗里以不同的形式反复出现。如第43首诗写的是神早已自动进入诗人心里，可是诗人未曾注意，所以没有留下印象——

① 泰戈尔．泰戈尔作品集[M]．北京：人民文学出版社，1961（1）：171-172.

那天我没有准备好来等候你，我的国王，你就像素不相识的平凡的人，自动地进到我的心里，在我生命的许多流逝的时光中，盖上了永生的印记。

今天我偶然照见了你的签印，我发现它们和我遗忘了的日常哀乐的回忆，杂乱地散掷在尘埃里。

你不曾鄙夷地避开我童年时代在尘土中的游戏，我在游戏室里所听见的足音，同在群星中的回响是相同的。①

第50首诗写的是神向诗人伸手求乞，可是诗人吝啬，结果诗人后悔不已——

我在村路上沿门求乞的时候，你的金辇像一个华丽的梦从远处出现，我在猜想这位万王之王是谁！

我的希望高升，我觉得我苦难的日子将要告终，我站着等候你自动的施与，等待那散掷在尘埃里的财宝。

车辇在我站立的地方停住了。你看到我，微笑着下车。我觉得我的运气到底来了。忽然你伸出你的右手来说："你有什么给我呢？"

啊，这开的是什么样的帝王的玩笑，向一个乞丐伸手求乞！我糊涂了，犹疑地站着，然后从我的口袋里慢慢地拿出一粒最小的玉米献上给你。

但是我一惊不小，当我在晚上把口袋倒在地上的时候，在我乞讨来的粗劣东西之中，我发现了一粒金子。我痛哭了，恨我没有慷慨地将我所有都献给你。②

第51首诗写的是神在半夜突然来到家里，大家事先毫无准备，所

① 泰戈尔．泰戈尔作品集[M].北京：人民文学出版社，1961（1）：141.

② 泰戈尔．泰戈尔作品集[M].北京：人民文学出版社，1961（1）：145.

以闹得十分狼狈——

夜深了。我们一天的工作都已做完。我们以为投宿的客人都已来到，村里家家都已闭户了。只有几个人说，国王是要来的。我们笑了说："不会的，这是不可能的事！"

仿佛门上有敲叩的声音，我们说那不过是风。我们熄灯就寝。只有几个人说："这是使者！"我们笑着说："不是，这一定是风！"

在死沉沉的夜里传来一个声音。朦胧中我们以为是远远的雷响。墙摇地动，我们在睡眠里受了惊扰。只有几个人说："这是车轮的声音。"我们昏困地嘟囔着说："不是，这一定是雷响！"

鼓声响起的时候天还没亮。有声音喊着说："醒来吧！别耽误了！"我们拿手按住心口，吓得发抖。只有几个人说："看哪！那是国王的旗子！"我们爬起来站着叫："没有时间再耽误了！"

国王已经来了——但是灯火在哪里呢，花环在哪里呢？给他预备的宝座在哪里呢？呵，丢脸，呵，太丢脸了！客厅在哪里，陈设又在哪里呢？有几个人说了："叫也无用了！用空手来迎接他吧，带他到你的空房里去吧！"

开起门来，吹起法螺吧！在深夜中国王降临到我黑暗凄凉的房子里了。

空中雷声怒吼。黑暗和闪电一同颤抖。拿出你的破席铺在院子里吧。我们的国王在可怖之夜与暴风雨一同突然来到了。[①]

由此可见，诗人认为自己之所以未能达到理想境界，责任在自己，而不在神。由于自己疏忽大意，由于自己吝啬小气，由于自己没有准备等各种原因，所以铸成了大错。

再次，在《吉檀迦利》里，诗人表现了他达到"梵我同一"理想

① 泰戈尔．泰戈尔作品集 [M]. 北京：人民文学出版社，1961（1）：146.

境界后的无限欢乐。由于诗人一直不肯懈怠，始终热烈追求，所以有时竟然能够如愿以偿，达到那种境界。在这时，他有什么感受呢？一种感受是神在通过他的眼睛观看世界，通过他的耳朵静听世界，通过他的心灵感觉世界——

我的上帝，从我满溢的生命之杯中，你要饮什么样的圣酒呢？

通过我的眼睛，来观看你自己的创造物，站在我的耳门上，来静听你自己的永恒的谐音，我的诗人，这是你的快乐吗？

我的世界在我的心灵里织上字句，你的快乐又给它们加上音乐。你把自己在梦中交给了我，又通过我来感觉你自己的完满的甜柔。[①]

这是第 65 首诗写的感受。再一种感受是觉得自己与宇宙万物完全融合在了一起，彼此之间有着同一生命，跳着同一脉搏——

就是这股生命的泉水，日夜流穿我的血管，也流穿过世界，又应节地跳舞。

就是这同一的生命，从大地的尘土里快乐地伸放出无数片的芳草，迸发出繁花密叶的波纹。

就是这同一的生命，在潮汐里摇动着生和死的大海的摇篮。

我觉得我的四肢因受着生命世界的爱抚而光荣。我的骄傲，是因为时代的脉搏，此刻在我的血液中跳动。[②]

这是第 69 首诗所写的感受。

但是，如上所述，泰戈尔绝不是一个消极遁世的人，而是一个积极入世的人。他对与神结合的理想境界的追求，往往是和他对人间理想社会的追求密切联系在一起的。进一步也可以说，他对与神结合的

---

① 泰戈尔 . 泰戈尔作品集 [M]. 北京：人民文学出版社，1961（1）：154.

② 泰戈尔 . 泰戈尔作品集 [M]. 北京：人民文学出版社，1961（1）：156.

理想境界的追求，在许多场合其实就是他对人间理想社会的追求，对人类理想世界的追求。这具体地表现在以下三个方面：

第一，当他讴歌那令人不免有些虚无缥缈之感的理想境界时，他并没有忘记现实的世界和自己的祖国，他情不自禁地表达出对现实世界和祖国未来的热切期望。比如在第 35 首诗里，他描绘了一幅理想社会的图画——

在那里，心是无畏的，头也抬得高昂；
在那里，知识是自由的；
在那里，世界还没有被狭小的家园的墙隔成片段；
在那里，话是从真理的深处说出；
在那里，不懈的努力向着“完美”伸臂；
在那里，理智的清泉没有沉没在积习的荒漠之中；
在那里，心灵是受你的指引，走向那不断放宽的思想与行为——
进入那自由的天国，我的父呵，让我的国家觉醒起来吧。①

这首诗的第三句“世界还没有被狭小的家园的墙隔成片断”应该是指他的世界一体化的美好理想，而最后一句“进入那自由的天国，我的父呵，让我的国家觉醒起来吧”则是指他的祖国——印度。由此可见，他心目中的理想社会，不在虚无缥缈的天上，而是在实实在在的地上。

第二，他心目中的神并不远离人世，高高在上，而是存在于现实世界之中，甚至生活在最贫贱的人群之间。要与这样的神结合，自然也就不能离开现实世界，不能离开最贫贱的人群。比如第 10 首诗写道：

这是你的脚凳，你在最贫最贱最失所的人群中歇足。

① 泰戈尔 . 泰戈尔作品集 [M]. 北京：人民文学出版社，1961（1）：137-138.

我想向你鞠躬，我的敬礼不能达到你歇足地方的深处——那最贫最贱最失所的人群中。

你穿着破敝的衣服，在最贫最贱最失所的人群中行走，骄傲永远不能走近这个地方。

你和最贫最贱最失所的人们当中没有朋友的人做伴，我的心永远找不到那个地方。①

这首诗反复强调神与“最贫最贱最失所的人”同在，而诗人自己却由于未能与“最贫最贱最失所的人”同在，所以没有达到与神合一的境界。这是很耐人寻味的。

第三，他主张执着于现实生活，在现实生活中与神站在一起，反对脱离现实寻求超脱。比如第 11 首诗写道：

把礼赞和数珠撇在一边吧！你在门窗紧闭幽暗孤寂的殿角里，向谁礼拜呢？睁开眼你看，上帝不在你的面前！

他是在锄着枯地的农夫那里，在敲石的造路工人那里。太阳下，阴雨里，他和他们同在，衣袍上蒙着尘土。脱掉你的圣袍，甚至像他一样地下到泥土里去吧！

超脱吗？从哪里找超脱呢？我们的主已经高高兴兴地把创造的锁链带起；他和我们大家永远连系在一起。

从静坐里走出来吧，丢开供养的香花！你的衣服污损了又何妨呢？去迎接他，在劳动里，流汗里，和他站在一起吧。②

这首诗的思想可以说是对上一首诗的继续和发展，使它更加前进了一步。

总之，《吉檀迦利》艺术地体现了泰戈尔哲学观和宗教观的核心内

① 泰戈尔 . 泰戈尔作品集 [M]. 北京：人民文学出版社，1961（1）：127.

② 泰戈尔 . 泰戈尔作品集 [M]. 北京：人民文学出版社，1961（1）：127.

容。因为他的哲学观和宗教观既包括对“梵我同一”境界的追求，也包括在现实生活中去追求，所以这部诗集的思想也包括了这两个方面。我们应当全面理解，不应当只看到前一方面。事实上，后一方面正是泰戈尔思想创新的地方，也正是这部诗集思想创新的地方。

就艺术表现而言，这部诗集充分展示了诗人高超的艺术技巧。兹举例说明如下：

首先，诗人善于给自己的思想和感情插上想象的翅膀，自由驰骋，构成栩栩如生、色彩斑斓的画面，显得丰富多彩，优美动人。例如，第 61 首诗连续提出一系列有趣的问题，并一一予以回答——

这掠过婴儿眼上的睡眠——有谁知道它是从哪里来的吗？是的，有谣传说它住在林荫中，萤火朦胧照着的仙村里，那里挂着两颗甜柔迷人的花蕊。

它从那里来吻着婴儿的眼睛。

在婴儿睡梦中唇上闪现的微笑——有谁知道它是从哪里生出来的吗？

是的，有谣传说一线新月的微光，触到了消散的秋云的边缘，微笑就在被朝雾洗净的晨梦中，第一次生出来了——这就是那婴儿睡梦中唇上闪现的微笑。

在婴儿的四肢上，花朵般喷发的甜柔清新的生气，有谁知道它是在哪里藏了这么许久吗？是的，当母亲还是一个少女，它就在温柔安静的爱的神秘中，充塞在她的心里了——这就是那婴儿四肢上喷发的甜柔新鲜的生气。[①]

这首诗通过一连串美丽的遐想，生动地描述了婴儿的可爱神态，同时也充分表达了诗人对婴儿的爱和对生活的理想，读来颇有感人的

① 泰戈尔 . 泰戈尔作品集 [M]. 北京：人民文学出版社，1961（1）：152.

力量。

其次，诗人还善于将自己的思想和感情化为具体的形象，显得生动活泼，富有魅力。本来是想象中的神，又在想象中与神结合，但他能把这一切形象化，给人以真实的感受。例如第 45 首诗写诗人对神正向自己走来的感觉——

你没有听见他静悄的脚步声吗？他正在走来，走来，一直不停地走来。

每一个时间，每一个年代，每日每夜，他总在走来，走来，一直不停地走来。

在许多不同的心情里，我唱过许多歌曲，但在这些歌调里，我总在宣告说：“他正在走来，走来，一直不停地走来。”

四月芬芳的晴天里，他从林径中走来，走来，一直不停地走来。

七月阴暗的雨夜中，他坐着隆隆的云辇，前来，前来，一直不停地前来。

愁闷相继之中，是他的脚步踏在我的心上，是他的双脚的黄金般的接触，使我的快乐发出光辉。[①]

另外，他还用秋云期待太阳触摸（第 80 首诗）、思乡的鹤鸟日夜飞向山巢（第 103 首诗）等比喻诗人对神的向往。本来是比较抽象的道理，他通过具体生动的形象表现出来，并不使人觉得难以理解。例如第 8 首诗用“那穿着王子的衣袍和挂起珠宝项链的孩子”[②]，在游戏中失去一切快乐，为怕衣饰的破裂和污损，不敢走进世界，甚至于不敢挪动一下的形象，说明人们应当保持艰苦本色，不要追求华美，以免“使人和大地健康的尘土隔断，把人进入日常生活的盛大集会的权利剥

① 泰戈尔 . 泰戈尔作品集 [M]. 北京：人民文学出版社，1961（1）：152.

② 泰戈尔 . 泰戈尔作品集 [M]. 北京：人民文学出版社，1961（1）：126.

夺去了”[①]。

再次，诗人善于运用朴实无华的形式体现深刻的内涵，使人感到一种朴素的美。诗人认为，只有最朴素的才是最美的，而最朴素的曲调又必须通过严格的训练才能谱写出来。例如，在第 7 首诗里，诗人写道：

我的歌曲把她的装饰卸掉。她没有了衣饰的骄奢。装饰会成为我们合一之玷；它们会横阻在我们之间，它们叮当的声音会淹没了你的细语。

我的诗人的虚荣心，在你的容光中羞死。呵，诗圣，我已经拜倒在你的脚前。只让我的生命简单正直像一枝苇笛，让你来吹出音乐。[②]

再就诗歌形式而言，《吉檀迦利》既体现出鲜明的民族文学特性，又具备了一定的西方文学色彩。

我们说它体现出鲜明的民族文学特性，是因为这些诗歌本来都是孟加拉诗歌的译文，所以无论怎么翻译都会理所当然地保留着许许多多孟加拉诗歌的表现形式和特点。这是不言而喻的，是需要我们注意的。但另一方面需要我们注意的是，泰戈尔在将这些诗歌翻译成英文时，并不是逐字逐句的忠实翻译，而是有时有所节略，有时有所阐发，有时甚至把两首合并为一首。不但如此，他还把原有的格律诗改成了散文诗。这些译文是稍带一些韵律的散文，是具有抒情味道的散文，但是并不拘泥于英文诗歌的格律，并不受英文格律诗形式的限制。事实证明，这种翻译方法获得了巨大的成功和广泛的好评，成为这部诗集得以誉满全球的重要原因之一。因为泰戈尔作为一个孟加拉人，毕竟不是以英语为母语，即使通晓英语，也未必精通英语格律诗；即使精通英语格律诗，也未必能创作英语格律诗；即使能创作英语格律诗，

① 泰戈尔 . 泰戈尔作品集 [M]. 北京：人民文学出版社，1961（1）：126.

② 泰戈尔 . 泰戈尔作品集 [M]. 北京：人民文学出版社，1961（1）：125-126.

也未必能将自己的孟加拉语格律诗翻译成英语格律诗；即使能将自己的孟加拉语格律诗翻译成英语格律诗，也未必能将自己的思想感情自由、充分地表达出来，也未必能将自己的艺术技巧自由、充分地表达出来。众所周知，译诗很难，译格律诗尤其难。译得不好，就会形成两种不圆满的结果：其一是为了自由地、充分地将原诗独特的思想感情和高超的艺术技巧展示出来，而损害译诗的格律；其二是为了不损害译诗的格律，而不能自由、充分地将原诗独特的思想感情和高超的艺术技巧展示出来。二者必居其一。为了解决这个难题，泰戈尔采取了第三种办法，即用散文诗的形式。事实证明这是一条成功的捷径。正如他自己所说，这些诗歌并没有因为采用散文体而失色，如果译成格律体也许反而令人失望。最后需要说明的是，这种情况也大体上适用于《园丁集》《新月集》和《飞鸟集》这三部诗集，因为这三部诗集是在《吉檀迦利》经验的基础上产生的。

《园丁集》

《园丁集》共收入 85 首诗。这部诗集是泰戈尔旅居英国和美国期间翻译完成的，1913 年在伦敦出版。关于这些诗歌产生的时代和内容，泰戈尔在该书英译本序言中写道，印在这本书里的从孟加拉文译过来的关于爱情和人生的抒情诗，写作的年代，大部分比收在名为《吉檀迦利》那本书里的一系列的宗教诗，要早得多。这部诗集的大多数作品选自《金船集》《春收集》《幻想集》和《瞬息集》等诗人早期的孟加拉文诗集。与《吉檀迦利》那虔敬、神秘的风格不同，这部诗集的基调是欢快、明朗的。正如最后一首诗（第 85 首）所描述的那样——

你是什么人，读者，百年后读着我的诗？

我不能从春天的财富里送你一朵花，从天边的云彩里送你一片金影。

开起门来四望吧。

从你的鲜花盛开的园子里，采取百年前消逝了的花儿的芬芳记忆。

在你心的欢乐里，愿你感到一个春晨吟唱的欢乐，把它快乐的声音，传过一百年的时间。[①]

爱情诗在这个集子中占很大的比重。这些诗的构思多种多样，它们从不同的角度和侧面表现青年男女之间爱情的种种情态，描绘爱情

① 泰戈尔 . 泰戈尔作品集 [M]. 北京：人民文学出版社，1961：63.

在他们心中所激起的种种波澜。尽管爱情是自古以来许多诗人反复咏唱的主题，表现爱情的诗歌自古以来汗牛充栋，可是，泰戈尔笔下的爱情诗仍然独树一帜，别具一格。这在于，作者善于敏锐地观察和捕捉青年男女在热恋过程中所产生的种种细腻、微妙的心理颤动，并且善于通过生动的笔触出神入化地描绘这些心理颤动。

如第 17 首诗，立意颇为新颖，构思相当巧妙。这首诗写一个小伙子对一个姑娘的爱，但它不是直接写小伙子看见姑娘时所产生的快乐，而是写小伙子由于意识到与姑娘住得很近所感到的无限快乐——

黄鸟在自己的树上歌唱，使我的心喜舞。
我们两人住在一个村子里，这是我们的一份快乐。[1]

它不直接写小伙子对姑娘本人的爱慕，而是写小伙子对与姑娘有关事物的无限爱慕——

她心爱的一对小羊，到我园树的阴下吃草。
它们若走进我的麦地，我就把它们抱在臂里。[2]

它不直接写小伙子和姑娘彼此之间的联系，而是写与小伙子和姑娘有关的事物彼此之间的联系——

在我们树里做窝的蜜蜂，飞到他们林中去采蜜。
从他们渡头阶上流来的落花，飘到我们洗澡的池塘里。
一筐一筐的红花干从他们地里送到我们的市集上。

他们亚麻子收成的时候，我们地里的苎麻正在开放。

① 泰戈尔 . 泰戈尔作品集 [M]. 北京：人民文学出版社，1961（2）：18.

② 泰戈尔 . 泰戈尔作品集 [M]. 北京：人民文学出版社，1961（2）：18.

在他们房上微笑的星辰，送给我们以同样的闪亮。

在他们水槽里满溢的雨水，也使我们的迦昙树林喜乐。[①]

其中似乎还暗示出自然万物之间所蕴涵着的某种神秘关系，这种神秘关系更加强了小伙子与姑娘之间所存在的内在联系。

总之，在小伙子的心目中，一切与他心爱的姑娘有关联的事物都是美好的、甜柔的、光明的、欢乐的、生机勃勃的、可亲可爱的。这是因为，他把这一切事物都与他心爱的姑娘紧密地联系在一起了。中国成语有所谓“爱屋及乌”（《尚书大传・大战》：“爱人者，兼其屋上之乌。”）描述的大约便是这种意境。因爱人而及物，爱人之情愈烈，爱物之意愈浓；爱人之情愈深，爱物之意愈厚。由是可知，虽然这些描写乍看起来仿佛是琐碎、平凡的，但是诗人正是通过这些琐碎、平凡的描写把小伙子对姑娘热烈深沉的爱慕之情淋漓尽致地表现了出来。这正是诗人立意新颖之处和构思巧妙之处。此外，三节诗都用“我们村子名叫康遮那，人们管我们的小河叫安遮那。我的名字村人都知道，她的名字是软遮那”[②]作为结束，反复咏唱，节奏感强，更加委婉动人。

又如第 18 首诗，也写得意趣横生、余味无穷。但与第 17 首诗角度不同，趣味有别。如果说第 17 首是从男方着笔的，写的主要是男方的心理活动，那么这一首则是从女方着笔的，写的主要是女方的心理活动；如果说第 17 首男主人公所思恋的对象是明确的，不仅能够说出她的名字和住处，而且连她心爱的事物和身边的东西也了如指掌，那么这一首女主人公所思恋的对象则是模糊的，不仅不能说出他的名字和长相，而且连他究竟在追求两姐妹中的哪一个也一片茫然。

这首诗所描述的爱情尚处于萌芽的朦胧阶段。在诗人的笔下，这个故事充满诗情画意：一对身披纱丽的姐妹，头顶水瓶，出门打水。当她们经过一个地点时，总会发现一个站在树后窥探她们的小伙子。

---

① 泰戈尔 . 泰戈尔作品集 [M]. 北京：人民文学出版社，1961（2）：19.

② 泰戈尔 . 泰戈尔作品集 [M]. 北京：人民文学出版社，1961（2）：18.

于是，她们微笑了，慌乱了，以至于连水都洒了出来，只好迈着飞快的脚步走过去了。

全诗共有四节，写得层次分明，步步深入。第一节写两姐妹经过这里时的最初表现和最初感受。当她们出门打水来到这个地点的时候，她们“微笑了”，因为她们觉察到，每逢她们出来打水的时候，那个人总是站在树后。第二节写两姐妹经过这里时的第二表现和第二感受。当她们走过这个地点的时候，她们“相互耳语”，因为她们进一步“猜到了”，每逢她们出来打水的时候，那个人总是站在树后，这是一个彼此心照不宣的秘密。第三节写两姐妹经过这里时的第三表现和第三感受。当她们经过这个地点的时候，她们的水瓶“忽然倾倒，水倒出来了”，因为她们更进一步发觉，每逢她们出来打水的时候，那个总是站在树后的人的心“正在跳动”。第四节写两姐妹经过这里时的最后表现和最后感受。当她们来到这个地点的时候，她们“相互瞥了一眼又微笑了”，因为她们终于明白，她们“飞快的脚步里带着笑声”，使得那个每逢她们出来打水的时候总是站在树后的人“心魂撩乱了”。[①] 在这首诗里，由两姐妹始而微笑，继而相互耳语，继而水瓶倾倒，直到最后飞快走掉，意境一层深过一层，一步更进一步。她们与那个总是站在树后的人的呼应也越来越紧密，她们对那个总是站在树后的人的态度也越来越明朗。其中“水瓶倾倒”这个细节尤为明显，它清楚地点出了那个总是站在树后的人在两姐妹心中所激起的波澜。这说明，其实不仅是那个人的心在猛烈跳动，她们的心也在猛烈跳动；那个人绝非一厢情愿的单相思，他的举止已经使对方产生了共鸣。

这首诗在艺术表现上的特色是细腻而含蓄。全诗紧紧围绕打水路上一刹那间的动作表情和内心感受来写，将其细致变化的过程和互相呼应的关系写到精细入微的程度。同时，它又是含而不露、欲露还藏的，而这种含蓄正与本诗所表现的处于萌芽和朦胧阶段的爱情相适应。

---

① 泰戈尔 . 泰戈尔作品集 [M]. 北京：人民文学出版社，1961（2）：19-20.

再如第 36 首诗，则别有一番情趣。在上两首诗里，男女之间的关系是协调的，趋向是一致的，感情是共鸣的，因而构成一种和谐的美（虽然在第 17 首诗里女方并未出现，但是全篇的基调是和谐的），而在这一首诗里，男女双方之间的关系却有所不同。尽管男女主人公在内心深处互相爱慕（如果没有这一点做基础，这首诗也就不能成立，它的意境也就失去美感了），可是他们在交往中的表现大相径庭。男方的积极争取和女方的坚决抗拒造成尖锐的戏剧冲突，而这首诗正是通过这种冲突着重表现了女主人公对男主人公貌似无情、心却有情的微妙心理和矛盾态度。

从表面上看，小伙子对姑娘有情有义，他的追求大胆执着，而姑娘对小伙子却无情无义，她一而再、再而三地予以拒绝，小伙子追求得越紧迫，姑娘拒绝得越坚决。你看：当小伙子对姑娘说“我爱，抬起眼睛吧”的时候，姑娘严厉地责骂他，说“走！”当小伙子不但不走开，反而进一步站在姑娘面前，拉住姑娘双手的时候，姑娘又说“躲开我！”当小伙子不但没有走，反而又进一步把脸靠近姑娘耳边的时候，姑娘又瞪他一眼说“不要脸！”当小伙子不但没有动，反而再进一步把嘴唇触到姑娘腮颊的时候，姑娘震颤了说“你太大胆了！”但小伙子还是不怕丑，还是不甘心，又把一朵花插在姑娘的头发上，而姑娘的回答仍然是“这也没有用处！”

那么，姑娘真的是对小伙子无情无义吗？对小伙子大胆执着的追求无动于衷吗？其实不然。虽然从表面上看，姑娘好像无动于衷，可是在她那严厉外表的里面，她那颗火热的心早已应和着小伙子的一言一行在越来越剧烈地跳动，她那热烈的感情早已与小伙子的一片痴情产生了强劲有力的共鸣。正因为如此，当小伙子取下姑娘颈上的花环失望地走开的时候，姑娘伤心地哭了起来，她向自己的心说：“他为什么不回来呢？”[①] 这个转折的出现，看似突然，其实并不突然。它很有

① 泰戈尔 . 泰戈尔作品集 [M]. 北京：人民文学出版社，1961（2）：30.

戏剧性，安排巧妙，内容含蓄，颇有耐人寻味的力量。它与姑娘前面的一系列表现构成鲜明的对比，把姑娘那貌似无情、心却有情的微妙心理和矛盾态度表现得惟妙惟肖，将姑娘那难以捉摸的内心世界描绘得生动感人。

这首诗在语言上的特点是简洁而传神。以姑娘所说的话为例，从“走！”“躲开我！”“不要脸！”“你太大胆了！”“这也没有用处！”到“他为什么不回来呢？”一共六句话，二十几个字，却成为表现人物心理活动和推动故事情节发展的主要手段。大约也正因为如此，所以这首诗篇幅虽然不长，仅有短短十二行，区区百余字，却能使人物的举止神态、音容笑貌跃然纸上，且能够在读者的脑海中留下清晰而深刻的印象。

除了歌咏爱情的诗歌之外，肯定现实社会，执着现实生活，反对脱离现实去寻求所谓的“解脱”，这种积极的态度在这部诗集里也得到最鲜明充分的体现。其中有的诗颇为幽默风趣，令人忍俊不禁；有的诗则凄切哀婉，带有悲剧色彩。如第 43 首诗是前者的代表：

不，我的朋友，我永远不会做一个苦行者，随便你怎么说。

我将永不做一个苦行者，假如她不和我一同受戒。

这是我坚定的决心，如果我找不到一个阴凉的住处和一个忏悔的伴侣，我将永远不会变成一个苦行者。

不，我的朋友，我将永不离开我的炉火与家庭，去退隐到深林里面，如果在林荫中没有欢笑的回响，如果没有郁金色的衣裙在风中飘扬；如果它的幽静不因有轻柔的微语而加深。

我将永不会做一个苦行者。[①]

第 75 首诗是后者的代表：

① 泰戈尔 . 泰戈尔作品集 [M]. 北京：人民文学出版社，1961（2）：35.

夜半，那个自称的苦行人宣告说：

“弃家求神的时候到了。呵，谁把我牵住在妄想里这么久呢？”

神低声说：“是我。”但是这个人的耳朵是塞住的。

他的妻子和吃奶的孩子一同躺着，安静地睡在床的那边。

这个人说：“什么人把我骗了这么久呢？”

声音又说：“是神。”但是他听不见。

婴儿在梦中哭了，挨向他的母亲。

神命令说：“别走，傻子，不要离开你的家。”但是他还是听不见。

神叹息又委屈地说：“为什么我的仆人要把我丢下，而到处去找我呢？”①

此外，替砖窑挖土的工人，给水牛洗澡的农民等劳动人民的身影，也间或出现在诗歌的画面里，这也是颇有意义的。

就诗的风格而言，热情奔放的抒情诗，情意缠绵的爱情诗，引人深思的寓言诗，言简意赅的哲理诗以及含有宗教味道和神秘色彩的宗教诗等，五花八门，应有尽有。

① 泰戈尔 . 泰戈尔作品集 [M]. 北京：人民文学出版社，1961（2）：57.

《新月集》

《新月集》共收入 37 首儿童诗，主要是从孟加拉文诗集《儿童集》中选译为英文的，也有的是诗人在编译时新创作的（如《最后的买卖》）。这部诗集是泰戈尔在旅居英国期间编译完成的，由伦敦的出版社出版。

泰戈尔一向关心儿童，热爱儿童，喜欢和儿童生活在一起。如果说他创办的学校是他从事儿童教育的实践场所，那么《新月集》则是他歌颂儿童形象的艺术结晶。“我的孩子，我这一支歌将用它的乐声围绕你的身旁，好像那爱情的热恋的手臂一样。”[①]——他在《我的歌》一诗中这样写道。

诗人对儿童作过细致的观察，有着深入的理解。他的诗生动地描绘了印度儿童天真烂漫、活泼可爱的种种情态，表现了他们善良热情、长于幻想等心理特征，绘声绘色，惟妙惟肖，趣味无穷，堪称儿童文学的珍品。例如：他希望自己快快成长，早日变成大人，好像爸爸一样“不再学什么功课”[②]，“独自一个人到市场里去”[③]，“可以随便去买他自己穿的衣裳”[④]（《小大人》）；他和妈妈心贴心，当妈妈为没收到爸爸的信伤心时，他要替爸爸写信，并且不经过“恶邮差”的手，直接把信交给妈妈（《恶邮差》）；他把自己想象为一个力大无穷的英雄，为了保护妈妈，勇敢地消灭一群坏蛋（《英雄》）；他幻想阳台犄角花盆旁

① 泰戈尔．泰戈尔作品集 [M]. 北京：人民文学出版社，1961（1）：226.

② 泰戈尔．泰戈尔作品集 [M]. 北京：人民文学出版社，1961（1）：209.

③ 泰戈尔．泰戈尔作品集 [M]. 北京：人民文学出版社，1961（1）：209.

④ 泰戈尔．泰戈尔作品集 [M]. 北京：人民文学出版社，1961（1）：210.

边的一小块地方，有豪华的宫殿（“墙壁是白色的银，屋顶是耀眼的黄金”[①]）、阔绰的皇后（“住在有七个庭院的宫苑里；她戴的一串珠宝，值得整个七个王国的全部财富”[②]）和美丽的公主（“躺在远远的隔着七个不可逾越的重洋的那一岸沉睡着”，“她臂上有镯子，她耳上挂着珍珠；她的头发拖到地板上。当我用我的魔杖点触她的时候，她就会醒过来；而当她微笑时，珠玉即会从她唇边落下来”[③]）（《仙人世界》）；等等。

诗人以为母子之爱是人间最美好、最纯洁、最深沉的感情之一，所以尽力加以讴歌。对于母亲来说，孩子就是她的心愿和生命。“我是从哪儿来的，你，在哪儿把我捡起来的？”[④]——孩子常常喜欢这样问妈妈。于是妈妈把孩子紧紧地搂在胸前，半哭半笑地答道：

你曾被我当作心愿藏在我的心里，我的宝贝。

你曾存在于我孩童时代玩的泥娃娃身上；每天早晨我用泥土塑造我的神像，那时我反复地塑了又捏碎了的就是你。

你曾和我们的家庭守护神一同受到祀奉，我崇拜家神时也就崇拜了你。

你曾活在我所有的希望和爱情里，活在我的生命里，我母亲的生命里。

在主宰着我们家庭的不死的精灵的膝上，你已经被抚育了许多年代了。

当我做女孩子的时候，我的心的花瓣儿张开，你就像一股花香似的散发出来。

你的软软的温柔，在我青春的肢体上开花了，像太阳出来之前的

① 泰戈尔．泰戈尔作品集 [M]. 北京：人民文学出版社，1961（1）：210.
② 泰戈尔．泰戈尔作品集 [M]. 北京：人民文学出版社，1961（1）：210.
③ 泰戈尔．泰戈尔作品集 [M]. 北京：人民文学出版社，1961（1）：210.
④ 泰戈尔．泰戈尔作品集 [M]. 北京：人民文学出版社，1961（1）：182.

天空上的一片曙光。

上天的第一宠儿，晨曦的孪生兄弟，你从世界的生命的溪流浮泛而下，终于停泊在我的心头。

当我凝视你的脸蛋儿的时候，神秘之感湮没了我；你这属于一切人的，竟成了我的。

为了怕失掉你，我把你紧紧地搂在胸前。是什么魔术把这世界的宝贝引到我这双纤小的手臂里来呢？（《开始》）①

对于孩子来说，妈妈的爱是无价之宝，胜过世上所有美好的东西，胜过其余的一切。正因为如此，孩子最依恋的是自己的妈妈——

只要孩子愿意，他此刻便可飞上天去。

他所以不离开我们，并不是没有缘故。

他爱把他的头倚在妈妈的胸间，他即使是一刻不见她，也是不行的。

孩子知道各式各样的聪明话，虽然世间的人很少懂得这些话的意义。

他所以永不想说，并不是没有缘故。

他所要做的一件事，就是要学习从妈妈的嘴唇里说出来的话。那就是他所以看来这样天真的缘故。

孩子有成堆的黄金和珠子，但他到这个世界上来，却像一个乞丐。

他所以这样假装了来，并不是没有缘故。

这个可爱的小小的裸着身体的乞丐，所以假装着完全无助的样子，便是想要乞求妈妈的爱的财富。

孩子在纤小的新月的世界里，是一切束缚都没有的。

---

① 泰戈尔．泰戈尔作品集 [M]. 北京：人民文学出版社，1961（1）：182-183.

他所以放弃了他的自由，并不是没有缘故。

他知道有无穷的快乐藏在妈妈的心的小小一隅里，被妈妈亲爱的手臂所拥抱，其甜美远胜过自由。

孩子永不知道如何哭泣。他所住的是完全的乐土。

他所以要流泪，并不是没有缘故。

虽然他用了可爱的脸儿上的微笑，引逗得他妈妈的热切的心向着他，然而他的因为细故而发的小小的哭声，却编成了怜与爱的双重约束的带子。(《孩童之道》) ①

当然，诗人并非仅仅为歌咏儿童而歌咏儿童，他歌咏儿童是和他的社会观密切联系着的。根据自己半生的经验，诗人看到人类社会充满错综复杂的矛盾，人们之间常常发生各种利害冲突。对于这些不良现象，他既感到强烈不满，又觉得无能为力。非但自己拿不出解决的办法，也没看到别人找出解决的途径。他失望了，苦闷了。于是，他的目光从成人转到孩子身上。他深深感到儿童的灵魂洁白无瑕，儿童的世界合乎理想，我们成年人应当引导他们，祝福他们——

祝福这个小心灵，这个洁白的灵魂，他为我们的大地，赢得了天的接吻。

他爱日光，他爱见他妈妈的脸。

他没有学会厌恶尘土而渴求黄金。

紧抱他在你心里，并且祝福他。

他已来到这个歧路百出的大地上了。

我不知道他怎么从群众中选出你来，来到你的门前抓住你的手问路。

他笑着，谈着，跟着你走，心里没有一点儿疑惑。

---

① 泰戈尔 . 泰戈尔作品集 [M]. 北京：人民文学出版社，1961（1）：176-177.

不要辜负他的信任，引导他到正路，并且祝福他。

把你的手按在他的头上，乞求着：底下的波涛虽险恶，然而从上面来的风，会鼓起他的船帆，送他到和平的港口的。

不要在忙碌中把他忘了，让他来到你的心里，并且祝福他。（《祝福》）[①]

因此，他希望自己也变得像孩子一样纯洁，“能在我孩子自己的世界的中心，占一角清净地”，“能在横过孩子心中的道路上游行，解脱了一切的束缚”。“在那儿，使者奉了无所谓的使命奔走于无史的诸王的王国间；在那儿，理智以它的法律造为纸鸢而飞放，真理也使事实从桎梏中自由了”（《孩子的世界》）[②]。他声明自己不为世上皇帝的权力、富人的金钱和美人的微笑所雇用，却甘心为孩子服务，因为孩子雇他“不用什么东西”，从而使他成了“一个自由的人”（《最后的买卖》）[③]。他愿意孩子成为和平天使，降临人间，改造世界——

他们喧哗争斗，他们怀疑失望，他们辩论而没有结果。

我的孩子，让你的生命到他们当中去，如一线镇定而纯洁的光，使他们愉悦而沉默。

他们的贪心和妒忌是残忍的；他们的话，好像暗藏的刀，渴欲饮血。

我的孩子，去，去站在他们愤懑的心中，把你的和善的眼光落在它们上面，好像那傍晚的宽宏大量的和平，覆盖着日间的骚扰一样。

我的孩子，让他们望着你的脸，因此能够知道一切事物的意义；让他们爱你，因此他们能够相爱。

来，坐在无垠的胸膛上，我的孩子。朝阳出来时，开放而且抬起

① 泰戈尔．泰戈尔作品集[M]. 北京：人民文学出版社，1961（1）：224.

② 泰戈尔．泰戈尔作品集[M]. 北京：人民文学出版社，1961（1）：184.

③ 泰戈尔．泰戈尔作品集[M]. 北京：人民文学出版社，1961（1）：184.

你的心，像一朵盛开的花；夕阳西下时，低下你的头，默默地做完这一天的礼拜。(《孩子天使》)[1]

这虽然难以成为现实，但毕竟不失为美好、善良的愿望。

① 泰戈尔．泰戈尔作品集[M]. 北京：人民文学出版社，1961（1）：227.

《四个人》和《家庭与世界》

1914 年 2 月，甘地来到圣蒂尼克坦访问，当时泰戈尔不在这里，两人未能相见。一个月后，甘地二次来访。这两位在印度近代史上起着重要作用的人物终于第一次会面了。那时甘地刚从南非回国，尚未决定今后如何行动，所以两三个月前把自己手下的二十个学生送到圣蒂尼克坦学校就读。泰戈尔十分高兴地收留了他们。泰戈尔的学生和甘地的学生性格迥异，前者天真活泼，又唱又跳，后者古板严肃，像个圣者。这反映了泰戈尔和甘地本人性格的差异和教育思想的不同。甘地认为圣蒂尼克坦学校还有许多改革不够彻底之处，例如师生应当自己管理生活，不要雇用工人。泰戈尔觉得可以这样试验一下。试验从 3 月 10 日开始，但是不久遭到挫折，未能照样进行下去。不过规定此后每年 3 月 10 日为“甘地日”，到了那天就让工人休息，全体师生自己动手做饭、扫除。甘地这次在圣蒂尼克坦停留了六天，两位性格既有许多共同之处又有显著差别的巨人，从此结下了终生不渝的友谊。

从世界范围来说，1914 年 8 月在欧洲爆发了第一次世界大战。泰戈尔本来心情很好，听到这个消息，觉得非常痛心，便同过去情绪郁闷时一样，不断变换住所，时而在圣蒂尼克坦，时而在什来多赫，时而又在大吉岭、阿拉哈巴德和阿格拉。诗人十分厌恶这场战争。他在给圣蒂尼克坦学校的学生们讲话中指出，犹如一个人的胸部受伤而四肢感到痛苦，父祖之罪由儿孙承担一般，地球上任何地方的人犯了罪过，其他地方的人就会受到连累。但是，这种情况并没有影响他的创作热情。

从1914年起，泰戈尔又在创作上获得了丰收。除了出版《歌环集》《献祭集》和《颂歌集》等诗集之外，他还写出10余篇短篇小说、中篇小说《四个人》和长篇小说《家庭与世界》。

《歌环集》和《献祭集》前面已经讲过。之后，他又动手写了另外许多抒发自己心怀和思绪的诗篇，集为一册出版，名曰《颂歌集》。

《颂歌集》收入108首较短的诗，大多为两节一首，于1914年出版单行本。兹以第8首为例，因为它在内容和形式上都有一定的代表性：

啊，我的心灵之神，
你的爱情
使你变得残忍。
你不让人静坐，
于是日日夜夜
心里萦绕着严厉的乐音。

啊，我的心灵之神，
请把我的忧郁
变成芳馨！
你在寻找我的踪迹，
你的愁容令人落泪，
就让一切安逸离我远去！①

大约从1914年到1917年，泰戈尔在《绿叶》杂志上断断续续地发表了10余篇短篇小说。他这时所写的短篇小说同19世纪八九十年代的短篇小说相比有了显著的变化。以表现风格而论，这时的作品描写更加细腻，笔调更加老练，显示出一种成熟的美，不似前期作品那

① 董友忱，主编．泰戈尔作品全集[M]. 北京：人民出版社，2015（6）：243.

样还散发着泥土的芳香。以故事背景和内容而论，这时的作品大部分以加尔各答等地城市中产阶级的生活，尤其是为旧礼教所束缚的妇女的命运为对象，不再描绘帕德玛河两岸的农村生活场景。《一个女人的信》（1914）、《海蒙蒂》（1914）、《诀别之夜》（1914）和《陌生女人》（1914）等都不愧为佳作。

以《一个女人的信》为例。小说女主人公姆丽娜尔是个冲破礼教束缚离家出走的叛逆者。她出生在孟加拉偏僻的农村，后来嫁到加尔各答一个相当富裕的家庭，不愁吃，不愁穿，丈夫也不像他哥哥那样为人不良，似乎日子满可以过下去了。然而，她的内心异常痛苦。她容貌美丽，但是这个长处仅在刚结婚时为人注意，不久就被人们忘在脑后，再也没人提起。正像宾杜所说的那样，除了他谁也没看到她是多美啊！姆丽娜尔头脑聪慧，性格热情、倔强，但是这些长处不仅没有给她带来好处，反而使她深受其苦。因为如果一个必须向环境屈服的人只知道尊重理性，那么她的一举一动都会遭到指摘，最后还会断送自己的性命。她的生命本来可能就这样在这个家庭里如此消磨耗尽，可是另外一个命运更加悲惨的女人——宾杜之死，使她看清自己过的是什么样的生活，使她下定决心离家出走，并且离家之后并未选择自杀，而是继续生活下去。

宾杜是姆丽娜尔婆家长嫂的妹妹，寄居在这个家庭。她面貌丑陋，地位低下，受到百般凌辱。为了甩掉这个包袱，人们给她找了一个疯子丈夫，将她嫁了出去。她一次又一次从婆家逃走，结果使她的处境变得更加险恶，心情更加痛苦，最后点着自己的衣服烧死了自己。

这篇小说采用书信体的形式，通篇都是姆丽娜尔写的一封信的内容，行文时而怨，时而怒，时而悲，时而愤，如泣如诉，生动感人。这封信的结尾（也就是小说的结尾）用斩钉截铁的语气写道：

我再也不会回到你们那个马肯博拉尔巷二十七号的家里去了。我看到了宾杜的一生。我也体会了你们家妇女所过的生活。我再也不需要这样的生活了。

现在，我明白了：宾杜虽是个女人，但上苍是不会遗弃她的。不管你们想如何欺凌她，现在再也办不到了！她终于摆脱了自己不幸的人生。你们为所欲为地想把她永远踩在脚底下，可现在你们却没有这么长的腿。死神比你们更强大。在死亡的王国里，宾杜是伟大的！在那里，她不单单是孟加拉家庭的姑娘，不单单是堂兄弟的姐妹，也不单单是默默无闻的疯丈夫的受骗的妻子！在死亡的王国里，她是永生的！

当死亡之笛抚慰着这个姑娘破碎的心灵，在我生活的贾牟拿河[①]畔吹响的时候，我的胸口仿佛中了一箭。我问苍天：为什么世界上最卑微的人，所受的灾难也最深重呢？为什么那巷子里，四面高墙围着的可悲的小房子，是那么可怕呢？为什么无论我怎样伸手呼叫，也得不到你们生活中的一滴玉液琼浆，一时一刻也迈不出深宅大院的门槛呢？为什么在你们的世界里，我必须幽禁在那卑鄙龌龊的砖墙之内，过那种苟延残喘的生活呢？我这样日复一日地生活是多么渺小！在生活中我被束缚人的传统、习俗、流言蜚语和诽谤所中伤——这一切又是多么卑鄙啊！难道你们的极乐世界毁灭之后，那种贫困的情况还会永久存在吗？

死神的竹笛吹响后，你们这些人造的围墙又在哪里呢？你们用吃人的礼教建造的、遍布荆棘的围墙又在哪里呢？你们把人囚禁在多么痛苦和多么屈辱的牢笼之中啊！看吧，死神手里挥舞着生活中所向披靡的旗帜！啊，次媳！你不要怕！顷刻间，你那次媳的外壳将被砸得粉碎！

我再也不会惧怕你们那个家庭了。今天，我面前展现的是蔚蓝色的海洋，我头上飘浮的是乳白色的云彩！

你们曾把我幽禁在习俗的黑幕之中。宾杜闯进来一个短暂时期。

---

① 即贾木纳河，孟加拉国三大河流之一。

于是，我透过帷幕的缝隙发现了自己。那个女人以她的死亡，彻底地撕毁了挡住我的黑幕。今天，我走出来了，而且看到——无处可以维护我的尊严。那些喜爱我这不屑一顾的姿色的人，现在只有隔着整个天空才能见到这容颜了。次媳已经不复存在了。

你可能以为我要自杀吧？别担心，我才不会与你开这种老一套的玩笑呢！米拉也是和我一样的女人。她身上的枷锁并不比我轻，但她并没有为了解脱而去寻死。她在歌中唱道："让父亲离去吧，让母亲离去吧，让周围的一切都离去吧，但是米拉却留下来啦，主啊，命中注定要发生的，就让它发生吧！"有了坚定的信念，就能活下去！

是的，我要活下去！我已经活过来了！①

据说这篇小说发表后，在孟加拉文学界引起很大反响，掀起一场风波，不少人在书信中都提到它。

不过，泰戈尔这时更为引人瞩目的作品，当属中篇小说《四个人》和长篇小说《家庭与世界》。

《四个人》于1914年在《绿叶》杂志上分别以《伯父》《沙奇士》《达米妮》《斯里比拉斯》的名称相继发表，于1916年出版单行本。

这篇小说主要有四个人物登场：乔戈莫洪、沙奇士、达米妮和斯里比拉斯。这四个人物以主人公沙奇士为中心展开故事。

沙奇士的生活和思想明显分为三个阶段。在第一阶段，他是一个年轻而热情的理想主义者，一个坚定的无神论者，一个彻底的人道主义者 他在小说里一登场，就被描绘成不同凡响的奇人。他的朋友斯里比拉斯第一次见到他，心中立刻暗想：这真是一颗亮晶晶的星啊！沙奇士由他的伯父乔戈莫洪抚养成人。乔戈莫洪是当时有名的无神论者，他也按自己的思想观念培养沙奇士。在这种思想观念的指导下，沙奇士救了一个被人奸污的女孩子，把她带到伯父家里，请求伯父收养她，

① 董友忱，主编．泰戈尔作品全集[M]. 北京：人民出版社，2015（12）：461-463.

并且为了照顾她的将来，毅然决定同她结婚。然而，女孩子虽然感谢救她的恩人，却仍不能忘情于那个奸污她又侮辱她的人，终于在矛盾痛苦中自杀身亡。女孩子的自杀以及随后乔戈莫洪的去世，给沙奇士以极其沉重的打击。他感到内心无限空虚，理想全部破灭。他第一阶段的生活就此告终。

在第二阶段，他摇身一变成为一个宗教信徒。原来坚定的无神论者突然参加了一个教派团体，成为一个虔诚的、狂热的宗教信徒，这是出人意料的。但更加出人意料的是，这时在他的身边出现了一个年轻美丽的寡妇——达米妮。她犹如乌云之间的闪电，全身洋溢着青春的活力，内心闪耀着不熄的火花。沙奇士在日记里写道："这种女人不知死亡为何物，她是品尝生命情趣的鉴赏家。她如春天的花丛，充满艳丽的色彩，扑鼻的芬芳，旺盛的活力，只期待着完全的绽放。她不想丢弃任何东西。她的房间里没有苦行者的位置。"[①] 达米妮对宗教教派活动抱着强烈的反感，对沙奇士却怀着炽热的爱情。她的出现使沙奇士的思想产生了新的危机：在外表上，他一点也不曾忽略每天的宗教活动，但是，他的内心已经发生了动摇。小说写道："现在，沙奇士完全变成了另一个样子：他像一只断了线的风筝，虽然如今仍在空中飘荡，但随时有可能盘旋而后跌落下来，而且跌落之时似乎已为期不远了。从外表看，沙奇士并没有疏忽日常例行功课，照旧念经、苦修、祷告和参加讨论。可是，只要看看他的眼神就会明白，他的心里充满惶惑、动摇，因而总是步履蹒跚。"[②] 之后，沙奇士终于离开那个教派，结束了第二阶段的生活。

沙奇士为什么不能满足于前两个阶段的生活，而要开始第三阶段的生活呢？他自己解释说："有段时期，我把自己完全交给'理智'，可是却发现'理智'承受不了生命的全部重担。又有一段时间，我把自己完全托付给'感情'，可是又发现'感情'是个无底的深渊。'理智'

---

① 董友忱，主编．泰戈尔作品全集 [M]. 北京：人民出版社，2015（4）：604.

② 董友忱，主编．泰戈尔作品全集 [M]. 北京：人民出版社，2015（4）：620.

是我自己的，‘感情’也是我自己的。人仅仅依靠自己是站不起来的！在我还未找到使我生活下去的避难所或庇护所之前，我是没有勇气返回城市的。”① 不过，他认为这个避难所或庇护所不能靠别人去寻找，只能由自己去寻找。他说：

今天我深切地领悟到“走自己的路虽死犹生，走别人的路困难重重”这句格言的深刻含义。所有的东西都可以作为礼物从别人那里拿来，但是宗教信仰和所选择的道路，如果不是自己的，那只会是死亡，而不是得救。我的神——生命的主宰，不是从别人手里布施而来的。如果我得到他或将要得到他，那是很好的！否则，真是生不如死！②

经过一段痛苦的自我磨炼，他终于“大彻大悟”，找到了自己的“神”。一天深夜，他突然对达米妮和斯里比拉斯大声宣布：“他——我的神——朝我迎面走来。如果我也按他走的方向走去，那只会南辕北辙，离他愈来愈远；如果我从正好相反的方向走去，那么，最终就会汇合。”③ 他还进一步解释道：

以前，我按自己的理解去塑造他，结果我们只有被蒙骗。啊，我的毁灭之神！你把我化为齑粉与你合二为一吧，永远，永远！一切束缚羁绊不属于我，所以我不能忍受约束。再说，束缚羁绊是你的，所以你永远不会放弃给众生制造束缚。这样吧，让你以我的形象存在，而我却隐没在你那无形之中去吧！④

然后，他对达米妮说道：“我只寻找他——我的神，我是十分需要

① 董友忱，主编．泰戈尔作品全集 [M]. 北京：人民出版社，2015（4）：630-631.

② 董友忱，主编．泰戈尔作品全集 [M]. 北京：人民出版社，2015（4）：633.

③ 董友忱，主编．泰戈尔作品全集 [M]. 北京：人民出版社，2015（4）：636.

④ 董友忱，主编．泰戈尔作品全集 [M]. 北京：人民出版社，2015（4）：637.

他的。除此之外，我什么也不需要。达米妮，你就可怜我吧！放开我，离开这里。”达米妮只得离开了他。其后，她同斯里比拉斯结婚，过了一段幸福的生活，终因胸口疼痛死去，而这个病则是沙奇士有一次在迷迷糊糊的状态中踢她一脚落下的。

《四个人》表现了孟加拉知识青年探索生活道路的曲折过程。他们的思想常常动摇不定。这反映了当时社会矛盾的复杂，也反映了他们本身的软弱。不过，联系泰戈尔的其他作品也不难看出，沙奇士最后的“大彻大悟”，在一定程度上包含作者自己的体验在内。除此之外，这篇小说在艺术表现方面也相当成功，故事曲折，情节生动，形式新颖，描绘细腻，颇为耐人寻味，有的评论家认为是完美无缺的艺术珍品。

《家庭与世界》于 1915 年在《绿叶》杂志上发表，并于 1916 年出版单行本。这部小说的故事以 20 世纪初叶孟加拉自治运动为背景。它生动地再现了当时孟加拉社会的紧张形势，即民族意识觉醒，爱国热情高涨，爱国志士空前活跃，广大群众卷入浪潮，提倡国货、抵制洋货运动席卷全国。这种时代气氛波及社会生活的各个角落，也深入家庭生活中去，改变着人们的关系，包括夫妻关系在内。

小说的故事情节并不复杂，人物性格却颇为分明。尼基莱什是个出身于贵族家庭，具有新思想的孟加拉青年。他是全家第一个受过近代学校教育并获得博士学位的人。他并不墨守贵族家庭成规，极力企图跟上时代，如力主夫妻在爱情上平等，苦劝妻子走出闺阁参加社会生活等。在孟加拉自治运动期间，他也致力于办实业、开银行、救济穷人之类的活动。不过，他觉得印度政治和经济的复兴应该在持久的道德教育的基础上进行，不赞成当时激进派的某些看法和某些做法，认为应当爱护祖国但不主张仇恨外国，可以不用洋货但不必要烧毁洋货，同情民族运动但不同意使用暴力。他说：为了祖国而使用暴力，意味着对祖国使用暴力。

与尼基莱什相对立的人物是他的同学松迪博。在小说里，松迪博是个爱国者的形象，同时又被写成一个不务实际的人，道德堕落的人。他平时经常得到尼基莱什的帮助和接济。当自治运动出现之后，他便率领一些青年，到处发表激昂慷慨的讲演，鼓动群众投入民族运动中。他的政治观点在许多地方是同尼基莱什针锋相对的，例如：主张爱国不惜使用暴力，认为洋货必须被销毁等。不仅如此，他还和尼基莱什在个人生活上发生了尖锐的冲突。这主要表现在他和尼基莱什妻子的关系方面。

尼基莱什的妻子碧莫拉本来是个安于闺阁生活的普通贵族家庭妇女，尊敬丈夫犹如神明，千方百计维持家业。然而，自治运动唤醒了她，推动着她投入新的生活。有一次，她听了松迪博的鼓动性演说，胸中好似卷起一阵风暴，精神大为振奋。怀着这种崇拜英雄的激情，回家之后立即决定请松迪博吃饭。从此以后，尼基莱什和松迪博展开辩论的时候，碧莫拉往往站在后者的立场上，而和自己的丈夫对立。天长日久，碧莫拉和尼基莱什的感情终于由疏远走向破裂，而和松迪博的感情则日渐融洽起来。

事态继续向前发展。尼基莱什心里明白将会出现什么可怕的结果，不过他不肯采取强制手段刹车，认为自由的爱情才是宝贵的。于是，碧莫拉便被松迪博以爱国词句和爱情之火诱出家庭，走向世界。这时，松迪博又以“为了主义”的名义向碧莫拉索取钱财。碧莫拉在这时才如梦初醒，彻底看清了松迪博的真面目，并且重新回到了尼基莱什的怀抱。小说临近结尾处用“尼基莱什自述”的语气写道：

突然传来了一阵沙沙的响声。我转过身来，看见碧莫拉正从门旁向外走去。大概，她默默伫立门外很久了。看来，她曾经考虑过是否应当进来，最后她还是决定退回去。我急忙站起来，叫道：“碧莫拉！”

她惊愕地站住了。我走过去，伸手把她拉进房间。

她一走进卧室，就一头伏在枕头上，恸哭起来。我一句话也没说，只是握住她的手，默默地坐在她的身边。

过了一会儿，她才止住眼泪，坐了起来。我当时想把她拉入我的怀里，但她却使劲儿推开我的手，立即跪在我的脚下，频频地磕起头来。我当时想把脚移开，可是她马上用双手抱住我的脚，并且哽咽地说："不不不，你不要把脚移开！你应当允许我祭拜！"

我当时只好保持缄默。我有什么资格阻止这种祭拜呢？这是一种真诚的祭拜，是对天神的真诚祭拜！——我难道是她要祭拜的天神？我会感到困惑吗？①

随后，又用"碧莫拉自述"的语气写道：

走吧，走吧！现在到了该出发的时候了。让我们扬起爱情的风帆，奔向那祭海和爱河的汇流之处吧！一切污点都将融化在那清澈的蔚蓝色的大海里。我再也没有什么可怕的了，我既不怕自己，也不再怕别人。我终于从烈火中走了出来，应当被烧毁的一切已经化为灰烬，而剩下的一切永远不会再毁灭。我把自己奉献在我丈夫的脚下，而他也接受了我的奉献，并且把我的所有罪孽都融化在他那深沉的痛苦之中了。②

据说《家庭与世界》是泰戈尔对于责难他逃避爱国运动，放弃政治斗争的言论所作的回答。如果说在《戈拉》里，他是持科学分析的态度，全面地评价了自治运动期间激进派的功过，既尖锐批评他们的错误，也热情赞颂他们的爱国意识和行动的话，那么在《家庭与世界》里，他则对自治运动和激进派予以否定。无疑，这在一定程度上反映了他的政治观点。此外，尼基莱什的政治见解也很有可能在某种程度上反映了作者自己的态度，诸如对爱国、洋货、暴力的看法等皆是。

由于这部小说涉及当时十分敏感的政治问题，所以必然会在文坛上乃至社会上引起一场轩然大波。从它在《绿叶》上连载时起，便出

① 董友忱，主编．泰戈尔作品全集[M]．北京：人民出版社，2015（4）：835-836.

② 董友忱，主编．泰戈尔作品全集[M]．北京：人民出版社，2015（4）：836.

现了各种各样的批评、责备甚至辱骂的声音。为此，泰戈尔不得不予以答复。

在回答一位女士的信中，他谈到几个问题。

一是“写作目的”问题。他写道：“正确的回答是这样的，写长篇小说的目的，就是写长篇小说。说白了，我写故事，我高兴。可是，不能把这说成目的。因为说‘高兴’是目的，是不会被承认的。况且，当人们期待某种目的的时候，要是说没有目的，这话听起来像是很傲慢的。但是，很多时候，目的从外部是可以看到的。梅花鹿身上有斑点，为什么鹿不知道，可是那些撰写过关于鹿的书籍的人们却说，其目的就是，鹿借助所有这些斑点就会与森林里的光和影混合在一起，因而不易被发现。这种猜测可能对，也可能不对，但是这个目的不是鹿心里的想法，这一点大家都会承认……我说，这项工作是艺术工作，不是教育工作。时代在我们的内心里用它的各种彩线编织罗网，这就是它的创作。如果我想从它里面收集一些东西，那就是我的目的。我们国家的当今时代悄悄地在作家心里刻画的所有印记，在《家庭与世界》的故事里留下了它的痕迹。然而，这种保留痕迹的工作就是艺术工作。如果从那里面有什么可以收集的经验或教训，它可不是作家目的的一部分……所以我说过，在写《家庭与世界》故事的时候，该作品是与作者当时的经验有关系的，而且里面也编织有作者的爱恶情感，但是那些五彩线只是创作艺术品的材料。如果硬将其纳入某种目的，那它既不是作者的目的，也不是读者的目的……对于国家好坏优劣的看法，读者可能与我有分歧，但是不应该把故事看作观点，还是应该把它看作故事。”①

二是“尊重故事”问题。他写道：“实际上，尊重故事情节，既不是尊重作者，也不是尊重读者。为了尊重故事情节，作者在表达自己的心情方面应该遵循自己的心路，而读者就应该遵循故事的情味……

---

① 董友忱，主编 . 泰戈尔作品全集 [M]. 北京：人民出版社，2015（4）：1064-1066.

这部长篇小说的故事是我虚构的呢，还是在现实生活中某个地方获取的灵感？如果是我获取的灵感，那么，它是在为接受西方教育而自豪的现代纨绔阶层中获取的，还是在古代印度教家庭中获取的呢？回答是这样的：这个故事的大部分情节，如同短篇小说的故事一样，是我虚构的。”①

三是“爱祖国”问题。他写道：“还有一句话是这样的：我也是爱国的，否则的话，我在国人面前就很难成为人们喜欢的人。真正的爱国道路是不平坦的，那条道路是艰难的。个人取得成功不能靠大家的力量，而且依靠大家的命运也不会有结果，但是在爱国的问题上如果我忍受痛苦和侮辱，那么，我的心里会获得这样的安慰，我并没因为害怕踏上荆棘丛生之路而作出虚伪的举动。我虽然遭受痛苦，却并不感到痛苦；但是我比大家感到更痛苦的事情就在于，由于我发表了我认为是真实的东西，而给像女读者那样的许多朴实的、可尊敬的、深爱祖国和充满怜悯的心灵带来了创伤。这是我的不幸，但这不是我的过错。”②

在《文学评论》一文中，他写道：“现在孟加拉读者正在议论长篇小说《家庭与世界》。在人的心情非常激动的时候，就会放弃散文而拿起诗歌。不久前这种现象就开始表露出来……由于担心这种现象会传染给别人，所以我就不能默然处之……如果提出有关《家庭与世界》情味感的话题，不管这个话题多么尖刻刺耳，我都会保持沉默。但是所提出的这个话题是属于超越文学之外的东西……不管怎么说，在所有语言的一切文学中，好坏两种品格的人物都在舞台上占据着自己的位置。在印度——这圣洁的土地上也一次又一次出现过这种现象。因此当我在《家庭与世界》这部长篇小说中塑造松迪博形象的时候，我一刻也没有担忧，我不得不向我们国家那些有身份的受尊敬的人们承担作如此解释的责任。从今以后，我会牢记这种担忧，但是我又不能

---

① 董友忱，主编 . 泰戈尔作品全集 [M]. 北京：人民出版社，2015（4）：1068-1069.

② 董友忱，主编 . 泰戈尔作品全集 [M]. 北京：人民出版社，2015（4）：1071.

修正自己的观点，因为除了我们国家当今的时代外，还有别的时代；除了受尊敬的人，还有别的人。”[①]

在给奥米耶·丘克罗博尔迪的一封信里，他写道：“普罗摩特·乔杜里把这部小说说成是一部比喻性作品，不过，看来，他有些说笑的意思。这部作品里面没有任何有意将其写成比喻的企图，它只是一部小说。这部作品所描写的就是在人的内心世界与外部世界以及人们彼此之间的矛盾冲突中所展现出的欢笑和泪水。如果说，还有比这更多的一些东西，都是属于次要的和偶然的。”[②]

除此之外，有人认为，泰戈尔写这部小说可能还有另外一个暗示：一个女人匆忙离开家庭走向纷乱的社会，后来发现犯了错误重新回到家庭中去；一个国家走向世界也应吸取这个教训，印度应当参与到世界大家庭的行列中，但是世界相当混乱，所以印度必须事前理清自己的内务。这当然也是一种猜测，或者说是一种理解。

① 董友忱，主编.泰戈尔作品全集[M].北京：人民出版社，2015（4）：1071-1073.

② 董友忱，主编.泰戈尔作品全集[M].北京：人民出版社，2015（4）：1075.

《飞鸟集》

由于对欧洲各国之间的战争感到痛心，泰戈尔便把眼光转向美国和日本，认为这两个国家的头脑还是冷静的。于是，从 1916 年到 1917 年，他花了大约十个月的时间访问了日本和美国各地。

1916 年 5 月 3 日，诗人一行四人从印度乘船出发，5 月 29 日抵达日本神户。他在日本停留了三个多月，走访了日本各地，受到群众的热烈欢迎。日本的优美风景，日本人民的俭朴生活，尤其是日本人民的纪律性、忍耐力和审美观等，给他留下了深刻的印象。在多次讲演中，他一再希望日本保持东洋文明的精神，批评日本一味模仿西洋的倾向，并对日本的狭隘民族主义情绪表示忧虑。

1916 年 9 月，诗人从日本前往美国。这是他第二次访美。由于第一次世界大战的影响，在美国各地所作的讲演中，他直率地批判了西方国家的狭隘民族主义观点，指出那是一种恶魔崇拜。但是，由于健康状况不佳，更重要的是由于他的讲演不合美国当局和其他一些人的胃口，新闻媒体上不断出现攻击他的恶毒言论，这使他深感失望，便匆匆中断讲演旅行，于 1917 年 1 月返回日本。在日本停留了一个月左右，于 1917 年 3 月回到印度。

1916 年，泰戈尔的另一部获得世界声誉的英文诗集——《飞鸟集》问世。《飞鸟集》是抒情短诗集，收入 325 首诗。其中所收的作品以短小、简洁为特色。这些诗歌有的是泰戈尔孟加拉文诗歌的英译，有的是直接用英文写的，其中有一部分是从 1899 年出版的孟加拉文诗集——《微思集》中选出来的。有的研究者认为，诗人在翻译过程中可能受到了日本短诗——俳句的影响。这部诗集是泰戈尔访美期间在旅途中编译完成的，1916 年由设在纽约的麦克米伦图书公司出版。

《飞鸟集》像什么呢？这部诗集的中文译者郑振铎先生将它比作野花。他在中译本《新序》里写道："它们像山坡草地上的一丛丛的野花，在早晨的阳光下，纷纷地伸出头来。随你喜爱什么吧，那颜色和香味是多种多样的。"这个比喻是恰当的。也有人说它又像是一幅光怪陆离的彩锦，织进了诗人头脑中闪现出来的种种思想感受。

这部诗集的主要思想之一也是对于"梵"（神）的追求以及达到"梵我同一"境界的欢乐，因而也具有一定的神秘色彩。如：

神呀，我的那些愿望真是愚傻呀，它们杂在你的歌声中喧叫着呢。让我只是静听着吧。①（第 19 首）

神希望我们酬答他，在于他送给我们的花朵，而不在于太阳和土地。②（第 26 首）

神自己的清晨，在他自己看来也是新奇的。③（第 32 首）

你微微地笑着，不同我说什么话，而我觉得，为了这个，我已等待很久了。④（第 42 首）

此外还有不少诗歌表现的是纯粹现实的生活，抒发的是纯粹现实的感受。耐人寻味的是，泰戈尔的神也热爱人间现实生活——

① 泰戈尔 . 泰戈尔作品集 [M]. 北京：人民文学出版社，1961（2）：70.

② 泰戈尔 . 泰戈尔作品集 [M]. 北京：人民文学出版社，1961（2）：71.

③ 泰戈尔 . 泰戈尔作品集 [M]. 北京：人民文学出版社，1961（2）：73.

④ 泰戈尔 . 泰戈尔作品集 [M]. 北京：人民文学出版社，1961（2）：74.

神爱人间的灯光甚于他自己的大星。[①]（第 194 首）

他的神是爱的化身，世界是神的爱的具体体现。因此，在诗人的笔下，自然万物之间充满着爱——“雨点吻着大地，微语道，‘我们是你的思家的孩子，母亲，现在从天上回到你这里来了。’”[②]（第 160 首）人与人之间也充满着爱——“有一次，我们梦见大家都是不相识的。我们醒了，却知道我们原是相亲相爱的。”[③]（第 9 首）在他看来，因为宇宙之间充满爱，所以才有美——“不是槌的打击，乃是水的载歌载舞，使鹅卵石臻于完美。”[④]（第 126 首）大自然是美的——“静悄悄的黑夜具有母亲的美丽，而吵闹的白天具有孩子的美。”[⑤]（第 297 首）人是美的——“妇人，你在料理家事的时候，你的手足歌唱着，正如山间的溪水歌唱着在小石中流过。”[⑥]（第 38 首）生活也是美的——“我的思想随着这些闪耀的绿叶而闪耀，我的心灵因了这日光的抚触而歌唱，我的生命因为偕了万物一同浮泛在空间的蔚蓝，时间的墨黑中而感到欢快。”[⑦]（第 150 首）——这些都是诗人对现实生活持肯定态度的生动体现。

这部诗集也表现了诗人在一些社会问题上的进步观点。当他写这些作品时，他的祖国正处在殖民主义和封建主义的双重压迫之下，他的同胞正处于水深火热之中。面对这种严酷的现实，他不能不深有感触，不能不表示明确的态度。例如，有的诗抨击压迫者的凶暴残忍，赞扬被压迫者的忠厚善良——

① 泰戈尔 . 泰戈尔作品集 [M]. 北京：人民文学出版社，1961（2）：104.

② 泰戈尔 . 泰戈尔作品集 [M]. 北京：人民文学出版社，1961（2）：97.

③ 泰戈尔 . 泰戈尔作品集 [M]. 北京：人民文学出版社，1961（2）：68.

④ 泰戈尔 . 泰戈尔作品集 [M]. 北京：人民文学出版社，1961（2）：91.

⑤ 泰戈尔 . 泰戈尔作品集 [M]. 北京：人民文学出版社，1961（2）：123.

⑥ 泰戈尔 . 泰戈尔作品集 [M]. 北京：人民文学出版社，1961（2）：74.

⑦ 泰戈尔 . 泰戈尔作品集 [M]. 北京：人民文学出版社，1961（2）：95.

谢谢神，我不是一个权力的轮子，而是被压在这轮下的活人之一。[①]（第 49 首）

权势以它的恶行自夸；落下的黄叶与浮游云片却在笑它。[②]（第 115 首）

独夫们是凶暴的，但人民是善良的。[③]（第 219 首）

再如，有的诗坚信被压迫者必将取得胜利，压迫者必将遭到灭亡——“人类的历史很忍耐地在等待着被侮辱者的胜利。”[④]（第 316 首）因此，我们可以说，这些诗歌不仅是诗人的心声，而且也是印度民族的心声和世界人民的心声，其中充满诗人对一切压迫势力不可遏制的愤怒，对广大人民群众发自肺腑的同情，表现了诗人横眉怒目的一面。尽管诗人在对社会问题的看法中存在许多矛盾，但是在憎恨压迫、热爱人民这一点上是始终坚定不移的。

这部诗集还表明了诗人在生活问题上的正确态度。这类诗歌可以说是他生活经验的结晶，也可以说是他高尚人格的写照。其中有的诗赞美造福大众，牺牲自我——

月儿把她的光明遍照在天上，却留着她的黑斑给她自己。[⑤]（第 234 首）

有的诗主张大胆实践，不要无所作为——“‘可能’问‘不可能’

① 泰戈尔．泰戈尔作品集 [M]. 北京：人民文学出版社，1961（2）：76.

② 泰戈尔．泰戈尔作品集 [M]. 北京：人民文学出版社，1961（2）：88.

③ 泰戈尔．泰戈尔作品集 [M]. 北京：人民文学出版社，1961（2）：108.

④ 泰戈尔．泰戈尔作品集 [M]. 北京：人民文学出版社，1961（2）：127.

⑤ 泰戈尔．泰戈尔作品集 [M]. 北京：人民文学出版社，1961（2）：111.

道，‘你住在什么地方呢？’它回答道，‘在那无能为力者的梦境里。’”[①]（第129首）“如果你把所有的错误都关在门外时，真理也就被关在外面了。”[②]（第130首）有的诗嘲笑欺下谄上的处世哲学——“玻璃灯因为瓦灯叫它做表兄而责备瓦灯，但当明月出来时，玻璃灯却温和地微笑着，叫明月为——‘我亲爱的，亲爱的姊姊。’”[③]（第53首）除此之外，还有许多诗是以提倡谦虚谨慎、不图虚名为主旨的，如：

当我们是大为谦卑的时候，便是我们最近于伟大的时候。[④]（第57首）

果实的事业是尊贵的，花的事业是甜美的，但是让我做叶的事业吧，叶是谦逊地专心地垂着绿荫的。[⑤]（第217首）

前一首诗直接说明谦卑和伟大的关系。后一首诗则以植物的果实、花和叶为比喻，表示自己既不愿做果实，因为果实是尊贵的，也不愿做花，因为花是甜美的，二者都为人们所看重，而宁愿做叶，谦逊地专心地垂着绿荫，并不追求什么虚荣。事实上，诗人一向谦虚谨慎、不图虚名。他始终是谦虚的，同时又是伟大的，或者不如说，因为谦虚，才能这样伟大。

此外，有的诗是他观察世界和生活随时产生的细微感受，这些感受在他的笔下化成优美动听的诗句，令人不得不钦佩他的观察力、感受力和表现力，读着读着便不由地露出会心的微笑。如：

---

① 泰戈尔．泰戈尔作品集[M]. 北京：人民文学出版社，1961（2）：91.

② 泰戈尔．泰戈尔作品集[M]. 北京：人民文学出版社，1961（2）：91.

③ 泰戈尔．泰戈尔作品集[M]. 北京：人民文学出版社，1961（2）：77.

④ 泰戈尔．泰戈尔作品集[M]. 北京：人民文学出版社，1961（2）：77.

⑤ 泰戈尔．泰戈尔作品集[M]. 北京：人民文学出版社，1961（2）：108.

夏天的飞鸟，飞到我窗前唱歌，又飞去了。

秋天的黄叶，它们没有什么可唱，只叹息一声，飞落在那里。[①]（第1首）

跳舞着的流水呀，在你途中的泥沙，要求你的歌声，你的流动呢。你肯挟跛足的泥沙而俱下吗？[②]（第7首）

我今晨坐在窗前，世界如一个过路人似的，停留了一会，向我点点头又走过去了。[③]（第16首）

《飞鸟集》在艺术表现上有什么特点呢？笔者认为至少可以举出以下两点：

其一是深邃隽永，言简意赅，耐人寻味。其中有的诗采用直抒胸臆的形式（如第156首——“大的不怕与小的同游。居中的却远而避之。”[④]）；有的不直接说出诗中的道理，而是创造一种意境，让读者自己去慢慢咀嚼和玩味，领会诗人所要表达的深刻含义（如第71首——“樵夫的斧头问树要斧柄。树便给了他。”[⑤]）。因此，不同的读者，在不同的情境下，甚至可以产生不同的体会。从这个意义上说，这些诗的内涵无限丰富，境界无限宽广，生命无限长久。我们经常可以从各种新闻媒体上见到有人引用泰戈尔的诗句，尤其是《飞鸟集》中的诗句，来表达自己的思想，阐述自己的道理，就是一个有力的证明。比如，有些即将离开大学的青年，便曾引用下面这首诗，来激励伙伴们——“尽管走过去，不必逗留着去采了花朵来保存，因为一路上，花朵自

---

① 泰戈尔．泰戈尔作品集[M]. 北京：人民文学出版社，1961（2）：67.

② 泰戈尔．泰戈尔作品集[M]. 北京：人民文学出版社，1961（2）：68.

③ 泰戈尔．泰戈尔作品集[M]. 北京：人民文学出版社，1961（2）：70.

④ 泰戈尔．泰戈尔作品集[M]. 北京：人民文学出版社，1961（2）：97.

⑤ 泰戈尔．泰戈尔作品集[M]. 北京：人民文学出版社，1961（2）：80.

会继续开放的。”[①]（第102首）他们深有感触地说：泰戈尔这首诗意境深远，发人深省，真可以说是“言尽而意无穷”。它告诉我们，不必过分地留恋过去，应当勇敢地面向未来，充满积极进取的精神和鼓舞人心的力量。

其二是生动活泼，形象鲜明，绘声绘色。无论是抒发感情，还是阐述道理，都不是干巴巴、冷冰冰的，而是通过具体的形象加以表现。如以下两首诗描写的是诗人的思绪——

忧思在我的心里平静下去，正如傍晚的暮色降临在寂静的山林之中。[②]（第10首）

思想掠过我的心上，如一群野鸭飞过天空。
我听见它们鼓翼之声了。[③]（第165首）

这是两种不同的思绪。这些思绪本来是抽象的，无形的，看不见摸不着的，而且是难以表述的，但在诗人的笔下，它们却化为有血有肉、有声有色的具体形象，令人如见其形，如闻其声。这种表现方法颇为巧妙。又如以下两首诗描写的是自然景物——

山峰如群儿之喧嚷，举起他们的双臂，想去捉天上的星星。[④]（第113首）

子夜的风雨，如一个巨大的孩子，在不合时宜的黑夜里醒来，开

① 泰戈尔.泰戈尔作品集[M].北京：人民文学出版社，1961（2）：86.
② 泰戈尔.泰戈尔作品集[M].北京：人民文学出版社，1961（2）：68.
③ 泰戈尔.泰戈尔作品集[M].北京：人民文学出版社，1961（2）：98.
④ 泰戈尔.泰戈尔作品集[M].北京：人民文学出版社，1961（2）：88.

始游戏和喊叫起来了。[①]（第 136 首）

山峰和风雨本身都是无生命的自然存在和自然现象，但在诗人笔下，它们却俨然成为有生命的存在和现象，成为有意识的活动，这是因为诗人在其中注入自己浓郁的感情，加入自己敏锐的感觉，而诗人的感情和感觉既合乎情理，又新颖独特，为读者有所感而未能发，有所思而未能言，所以能够引起他们发自内心的共鸣。

① 泰戈尔．泰戈尔作品集 [M]. 北京：人民文学出版社，1961（2）：93.

《鸿雁集》和《遁逃集》

1916年，诗人还有一部孟加拉文诗集问世，即《鸿雁集》。关于写作这部诗集时的心情，泰戈尔写道，最初，他是应《绿叶》杂志的要求开始写这些诗的。随后有四五首诗是他住在拉姆格尔时写的。当时一种苦恼进入他的心里，而且那时候正在谋划一种世界性的大破坏，安德鲁兹先生此时同他在一起，理解他当时的心情。这些诗一首接一首连续不断地冒出来。可能，它们之间存在着一种间接的联系。因此起名为'鸿雁'。它们就像雁队一样从内心世界出来，带着一种难以言喻的忐忑不安，朝着某处翱翔。由此可见，他写这些诗与当时欧洲正处在第一次世界大战期间有一定的关系。

《鸿雁集》收入45首诗，它的名字取自1915年所写的一首同名诗，即第36首诗《鸿雁》，其主要内容如下，一天傍晚，诗人眺望苍茫的天空，突然飞来一群大雁，打破了周围的平静，激起了诗人感情的波澜，并且似乎听到一个发自宇宙心脏的呼声："不是这里，不是这里，而是悠远的地方！"这个呼声贯穿整部诗集，仿佛意味着万物都在不断前进，不断创新。从这点上说，《鸿雁集》可谓赞叹万物流转不息的颂歌。《鸿雁》（在《绿叶》上发表时题为《鸿雁》，在《鸿雁集》中无此标题——引者注）全文如下：

夕晖中粼粼闪光的吉拉姆河，
弯弯曲曲融进了苍茫暮色。
像一柄长长的弯刀

徐徐插入幽黑的刀鞘；
白日的光潮已经褪尽，
黑夜之潮映着花朵般的星辰；
山麓暝濛，
静立着一排排代博达鲁树；
造化仿佛在梦中要把话倾吐，
却始终说不清楚，
只有断续含混的音节
在黑暗中回荡不绝。

突然，
我听到暮天
传来雁啼，像闪电
掠过空廓的荒原，愈传愈远。
啊，鸿雁，
浸润风暴的酒浆，你的翅膀有些醺然，
一路上洒下愉快的朗笑，
在天空卷着惊诧的浪涛。
你鼓翼的声音
如驾云遨游的仙女的歌吟，
骚扰了仙人坐禅的宁静。
沉入黑暗的代博达鲁树
和奇峰秀峦
一齐快活得抖颤。

你双翼带来的信息
在不安分的“静止”的心底
一瞬间促发了

情感的剧变。
于是群山想变为拜沙克月[1]漫游的行云；
林木欲挣脱泥土的囚禁，
展翅高飞，尾随大雁的啼鸣，
盲目地寻觅苍天的止境。
啊，鸿雁，你四海飘零，
打破黄昏的痴梦，
勾起别情的波浪
滚滚涌向远方。
宇宙的心房里回荡着你热烈的心曲：
“不是这里，不是这里，而是遥远的边地。”

啊，鸿雁，
今宵你为我抽掉了“沉寂”的门闩，
我听见空灵的巉岩和山泉中
有勇猛矫捷的翱翔的声音；
芳草在沃土的天间飞来飞去；
在地下神秘莫测的幽暗里，
亿万种子的大雁
已把芽苞的双翼展启。
今夜我看见森林山岗
张开巨大的翅膀，
飞过一座座岛屿，
朝陌生的地方飞去。
在繁星的鼓翼声中，
昏暗的微光在哀泣。

---

① 孟加拉历拜沙克月在公历 4—5 月间。

我听到人声不息的喧语
从迷蒙的往昔
循着无形的路向幽茫的未来飞去。
我听见我胸中
有一只弃巢的鸟
与无数别的飞禽一道
日夜飞奔生疏的河岸，
穿过光明与黑暗。
虚缈宇宙的翅膀在歌唱：
“不是这里，不是这里，而在悠远的地方。”①

在谈到这首诗时，他写道：“这首诗的中心情感就蕴含在《鸿雁集》这部书的命名中。那一天，一群大雁聚集在一起，打破了黄昏的宁静，这件事情不是我唯一感触到的对象，但是鸿雁这种鸟所激起的全部话语，是我真正要述说的话语，而且这种话语以各种形式在《鸿雁集》这本书的诗歌中表达出来。‘鸿雁’这个名称中就有这样的情感，一群野雁筑了巢，下了蛋，它们的幼雏孵出来了，家族的生活安排好了——就在这时候它们受到何种情感的冲击，离开所熟悉的家园，在茫茫大海上，朝着某个海岸的另一个居所的方向飞翔。那一天的黄昏，在天空中飞行的大雁激起我心中这样的情感：这是江河、森林、大地，地球上所有人都在向着一个地方前进；我不晓得它们从何处开始，在何处终止。就像天上的星星运行一样，太阳系的行星、亚行星运动一样，这个宇宙以哪个星体为中心每一分钟运行多少公里。我不知道它们为什么这样绕行，但是就像快速运行的星体一样，它们的唯一话语是这样的——不是在这里，不是在这里。”②——从这段话里，我们可以看出，诗人由鸿雁的飞翔悟出宇宙中的一切事物都在不断运动的真理，

① 董友忱，主编 . 泰戈尔作品全集 [M]. 北京：人民出版社，2015（6）：386-388.
② 董友忱，主编 . 泰戈尔作品全集 [M]. 北京：人民出版社，2015（6）：965.

但他还在进一步思索它们运动的规律，即“从何处开始，在何处终止”。这充分表现了他心胸的广阔和思想的深邃。没有这样的心胸和思想，他怎么能够成为杰出的诗人呢！

这部诗集的题材多种多样，有对泰姬陵的赞美，有对莎士比亚的颂扬，也有对生死、自由、爱情的慨叹，等等。如第19首：

我热爱这个世界；
我绕着圈子，
以我的生命
将它缠裹；
清晨黄昏的光亮幽暗
在我的知觉中漂泊；
最后我的生命
和我的世界水乳交融。
我爱这世界的光明，
因而更爱生命。

然而我终将谢世，
我知道这是真实。
有一天我的话音
不再随风传递，
我的眼睛不再把阳光摄取，
我的心灵不再奔驰，
响应朝阳火热的呼唤；
我的耳畔
夜晚不再诉说它的奥秘，
最后的话语
最后的凝目，

终将结束。

彻底的放弃
就像
彻底的索取
那样真实。
这两者之间某处存在共同点；
若不然，
世界就不能一直面带笑容
承受如此巨大的欺蒙；
它所有的阳光好似
虫咬的鲜花早已腐烂变黑。①

这首诗既表现出他对生命的热爱，也表现出他对死亡的认识。有生便有死，这是客观事实。因此他说“彻底的放弃就像彻底的索取那样真实”。这样的理解是符合真理、符合辩证法的。

在《鸿雁集》之后，他的另一部重要诗集《遁逃集》(收入 15 首诗)于 1918 年出版单行本。这部诗集因第一首诗《遁逃者》而得名。《遁逃者》写的是诗人饲养的一只梅花鹿突然离家出走的故事。全文如下：

新萌的叶片
在希里斯树枝上翩跹。
草地上绿影轻晃，
落花逸散着残香——
整个上午，
冬阳下我养的梅花鹿

① 董友忱，主编．泰戈尔作品全集 [M]. 北京：人民出版社，2015（6）：369-370.

蹀躞在散沫花树篱旁边。
它每天的游伴——
一只小狗，来自山区，
一身斑斓的浓毛引人注目。
它们好似异域的两个孩子，
在一所学校读书，一起笑着做游戏。
每逢集日过路的行人在树篱外面
好奇地观看。

三月醒来癫狂的南风，
蓝天仿佛收到彩色情书兴奋得颤动。
杪椤树林里繁花争奇斗艳，
草叶晃颤。
我们如何知晓梅花鹿何时
突然听到何人哀切的话语？
它黝黑的眼里
浮现莫名的忧郁；
它一见自己的身影，
立刻发愣，
许久站着不动。
下午在光影斑驳的游戏中
阿莫拉基树林心神不定，
芒果花香熏染的热风忐忑不安。
梅花鹿怀着迷茫的希望跳越一块块农田。
它前方的生死融为一体，
它对莫测的凶险无一丝恐惧。

我心想：暮色四合，

为获得熟悉之手的抚摸，
梅花鹿会回到家里。
小狗一次次
进屋绕膝转悠，
发潮的眼眸似在对人询问：
“梅花鹿去了哪里？院子里为何不见它的身影？”
它不吃饭，转来转去，伙伴始终不归返。
天黑了，屋里点亮灯盏；
静夜降临田野，星星闪现。
小狗在外屋转悠，焦虑的眼里闪烁着问题：
“怎么没有它？它为何外出？它去找谁？”

如何知道这事会发生！它也未见过
它的召唤者。
从天空从阳光从嫩绿的新叶
流出迷失方向的南风之河，
融入它的血液的是
哪条乱七八糟的消息？
它胸中之笛把远古时代的春曲吹响——
在遥远的地方
有它更亲的亲人？
它前去找寻。
它仿佛一出生
心中就有他，为他而飞奔，
他仿佛一直活在它机灵的眼中。
黑夜噙泪对它呼唤，

光明无法留它在身边。[①]

这首诗在《遁逃集》中具有一定的代表性。由这首诗我们不难发现《遁逃集》在内容和风格上与《鸿雁集》迥然不同。它的形式比较自由，语言朴素生动，而韵律则与其内容协调一致，其中既有鲜活的人物，又有生动的故事，而故事又往往是生活中发生的带有悲哀情调的小插曲。值得注意的是，诗集中有一部分诗歌围绕被束缚在闺阁的妇女展开。诗人用细腻亲切的笔调描述她们的日常生活场景，抒发她们内心深处的失意和痛苦，表现她们的热烈心愿和坚强性格，字里行间渗透着他对广大妇女的深切同情，同时也不免流露出他对自己女儿夭折的惋惜之情。

例如，《解放》一诗写的是一个临终妇女的动人独白。她结婚二十二年来忍辱负重，辛勤操劳，小心翼翼地服侍丈夫和丈夫全家，以致自己刚近中年就身染不治之症，卧床不起奄奄一息。面临这种境遇，她虽坚决拒绝服药，却并无丝毫怨恨。但也正因为如此，她的呼声才更加使人感到沉痛。这首诗的第四节如下：

二十二年后，春天首次
跨入我的卧室。
今日透过窗棂遥望碧空，
一阵阵喜悦在心中翻涌——
我感到我是高尚的女性，
不眠的皓月用清辉之琴弹拨我的心声。
呵，没有我的生存，黄昏星升起、
林花怒放就是虚假的。
二十二年在你们家里，

① 董友忱，主编．泰戈尔作品全集[M]．北京：人民出版社，2015（7）：5-7.

我仿佛被囚禁了无限时日，
我并不为此而幽怨——
孤寂地熬过了这些年，
活下去，也得和以前一样度时光。
大家族里人人夸我勤快温良；
众人对我的看法颇为一致！
这也许是我一生的最高荣誉——
束缚我的绳索已经裂断，
在空廖无边的海滩，
生死浑然合一，
我那厨房的墙壁
像个水泡不知消失在
何处无底的水里。①

又如，《哄骗》一诗所写的故事也相当感人。女主人公媲努同样是个受封建家庭束缚的压抑痛苦的妇女。她 23 岁便染上重病，听从医生易地疗养的劝告，跟随丈夫出外旅行。过去长期闭锁闺中，如今随同丈夫乘车出行，她的心情格外兴奋，犹如鱼儿入水一般。途中在一个车站，她听了苦力的妻子鲁克米妮所讲的悲惨故事，深受感动，请求丈夫赠给对方 25 个卢比。丈夫口头上答应了她的要求，实际上却只给了对方两个卢比。两个月后，她在同丈夫诀别之际，深深感谢丈夫在她生命的最后阶段给予她的种种关怀和照顾，特别是丈夫应她之请慷慨解囊援助苦力妻子一事。她的丈夫受到良心责罚，后悔自己不该欺骗妻子。归途路过该站时，他想要补偿这个过错，然而哪儿也找不到那个苦力的妻子了。他只好带着这个永远无法补偿的遗憾离开那里。这首诗用媲努丈夫的口吻写成，其最后一节如下：

① 董友忱，主编 . 泰戈尔作品全集 [M]. 北京：人民出版社，2015（7）：11-12.

下了车我逢人便提同样的问题，
“鲁克米妮在哪里？”
被问者露出惊异的神情——
谁知道鲁克米妮是什么人。
“她是苦力贾姆鲁的妻子。”我想了想说。
“他们现在不在这儿干活。”
“到哪里能找到他们？”我又问。
站长怒形于色：“鬼知道他们的行踪。”
售票员笑着说：“一个月之前，
他们不是去了缅甸的若开，
便是去了大吉岭或卡萨鲁巴格。”
再问，答复是：谁也不晓得
他们的详细地址。
被问者不耐烦的原因是：
他们的地址对任何人毫无用处。
天哪，我如何解释清楚——
这最渺小的地址对我来说
最为重要，只有它能卸下我欺哄的负荷。
“你使我最后两个月充满琼浆。”
媳努的遗言我如何珍藏在心房！
我是罪人，
谎言将困扰我一生。①

① 董友忱，主编．泰戈尔作品全集[M]. 北京：人民出版社，2015（7）：17-18.

愤怒抗议

当泰戈尔于1917年3月从美国和日本回到印度的时候，社会局势正在剧烈动荡，一场新的大规模的民族解放运动的风暴业已酝酿成熟。

受到这种浪潮的吸引，泰戈尔重新登上了政治舞台。当时有个同情印度人民斗争的英国妇女——阿尼·贝赞特夫人，由于鼓吹印度自治，遭到马德拉斯邦[①]政府镇压，被投入监狱。泰戈尔崇敬她的为人，积极组织并参加营救她的群众抗议活动。在加尔各答的群众大会上，他带领群众高唱自己新编的爱国歌曲，号召印度人民觉醒过来，同世界各国人民并肩前进。他重新赢得了广大听众的心。这支歌的首尾两节如下：

你的召唤飞越世上所有的国家，
人们都聚集在你的座前。
这个日子来到了。
但是印度在哪里呢？
她还是藏起来，拖在后面吗？
让她背起她的负担和大家一同前进吧。
传给她，万能的上帝，你的胜利的消息，
呵，永远觉醒的主！

…………

① 泰米尔纳德邦的地名，印度南部的一个邦。

在那里的是在他们的血液和筋腱里感到了
你的力量而且已经
赢得了生命的满足，
征服了恐怖的人们。
这个日子来到了。
但是印度在哪里呢？
在她自疑与失望中予以打击吧！
把她从追逐自己的阴影的恐怖中拯救出来吧，
呵，永远觉醒的主！[①]

同年年底，国大党加尔各答支部举行年度大会，诗人在开会第一天登台朗诵了著名诗歌《印度的祈祷》，衷心祝愿他的祖国为了真理和正义坚强地忍受一切。该诗全文如下：

你把生活的权利给了我们，
让我们全意全力地来保持这个光荣；
因为你的荣耀是寄托在我们的生活上。
因此在你的名义下我们反抗那想把它的旗帜插在我们灵魂里的权力。
让我们知道你的明光在忍受侮辱束缚的人的心里会变成昏暗，
当生命变成懦弱的时候，它畏怯地把你的宝座让给“不真”，
因为怯懦是出卖我们灵魂的叛徒。
让这个作为我们对你的祈求吧——
给我们力量去反抗逸乐，在它奴役我们的时候，
向你举起我们的忧伤如同夏天把握它的中午的太阳。
使我们坚强，使得我们的礼拜在爱中开花，在工作中结果。

① 泰戈尔 . 泰戈尔诗选 [M]. 谢冰心，石真，译 . 北京：人民文学出版社，1958：76-78.

使我们坚强，使得我们不去嘲侮那软弱和跌倒的人，
使我们当周围一切都向尘土献媚的时候高举起我们的爱。
他们为自爱而争斗杀戮，却把名义归给你，
他们为争吃弟兄的肉而哄斗，
他们和你的义怒争战到死。
但是让我们牢稳地站住坚强地忍受
为着真，为着善，为着人的永存性，
为着你的在人心合一中的天国，
为着那灵魂的自由。[①]

这首诗同样博得了政治活动家们的热烈掌声和喝彩。

1918年，在苏联十月革命和其他各国革命浪潮的推动下，印度民族解放运动迎来了新高潮，全国政治形势日趋紧张。孟加拉的爱国者采取暴力行动和恐怖行动，英国政府则予以严厉镇压。这种“憎恶带来更大憎恶”，“暴力引起更大暴力”的现象，使泰戈尔深感痛心。他不赞成爱国者采取暴力行动，但在群情激愤的情况下又不能公开表示反对，只好想方设法援救遇难的爱国人士。这种尴尬处境使他觉得十分为难，心情颇为郁闷。于是，他与爱国者的矛盾又突出起来。他认为自己是神的诗人，不是神的战士。他不想手执灯火照亮众人，而要用这盏灯火照明自己的内心。他心神过于劳累，加上长女玛图莉洛达因患肺结核病于当年5月16日不幸死去，年仅32岁，他情绪更加低沉，便再度离开政治舞台，重新拿起创作的笔。

1919年3月18日，英国殖民政府颁布了《维持治安法案》，即臭名昭著的《罗拉特法》。这个法案规定，警察有权禁止公众集会，并可不经起诉逮捕所谓“有嫌疑的人”。法案一经公布，立即在全国各地掀起抗议声浪。当月，阿姆利则的群众大会、示威游行和罢工连续不

① 泰戈尔．泰戈尔诗选[M].谢冰心，石真，译．北京：人民文学出版社，1958：81-82.

断。4 月 10 日清晨，当地两名政治家被政府逮捕并驱逐，引起群众与警察、军队的冲突。4 月 13 日，人们在查利安瓦拉・巴格广场举行群众抗议大会，参加者达两万人。会议进行期间，军队突然赶到，并开枪射击了十分钟左右，打死三百多人，打伤一千余人。许多大人和小孩躺在门口，整个广场上也都横七竖八地躺满了人，有些人被打碎了脑袋，有些人的眼睛被打穿了，有些人被打断了手和腿，有些人被打裂了胸膛。这是一个可怕的凄惨景象。还有些人急忙丢下伤亡者去逃命，害怕遭到枪杀。逃离广场的许多人因伤重死在途中，躺在街上。惨案发生以后，政府当局采取一切手段严密封锁消息，连续几周不予报道。后来，消息终于传开。泰戈尔听到报告时，惊得目瞪口呆，立刻放下圣蒂尼克坦的重要工作，赶到加尔各答，呼吁各界人士组织群众抗议集会。然而，慑于“法案”威力，一时无人响应。诗人无可奈何，只得单独采取行动。他事前不和任何人商量，连儿子也没有告诉，就连夜写信给英国驻印度总督柴姆斯福，决定归还英国政府三年前代表英国女王授予他的爵士称号，并在 1919 年 6 月 2 日的《印度快报》上公开发表了这封信。该信写道：为了镇压一个地方的骚动，旁遮普政府所采取的残暴手段，给人们的心灵以巨大冲击，使大家清醒地看到了这些印度的“英国国民”是多么软弱。他确信，加到那些不幸人民身上的残酷惩罚及其实施方式，除了几个近的或远的突出例子以外，在文明政府的历史上是无与伦比的。想到一个具有毁灭人们生命的、令人恐怖的强国竟用这种手段来对付手无寸铁、孤立无援的人民，他必须坚决声明，它不仅在政治上不得策，在道义上更不能得到宽恕。他为他的国家所能做的一点微不足道的事情，就是自己把这一切结果全部承担起来，把数百万吓得目瞪口呆的同胞的抗议表达出来。已经是时候了，荣誉奖章同所受的屈辱摆在一起就会使他羞愧得无地自容。因此，他要丢掉一切特殊荣誉，站在他同胞一边。他们据说是无关紧要的，因而应该接受那种同人类这个称呼不相称的待遇。由于上述理由，他不得不遗憾地请求对方取消他的爵士称号。

这掷地有声的语言，乃是诗人以国家和民族利益为重的明证。毫无疑问，这封信的重要意义并不在于放弃一个爵士称号，而在于鼓舞了人民大众的勇气，并且是在他们最需要这种勇气的时候。自然这种非同寻常的举动也触怒了英国政府有关人士以及那些帝国主义的辩护士们，他们认为泰戈尔简直是发了疯。

国际大学

在圣蒂尼克坦建立一所国际大学，是泰戈尔多年以来的热切心愿，也是他一直以来苦心经营的重要目标。他想使这所大学成为印度文化的中心、东方文化研究的学府、东方与西方文化会合的场所。据说这个设想早在1916年前后泰戈尔访问日本、美国时就已萌芽。1918年12月22日，他在圣蒂尼克坦接待来访的教育家时，首次公开了这个设想。

为什么要建立这所国际大学呢？根据泰戈尔在多次讲演中所阐述的意见，他认为为了达到世界大联合的目的，必须首先创立人类相互交流的机关，以消除各民族之间的敌忾心。国际大学就是这样一种交流机关。在国际大学里，各国的艺术家、科学家、哲学家可以共同从事创作和研究，这种创作和研究不仅是为了他们自己的国家，也是为了全体人类。对于如何办好这所学校，泰戈尔有自己的想法。他不打算完全模仿欧美那些名牌大学，但是努力汲取它们的长处。为了办好学校，诗人不仅把他在圣蒂尼克坦的土地、房屋以及其他财产捐献出来，而且将他获得的诺贝尔文学奖奖金和自己著作的版权也赠给了大学。

但是，泰戈尔知道只靠他自己的力量是不可能建立起这样一所大学的，必须获得世界各国有识之士的大力支持和热心帮助。

为此，泰戈尔原来计划1920年再次访问日本和美国，目的之一是为国际大学筹款。可是由于某种原因这个计划未能实现。于是，他便进行国内旅行，先访问了南印度的几个城市，又到了西印度各地，到处宣讲他的教育理想，解释国际大学的办学宗旨。在这个过程中，他还在艾哈迈德·巴德主持了古吉拉特文学会议，并会见了甘地。

1920年5月15日，泰戈尔偕同儿子、儿媳踏上了出国访问的旅途。他首先来到英国。在这里，会旧友，交新朋使他感到高兴，但同时也发现英国人对他不像战前那么热情。这大概是由于他非难过第一次世界大战，批评过英国对印度的殖民统治，且毅然交回爵士称号的缘故吧。当听到英国议院审议阿姆利则惨案时，竟然奖给血腥屠杀民众的刽子手两万英镑，并封他为“帝国功臣”的消息，诗人大为伤心。他一向认为英国人是有正义感的，如今这种信念从根本上动摇了。他在当时的信里写道：“英国议会发言和报纸文章所反映出来的企图逃脱罪责的无耻态度，令人毛骨悚然。我们的真正力量在我们自己手中。”不过，他也遇到不少出色的英国人，他们对这类事件有正确的看法，不肯随声附和。这又使泰戈尔感到欣慰。

在英国停留了一月有余，他离开伦敦，前往法国巴黎，参加了当地的欢迎会。一个月后，由法国去往荷兰和比利时等国，并发表讲演，深受群众欢迎。访问欧洲大陆以后，他再次返回伦敦，同时突然决定去美国访问。因为，他觉得美国人应当听听东方人的呼声。他从伦敦抵达纽约，在纽约以及其他几个城市的公众集会上发表讲演。纽约一家报纸报道他发表著名讲演《诗人的宗教》时的盛况写道，为了倾听从东方来的著名作家的讲演，群众不断拥来，其数目达到有史以来的最高，未能入场而归去者竟有数百人之多。他还在美国交了各式各样的朋友。然而，这次访美也有遗憾。首先，为国际大学募集资金的目的没有达到。他本以为国际大学的宗旨在于促进人类相互了解，因之为它募集资金是不成问题的。用他自己的话来说，这是属于不同国家的人们，“为一个人道的大神殿贡献他们的赠品”。可是事实并非如此，美国有产阶级对这件事并不热心。其次，美国城市生活的喧闹和繁忙也使他感到不快。

1921年5月，诗人由美国返回伦敦，随后又乘飞机去巴黎（这是他第一次空中旅行）。在巴黎会见了罗曼·罗兰，并应邀到新建的法兰西大学作“森林信息”的讲演。然后来到日内瓦，前往卢梭研究所讲教育问题。在卢塞恩湖畔休息期间，他高兴地收到了德国作家和学者协会的通知，为庆祝他 60 寿辰，该会决定向国际大学赠送一批德国古典文献。接着，他相继访问了汉堡和哥本哈根，并应瑞典科学院的邀请来到斯德哥尔摩，在科学院发表了纪念讲演。之后从斯德哥尔摩到柏林。在柏林大学发表讲演时，盛况空前，由于未能入场者太多，次日只好重作一次讲演。在慕尼黑，会见了托马斯·曼等德国作家，并将讲演所得捐赠给饥饿的儿童。在达姆施塔特[①]停留一周左右，每天在住所院内会见来访群众，回答他们提出的各种问题。访问德国结束后，他又来到布拉格、维也纳等地，最后于 1921 年 7 月回到印度。这次旅行时间长达一年又两个月，足迹遍及美国和欧洲许多国家。

尽管这次长期旅行没有完全达到为国际大学筹款的目的，但是泰戈尔还是克服重重困难，于 1921 年 12 月 23 日在圣蒂尼克坦宣布国际大学正式成立。泰戈尔亲自担任校长。在开学典礼上，参加者齐声高唱泰戈尔创作的校歌——《圣蒂尼克坦之歌》。这所大学是综合性的，在社会科学方面，包括文学、语言、艺术、历史等学科；在自然科学方面，以农业科学为主。此外，东方文化研究中心还设立了专门研究中国、日本等国家文化的机构。

据说泰戈尔晚年曾经开玩笑地说过，他真后悔当年没有娶那位王公的公主，如果娶了她，也许就不用为筹办国际大学四处奔波了！

---

① 德国中西部城市。

与甘地论争

1921年7月泰戈尔从欧美回到印度时，甘地倡导的不合作运动正在全国各地轰轰烈烈地展开。所谓不合作运动，大致包括以下几个内容：印度人拒绝接受荣誉官职和爵位；拒绝担任国家职务；拒绝在官办学校里接受教育；如果政府不作让步，还要拒绝纳税。此外，还号召人民抵制英国货。开展这个运动的目的是达到自治。与此同时，各大城市的工人举行罢工，旁遮普、联合邦等地的农民运动也蓬勃兴起。这些群众性的政治运动严重威胁着英国在印度的统治。

泰戈尔对这个运动存在矛盾的态度。他不是一概反对甘地的非暴力主张，但对甘地所领导的实际斗争持有许多不同意见。泰戈尔认为爱国不应排外，完美的人不该是个狭隘的爱国者，更应是个热爱真理的人，因为人性是丰富的、广泛的、多样的。他曾经说过，他爱生命，更爱真理；他爱国家，更爱世界，最爱人类。其实，甘地也有类似的看法。他说，对他来说，爱国心是和爱人类同一的；他是人，所以是爱国的，但他的爱国心不是排外的。可是，泰戈尔觉得甘地的追随者们并不实行这种爱国主义。当群众情绪激昂的时候，就会引起偏激和过火的行动。泰戈尔不同意烧毁外国布匹，看到群众满足地眺望着焚烧洋布的场景，他感到惋惜。泰戈尔也不赞同学生离开学校荒废学业，充当政治斗争的工具。如此种种，不一而足。

因此，同年8月，在加尔各答所作的题为“文化之汇合”的公开讲演中，泰戈尔有针对性地提出了自己的观点，强调指出印度和西方有必要在知识上、精神上合作。这个讲演遭到不少人的反对。孟加拉著名作家绍罗特琼德罗·丘多巴泰发表《文化之对立》一文，予以批驳。之后，泰戈尔又发表了以“真理的召唤”为题的讲演，不赞成甘地的纺纱救国论。甘地也针锋相对地在一篇题为《伟大的捍卫者》的文章中指出，泰戈尔也应该烧毁自己身上穿的西服，并且亲自动手纺纱织布。

同年9月，甘地访问加尔各答，并到泰戈尔家里同他进行了长时间的交谈。据在场者回忆，两人承认彼此见解不同，但是仍然保持友谊。在他们谈话的过程中，激愤的群众聚集在泰戈尔家门前，并从附近商店抄来大捆大捆的外国布匹在此焚烧，以支持甘地，教训泰戈尔。当甘地断言他的运动以非暴力为原则时，泰戈尔走上阳台质问道：甘地先生，你的非暴力的追随者们在干什么呢？请看那边，他们从商店里抱来布匹，在这里焚烧，还在火堆旁边狂叫乱舞，难道这就是你们的非暴力吗？最后，甘地劝泰戈尔也来参加纺纱活动，泰戈尔回答：我只会纺织诗歌，如果非让我纺棉纱，可能会糟蹋你的棉花。

泰戈尔不愿意同甘地及其战友长期争论下去，决定退居圣蒂尼克坦，继续与学生们在一起，继续执笔写作。他仿佛看见一个微笑，听到一个声音：你的本分是和孩子们在一起——和在世界的岸边游戏的孩子们在一起。因此，他写下了一系列儿童诗。第二年以《童年湿婆》的名字出版，共计收入27首诗。为什么要写这些诗呢？泰戈尔写道：“我为何突然坐下来写《童年湿婆》中的诗呢？那同样不是为了讨好别人，而是为了履行自己的责任。以前，我说过，有几天，我陷入了用机巧的岩石砌成的城堡……专司积攒的人狂妄地阻挠世界永恒的跃动，但那些东西不会长存，不是今天就是明天，都将被清除。在一些地方，由于水流的旋涡那些东西壅积成堆，但受到急流不停的冲击，终将被冲散，漂入蓝色的海洋——地球胸脯将恢复健康。在世界上，创造的游戏力量是无欲的，是不贪的，是不吝啬的；它不允许堆积，因为积聚垃圾阻塞它创造的道路……在盲目地喷吐商品的机器面前，在堆积商品的昏暗的仓库里，在不存在好客的、可疑的毒雾中，我几乎窒息地熬过了一些时日。那时，我从这厚厚的墙外的路上听到了生生不息的行人脚步声。这脚步声的韵律在我的血液中萦绕，在我的深思中回响。那天，我明白了，我就是行人的同伴。突破美国的物质包围，我才得以坐下来写《童年湿婆》。我当时的感受就像一个犯人得到了去海边呼吸新鲜空气的机会。人如果有段时间被关在大墙之内，就会清楚地发现，他的心灵需要广阔的天空……因此，在幻想中我沉浸于那童稚的游戏里，我在儿童游戏的波浪中游泳，是为了让心灵宁静，得到净化，得到解脱。”①

这些诗也像《儿童集》《新月集》那样活泼、优美、欢快、热情。诗人曾在一封信里说过，他写这些诗是为了从所谓大人的责任中解脱出来，使自己的心神得到休息。他要在这些诗中表现近来不断涌上心头的思绪，使自己像在世界游戏场上游玩的孩子那样快乐地生活。事实诚然如此。在这部诗集里，他常常使用儿童的语言，表现儿童的心理，抒发儿童的感受，别有一番情趣。

以第一首诗《童年湿婆》为例：

哦，我童年的湿婆，举起双手，
你疯了似的跳舞，
跳到哪里，
哪里立刻一片狼藉；
自己的物品一向
是你自己弄坏；
毁灭的飞轮
朝十方抛出碾碎的玩具碎粉；
你让自己的创造不停地从一堆废墟
到另一堆废墟中去获得自由，
为延长你的游戏，

① 董友忱，主编 . 泰戈尔作品全集 [M]. 北京：人民出版社，2015（7）：1035.

你把玩具的长链砸碎。

贫穷者，你眼里无一物值钱，
所以你才随随便便
创造你喜欢的东西。
之后又随随便便把它忘记。
衣衫遮不住你的裸体，
一件件撕破落地。
忘记自己，你无羞无财无盛装。
心里储满珍宝和琼浆。
尘埃中你不龌龊，贫困中你不卑贱，
跳舞的快乐消释你的忧烦。
哦，童年的湿婆，
我是你的追随者，
接纳我为你舞蹈队的成员，
让我心中萌生忘怀一切的疯癫，
教我毁坏玩具的游戏。
自己制造的禁锢自己如能打碎，
我每首歌的音韵和节奏
就吻合你疯狂的舞步。①

这首献给永远神圣的孩子湿婆的颂歌，可以体现这部诗集的风格。湿婆与梵天、毗湿奴并称为婆罗门教和印度教的三大主神。湿婆是毁灭之神、苦行之神和舞蹈之神。在印度人的心目中，湿婆既是毁灭者，又是再生者，因为毁灭与再生是互相联系、互为因果的。

以下再举《回忆》为例，以见一斑：

---

① 董友忱，主编．泰戈尔作品全集[M]. 北京：人民出版社，2015（7）：66-67.

我想不起妈妈的模样。
只有当我做游戏时，
我的耳旁
突然奇怪地响起一种
优美的乐音，
妈妈说过的话语
好像融化在我的游戏中。
以前，她摇着摇篮，
也许曾轻声歌唱；
后来她走了，一面走一面
把歌声洒在身后的路上。

我想不起妈妈的模样。
只有在阿什温月[1]的早晨，
茉莉花的清香
从花林里飘来，
驾着露水打湿的秋风，
我心里为什么
想起妈妈的叮咛？
以前，哪天挎着一只花篮，
妈妈从外面回到家里，
祭拜神灵的花香中
融进了妈妈的气息。

我想不起妈妈的模样。
只有当我坐在

① 孟加拉历阿什温月在公历9—10月间。

卧室里的椅子上，
透过窗户仰望着
高远的蓝天，
妈妈好像目不转睛地
在天上看着我的脸。
以前，哪天她端详着
怀中的我的面孔，
她的目光布满了
无垠的天空。[①]

这是对儿时的亲切回忆，对妈妈的亲切回忆。其中显然含有诗人自己的亲身体验在内，读来令人感动不已。

① 董友忱，主编 . 泰戈尔作品全集 [M]. 北京：人民出版社，2015（7）：78-79.

《摩克多塔拉》和《红夹竹桃》

泰戈尔献给1922年的第一件礼物是剧本《摩克多塔拉》。从1921年底到1922年初，由于不合作运动和工农斗争的不断高涨，印度政治形势达到白热化的程度，国大党领袖几乎全部被捕，三万名政治犯入狱。泰戈尔虽然对爱国运动本身持有不同看法，可是仍然不能不密切关注运动的进展，并且明确表示了自己的态度。《摩克多塔拉》就是在这种历史背景下产生的。一般说来，泰戈尔很少通过戏剧创作的形式直接表明自己的政治信念，《摩克多塔拉》可以算是一个例外。从这点上说，这个剧本占有一席特殊地位。

这个剧本的主要故事如下：巫多尔古特的国王罗那吉特，特地花了25年工夫建成了一座水闸，要将摩克多塔拉瀑布（原文的意思是"自由的瀑布"，作者在这里把它用作一个瀑布的名字）闸住，使西布特拉伊的农田干涸，以便征服和奴役西布特拉伊人民。但是，在西布特拉伊广大群众的支持下，巫多尔古特的太子阿比吉特坚决反对这种野蛮的做法，他牺牲了自己的生命，终于摧毁了水闸，使自由的瀑布重新获得解放。剧本的结局如下：

罗那吉特　是善乔耶！阿比吉特在哪里？

善乔耶　摩克多塔拉的水把他带走了，我们永远失掉他了。

罗那吉特　你说什么，孩子？

善乔耶　太子把摩克多塔拉的枷锁打开了。

罗那吉特　噢，我明白了！在解放摩克多塔拉的激流里他获得了自己的自由。善乔耶！他带你一同去了吗？

善乔耶　没有，但是我心里知道，他一定会到那里去的，于是在黑暗里我在半路上等他，可是到此为止，再没有什么了——他阻拦了我，不许我陪他同归于尽。

罗那吉特　再多告诉我一些你所知道的情形吧！

善乔耶　他终于在水闸上找出了罅隙，他从那裂缝里打击着魔鬼机器，魔鬼机器也给他以致命的反击，于是摩克多塔拉的自由洪流像慈母似的把他受伤的身体抱在怀里带他走了！庄严地把他带走了！

加奈希　我们是来寻找太子的，现在，我们恐怕再也找不到他了吧？

塔南乔耶　不，现在他永远属于你们了。[①]

摩克多塔拉水闸是罪恶的殖民统治的象征。作者对它表示出极端的憎恶之情。通过剧中群众之口说它是个"怪物"，像个魔鬼的"骷髅头"，没有血，没有肉，露着锐利的牙齿。它的被摧毁说明了殖民统治机器必将崩溃的命运。摩克多塔拉瀑布则是受殖民主义奴役和压迫的殖民地的象征，印度的象征。作者对她怀着满腔热情，称她为自由的瀑布。她的解放意味着被奴役、被压迫的殖民地人民和印度人民必将迎来独立和新生。

在这个剧本中，阿比吉特太子是一个勇于牺牲自我的角色。他不愿意继承父亲的王位，而愿意承担摧毁水闸的重任。正如他自己所说的那样：

我们的神灵在我们周围的事物上到处写下了人类内心的秘密；我的灵魂的呼声寄托在自由倾泻的摩克多塔拉激流里。当他们在她的舞蹈着的双脚上加上铁链的时候，我被惊醒了，我忽然觉得那巫多尔古

---

① 董友忱，主编．泰戈尔作品全集 [M]. 北京：人民出版社，2015（7）：525-526.

特的王位正是我生命激流的桎梏。于是我走出王宫，寻找从铁链的捆绑中解放出来的道路。[①]

剧中还有一个引人注目的人物——出家人塔南乔耶。他领导西布特拉伊人民抗拒缴纳租税，勇敢无畏，不怕被捕，不怕坐牢。面对暴力压迫，他既不逃避，也不以暴力反抗。他激励群众的精神，坚定群众的意志，但是不让群众盲目地依附自己——他的所作所为体现了甘地思想的若干重要特征。由此可见，塔南乔耶实际上是甘地的艺术化身。

关于这个剧本，泰戈尔在一封信里写道：

我写了一个名为《摩克多塔拉》的短剧，这几天在《侨民》上可以读到。它的英文译本已经在《当代评论》上刊载。你在信里谈到了作为这个剧本一部分的机器的话题。这种机器在扼杀生命，所以阿比吉特用生命，而不是用机器去摧毁这种机器。那些用机器袭击人的人们，都有一种非常恶毒的令人痛心的遗憾，因为他们所扼杀的这种人性在他们自己身上也有——他们的机器在袭击他们自己内在的人。我这个剧本里的阿比吉特，就是这种袭击者内心里的被压迫者。他为了从机器中解放出来而献出了生命。塔南乔耶就是被机器之手所袭击的内在的人。他说："我处于死亡之上；死亡触摸不到我——我不用接触就会战胜死亡，我用不死去接触死亡。被袭击的人就会用这种袭击去躲避袭击；实施袭击的人，其灵魂的悲剧就在于，他也不得不祈求解脱，用生命摧毁机器的重担就落在他的肩上。"大地上的技师说："我因为接触死亡，就会成为胜利者。"大地上的大臣说："啊，心灵，你因为避开死亡而成为胜利者。"而自己被囚禁在机器上的人说："要用生命摆脱机器的束缚——应该给人以自由。"技师就是比菩提，大臣就是塔南乔耶，而人就是阿比吉特。[②]

① 董友忱，主编 . 泰戈尔作品全集 [M]. 北京：人民出版社，2015（7）：486.

② 董友忱，主编 . 泰戈尔作品全集 [M]. 北京：人民出版社，2015（7）：1053-1054.

在这个剧本里，作者赞美了为争取人民的自由权利而英勇献身的太子阿比吉特，谴责了用科学技术为殖民统治服务的皇家技师比菩提，嘲笑了为奴役和压迫张目的鹦鹉学舌式的学校教育。这些都是值得肯定的。

此外，这个剧本在结构方面严格遵守时间和地点集中的原则。所有登场人物的活动都以那个恐怖的高大水闸为背景，所有登场人物的对话都以那个恐怖的高大水闸为中心，情节单纯，没有无关的旁枝。

令人遗憾的是，在泰戈尔生前这个剧本始终未能上演。作者曾于1922年1月在加尔各答为少数朋友朗读过剧本，准备将它搬上舞台。但正在这时，甘地被殖民当局逮捕，罪名是煽动暴乱，被判处六年徒刑。消息于3月间传到加尔各答，上演准备工作因此中断。

1922年2月，泰戈尔在国际大学主持纪念莫里哀诞生三百周年活动。7月，他在加尔各答主持纪念雪莱逝世一百周年活动。9月，他踏上了从西印度到南印度的旅途，最后抵达锡兰（即今斯里兰卡）。所到之处，群众奔走相告，蜂拥前来倾听他的讲演。归途，他访问了位于阿默达巴德附近的甘地的“坚持真理运动院”。当时甘地正在狱中。诗人向甘地的战友和学生发表演说，详细阐述甘地的思想及其牺牲精神的真正意义。

回到圣蒂尼克坦休息了两个月左右，他再度出发旅行，目的地是北印度和西印度，1923年4月回到圣蒂尼克坦。为了度过酷暑，不久又动身前往阿萨姆高原地区，在西隆住了下来，着手写作另一部剧本《红夹竹桃》，并于1926年出版单行本。

剧本开端有一个《说明》，其中写道：“这个剧本基本上是真实的。这个故事是否在什么地方发生过，如果把收集有关证据的责任交给历史学家的话，那么，读者们就势必会被排除在外了。如果根据诗人的理智读者相信这是真实的，这样说也就足够了……这个故事发生在一个叫作财神之城的地方。这里的工人们从事着地下采金的工作。这里的国王生活在一个十分错综复杂的掩饰物的隐蔽处。这个故事唯一的场景便是王宫里这个遮盖网。所有剧情都发生在这个遮盖网之外。”①

《红夹竹桃》描写财神之城的生活和矛盾。在这个城市里，矿工被当作机械，人名变成数字。他们像蚯蚓一样钻到地下去，日夜不停地服着苦役，为一小撮统治者挖掘金矿，失掉了希望，也失掉了光明，最后像根甘蔗似的被嚼干了，扔掉了！多数人被烧成灰烬，少数人才能发出火光——这就是财神之城的法则。让别人全都死去，只让他们自己活下来——这就是财神之城统治者的人性。

女主人公依蒂妮姑娘仿佛是动人心弦的光芒，是带着霹雷的闪电。她的出现在这个城市引起一场风波，因为她不仅有美貌，而且有令人恐惧的魅力。她吸引了财神城的许多人：不少工人被她迷住了，他们的心被她勾走了；埋在书堆里的教授被她路过时吹起的风打破了身心的平静；最后，甚至连国王本人也被她打动了，竟然同她携起手来，破坏自己的旗帜，破坏这个城市的一切，工人们也跟着他们投入了战斗。

例如，在戏剧开场不久，教授和依蒂妮之间有如下的对话：

教授　如果说需要的话，你看那里。我们的采掘工们撕开地球的胸膛，像虫子一样，头顶着需要的重负，从地道里向上爬。在这个财神之城里，我们所拥有的所有财富，就是这灰尘血管里的黄金。但是，美女啊，你也是黄金，但你不是属于尘土的黄金，你是属于阳光的黄金。如果需要捆绑，谁又能捆绑得住啊！

依蒂妮　这话你已经说过好多次了。你见到我为什么如此惊讶呀，教授？

教授　清晨照射在花丛中的阳光没有什么稀奇的，但是，从结实的墙缝里透出的那一缕光线就是另一回事了。财神之城中你就是这突如其来的一缕光线。你说说，你对这里的事有什么看法呢？

① 董友忱，主编 . 泰戈尔作品全集 [M]. 北京：人民出版社，2015（8）：495-496.

依蒂妮　我惊讶地看到，全城都埋头在黑暗的地底下进行摸索。你们在地底下挖着地道，把财神的财富弄出来。那是多少个世纪消失的财富呀，地球早就已经把它埋葬了。

教授　我们向这些消失的财富默默祈祷，还想支配它们的灵魂。我们如果能把金块捆绑住，那么，整个世界就都在我们的手心里了。

依蒂妮　接下来如何呢？你们把你们的国王藏在一个怪异的网墙里，唯恐暴露出他也是一个人。我真想把你们地道的盖子打开，让阳光能照进来。我甚至想撕破那张网，把里面的人救出来。

教授　我们失去的财富灵魂的力量有多么可怕，国王控制人民的威力就有多么可怕。

依蒂妮　这些都是你们编造的谎话。

教授　是编造的谎话。赤裸裸的人谁都认不出来，穿上了缝制好的衣服，才能辨认出谁是国王，谁是乞丐。到我家来吧，我很高兴给你解释这些理论。

依蒂妮　你们的矿工一点一点地挖矿，钻入地下越来越深，你也是日日夜夜在你的故纸堆里挖着洞。你为什么要把时间浪费在我的身上呢？

教授　我们就像是被密封在洞里的昆虫，埋头于繁忙的工作中。你却悠闲地宛如夜空中的星星。看到你，我们的翅膀都变得不安分起来了。来我家吧，我愿意花费一些时间在你身上。

依蒂妮　不，不，现在不行。我要去你们国王的家里见他。①

至于国王态度的巨大变化，则可以从他在戏剧临近结尾时的表现得到充分证明：

依蒂妮　国王，这回时辰到了。

① 董友忱，主编.泰戈尔作品全集[M].北京：人民出版社，2015（8）：498-499.

国王　什么时辰?

依蒂妮　拼尽我的全力与你搏斗的时候到了。

国王　你要与我搏斗?一瞬间我就可以杀死你。

依蒂妮　从那以后的每个瞬间，我的那个亡灵都会抽打你。我没有别的武器，死亡就是我的武器。

国王　那你就到我跟前来吧。你有相信我的勇气吗?跟我走吧。天，让我成为你的同伴吧，依蒂妮。

依蒂妮　我们去哪儿?

国王　去跟我搏斗啊，但是，你应该把你的手放在我的手上。你不明白吗?那个搏斗已经开始了。这是我的旗帜，我要将旗杆打断，你把上面的旗子撕碎吧。你将你的手放到我的手上打我吧，狠狠地打吧——那样我才能获得解脱。

众人　陛下，发生什么事了，这是什么样的疯狂行为啊?把旗子都扯断了。这是我们神灵的旗帜，它那战无不胜的一端刺向大地，另一端刺向天堂，那是我们无比神圣的旗杆。在祭拜它的日子里，这是多么大的罪孽啊。走吧，我们去给头领们报信吧。

(下)

国王　现在还有许多东西没有被毁掉呢，你不是要和我一起去吗，依蒂妮，你难道不是我毁灭道路上的灯盏吗?

依蒂妮　我去。

(法古拉尔上)

法古拉尔　……这是谁?这不是国王吗?这个女巫，她怎么在与国王商量事呢?这个叛徒!

国王　你们怎么了?你们出来想要干什么?

法古拉尔　我们要砸烂监狱的大门，至死我们都不会退缩的。

国王　为什么要退缩?在毁灭的道路上我也与你们同行。那是它的第一个标志——我那个被撕毁的旗帜，那是我的最新功绩。[①]

这个剧本究竟有什么含义，当时人们议论纷纷，难以达成一致。为此，泰戈尔不得不出面解释。他认为有些人把问题看得过分复杂化了，其实不必那么过度钻牛角尖。他在一篇讲话稿里写道："听众如果不轻视诗人（指泰戈尔本人——引者注）的建议，那么……请你们记住一点，《红夹竹桃》整个剧本都是通过'依蒂妮'的述说来展示一个女人的形象。通过周围的压迫折磨来展现她的自我。喷泉通过被压抑的狭小空间，带着欢笑、泪水，高声地向上喷涌而出，她也是如此。如果你们全面观察一下这个画面，那么，可能，你们就会体味到一些情味。否则的话，就算去《红夹竹桃》的花瓣里寻找含义也是毫无结果。那就不是诗人的责任了。在剧本里诗人曾经作过暗示，挖掘泥土，在地下可以寻找矿藏，依蒂妮不在那里——她在泥土的上面；哪里有生命的舞蹈、美丽的舞蹈，哪里就有爱情的戏耍，哪里就有那种淳朴幸福的依蒂妮，就有朴实美貌的依蒂妮。"[②]

他在一次谈话里又说道："男人以自己的巨大力量从土地上收割了黄金财富，并且将其带进了财神城。受到掠夺财富的这种贪婪企图的驱使，生命的美好甜蜜从那里被驱逐出去了。在那里，人把自己牵绊在复杂事物的大网里，因而与世界分离了。因此他忘记了，欢乐要比黄金珍贵得多；他忘记了，完美不在赞誉中，完美存在于爱情里。在那里，在把人变成奴隶的重大举措中，也使自己成了囚徒。就在这时候，女人来到那里，依蒂妮来了。生命的激情降临到机器上，爱情的激流开始冲击被贪婪竭力束缚的罗网。这时在那种女人力量的神秘激励下，男人如何打破自己建立的监狱，企图打开阻碍爱情激流的闸门，这就是这个剧本所描写的内容。"[③]

---

① 董友忱，主编．泰戈尔作品全集 [M]. 北京：人民出版社，2015（8）：548.

② 董友忱，主编．泰戈尔作品全集 [M]. 北京：人民出版社，2015（8）：1056-1057.

③ 董友忱，主编．泰戈尔作品全集 [M]. 北京：人民出版社，2015（8）：1057-1058.

由以上两段话可以明白，泰戈尔在这个剧本里所要展示的是依蒂妮这个美丽朴实的女人的形象，展示她的爱情在男人身上激发出来的巨大力量，这种力量战胜了财富和贪婪，给人们带来了真正的快乐和幸福。

巡回使者

1924 年泰戈尔的大部分时间是在中国、日本和智利等国家的访问旅行中度过的。

泰戈尔一行访问中国的日程如下：3 月 21 日，他们离开印度，前往中国访问，4 月 12 日抵达上海；4 月 14—16 日参观杭州；4 月 20 日—22 日途径南京和济南；4 月 23 日—5 月 20 日到达此次中国之行的主要目的地——北京。其间，4 月 25 日，讲学社在北海静心斋举行欢迎会；4 月 26 日，参观法源寺；4 月 27 日，上午游览故宫御花园，中午溥仪设宴招待，晚上在海军联谊社举行联欢宴会；4 月 28 日，在先农坛对大学生发表讲演；4 月 29 日，到贵州会馆参观书画展，会见徐悲鸿、齐白石等画家；5 月 1 日，在清华大学发表讲演；5 月 7 日，新月社在协和礼堂举办泰戈尔 64 岁生日祝寿会，梁启超赠与他“竺震旦”的中国名字，并上演他的名剧《花钏女》，林徽因出演齐德拉，徐志摩出演爱神；5 月 9 日，开始在真光剧场举办系列讲演，由于有人反对，将原定的七次改为三次；5 月 19 日，梅兰芳在开明剧院主演京剧《洛神》；5 月 20 日中午，梅兰芳等为他设宴饯行，他在一把扇子上题赠一首小诗：

亲爱的，你用我不懂的
语言的面纱
遮住你的容颜；
正像那遥望如同一脉

缥缈的云霞

被水雾笼罩着的峰峦。[1]

晚上离开北京前往太原。5 月 25 日，途径武汉；5 月 28 日，回到上海；5 月 30 日，离开上海，前往日本。在日本停留六周左右，7 月下旬回到印度。

同年 9 月，他应南美秘鲁共和国的邀请，起程前往该国。时值初秋，诗人乘一艘日本船横渡大洋，心情颇为舒畅。但船行至阿根廷海岸附近时，他突然病倒，只得在布宜诺斯艾利斯上岸。医生做过检查之后，要他静养一个阶段。他在布宜诺斯艾利斯没有熟人，幸而得到美丽而好客的女作家维多利亚·奥坎波的招待，被安置在一所优美、安静的别墅里。访问虽然被迫取消，可是由于受到女主人的盛情接待和亲切照料，泰戈尔这个阶段的生活过得非常舒适，心情十分愉快。正因为如此，他这时所写的一系列抒情诗也是开朗、欢快的。这些诗共计 77 首，集为一册，第二年（1925 年）以《布罗比》的名字（因第一首诗《布罗比调》而得名）出版。这个诗集注明“献给纤手似莲花的碧久娅”，而碧久娅就是维多利亚·奥坎波的爱称。《布罗比调》内容如下：

有许多人以自己心灵的爱抚纷纷点燃
我暮歌晨歌之灯；我人生的光亮黯淡
是他们光影的游戏，是我那些亲人们
让我的生命之泉与他们的生命之河交融；
一条大河里融合流淌着他们和我的年寿。
它不在计算年月的历书里，也不是气流。
在他们的生存中我的生存越过自己的界限；
许多瞬息之果成熟，充盈各种日子的甘甜；

① 董友忱，主编 . 泰戈尔作品全集 [M]. 北京：人民出版社，2015（7）：122.

昔日的欢乐情景在今时的花托上轻轻摇摆——
脱离母腹的婴儿仍被纯洁母爱的纽带
紧紧结在母亲的怀里。
然而当亲人后来
一个个躲过我的眼睛，遁入阳光背后的
黑暗世界时，我这贫瘠、干枯的生活
像雨季过后的一条小溪渐渐变得瘦弱，
在空旷的沙漠边缘，倦乏的水受到冷淡。
在我人生的黄昏时分，有些人在我身边，
尚有日光，你快握住他们的手高歌一曲——
大声说道："兄弟，这相见这抚摩弥足珍贵！"
何等美好呀，今日在啼笑的恒河贾牟拿河
的交汇处，踏浪潜水，装一罐水挥手告别。
何等美好呀，在生命的舞台上，全身心与
神圣世界的尘粒泥土果实空气流水草木欢聚，
何等美好呀，在阳光下和鲜花一起苏醒，
唱歌——夜间与繁星共眠，期待崭新的黎明。①

其中有的诗是纪念和女主人共同度过的甜美日子。例如，有一首诗（题为《佳宾》，1924 年 11 月 15 日写于布宜诺斯艾利斯）是这样的：

哦，女郎，你以友情的琼浆充实
我出访的时日，并能毫不费力
使外国旅人成为亲人，就好像暮空
我不熟悉的星星以甜柔安详的笑容
从天国欢迎我；当我一个人站在

① 董友忱，主编．泰戈尔作品全集 [M]. 北京：人民出版社，2015（7）：122.

安静的窗口，远望南边的天空，
阳光的心声从高处传入我的心灵——
“我们了解你，”我听见这庄重的声音，
“那天大地把你从黑暗拉进自己的怀中，
你成为我们的客人，阳光的永久佳宾。”
知心女郎，你像它们那样对我的脸凝视，
用同样的声音说：“我了解你，了解你。”
女郎，我不懂你的语言，可听你的歌能听懂
含义：“诗人是爱的客人，是我的永久佳宾。”[①]

这段生活给他留下的印象是亲切、深刻的，直到临逝世那年，他还以女主人送给他的一把椅子为题材写下诗歌，以怀念那些美好的日子。

1925 年 1 月 4 日，泰戈尔辞别女主人乘船经意大利回国。这时，1918 至 1922 年印度的不合作运动已经过去，斗争转入低潮。1924 年底，甘地在国大党年会上提出一个“建设性纲领”，作为该党一个阶段的指导方针。这个纲领包括以下几点：推广手工纺纱织布，禁止饮酒和吸食鸦片，提高贱民地位。甘地认为，这个纲领，特别是手工纺纱织布是取得自治的有效手段。

泰戈尔回国后，甘地来到圣蒂尼克坦访问，同他讨论不合作运动的有关问题，特别是用手摇纺车织布的问题，甘地极力强调手摇纺车的重要性，泰戈尔到底没有接受他那“唯一特效药”的见解。不过，两人意见虽不一致，友谊却结得更深了。

此后不久，泰戈尔在杂志上发表了《纺车礼赞》一文，详细阐述自己的看法。甘地也在报纸上刊登了以《诗人与纺车》为题的文章进行反驳。泰戈尔在给甘地的信里写道：“纵然您为了自以为真理的东西

① 董友忱，主编 . 泰戈尔作品全集 [M]. 北京：人民出版社，2015（7）：228-230.

猛烈攻击我，也丝毫不会动摇我们两人以互相敬爱为基础的关系。”

当年年底，泰戈尔在加尔各答主持召开印度哲学会第一次大会，并作了关于印度民族文化和民族宗教之哲学意义的讲演。

此外还要提到一点，泰戈尔从 1925 开始又实验了一种全新的艺术形式——绘画。他早就对绘画感兴趣，但以前一直没有正式动过画笔。现在当他到 64 岁高龄的时候，忽然动手作画，而且此后 16 年间几乎没有间断，这种毅力着实令人惊异。

1926 年初，他前往勒克瑙，出席全国音乐会议。不久，又应达卡大学的邀请，前去进行集中授课。随后访问了东孟加拉的几个城市。

1926 年 5 月，泰戈尔一行起程访问欧洲。第一个走访的国家是意大利。当时一般人对墨索里尼的法西斯主义本质的认识还不清晰，泰戈尔也是这样。墨索里尼假意邀请他访意，并且给予隆重接待，目的在于以他作招牌，向世界人民兜售法西斯主义的“毒药”。他一抵达港口城市那不勒斯，就受到包括墨索里尼代表在内的盛大欢迎。次日到达罗马，会见了墨索里尼。6 月 7 日，出席了由罗马总督主持的市民欢迎会。8 日，泰戈尔以“艺术的意义”为题发表第一次公开讲演，墨索里尼也到场听讲，但泰戈尔并没有赞扬他。此外，泰戈尔还冲破墨索里尼的重重阻挠，会见了意大利著名哲学家伯奈代托 · 卡罗奇，后者反对法西斯主义，事实上当时被软禁中。

泰戈尔离开意大利来到日内瓦，这时他才从罗曼 · 罗兰那里听说自己在意大利所作的讲演被该国政府的报纸肆意修改和歪曲，以便为法西斯主义张目。泰戈尔如梦初醒。为了进一步弄清事实真相，他又先后会见了萨尔瓦多里和莫底里阿尼等人，他们也向诗人列举了许多法西斯分子的残虐行为。严酷的事实使泰戈尔恍然大悟。在给《曼彻斯特卫报》的信里，他详细说明自己访问意大利的始末，严厉谴责了法西斯主义。意大利政府恼羞成怒，把泰戈尔大骂了一顿。

泰戈尔随后继续在欧洲旅行了五个月左右的时间。先在英国休息了一段时间，然后访问欧洲大陆，在挪威的奥斯陆见了挪威国王，并发表公开讲演；在瑞典的斯德哥尔摩见了瑞典总统；在德国的柏林再度掀起欢迎热潮，并结识爱因斯坦；在捷克的布拉格观看了用捷克语演出的戏剧《邮局》。随后经过维也纳到达布达佩斯，在巴拉顿湖畔疗养所疗养了一段时间，再取道贝尔格莱德、索非亚、布加勒斯特、雅典，抵达埃及首都开罗。当时埃及正在召开议会，为了对泰戈尔表示敬意特地休会，并赠予泰戈尔的国际大学一套阿拉伯文书籍。当泰戈尔回到印度的时候，已经是1926年12月了。

1927年，他出版了《随感集》，收入189首短诗，抒发自己随时随地产生的灵感。关于这部诗集，他在一篇题为《随感》的文章中写道：

当我去访问中国和日本的时候，几乎每天都得满足人们的签字要求。很多签字都写在了纸上、丝绸衣服上、扇子上。在那里他们都希望我用孟加拉文书写，因为一方面孟加拉文是我的文字，而另一方面它是整个孟加拉民族的书写方式。就这样，当时在道路、码头等等地方，书写几行诗就成了我的习惯。在这种书写过程中我感到很快乐。如果能够找到用两三句话表达一个想法——这样一种简短的表述形式，那么，我觉得在很多时候要比写长文章更受欢迎。我自己曾经相信，由于我习惯于阅读长诗，如果诗很短小，我就觉得它不是诗。一些习惯于吃很多食物的人，整个胃里如果填不满，他们就觉得没有吃饱；对他们来说，食物的好坏是次要的，食物的数量才是主要的。在我们国家的读者中间，喜欢作品篇幅长的人很多——关于文学，他们甚至说，在篇幅长的作品中才能感到更大的快乐。关于戏剧，他们甚至认为，能购买到可以观看到夜里三点的演出才好。

在日本，短诗根本不会受到歧视。小中见大，是他们的追求，因为他们是喜欢艺术的民族……因此，我在日本的时候如果有人要求我写诗，我即使只写了两三行，也不会感到难为情。不久前，我在孟加拉邦写了《吉檀迦利》等诗歌，我的很多读者数过行数后都对我的写作能力感到失望——就是现在这样的人也不是没有的。

当我的文笔在这种短小的诗里第一次品尝到了情味，尽管没有人要求，我还是拿过笔记本，情不自禁地写了一些东西，同时为了使读者的心情冷静下来，我谦恭地说：我的随笔只是路旁瞬间开放的小花，行走的人们看见了，行走间就会将其忘掉。

但是想一下就会发现，这并不是瞬间开放的小花之错，也不是行走间观看之错……

最后一次我去意大利的时候，签字用的笔记本已经写了很多。看过那些东西的很多人，就提出用英文写的要求。现在我还在写，有几本是他们的笔记本，有几本是我自己的笔记本，上面写了很多短小的作品。就这样，很多时候是应要求开始写这种东西，然后再也没有要求了，这种爱好也就中止了。

…………

这期间随着事态的发展，我的一位年轻朋友说："您不久前写过一些短小的诗歌。应该设法把这些作品保存下来，这是我的真诚请求。"

…………

他把几首小诗呈现我的面前。我说："我一点儿都想不起这些是我写的东西。"他加重语气说："毫无疑问。"

…………

我承认，有几首诗是我写的。读过后感到特别满意，觉得我写得很好。由于忘性在作怪，当自己的思想远远地离开了自己诗歌的时候，我就会像一般其他读者一样，很客观地对这类诗歌进行赞美或责备。对于自己过去所写的作品感到惊奇，或者承认是自己的作品，我并不感到难为情，因为我对此所欠下的傲慢债务不会遭受损失……

由于认出了自己所写的作品，我不得不承认，这种诗情就蕴含在短小的诗歌里。为了填饱酷爱诗歌读者的肚子，可以把这种诗拉长到二十五行或三十行——甚至，很容易将其写成更长的篇幅。可是，由于陷入贪婪而如果将其拉长，到后来又得将其压缩。所以我赞美自己那种无欲的诗人智慧。[①]

这篇文章清楚地说明了《随感集》的产生过程。不过，这里应当指出的是，他写这些诗并非始于在中国和日本访问时，事实上在此之前为了满足签字的要求，他早就开始写了。而且《随感集》中的诗也不都是为了满足这种要求而写的，有的诗是在前往外国的轮船上、医院里和其他一些地方写的。

从这篇文章我们还可以清楚地看出，泰戈尔是很重视这些短小精悍的诗歌的。事实上，《随感集》的诗歌确实像上述《微思集》和《飞鸟集》的诗歌一样，言简意赅，耐人寻味。兹举数例如下：

梦，我心灵的流萤，
梦，我心灵的水晶，
在沉闷漆黑的子夜，
闪射着熠熠光泽。[②]

这首诗诉说了诗人对梦境之体验，笔调优美。

蝴蝶活着
不计算年月，
只计算瞬息，
时间对它来说，
是无比的充裕。[③]

这首诗内含生活的哲理，对人们不无启迪。

① 董友忱，主编．泰戈尔作品全集 [M]. 北京：人民出版社，2015（7）：1043-1048.
② 董友忱，主编．泰戈尔作品全集 [M]. 北京：人民出版社，2015（7）：285.
③ 董友忱，主编．泰戈尔作品全集 [M]. 北京：人民出版社，2015（7）：285.

天神欲以爱情
建造他的寺庙。
俗人把砖石的胜利
一直砌上碧霄。[1]

这首诗以巧妙的笔法说明“爱情”的重要性和“砖石”的不重要性。

① 董友忱，主编．泰戈尔作品全集 [M]. 北京：人民出版社，2015（7）：290.

《纠缠》和《最后一首诗》

1927 年泰戈尔也是在旅行和创作中度过的。3 月，到西印度旅行，并在巴拉特布尔主持印度文学会议。夏季到来以后，前往阿萨姆邦高原避暑地——西隆避暑，同时着手写作长篇小说《三代记》的第一部——《纠缠》。9 月，诗人开始了第九次海外旅行——出访东南亚各国。经过新加坡、马六甲、吉隆坡等地，向印度尼西亚进发，在轮船上写下歌唱爪哇岛的长诗。他对爪哇岛和巴厘岛上的歌舞剧和传统艺术深感兴趣，并将印尼的染色法输入印度。归途访问泰国。在各地所作的讲演中，他提出亚洲各国人民互相了解，增进团结的希望。年底返回印度。

1928 年泰戈尔在创作上获得了丰收，原因之一是这一年没有出国旅行。年初，他应牛津大学之请打算访问英国，但是刚到马德拉斯[①]就突患重病，不得不在当地停下休息。随后乘船来到锡兰，计划健康恢复即由此地前往欧洲。在科伦坡休养十天左右，身体状况仍然不佳，他只好暂时放弃访英计划，重新返回印度本土，在班加罗尔继续疗养。

其实他这段时间并没有真正休息，而是在紧张地进行创作。长篇小说《纠缠》和《最后一首诗》，就是在班加罗尔完成的。

《纠缠》曾经在《缤纷》杂志上连载（1927—1928 年）。前两期的名字是《三代记》，从第三期起改为《纠缠》。为什么要进行这样的改动呢？据说《纠缠》是作者原计划写作的长篇三部曲《三代记》的第一部。《三代记》规模宏伟，准备连续描写三代人的生活，完成以后将

① 金奈，南印度东岸的一座城市，以前称“马德拉斯”。

是泰戈尔最大部头的小说，有人认为这将是他所有小说中最令人满意的一部。可惜的是，由于种种条件限制，这部巨著没有全部完成，只写出第一部就搁笔了。1929 年《纠缠》出版了单行本。

这部小说围绕男女主人公莫图苏东和古姆蒂妮夫妇的生活和矛盾展开。他们两人分别出身于两个大家族，即古沙尔家族和贾杜吉家族。这两个家族过去就因为种种恩怨“纠缠”在一起，如今又因为他们两人的婚姻更加紧密地“纠缠”在了一起。

这两个家族虽然都曾经是世家豪门，但是如今走上了两条截然不同的道路：古沙尔家飞黄腾达，贾杜吉家没落衰败。

关于古沙尔家，小说写道：“莫图苏东的鸿运之车开始飞驰。不久，在他的人生旅途中，煤油经销站像一滴水，落在他身后，消失得无影无踪。他的生意，一面迈过账本上的巨额数字，一面从胡同奔向大街，从零售奔向批发，从商店奔向大公司，从开业庆典奔向天堂，惹得人们钦慕不已，说这就是吉星高照。言下之意，是古沙尔家族前世功德的蒸气备足了，今世的命运之车才风驰电掣。”[①] 而贾杜吉家呢？小说写道：“贾杜吉家族昔日的威风荡然无存。如今没有稳定的收入，花销却增长了四倍。借的高利贷，利息高达百分之九，利息像九足蜘蛛日夜在他家田产的四周结网。贾杜吉家有两个儿子、五个女儿。对多生女儿之罪过的罚款，至今还没有交齐。父亲在世时，四个女儿相继嫁给了名门大户。他们家的名望早已是历史陈迹，可花钱是现代气派。妆奁是以门第的高价和空虚的名望的巨大尺寸量定的。结果，每桩婚事，预算是百分之九的家产支出，最终都高达百分之十二。”[②]

在这种情况下，有一天，莫图苏东突然斩钉截铁地宣布：“我要迎娶贾杜吉家那位未出嫁的姑娘！”这位未出嫁的姑娘就是古姆蒂妮。无论莫图苏东出于什么目的，总之，过去维系古沙尔家族和贾杜吉家族命运的风筝的长线，如今又缠在一起了。

---

① 董友忱，主编 . 泰戈尔作品全集 [M]. 北京：人民出版社，2015（5）：458.

② 董友忱，主编 . 泰戈尔作品全集 [M]. 北京：人民出版社，2015（5）：460-461.

古姆蒂妮容貌端丽，性格坚毅。“她天生丽质，颀长苗条的身材，似晚香玉的花茎；眼睛不大，但乌黑有神；鼻子的线条柔美，仿佛是由花瓣塑成的；肌肤贝壳般的白皙、细腻；两手丰润。她那双手的服侍，犹如吉祥女神的恩赐，必须以感激之情受纳。可她脸上坚毅的神情中却隐含着淡淡的忧伤。”[①]——小说写道。凭着这种坚毅的性格，她决定应允这件婚事。她天真地认为莫图苏东这个人可能有缺点，但“丈夫”这个词的概念，是永恒的，纯洁的。然而，婚后莫图苏东的实际表现令她大失所望。原来他是一个极端的大男子主义者，不把妻子当成与自己平等的人，不仅要占有妻子的身体，还要占有妻子的心灵，用他自己的话来说就是：从今天起，我就是她唯一的主宰，我就是她的一切。此外，还要加上两个家族之间存在的固有恩怨，特别是莫图苏东和古姆蒂妮大哥的恩怨。因此种种，莫图苏东和古姆蒂妮从刚一结婚起便冲突不断，而每次冲突都以莫图苏东的失败和古姆蒂妮的胜利结束。以第一次冲突为例。小说写道：

莫图苏东见她一声不响，更加恼火。他表面上之所以如此凶狠而无效地发怒，其实是由于他内心深处已萌生了赢得她芳心的欲望。

“我是个大忙人，在家里的时间不多。”莫图苏东接着说，“我把话跟你讲明了，我没有闲工夫照看歇斯底里的女人。”

古姆蒂妮缓慢地说：“你这是想侮辱我？痴心妄想！我在心里决不接受你的侮辱。”

啊，古姆蒂妮是在跟谁说这种针锋相对的话？她知道她睁大的双眼，前面站着的是谁吗？

莫图苏东一时瞠目结舌，暗想，这姑娘怎么不和他大吵大嚷，她是什么脾气？

“你是你大哥的得意门生。”莫图苏东挖苦道，“可是你记住，我是

---

① 董友忱，主编 . 泰戈尔作品全集 [M]. 北京：人民出版社，2015（5）：461-462.

你大哥的债主，我在一个市场收购他，也可以在另一个市场抛售他。”

他比她大哥尊贵，他要让他这个想法深深地印在古姆蒂妮的心中，才说了这句愚蠢透顶的话。

古姆蒂妮凛然说道：“你仔细听着，你想变得残酷，请便！但我奉劝你不要变成卑鄙小人！”说罢，慢慢地坐在沙发上。

莫图苏东以嘶哑的嗓音吼道：“什么，我是小人！你大哥比我高尚？”

“我以为你是高尚的人，才走进你家门的。”古姆蒂妮冷静地说。

莫图苏东讽刺道：“你来我家，是因为认为我是高尚的人，还是贪图我的钱财？”

听他这么说，古姆蒂妮腾地站起，跑到外面的露天楼顶，坐了下来。[①]

随后又写道：

加尔各答吝啬的冬夜，烟雾弥漫，混沌不清，夜空阴郁，星光有如喑哑的喉咙里发生的絮语。古姆蒂妮脑子里一片空白，没有愁思，也没有哀戚。她仿佛消失在浓雾之中了。

莫图苏东做梦也没有想到，古姆蒂妮会这样一声不响，走出屋去。他这次与妻子交锋，一败涂地，为此，他最恨的是她大哥。他坐在卧室一张椅子上，朝空茫的天宇挥了一下拳头。坐了一会儿，他失却了耐心，倏地站起，走到外面的楼顶上，在古姆蒂妮后面叫了一声：“大少奶奶！”

古姆蒂妮吃了一惊，转身站起。

“外面这么冷，你站在这儿干吗？回屋去！”

古姆蒂妮镇定地望着莫图苏东的脸。莫图苏东发号施令的威风，

---

① 董友忱，主编．泰戈尔作品全集 [M]. 北京：人民出版社，2015（5）：520.

荡然无存了。他拉着古姆蒂妮的左手，慢腾腾地说："回屋去吧。"

古姆蒂妮右手把大哥打来的祝福她的电报按在胸前。她没有把左手从丈夫的手中挣脱出来，默默地慢步回到屋里。

不过，古姆蒂妮既是一个有自尊心的女人，又是一个有自制力的女人，她时时刻刻注意节制自己，绝对不会让自己失去身份，成为趾高气扬的人，成为忘乎所以的人。她懂得待人应当宽容，应当适可而止。在这样的情况下，女人如果找到一位解惑释疑的导师，治疗她的自我忘却之疾，就是一件易事了。不幸的是，古姆蒂妮跟前没有这样一位导师。所以她总是在心中诵念祭拜的咒语。在她的心空日夜回荡的咒语是：

身心献给合适的受纳者，
祈求你的恩惠，如父对子，
友人对友人，情人对情人
请如此宽容我，哦，大神！

她回应着咒语：啊，值得我膜拜的大神，我把我的身心献给你。我祈求你的恩赐，请你宽容我吧，一如父亲宽容儿子，朋友宽容朋友，情人宽容情人。你能以你的爱宽容我，唯一能证明这一点的就是，我也能以你的爱宽宥一切。古姆蒂妮闭着眼睛，默默地对他诉说：你对我说过，处处看见我的人，在我的身上看见一切。他不会屏弃我，我也不会屏弃他。在我寻求他的过程中，但愿我不表现出丝毫的懈怠。[①]

莫图苏东眼看着自己丧失了严厉管束古姆蒂妮的权力。因为他知道自己是有缺陷的，例如他的相貌平平，年龄已过四十，头发已经斑白，皮肤变得黧黑。这些都使他如坐针毡。他感到古姆蒂妮正从他的手心里滑落。"他执意娶贾杜吉家的淑女，这个姑娘娶回来了，可是天神却让他成为她的手下败将，这也是他始料不及的。然而，他又没有

① 董友忱，主编. 泰戈尔作品全集 [M]. 北京：人民出版社，2015（5）：545-546.

勇气在心里说，命运之神如果让他与一位普通姑娘结为伉俪，他的日子要好过得多，他可以把她管得服服帖帖。”①

莫图苏东之所以在与古姆蒂妮的冲突中屡战屡败，其实不仅由于他在生活中离不开她，同时也由于他在事业上离不开她。他本来在事业上一帆风顺，也坚信自己是公司的主宰，完全有能力使公司的规模越来越大。但当他在公司董事会会议上惨遭失败时，当他的公司陷入困境时，便不得不相信星相家的话，古姆蒂妮是财富女神的化身，他不得不重视古姆蒂妮了。小说写道："从莫图苏东的心头卸下了为自己的业绩而骄傲的巨大重负，他先前过度的自鸣得意，曾经磐石般地压制了已经萌发的爱情。每每他为古姆蒂妮的姿色所倾倒，内心便展开对那种自我陶醉的斗争。他越是重蹈覆辙，并被古姆蒂妮所察觉，也就不自觉地对古姆蒂妮的怨怒膨胀。就在这时，星相家告诫他，财富女神已来到他家里，无论如何要使她心情舒畅。这番忠告化解了他所有的矛盾，他的身心异常亢奋。他在心里喃喃自语：'啊，财富女神，我家的财富女神，你是我命运得到的最珍贵的赠礼！'"②

加之随后又传来古姆蒂妮怀孕的消息，这进一步提高了她的身价。因为莫图苏东以前一心盼望发财，后来果然发了大财，并且获得了与他财富相称的封号。现在，把他的荣华富贵传给下一代，就成为他在人世间最重要的责任了。

但是，古姆蒂妮如今住在娘家。莫图苏东不得不亲自登上古姆蒂妮娘家的门，请求古姆蒂妮从娘家回到婆家。在这种情况下，古姆蒂妮仍然当面拒绝了丈夫的请求，后来经过娘家人的规劝，才勉强同意回婆家。为了迎接古姆蒂妮归来，莫图苏东特意请星相家占卜吉祥时辰，时辰一到，她乘坐的那顶红呢帘大轿被抬到大门口，两旁的家丁手执红杖，鼓乐齐鸣，隆重地把她迎入豪宅。这是小说的结局。

这部小说以细腻的心理描写见长。例如：古姆蒂妮对丈夫的初步

---

① 董友忱，主编．泰戈尔作品全集 [M]. 北京：人民出版社，2015（5）：554.

② 董友忱，主编．泰戈尔作品全集 [M]. 北京：人民出版社，2015（5）：585.

印象如下："古姆蒂妮目睹了莫图苏东对她哥哥和亲戚的轻慢态度，今天又见识了他在英国朋友面前的神态举止。他对英国人低头哈腰，极其恭敬，脸上始终挂着谄媚的笑容。如同月亮一面明亮，另一面却永远幽黑，莫图苏东的性格也有两面性。在英国人面前，他的温文尔雅，像月光一样明亮而柔和。可是他性格的另一面，却无法探知，难以看清，仿佛堆积着撼不动、刺不透的坚冰。"① 而莫图苏东对妻子的初步印象则是："成亲之后，他首次见到了古姆蒂妮。人世间有一种女性美，好像女神容貌的转世，较之人世间的寻常之事，这委实非同一般，时刻超乎人们的期望。古姆蒂妮的美貌，属于此类。她像清晨的启明星，处于长夜的世界之外，亭亭玉立在黎明的彼岸。在莫图苏东的潜意识中，不知不觉、模模糊糊地感到她比自己高尚。"②

总之，《纠缠》是一部充满生活气息和生动人物形象的作品。它以夫妻之间的冲突为核心，其中既包含着两个家族——新兴家族和没落家族之间的矛盾，也包含着男性和女性之间的矛盾。在男性和女性的关系上，作者一向是将自己的同情心放在处于弱势的女性方面（当然，女性方面的所作所为必须是合情合理的），这部作品也不例外。

《最后一首诗》于 1928 年动笔，1928 年至 1929 年在《侨民》杂志上连载，1929 年出版单行本。

这部小说的男主人公是一个时髦的青年知识分子——阿米德。他留学英国，在牛津大学受过教育。这段经历使他产生了强烈的优越感。他十分注重自己的"风格"，这不仅仅体现在对文学作品的选择上，而且表现在自由的穿着打扮和行为举止上。他的样子的确与众不同，特别引人注目。不仅如此，为了进一步体现自己的"风格"，他还喜欢说反话。在绅士们的聚会上，在一些约定俗成的事情上，他从来都是大唱反调。

在一次撞车事故中，阿米德结识了一个名叫拉波诺的姑娘。阿米

① 董友忱，主编．泰戈尔作品全集 [M]. 北京：人民出版社，2015（5）：502.

② 董友忱，主编．泰戈尔作品全集 [M]. 北京：人民出版社，2015（5）：505.

德对她一见钟情——“阿米德见过许多漂亮的少女，她们的美丽犹如空中的一轮明月，又显得有些朦胧。拉波诺的美丽却像晨光一样，没有丝毫晦暗，全身都散发着智慧的光芒。造物主在这个女孩身上塑造了一些男孩的气质。一看到她，就使人感到，在她身上既有忍辱负重的能力，又有坚毅的力量。正是这一点把阿米德深深地吸引住了。”①

阿米德在与拉波诺谈情说爱时，非常善于辞令，而且能够用优美动人的诗歌抒发心怀。这不能不让拉波诺动心。如他第一次用诗歌向拉波诺表达爱慕之情时，“诗还没有朗诵完，阿米德就抓住了拉波诺的手，拉波诺并没有把手抽回来，她直勾勾地盯着阿米德的脸，没说一句话。此后，双方都无需再说什么话，一切尽在不言中，拉波诺甚至忘记了看手表。”②但在他刚开始追求拉波诺时，拉波诺的母亲便对他提出过这样的警告——“假如说，你已经得到了拉波诺，在得到她之后，你如果还能继续保持渴求她的强烈愿望，那么我才能认为，你有迎娶拉波诺这样姑娘的资格。”③

拉波诺本人虽然身处热恋之中，可是她仍保持着头脑的清醒。当阿米德向她求婚时，她清楚地对阿米德说道：“米达（阿米德的爱称——引者注），你的品位和常识都比我高得多，跟你一起同行，早晚有一天我会被你远远地抛在后面，到那时你不会再回头来理我。即使到那一天，我也绝不会怪你。不，不，你不要说，先听我把话说完。我请求你，别提和我结婚的事，结了婚再分开，只能使事情更加复杂。从你那里得到的一切，我已经感到心满意足了，就让它伴随我一生吧。你也不要再有什么想不开的了。”④又说道：“米达，是你给了我讲真话的力量，今天我对你说的话，你内心是很清楚的，只是不愿意承认罢了，因为承认了，你现在享受的乐趣就会大打折扣。你根本不是过日子的

① 董友忱，主编．泰戈尔作品全集[M]. 北京：人民出版社，2015（5）：700.

② 董友忱，主编．泰戈尔作品全集[M]. 北京：人民出版社，2015（5）：709.

③ 董友忱，主编．泰戈尔作品全集[M]. 北京：人民出版社，2015（5）：711.

④ 董友忱，主编．泰戈尔作品全集[M]. 北京：人民出版社，2015（5）：715.

人，你整天为了满足你自己的兴趣爱好而奔忙，常常漫游于文学中。也正因为如此，你来到了我的身边。你不是让我说真话吗？你内心肯定知道婚姻是怎么回事。你总是说，结婚是一件庸俗的事情。说起来，婚姻是件体面的事，又合乎规矩，但那也只不过是富人家豢养的东西，他们把妻子当作私有财产，供自己享用。”[①]

阿米德在内心也不得不承认拉波诺说的话有道理，这令他无法应对，但即使如此，他依然不肯当面认输，依然不愿后退一步，依然想方设法迫使拉波诺答应与他结婚，包括说服拉波诺的母亲在内。在这种情况下，作为一个姑娘，拉波诺自然也难以断然拒绝。然而，这时又突然出现一个意外事件，打破了他们结婚的进程，即阿米德的妹妹和阿米德的前女友从加尔各答来到西隆调查此事，她们和阿米德都住在饭店的豪华房间里。这个消息震惊了拉波诺，她的脸色马上变了。原来这些天来，她一点儿都没有想到，阿米德的社会圈子和自己的社会圈子之间竟然有如此大的差距。同时她还发现，阿米德今天就要单独离开西隆返回加尔各答，但从他脸上看不出一点儿因与自己离别而产生的伤感情绪。这使拉波诺骤然明白，这么多天以来，他们二人用无形的材料搭建的小屋，或许永远不能成形。随后，又发生了阿米德的前女友揭穿他也曾将给拉波诺同样的订婚戒指戴在自己手上的秘密。于是，她下定决心与阿米德分手。

小说以拉波诺给阿米德的一首诗作为结束语。这首诗内容如下：

你是否听到了时代前进之声？
时代之车常常不见踪影，
但却将天宇的脉搏搅醒，
在被车轮碾压的黑暗中星辰在哀鸣。
啊，朋友，

① 董友忱，主编. 泰戈尔作品全集 [M]. 北京：人民出版社，2015（5）：715.

那个不断前进的时代
把我卷进了它的巨网，
我登上飞速前进的车辇，
踏上了冒险的旅途，
我离你越来越远。
我越过了一千次死亡，
又来到了你的身旁。
今天在新黎明的山巅——
车辇前进的辚辚之风，
把我那陈旧之名重新唤醒。
已经没有返回之路；
假如你从远处眺望，
也不能把我认出。
啊，朋友，再见了！

在某一天无所事事的闲暇时间
在春风徐徐吹拂的夜晚，
一声长叹从过去的河岸传来，
波库尔树落叶的啜泣使云天悲惨；
在那一时刻你会发现我留下的东西在你心灵的边缘；
在被遗忘的黄昏
或许它会放射出光艳，或许什么时候
形成无名的梦幻之相。
可那并不是梦幻，
而是我最真实的一面，是战胜死神，
那是我的爱恋。
我把它作为永恒不变的祭品，留在你的身边。
我在不断变化的潮流中漂游，

跟随时代的步伐奋勇向前。
啊，朋友，再见了！

你不曾受到任何伤害，
而我将化为尘世土块，你若能用其塑造出不朽之像，
愿你每天黄昏献上祭品灯光，
那种祭拜的游戏不会因为我每天的愁苦而受到影响；
渴望的激情涨落
也不会使祭品盘中的鲜花凋谢。
在精神聚宴上为消除语言的饥渴你细心地摆上了思想情味的盂钵，
我不让参与其中的，是我的泥土财富，
它被我的泪水滋润浸泡着。
今天你或许已经开始写作，
对我的回忆将充实你那梦幻般的述说。
为此你不必承担它的重负，
它也不会成为你的包袱。
啊，朋友，再见了！

你不必为我伤心，
我有我的事情，
我有我的世界。
我的杯子并没有罄空，
我会使空虚变得充盈，
我会永远坚守这个信念。
如果有谁痴情地等待过我，
那将是我永远的骄傲快乐。
那个在望月带来夜来香花束的人
会在朔月的晚上

用它来装点祭品之钵，
那位用无限宽容对待我的人，
将好坏优劣一起分析，
这一次对他祭拜时我要把自己作为祭品献出去。
我给予你的东西，
你拥有永远享用它的权利。
我所有的奉献都留在了这里。
在悲伤的时刻你斟满我的心灵之杯痛饮吧。
啊，你是无与伦比的，
啊，最富有的人，
我给予你的就是你赠予我的
你获取多少，你就偿还我多少。
啊，朋友，再见了！[①]

这是小说的最后一首诗，小说的题名由此而来。因此，这首诗具有重要意义。但是，人们对于这首诗的理解各不相同。为此，泰戈尔在一封信里写道，《最后一首诗》这部作品中的《清泉》（指最后一首诗——引者注）一诗，对于特殊的目的来说，是含有特殊的意义的。通过分析需要找出其一般的含义。泰戈尔认为，这个含义就是，在我们外部所存在的自然界中有一个永恒的溪流，它携带着自己的太阳、月亮、光明、黑暗而流淌，它属于所有人和所有的时代。月华之影伴着它的泉水节拍在摇曳。这样一个终极的时刻怀着某种普遍的爱降临到生活之中，当他的深度觉醒在无限中感知到自己的时候，人类内心情感的节日就与宇宙永恒的节日融会在一起了，宇宙的维那琴就成为它的维那琴了。在《欢乐市场报》上又写道："总之一句话，这首诗的中心思想就是，当我们在别人的欢乐中看到自己影像的时候，自己的

① 董友忱，主编 . 泰戈尔作品全集 [M]. 北京：人民出版社，2015（5）：775-778.

心灵感受和心灵展现就会充满光明。”[①]

这就是说，这首诗不仅是一般的告别诗，还含有深刻的哲理。以上两段话分别从两个角度阐释了它的哲理。前者强调的是人与“无限”（即在我们外部所存在的自然界中有一个永恒的溪流，它携带着自己的太阳、月亮、光明、黑暗而流淌，它属于所有人和所有的时代）的关系，人要在深度觉醒时，在“无限”中感知到自己；后者强调的是自我与他人的关系，自我要在他人的欢乐中感知自己。

这部小说生动地刻画了男女主人公两个形象，这两个形象都很充实，有血有肉，有丰富的精神世界。女主人公的形象尤其如此。上面已经多次引用她的语言以表现她的精神世界（在上引《清泉》一诗中，她也明确表示：“你不必为我伤心，我有我的事情，我有我的世界。我的杯子并没有罄空，我会使空虚变得充盈，我会永远坚守这个信念。”)，下面再引两段。

其一，当她母亲说人应当抑制时，她的回答是：“妈妈，可抑制是要看场合的，人的性格是不会容忍压制的。我读了许多描写爱情的文学作品，越读越深切地感到，发生爱情悲剧的原因就在于，男女双方尽管知道各自的人格是独立的，但又不满足，而是强迫另一方按照自己的意愿办事，并试图改变对方，把对方塑造成和自己一样的人。”[②]

其二，“但是，他（指阿米德——引者注）并不是真正想要我。我不认为他看清楚了，我是一个普通人，是一个顾家的女孩。每次我的话触动到他的心灵时，他都会说个没完没了，他只知道用那些话来塑造我的形象。等他感到疲惫时，要说的话也都说完了，在静默中他会发现，我是一个极其平常的姑娘，并不是他自己要塑造的那种女孩。结婚以后，人们不得不接受现实，也就不存在塑造别人的可能性了。”[③]

以上两部小说的风格迥异。如果说《纠缠》的描写是现实的，充

① 董友忱，主编 . 泰戈尔作品全集 [M]. 北京：人民出版社，2015（5）：1177-1178.

② 董友忱，主编 . 泰戈尔作品全集 [M]. 北京：人民出版社，2015（5）：721.

③ 董友忱，主编 . 泰戈尔作品全集 [M]. 北京：人民出版社，2015（5）：722.

满日常生活气息，那么《最后一首诗》的描写则是浪漫的，充满浪漫抒情色彩。后者文笔华丽，并以大量诗歌融入其中，在一定程度上再现了作者早期创作的小说（如《诗人的故事》《林花》等）的艺术风采。

在这个时期，泰戈尔还写了两部诗集:《莫胡亚[①]》和《森林之声》。《莫胡亚》（1929年出版单行本，由其中一首同名诗而得名）是应青年读者的要求而写的，收入69首诗，讴歌青春、女性和爱情等，有些作品十分优美动人。其中《清泉》《启明星》《陌生》《路上的障碍》《洞房》《离别》《敬礼》《供品》《眼泪》《消逝》——这十首诗是为长篇小说《最后一首诗》写的，其中九首收入小说，只有《离别》没有用于小说，不过出于表达情感的需要，这些诗还是被收录在《莫胡亚》诗集里。《莫胡亚》一诗全文如下：

目睹火焰花骄傲的神情，
我愤愤不平。
无忧花享有的盛誉、
波库尔花响亮的
名声难道不会衰落？
难道诗人写的歌一再
颂扬豆蔻花、素馨花不感到疲乏？
哦，莫胡亚，默默无闻的野花，
你低声细语，名字有些土气，
但你要把头高高昂起，
显示王室贵妇的风度！
在植物的家族里，
在森林的盛宴上，
我看见你不卑不亢；

---

① 莫胡亚，一种生于山林的树，其花瓣粉红色，有甜味，印度西孟加拉邦北部的绍达尔族人用之酿酒，果实可榨油。——译者注

沐浴着初露的晨曦，
与娑罗树、椰子树、七叶树、无花果树一起，
你把你的枝条伸向穹苍，
声音雄浑地歌颂太阳。
当不快的云天皱起眉头，
拜沙克月的风暴怒吼，
丛林忐忑不安，
你以浓叶的帐幔
保护宽慰做客的惊鸟。
当旱魃四处骚扰，
葱郁的林木衰败，
清贫的路上蹒跚着林野的乞丐，
他们饥饿的手掌
便捧起你布施的食粮。

你像多年静修的隐士，
高洁，坚毅，
对奢华无动于衷。我看见你一向稳重，
但在春天的花潮中心情异常激动，
擎着花樽，惠赠酒浆，
林中的蜜蜂欢快地飞翔。
绍达尔族妇女从你的花樽
啜饮圆月之夜跳舞的激情。
哦，坚定者，
你是怎样把液态的青春之火
日夜秘密地
储存在你的骨髓里的？
让我俯耳对你说句悄悄话：

娶媳妇的那天，我叫她莫胡亚。[①]

关于这首诗，泰戈尔写道："在《莫胡亚》集里一首标题为《莫胡亚》的诗中，表达了这样两种爱情的激流。爱情的创造力是巨大的。爱情把普通人塑造成超群之人——使自己具有内在的气质、情趣和形象。与之相伴的是外部自然界的各种歌声、气味、光彩。就这样，通过内外结合，在心灵的寂静世界里就塑造出爱情的神奇形象——在这里，通过人物的情感、举止、服饰彰显出种种新的渴望；在这里，运用了不可言喻的各种韵律、各种修辞方法。一方面凸显了这种渲染美化的多样性，而另一方面表现了这种感情的浓烈和特殊性。《莫胡亚》集中的诗就是表达那种心灵幻想世界的抒情诗，在它的某些部分需要运用韵律、语言、行为、举止这样的修辞方法，在某些部分需要情感的彰显。"[②]

《森林之声》（收入13首诗，1931年出版单行本）是泰戈尔最有个性特点的诗集之一，内容是歌唱花草树木以及季节的变换。

泰戈尔在该诗集的《序》中写道：

我寓所四周那些聋哑朋友，陶醉于阳光的爱情里，齐刷刷地朝天空高举着手臂，它们的呼唤传到我的心里。它们的语言，是生物界的原始语言，其暗示渗入生命的深处，震撼千百年被遗忘了的历史，在心中激起的反响，也属树林的语言范畴——没有清晰的意思，然而，其间吟唱着一个个时代。

这些树木，是世界巴乌尔歌手的单弦琴，它们的骨髓里，回荡着质朴的乐音，它们的枝叶，以相同的节拍跳舞。当我们凝神屏息，以心魂谛听，解脱的信息便袅袅飘入我们的心田。解脱住在浩瀚的生命之海的沙滩，那大海的表层，起伏着"美"的七彩游戏，而深处是绝

① 董友忱，主编．泰戈尔作品全集[M]. 北京：人民出版社，2015（8）：65-66.

② 董友忱，主编．泰戈尔作品全集[M]. 北京：人民出版社，2015（8）：1020.

对的安宁。在那“美”的游戏中，没有贪欲，没有僵滞，只有至圣的力量在不停地欢快地运动。我们在鲜花、果实、叶片中看到湿婆狂舞的快乐韵律；从中品尝到解脱的滋味，听到全世界生命与生命那种自由而纯洁的聚会的消息。

波斯达弥曾经问道：“我们何时在树底下相聚？”他认为，树里面缭绕着生命纯正的乐曲，我们如果敞开心胸，汲取这种乐曲，那么，我们的欢聚之歌将不是刺耳的。释迦牟尼在菩提树下成佛，但愿我们恭听他教义的同时，也听见菩提树的絮语——这两者是浑然交融的。森林中坐禅的修道士听见树木吟哦：“林木像静坐的天堂。”又听见：“一切生灵源自神祇。”他们在树叶上看到一个问题：运动着的元初的生命从哪里来到这凡世？凡世无意遏止那种运动，于是形象的清泉淙淙流淌，它具有丰繁的线条、形态、语言和情感。那元初的生命世界不断展现新的创造，在自身中深刻而正确地感受其永恒之流的博大自由，如今在哪里呢？

在这里，好几天早晨起床，坐在旅馆的窗口，我在心里说：“我要坐在圣蒂尼克坦原野上我寓所的门口，观赏青藤绿叶的生命的欢乐，观赏纳格凯绍尔花瓣上元初世界的无拘无束的表现形式。每天当我的心灵哀伤而急切地期望那种自由时，我首先想起我住宅门口那些树木。它们是大地冥思时低吟的咒语。我冥想的乐音，欲与每天初升的太阳、每天的静夜和月光中它们的梵天音融合。这里，夜里大约三点钟左右——夜色幽黑，罩着云幔——我心里感到一种奋力从自己身边遁逃的难忍的焦灼。逃到哪里去呢？从喧嚣逃进歌曲。在我心情郁闷的日子，一收到来自圣蒂尼克坦的信，我就想起，我那“北寓所”的树林中，正演奏质朴、纯正的乐曲，每天静静地坐在树木的身旁，我的灵魂可以在纯净的乐曲之泉中沐浴。洗得光柔、洁净，我便赢得进入永乐世界的权利。表现中的超凡脱俗，体现至美的自由——快乐而深沉的无欲，是那“美”的最大贡献。[①]

如果说这个《序》是一篇歌颂森林的优美散文，那么《森林颂》（该诗集第一首诗）则是一首歌颂森林的优美诗歌，二者均以磅礴的气势和生动的语言抒发了诗人面对森林的深切感受，具有动人心魄的力量。全诗共五节，首尾两节如下：

啊，森林，洪荒时代的灵魂，
那时你在漆黑的地腹侧耳聆听
太阳首次唤醒生命，你在没有
没有律动的岩石之胸上仰起头，
首次对太阳礼赞；凄寂、酷烈的
荒漠胸中的感情是你的赠礼。

…………

啊，安静肃穆的森林，
你掩饰勇武，审慎地显示力量的娴静。
所以我来你的道院接受“恬静”的教诲，
谛听“缄默”的箴言；
垂首忧思压弯的头颅，
卧躺在你秀雅的绿荫里——
在自己的心魂中汲取精灵旷达的形姿、
日日更新的意趣形象、
大地威震八方的雄姿，
以及它那词句的神韵。

---

① 董友忱，主编 . 泰戈尔作品全集 [M]. 北京：人民出版社，2015（8）：120-122.

我在冥想之中投入你的胸怀，
发现创造的祭坛上的祭火
是太阳胸前燃烧的火焰，
它正悄悄渗入你的心田。
你便有了秀润莹翠的姿色。
哦，你是光照的食用者，
千百个世纪你每天勤挤光牛的乳汁，
热力在骨髓里积攒，
之后馈赠人类，
使之得以战地斗天；
你赐予他们最高的荣誉；
他们于是有了与神明抗衡的气魄。
那团火焰点燃他们的力量，
穿透千难万险，
在人间创造各种奇迹。
你的盎然生机使他们朝气蓬勃，
你的无穷热量使他们精神抖擞，
你温存的绿荫婆娑使他们心平气和。
作为颈项上挂着你花环的人类的使者，
人类的友人，
我这位诗人陶醉于黑天吹奏的笛音；
今天，在你的圣足前我叩首施礼，
奉献出作为祭品的这首颂诗。[①]

1929年泰戈尔继续海外旅行。3月1日，应加拿大教育委员会之邀，起程前往加拿大。4月抵达该国，先后在维多利亚和温哥华发表讲演。

① 董友忱，主编．泰戈尔作品全集 [M]. 北京：人民出版社，2015（8）：123-125.

此时，美国几所大学也发来请帖，邀请他前去访问。但是，因为他的护照在加拿大遗失，所以在出入美国海关时受到百般刁难。他愤慨万分，为了抗议美国当局对东方人和有色人种的侮辱，决定中断美国之行，乘船返回日本。这次在日本停留了一个月左右。他一面赞赏日本人民讲究礼貌，热情勇敢；一面对于法西斯势力日益猖獗，极力煽动群众的狭隘爱国热情感到痛心。在公开讲演中，他严正指出对外侵略扩张的可怕后果。7 月间，他途经上海和西贡回国。

1930年是泰戈尔一生中最后一个欧美旅行年。1月，他访问西印度，在古吉拉特邦巴罗达城连续发表演说，题目是“艺术家的人格”。3 月，他起程访问欧洲。5 月上旬，他的个人画展在巴黎开幕，博得当地美术家和批评家的好评。当月下旬，在牛津大学发表讲演（第二年以《人类的宗教》为题出版）。随后在伯明翰和伦敦先后举办个人画展。7 月，抵柏林，会见爱因斯坦，并在当地举办个人画展，然后访问德国各地。受到德国基督受难剧的启发，他写了一首散文诗，题目叫作《御子》。

在日内瓦休养了将近一个月，泰戈尔又应苏联政府邀请前往莫斯科访问，并举办个人画展。这是诗人此次海外旅行中意义最为重大，影响最为深远的一个阶段。他在当时发出的一系列信件中，生动地描述了自己的所见所闻。这些信件第二年以《俄国书简》之名出版。

关于苏联的情况，泰戈尔从西方国家的广播中和报纸上，听到和看到许多否定的报道。诗人将要访问苏联的消息传出以后，又有许多朋友进行劝阻。有的说那里社会秩序混乱，缺乏文明设施；有的说那里食物粗糙，人们态度粗鲁；有的说到那里看不见真实情况，让看的仅仅是“店头装饰”；等等。然而泰戈尔没有因此畏缩不前。他在一封信里谈到访苏心情时写道：应当承认对我这样的年龄和这样的身体来说，到苏联去旅行是一件大胆的举动。但是世界上正在进行着最伟大的历史事业的地方邀请我去而我不去，这是我所不能忍受的。——这证明他越是年迈，精神越是年轻。在另一封信里又写道：到底来到苏联了，我所看到的一切都是奇迹。没有一个国家可以和它相比，从根本上就不相同。——这是他访苏的总印象。当然，他对苏联并不是完全满意的，对一些问题也进行了批判。

离开苏联之后，他又返回德国，然后前往美国访问。这是他第五次访问美国。美国专门成立了一个“接待泰戈尔委员会”。在华盛顿，他会见了美国总统胡佛；在纽约，出席了几百位名人为他举行的盛大宴会，并发表了关于教育问题的讲演；他还观看了在百老汇举办的文艺演出。此外，他还在纽约、波士顿和华盛顿举办了个人画展。

访美结束后，泰戈尔回到伦敦，出席了文化界为他举办的午餐会，席间同萧伯纳进行了长时间的交谈。

1931 年 1 月，泰戈尔回到自己的祖国。这次旅行时间将近一年，行程达数万里，体验丰富，收益良多，尤其是苏联之行给他留下的印象颇为深刻。

为正义而斗争

20 年代末和 30 年代初，由于资本主义世界经济危机和各国革命浪潮的影响，印度民族解放运动重新高涨起来。1930 年，甘地发起公民不合作运动，决定采取下列斗争方式：违背英国法令（首先是食盐专管法）；放弃所担任的政府职务；不上英国学校；不遵守对“不可接触者”（即贱民）的各种限制；抵制英国货；不饮酒类；在要求给予印度自治的口号下进行群众性罢业和示威游行；抵制英国政府的各种委员会和个别官吏；最后万不得已则拒绝向殖民当局纳税。这次运动的基础比上次深广得多，全国各地从城市到农村，群众被普遍发动起来。殖民政府采取高压手段，一年之间逮捕了国大党领导人和爱国者六万余人。这种倒行逆施激起群众更大的愤怒，各地爱国运动和工农斗争风起云涌。在孟加拉，数百名青年以所谓嫌疑罪被投入监狱。

泰戈尔 1931 年初归国后，又一次投身于火热的斗争。他用诗的形式写信鼓舞被囚禁的爱国者。当希吉利监狱的两名青年罪犯被看守残酷杀害的消息传来时，他异常激动，在加尔各答群众抗议大会上，直言不讳地表达了自己的愤慨心情。

1932 年 1 月，印度开展了第二次公民不合作运动。在这次运动中，甘地把主要精力放在反对“不可接触”制度和宗教团体矛盾的问题上。不久，甘地和国大党领导人全部被捕。为了对殖民当局的暴行表示抗议，泰戈尔要求各界人士中止为自己祝寿的准备工作，并打电报给英国首相，严厉谴责这种不分青红皂白的镇压政策。随后，他又就此事发表声明，进一步阐明了自己的见解。然而由于违反所谓出版法，政府当局不准全文发表这个声明书。

愤怒的泰戈尔退居恒河岸边的一所别墅，并在这里接连写诗、作画。1933 年出版诗集《五彩集》单行本。收入其中的 31 首诗是根据不同艺术家画的 31 幅画创作的。这本书印出了那些诗和画，但《泰戈尔作品全集》没有附上那些画。

这时，伊朗国王发来请帖，邀请泰戈尔前去访问。他虽然年迈体衰，可是觉得盛情难却，便于 1932 年 2 月 11 日乘飞机访问伊朗。中途经过名城设拉子，拜谒了伊朗大诗人萨迪和哈菲兹的陵墓，感慨无限。4 月 29 日抵达伊朗首都德黑兰，受到国王和群众的盛大欢迎，并在当地度过了自己的生日。归途，他又作为伊拉克国王的客人访问了巴格达，还在游牧民族的帐篷里度过了一天，实现了多年以来的宿愿。这次访问伊朗和伊拉克是他最后一次离开自己的祖国。回国以后，诗人收到他唯一的外孙患急性肺炎死去的噩耗，心情无比悲痛。

此时甘地正在狱中进行反对“不可接触”制度的斗争。为了抗议印度立法议会讨论通过的所谓《宗教团体决议草案》(即英国当局提出的关于宗教团体和种姓在未来的中央和邦立法机关席位分配问题的法案)，要求为“不可接触者”增加席位，1932 年 9 月 20 日，甘地决定在狱中绝食。绝食开始之前，甘地写信给泰戈尔，请求他的支持。泰戈尔在给甘地的回电中写道：“为了印度的统一和社会完整，值得牺牲宝贵的生命。我们的统治者很可能不理解这对于我们的人民有何等巨大的重要性，因此还不能预期这样的牺牲对于他们能产生怎样的影响。但是可以肯定的是，这种自我奉献将不会徒劳无功，因为它对我们国家的人民会产生强烈的良心感染。我谨深盼我们不会漠然坐视这样一个国家灾难发展到无可挽回之地。我们忧伤的心灵将带着崇敬和爱戴，追随着您的崇高苦行。”[①] 随后，他还在圣蒂尼克坦对村民发表以“圣雄的最后功德”为题的讲演，并印成小册子散发。

---

① 董友忱，主编 . 泰戈尔作品全集 [M]. 北京：人民出版社，2015（14）：1086.

为了抗议英国首相拉姆赛·麦克唐纳的选举部落裁定议案，甘地又于1932年9月20日在普纳的加尔贝达监狱宣布开始誓死绝食，忧心如焚的泰戈尔9月24日从圣蒂尼克坦起程前往普纳。正在这时，英国当局慑于社会压力，表示接受甘地的主要要求，并提出妥协方案。26日，甘地宣布解除绝食，泰戈尔当时正在甘地身边，便为他唱了一首孟加拉文赞美歌（即《吉檀迦利》第39首）。9月27日在庆祝甘地诞辰的集会上，泰戈尔发表讲话，题目是《莫罕达斯·卡拉姆昌德·甘地》。其中说道：

今天，圣雄先生的诞辰日又在死亡所造成的恐怖而肃穆的恢弘气氛中降临到了我们的面前。这种死亡的伟大恢弘赋予他胜利的光环。通常，一个人在固定的环境中诞生，与亲人们保持着一成不变的关系，过着平平常常的生活，然后在某一天死亡。他在每一年中享受着生命中一个特殊的日子——那一天他会在他的少数几个朋友和亲人的心中树立起他自出生就拥有的地位。但是，如果他是一位伟大的灵魂，那他就诞生在广阔的生命舞台上。许多人和各个民族都会承认这个灵魂。在庆祝他诞辰日的仪式上，今天，我们不仅仅将他视为我们永恒的知己，而且我们还感受到了我们的这个灵魂与人类和世界的亲近感。

今天，我们感到非常荣幸的是，这样一个人物仍然活在我们中间——我们感到更荣幸的是，我们并没有否定他。我们几乎忘掉了那些追求独立和真理的先驱们，可是我们并没有忘掉他——这是我们极大的荣幸！他的影响遍及印度的所有地方——甚至，他鼓舞了印度以外的人们。在他的鼓舞下，我们内心里感受到了那个真理，这个真理远远地超过了我们狭窄利益的智慧。正是他的生命，在不停地呼唤着我们走向服务、解放和自我牺牲的道路。今天，是我们代表全民族将圣雄先生视为我们伟大兄弟的日子，因为在当今时代，正是他在我们祖国的土地上将我们所有人都维系在兄弟般的纽带中。我希望，我们要全身心地、深深地表达我们的这种心情：我们永远不会仅仅沉醉于充满激情的骄傲之中，决不会让我们这个纪念仪式失去意义。

…………

朋友们，对你们我有一个要求，你们的同胞们一代又一代默默地承受了凌辱，愚昧地承受着他们的压迫，他们即使想起神明，也从来没有对其进行责怪，他们甚至没有怪罪过自己的命运，你们不要放弃对他们的友爱和对他们公正对待，你们不要背叛你们的伟大人物和你们内心中蕴藏的人性。但是，最终民族的天神派来了统帅，他的愤怒声音传到了我们耳边。他发出了这样的警告：那些盲目骄傲的人——那些为在自己人中间的社会自由交往设置障碍的人，只会从根本上摧毁自由。[①]

此后，泰戈尔又进行了一系列的社会活动：为加尔各答大学讲课；监修孟加拉文《科学技术用语辞典》；带领圣蒂尼克坦的学生和艺术工作者前往孟买参加“泰戈尔周”；访问海得拉巴土邦；在加尔各答会堂发表“拉姆莫洪·拉伊——印度的先驱”的著名讲演；等等。

① 董友忱，主编．泰戈尔作品全集[M]．北京：人民出版社，2015（18）：218-220.

《总结集》和《再次集》

1932 至 1933 年间，泰戈尔的社会活动比较频繁，同时创作成果也相当可观。诗歌方面有《总结集》和《再次集》等，小说方面有《两姊妹》和《花圃》等。此外，他还写了几个剧本。

《总结集》收入 98 首诗，1932 年出版单行本。从书名来看，可能含有总结自己一生诗歌创作的意思，所收作品写作时间跨度很长，从 1926 年到 1932 年。主题多种多样，有对往昔的回忆，有对现实的感悟，有对他人的祝福，有对自身的反省。风格也不一致，有欢乐，有忧虑，有失望，有愤慨，艺术地展示出诗人在不同时期、不同境遇中的不同心态。例如，开篇第一首诗《祝福》是欢快的：

文思的雨水滋润孟加拉平原，
千百条情味的洪流汹涌奔腾；
时而飘落柔情之泪，时而电光闪闪，
云团中久久回响着韵律的歌声；
一勾弯月深情地亲吻雨云的发髻，
诵念吉祥的经文咒语，美的魔法
在云层中进行创造；清晨黄昏，
几许清辉在它上面留下
晶莹的光的点金石。今日东风
从孟加拉的天空向绵延的地平线
哗哗倾洒着乐不可支的甘霖。

生命的欢乐正朝西北方向扩散；
奥杜洛普罗萨德，孟加拉文艺女神
用觉醒之歌送来了千秋万代的祝福。[1]

不过其中最引人瞩目的是题为《责问》的一首诗。这首诗写于1931年，是诗人面对当时国内外反动势力虐杀无辜人民的种种暴行有感而发的：

薄伽梵天[2]，世世代代，你向这无善的世界
一次次派遣使者——
他们宣扬：
“要宽恕一切罪孽，热爱所有的人，
从心里屏弃仇恨。”
他们是值得缅怀和钦敬的，但在苦难的日子，
我站在门口送别他们只能以沮丧的施礼。

我看见暴力戴着面具藏于伪善的夜色里，
残酷地戕害弱者；
我看见面对无力控制的强权的罪恶，
法律在幽僻处无声地痛哭。
我看见年轻人因无法排遣胸中的悲痛，
疯了似的头撞岩石，白白地丧失生命。

如今，我的喉咙已经塞壅，
我的竹笛子吹不出乐曲。
晦日牢笼似的昏黑把我的世界囚于噩梦之中，

① 董友忱，主编．泰戈尔作品全集 [M]. 北京：人民出版社，2015（8）：167.
② 印度教中的宇宙万物之主。——译者注

所以我含泪责问：
“毒化你空气的人，扑灭你光华的人，
你难道饶恕他们，你难道钟爱他们？”①

将这首诗和诗人年轻时写的另一首诗对比，会发现颇有意思。那首诗全文如下：

呵，神圣的人，用你神圣摩触的光
使我们的努力成圣。
住在我们的心里，
使你伟大的形象常在我们的面前。
饶恕我们的罪恶，
也教导我们去饶恕别人。

引导我们通过一切哀乐
到达宁静坚强的境地，
用爱感动我们
克服自身的骄傲，
让我们因着对你的皈依
放逐了一切的憎恨。②

从“放逐了一切的憎恨”，到对敌人满怀仇恨，这是一个多么巨大的转变啊！什么力量促使他发生这个转变呢？是严酷的现实，是甘地的抗争，是千百万印度爱国人士的被捕和牺牲。

《再次集》收入 44 首诗，也于 1932 年出版了单行本。作为第一部孟加拉文散文诗集，它在诗人的诗歌创作中占有重要地位。该诗集的

① 董友忱，主编 . 泰戈尔作品全集 [M]. 北京：人民出版社，2015（8）：204-205.

② 泰戈尔 . 泰戈尔诗选 [M]. 谢冰心，石真，译 . 北京：人民文学出版社，1958：27.

《序》全文如下：

《吉檀迦利》中的歌词，我译成了英语散文。译文被认为是一种诗。当时，我脑子里产生了这样一个问题：不保留诗的格律那种明显的抑扬顿挫，能否像英语那样，赋予孟加拉语散文以诗的韵味。我记得，我曾请绍登德罗纳特思考这种可能性。他的回答是肯定的，但他并未进行探索。于是，我亲自着手尝试，写了《随感集》中的那几首。发表的时候，未将那几首作品像诗一样分行——大概是胆怯的缘故吧。

后来，应我的请求，奥波宁德罗纳特开始了散文诗的创作实践。依我看，他的作品仍在格律诗的范围之内。由于语言繁冗，篇幅显得不够精致。于是，我再次亲自进行探索。

在这里，需要提及的是，在散文诗中，打破固定的格律框架，是远远不够的。诗的语言和表现手法，披着一方遮羞的传统面纱，只有揭去这方面纱，在散文的自由领域，它的步履才能自然。我相信，无拘无束的散文表现方式中，可能极远地扩大诗的权限。朝着这个方向，我写了编入本集的作品。一部分诗，没有韵脚，但有诗韵。我扬弃了诗的专门词汇，如“tare”（为了）、“sane”（与）“mor”（我的），等等。在本集的散文诗中，我未给孟加拉语散文中不准使用的这些词汇以一席之地。①

关于这种散文诗，泰戈尔还在另一篇文章里写道：

算了，把这个舞蹈的话题放下吧……不过，可以看到这样一位姑娘，在她那轻松的步履中蕴含着无韵的韵律。诗人们看到这种轻松的脚步，就会寻找各种比喻。这位姑娘的行走姿态就是诗，这里面是否有舞蹈的节奏呢？如果将其比作铜鼓声，也不为过。当时我该埋怨铜

① 董友忱，主编．泰戈尔作品全集 [M]. 北京：人民出版社，2015（8）：327.

鼓，还是该埋怨她的步履呢？这种步履从河边台阶开始，一直到厨房，到新房。为此不需要选择材料进行特殊的构思。散文诗的情况就是如此。她不是在跳舞，而是在走路。因为她是在轻松地走路，所以她可以到处走动。这样走路的姿态是无拘无束的。她不必小心翼翼地回避人群，把纱丽的边缘撩起来，用面纱遮住半个脸。

这就是我对《再次集》这部诗集的说明。我并没有承诺，我不会再次成为舞台上的舞蹈大师。我只是想要扩大诗的权利，并且在一个方向的围墙上装上门。就像这一次一样，我的工作已经到达这种程度。时间已经不多了。我不能说以后还会有什么新思想出现。一些人认为，在命运注定的艰难时期散文诗创作是比较容易的，他们就会云集在这扇敞开的大门旁，这是毫无疑问的。如果警察为此来找麻烦，就会把我认作他们自己一伙的人，做他们一方的证人。在这种倒霉的日子到来之前，最好是让自己偷偷溜走。在这之后又满怀喜悦创作一部诗集出版，其名称就是《五彩集》。看到它，有身份的人们心里就会确信，我又重新恢复了泰然自若的状态。①

这就是说，他将《吉檀迦利》译成英文散文诗获得认可后，便想直接用孟加拉文写散文诗，而《再次集》则是他“再次”进行散文诗创作探索的成果。这充分说明他那大胆的革新精神和无穷的创造力量。那么，格律诗和散文诗的区别何在呢？他用姑娘的跳舞和走路加以说明，颇为巧妙。姑娘的跳舞如同格律诗，而姑娘的走路则如同散文诗，二者均有韵律，但后者比前者更轻松，更无拘无束。他认为散文诗并非仅仅在格律方面不受约束，而且由于它像散文一样自由，表现范围大大扩展，所以能够成功地创造出新的诗歌韵律，内在的诗歌韵律。在这部诗集中，我们可以看到诗人极其巧妙地利用孟加拉文的节奏，发掘孟加拉文的美感，从起初并不和谐的声调中引出奇妙动听的音

① 董友忱，主编 . 泰戈尔作品全集 [M]. 北京：人民出版社，2015（8）：1045-1046.

乐来。

《再次集》的格调是丰富多彩的。热情，严肃，欢快，悲凉，辛辣，感伤，五光十色，应有尽有。其中有的作品是对陈年往事的回忆，有的是对目前生活的描述。以第一首《科拜河[①]》为例：

我在心里望着帕德玛河流入迷蒙的地极，
帕德玛河此岸的沙滩
不抱奢望，安于清贫，因而无畏——
此岸有青翠竹林、芒果园，
有苍老的榕树、粗壮的榴莲树，
以及不和谐地混杂其间的一堵断壁——
池塘畔是黄灿灿的油菜地，
路旁生长一丛丛荆棘。
一百五十年前，
靛蓝主建造的房屋已破败不堪，
庭院里一株阔叶树终日沙沙地哀鸣。
拉贾种姓人的村庄那龟裂的土地上，
踯躅着他们的山羊，
离集市不远有一家洋铁皮屋顶的粮店——
惧怕无情河水的村庄总让人感到在瑟瑟战栗。
帕德玛河在印度神话中久负盛名，
天界的恒河在她的脉管里流淌
她脾性古怪——
她容忍她绕过的城镇、村落，
但一概不予承认——
她纯正、高雅的韵律中

① 泰戈尔创办的国际大学附近的一条河。——译者注

交织着冷寂雪山的回忆和无伴的海浪的呼唤。
有一天，我远离市井喧嚣的小舟
停泊在她幽静的沙洲码头上。
入夜，我躺在甲板上，
领受大熊星座晶亮目光的爱抚。
拂晓醒来，望见启明星仍在尽职。
淡漠的河水昼夜在我这个孤独者
纷繁的思绪之侧流去——
犹如旅人在别人的苦乐之侧走过，
走向遥远的地方。

后来，在林木稀疏的平原尽头，
我抵达青春的终点。
从我的寓所可以清楚地看见
绿荫遮盖的绍达尔人的村子。

这里，我的芳邻是科拜河。
她没有古老种姓的荣耀。
她的非雅利安语姓名，
与当地世代栖息的
绍达尔族姑娘的欢声笑语密切相关。
她拥抱着村舍，河水与田野素无矛盾，
此岸与彼岸亲切交谈。
贴着她玉体的农田里，
亚麻开花了，稻秧苏醒泛绿了。
土路在沙滩上中断，
在水晶般透明的流水上，
她为行人让路。

不远的田野上，棕榈树高高地矗立着，
河边芒果树、黑浆果树、阿姆拉吉树，
手拉着手，肩挨着肩。
科白河使用的是农家语言，
决不可称为雅语。
水土甘愿受她韵律的约束，
波光和蓊郁互不嫌憎。
她亭亭玉立，
拍着手掌跳着优美的舞蹈，
逶迤地进入光影。
雨季给予她的肢体以激情，
她像喝醉酒的绍达尔族姑娘——
不毁坏不淹没任何东西，
她旋转着水涡的罗裙，
轻拂着两岸，
咯咯地笑着奔跑。
暮秋她的水流细弱、透明，
水底的鹅卵石清晰可见，
然而丰腴转为消瘦、苍白，并不使她羞怯。
她不以财富倨傲，不因贫困颓丧；
两者均体现她的美——
如同舞女钏镯铮铮地舞蹈，
累了静静地休息，
眼神透出疲乏，
一丝笑意荡漾在嘴角。

如今她视之为知音的诗人[①]的韵律

① 指泰戈尔。——译者注

已融于诞生她语言的水土中——
里面有语言写的歌曲，
也有语言的家务。
伴着她有所变化的节奏，
绍达尔族少年手持弓箭出门打猎；
装满一捆捆稻草的牛车涉水过河；
陶工挑着陶罐前往市场，
后面跟着村里的一只狗；
走在最后面的，是头上撑着破伞、
月薪仅三卢比的教书匠。①

总之，比起格律诗来，这种散文诗给人的感觉是语言更为朴实，韵律更为自由，意思更为明白，颇像言简意赅的散文。但是它传达出的感情并不因此而不丰沛，留下来的印象并不因此而不深刻，诗歌的味道并不因此而不浓郁。散文诗的这些特点也许在《剧本》一诗里解说得更明白，体现得更加充分吧：

以上谈的是剧本内容，
接下来谈谈剧本的语言。
文友们竭力主张剧本对白应该是韵文。
而我写的是散文。
诗是大海，
是文学太初时期的首创。
其特点表现在格律跌宕的波浪。
散文姗姗来迟。
它的盛宴在刻板的格律之外。
在它的厅堂里

① 董友忱，主编．泰戈尔作品全集 [M]. 北京：人民出版社，2015（8）：329-331.

美丑、是非互相拥挤；
破烂的披毡和绫罗绸缎缠裹在一起；
乐音、杂音相混。
散文的号令朝天空升腾，
驾着歌声，驾着咆哮，
驾着惊天动地的风暴。
散文时而喷射火焰，
时而倾泻瀑布。
散文世界里有辽阔的平原，
也有巍峨的山岭；
有幽深的森林，
也有苍凉的荒漠。
谁欲驾御散文，
谁必须具有高屋建瓴的气概，
学会行文的多种技法，
避免笔势的凝碍。
散文没有外表的汹涌澎湃，
它以轻重有致的手法
激发内在的旋律。
我用这样的散文写的剧本里，
既有亘古的宁静，
也有今时的喧腾。①

事实正如诗人这首诗中所说的那样，“谁欲驾御散文，谁必须具有高屋建瓴的气概，学会行文的多种技法，避免笔势的凝碍。”所以，散文诗其实并不好作，甚至可能更难作。

① 董友忱，主编. 泰戈尔作品全集[M]. 北京：人民出版社，2015（8）：334-335.

《两姐妹》和《四章》

中篇小说《两姐妹》于1933年出版单行本。这篇小说以细腻的心理描写见长，表现了加尔各答中产阶级的生活，描述了两个女人和一个男人之间的微妙关系。

小说是这样开头的：

我从某些学者那里听说，女人有两种类型：一种是母亲型的，一种是情人型的。

如果将她们与季节相比的话，那么，母亲型的女人是雨季。她给我们送来雨水，送来瓜果，调节温度，她溶化自己从天而降，驱除干旱，满足人们所缺少的东西。

情人型的女人是春天。她很神秘，充满甜蜜的魅力，她很不安分，在流动血液中掀起浪花，又窜到心灵的宝库，在那里拨动金质维那琴上一根寂寞的琴弦，使整个身心弹奏出似流泉般美妙无比的音乐。①

绍尔米拉和乌尔米玛拉两姐妹就分别属于这样两种不同类型。

姐姐绍尔米拉是母亲型的女人。人们一看她的外貌，就知道她是这样的人——“她有一双安详的大眼睛，目光坚定而沉着；她那丰满的身体，犹如含水的新涌现的雨云般的昏黑秀美；她那分发缝上的朱砂线就像朝霞一样分明；她的纱丽镶有宽阔的黑边；她的手腕上戴着海豹型粗大的手镯。一看她的首饰便知，那不是什么追求时髦的首

① 董友忱，主编．泰戈尔作品全集[M]. 北京：人民出版社，2015（6）：577.

饰，而是一种通常传统的首饰。”[①] 她对丈夫的照顾几乎到了无微不至的地步——“丈夫生活的各个领域，没有什么边远地区不在她强有力的监控之下。由于妻子的过分关怀，什么也用不着丈夫自己管，这就使丈夫变得更为疏忽大意了。放在桌上的自来水笔，一时不知道滚到什么地方看不见了，当需要用它时，也得由妻子帮他找出来。”[②] 在家里，她对丈夫的生活关怀备至；在外面，她对丈夫的尊严也竭力加以维护。

但是，正当他们的家业兴旺发达，银行存款不断增加时，绍尔米拉突然得了一种莫名其妙的怪病，甚至连站起来的力气也没有了。迫不得已，她只好请自己的妹妹乌尔米玛拉前来照料自己的家庭和丈夫。

乌尔米玛拉是情人型的女人。她的外表就与姐姐截然不同。“乌尔米玛拉本来就长得很漂亮，可是给人的印象就更加漂亮了。她身体的每个动作，都闪耀出一种心灵的咄咄逼人的光彩。她对每件事都很好奇。”[③] 她对于管理家务并不内行，照顾姐夫绍尚科的生活也不周到。小说写道：“乌尔米虽然是个很会读书的姑娘，可是做家务事却并不怎么在行。不过，这些新鲜差事倒使她很感兴趣。她曾经处于被严格的管束之中，现在冲破了这种束缚，工作和其他所有事情，都使她有一种获得自由的感觉。她很少想到，在这个平安无事的家庭中还有什么需要操心和担忧的事情。她是从来不考虑这些的。她认为这些都是她姐姐操劳思考的事情。因此，对于乌尔米来说，一切事情都好像是一种游戏，一种休闲的假期，一种没有目的的创举！对于乌尔米来说，这里完全是个自由的世界，与她原来所处的环境完全不同。在这里，她前面没有任何指定的目标，倒是整天都有干不完的事情。虽然忙忙碌碌，却是五花八门，变化无穷。犯了错误，或者偶有疏忽，她也不负什么责任。如果姐姐打算对她进行某种指责，绍尚科就会哈哈一笑，

① 董友忱，主编 . 泰戈尔作品全集 [M]. 北京：人民出版社，2015（6）：577.

② 董友忱，主编 . 泰戈尔作品全集 [M]. 北京：人民出版社，2015（6）：577.

③ 董友忱，主编 . 泰戈尔作品全集 [M]. 北京：人民出版社，2015（6）：593.

把事情化解了。仿佛乌尔米的过失，在使他享受生活上又增加了一种特别的乐趣。”[①]

事实上，乌尔米玛拉并不靠自己工作的效果，而是靠自身的魅力，为这个家庭填满了一个年深日久的巨大空虚。这个空虚到底是什么？这是很难用语言来准确描述的。比如，近来绍尚科一回到家里，马上就感到有一种度假时才有的轻松气氛。这种假日气氛，并不仅仅是家庭服侍的舒适，也不仅仅是假日的清闲，它是一种使人喜悦的感觉。也就是说，乌尔米玛拉的欢乐情绪，填满了这个家庭的所有空虚。她的活泼情绪，使得绍尚科热血沸腾。

这种变化使绍尔米拉心里很不是滋味。她发现丈夫的生活没有得到适当的照顾，他的工作也被耽搁下来。“她眼看着自己丈夫一天天堕落下去，毫无办法。她一看到绍尚科的脸色就知道，他似乎整天鬼迷心窍。谁又能料到，乌尔米这小丫头来了不几天，竟使这样一个严肃勤恳的人几乎忘掉了自己的事业！绍尔米拉感到，今天丈夫这种不光彩的表现，真比自己的病痛还要难受得多呢！”[②]——小说写道。同时，她也认识到，自己过去所做的一切努力，并没有能够使丈夫快活。乌尔米玛拉并不同于自己，她完全是另外一种女人。

更为严重的问题是，乌尔米玛拉的所作所为使绍尚科耽搁了工作，终于导致了事业的破产。面对这个事实，乌尔米玛拉不得不向姐姐承认错误，并且决定离开。这时绍尔米拉却提出了两姐妹同嫁一夫的方案，但乌尔米玛拉拒绝了。

乌尔米玛拉走后，寄来了两封信。一封信是给绍尚科的——“我现在正在去孟买的途中。到那儿后就直接去欧洲。我要遵照父亲的遗志去欧洲学医。大概需要六七年的时间。在这段时间，我在你们家闯下大祸，随着时间的推移，一定可以恢复过来的。不要为我担心。当然，我免不了要为你们担忧。”另一封信是给绍尔米拉的：“姐姐：向你

---

① 董友忱，主编．泰戈尔作品全集 [M]. 北京：人民出版社，2015（6）：606.

② 董友忱，主编．泰戈尔作品全集 [M]. 北京：人民出版社，2015（6）：612.

叩一千个响头！请你原谅我无意中所犯下的过错。如果你没受到那份错误的伤害，我就非常快乐了，心中没有比这更大的快乐了。如果快乐本来就没有我的份儿，那就随它去吧！我会时刻小心，不会再犯错误！”[①]——这就是小说的结尾。

关于《两姐妹》，泰戈尔在一封信里谈过这篇小说，可供我们阅读时参考：

你写道，你的那位女性朋友对我这个故事里面的几个人物感到厌恶。数量很少，仅三个人物，不过，他们中没有一个是她心目中的理想人物。她为此而感到痛苦是没有道理的。因为，大自然进化论的选择方法在文学里和在社会中是不一样的。在社会中一些我们并不认为是朋友的人，在文学中却受到了尊重，这种例子很多很多。用理想的人物形象标准来评判文学的优劣，除了孟加拉邦的评论家，在世界的任何地方都是见不到的……

你想听我自己讲一讲《两姐妹》的故事。在故事的一开始我已经透露了女人内情。通常就女人与男人的关系来说，有的是母亲，有的是情人，有的是二者兼之。在孟加拉邦有很多这样的男人，他们虽然到了老年，却仍然被母亲般的氛围包围着。他们希望从妻子那里享受母亲般的溺爱……也就是说，把妻子娶回家来，是作为对母亲慈爱的补充……小伙子已经习惯了母亲对他童年的一切关怀，媳妇来了，就要承担母亲所做过的一切……

当然，还有这样一些男人，他们不能以柔弱的令人尊重的情感从头到脚将自己遮盖起来。他们希望妻子像妻子的样子，他们希望夫妻俩和谐相处……绍尚科在妻子身上看到了经常关爱他的母亲形象，所以他的内心是不满足的……另一方面，渴望强烈依赖丈夫的女人在生活中也有很多。她们需要这样的男人，他们应该成为她们生命旅程中

① 董友忱，主编．泰戈尔作品全集 [M]. 北京：人民出版社，2015（6）：631.

的汽车司机。她们渴望师尊似的夫君，她们是虔敬丈夫的妻子……

在末尾我还要说，在所有女人身上既存在母亲，也存在情人。哪个是主要的，哪个是次要的，哪个在前进，哪个在后退，都与其独特性格有关。[①]

1934年泰戈尔又出版了另一部中部小说——《四章》。这部小说以女主人公埃拉的故事为中心。在小说正式开始前，有一篇很长的“序言”，叙述埃拉进入小说正文前的情况。她的人生是在反抗和叛逆中开始的，起初在自己家里受到她性格怪僻、脾气暴烈的母亲的辱骂虐待，后来到叔父家里又受到她婶婶的挖苦讽刺。正在这时，一个叫英德罗纳特的教育界名人推荐她到娜拉延尼女子学校去当校长，她很高兴地答应下来，随即离开了叔父的家。“序言”最后写道：“在以后的五年里，这个故事又有了新的发展。”[②]

小说正文分为四章，所以名曰《四章》。这四章主要通过女主人公埃拉和男主人公昂杜对话的形式叙述他们两人的“事业”和“爱情”，以及二者之间的矛盾。他们是在渡船上结识的，以下两段对话是他们事后的回忆：

“听到你的声音，我惊呆了。你的声音点亮了我心中的灯，仿佛从天边飞来一只美丽的小鸟叼走了我的一切。如果那天我对一个陌生姑娘的鲁莽的问话生气的话，那么渡船就不会把我送到这个码头上来了，我就会像以前一样安安静静地度过我的一生。那天，我心里像受潮的火柴一样发不出火。高傲是我个性中的主要特点，那天我突然意识到：眼前这个姑娘如果不是对我有好感，她决不会如此唐突地问我为什么不穿粗布衣服——这只不过是她略施小计而已。我说的对不对？”（昂杜说）

---

① 董友忱，主编．泰戈尔作品全集[M]. 北京：人民出版社，2015（6）：992-995.

② 董友忱，主编．泰戈尔作品全集[M]. 北京：人民出版社，2015（7）：535.

“是的，我已经说过多次，我当时坐在甲板的一角，注视了你好久，我也顾不得是否会引起别人的注意，在我的生活中，这是令我永远不会忘却的惊喜。我当时心想：哪里来了这么一个年轻人，看起来那么与众不同，如同绿色水草丛中的一朵鲜艳的莲花。当时我就下定决心，一定要把这个难得的人争取过来，不仅让你在我身边，更要把你置身于我们大家中间。”[①]（埃拉说）

不过，虽然是埃拉让昂杜“置身于我们大家中间”，从事“拯救国家”的事业，但在昂杜面临危险时，埃拉又后悔了。当昂杜说“我不过是受到你的影响，心血来潮，才走上了这条路”时，埃拉痛苦地说道：“昂杜，求求你，别再说这些傻话了。是我把你毁了，这个痛苦我永远也不会忘记。我看得很清楚，你的生活之根已经折断了。”[②]埃拉要求与昂杜结婚，并与他一起逃走，但被昂杜拒绝了。在远处传来口哨声的催促下，“昂杜狠了狠心对埃拉吼道：‘放开我！’说着，抽身跑了出去。”[③]

之后，昂杜又一次突然来到埃拉家，又一次见到了埃拉。这时，他们两人都面临次日被警察抓捕的危险。小说的结局如下：

昂杜说：“我们得到一个情报。”

埃拉问：“什么情报？”

昂杜说：“凌晨之前，警察要来抓你。”

埃拉说：“我早就知道，警察总有一天会来抓我的。”

昂杜问：“你怎么知道的呢？”

埃拉说：“昨天收到鲍杜的信，信中就写了警察要抓我的事，他在信中还说，他有办法救我。”

昂杜问：“什么办法？”

---

① 董友忱，主编．泰戈尔作品全集[M]．北京：人民出版社，2015（7）：551-552.

② 董友忱，主编．泰戈尔作品全集[M]．北京：人民出版社，2015（7）：569.

③ 董友忱，主编．泰戈尔作品全集[M]．北京：人民出版社，2015（7）：577.

埃拉说：“他说如果我同意与他结婚，那他就为我作担保，承担所有的责任。”

昂杜的脸色立刻黯淡起来，问：“你怎么回答他的？”

埃拉说：“我回信只写了两个字‘魔鬼’。”

昂杜说：“我得到情报说，鲍杜明日带着警察来抓人。如果你同意他的要求，他就会把你从虎口救出来，再把你扔到他的鳄鱼坑里，你看他的心肠多好呀。”

埃拉抱住昂杜的腿，说：“你现在就杀了我吧，昂杜，我觉得这是我最大的幸福。”她站起来不住地亲吻昂杜，说：“杀死我吧，杀吧！”随即撕开了自己的上衣。

昂杜像一尊石雕，愣在那里。

埃拉说：“什么也不要想了，昂杜，我是你的，完全是你的，就是死了，也属于你。你接受我吧！别让鲍杜的脏手玷污我的身子，我的身子只属于你。”

昂杜严厉地对埃拉说：“不要这样，埃拉，去睡觉吧。我命令你，去睡觉。”

埃拉把昂杜紧紧地搂在怀里，对他说：“昂杜，我的昂杜，你是我的一切，我是多么爱你呀，我简直无法表达我对你的爱！你如果爱我，那就杀了我吧。”

昂杜拉着埃拉的手，把她拽到卧室，说：“你躺下，睡吧！”

“我睡不着。”

“我有安眠药。”

“不用，昂杜，我神志清醒的最后一刻是属于你的，你带安眠药来了？把它扔了吧！我不是胆小鬼，让我清醒地死在你怀里吧。今天最后一吻将成为永恒，昂杜！”

这时，远处传来警笛声。[①]

---

① 董友忱，主编.泰戈尔作品全集[M].北京：人民出版社，2015（7）：586-587.

这篇小说由于涉及当时孟加拉的民族解放运动问题，所以受到了舆论界的密切关注和激烈批评。为此，泰戈尔特地在1935年的《侨民》上发表文章予以答复。他写道：

关于我的《四章》小说，有那么多的争论和讨论，其中大部分已经超出了文学评论。这是很自然的，因为这部小说的作用，为当前已被国家意识唤醒的孟加拉人的情感增添了光彩。我们不仅密切地接触到那种情感，而且其热量在我们的心里四处扩散，因此，很多读者觉得小说的作用比故事情节更重要。我相信，当这种现代的思想运动走向遥远的过去，变成被平静地讨论的历史对象的时候，读者就会很容易地接受这个想象的小说。也就是说，到那时候其文学形象就会很清楚。

关于这部作品，我保留作为作者所讲述过的话语。在写这本书的时候，我知道我都写了什么，而且我也可以提供这方面个人的信息；它是什么样的作品，读者和评论家会根据自己的智慧和情趣作出判断。人们的智商不同、情趣多样，是很自然的，所以人们就会根据各种标准和各种价值以及时间进行讨论，作者应该做的，就是对这种情况采取漠然的态度。

这本书唯一需要说明的就是埃拉和昂杜的爱情。男女爱情的发展进程和性质不仅仅取决于男女人物的性情，而且还取决于周围环境的各种撞击和反应。大河带着自己的溪水从自己的源头流淌出来，当时它自己的特殊形态取决于河岸的地形。爱情也是如此，一方面它要有内心的喜悦，另一方面它也有外在的阻挠限制。这两方面的结合就构成爱情整个画面的特点……

外在的这种环境是在我们国家争斗的各种冲突中形成的，它的很多必然结果是我亲眼看见的，它的某些思想我自己也接触过、体验过。不同的人对其感受是不同的，它与直接经验也是有区别的。可是，如果承认这是小说是文学作品，那么，就没有必要对其进行争论了，就应该承认，我的作用就体现在小说的作用里……

如果某一位读者说，我的小说背景的某些部分或大部分，都是我自己想象出来的，那么，作为写小说的人，即使承认这种抱怨，也不会有什么损失……在结尾唯一的暗示是昂杜—埃拉结婚，通过这种结尾让这种爱恋方式更完美。

……在昂杜这个人物身上发生了两个悲剧，一个是他没有得到埃拉。另一个是他由于自己的性格而堕落了……

最后我简要地表达一下我的观点：在《四章》这部作品中是否存在某种思想或忠告？我认为，在文学评论中进行这种争论是不必要的。可以清楚地看到，这部作品的主要框架是现代孟加拉男女主人公的爱情故事。这种爱情所具有的戏剧情味的特殊性，是在孟加拉邦革命运动的背景下发生的。在这里关于革命的描写部分是次要的；在这种革命风暴的环境中两个人爱情中所迸发出来的激情，给他们带来了痛苦，这里体现了文学的个性。争论和忠告的内容都是期刊上文章的素材。[①]

这篇小说以埃拉和昂杜的爱情故事为中心，但是他们的爱情故事不是发生在普通环境中，而是在孟加拉革命运动的背景下。由于当时的读者对于这场革命运动持有不同的观点，所以对于这篇小说的评价产生了不同的意见。但泰戈尔认为，既然爱情故事是它的主要内容，革命运动是它的次要内容，既然承认它是文学作品，不是政治论文，那么就没有必要围绕次要内容和政治问题争论不休。

1934 年 1 月，北印度发生大地震，比哈尔邦有几个城市损失惨重。甘地就此发表声明，认为这是神对“不可接触贱民制度”罪恶的惩罚。泰戈尔虽然同样反对贱民制度，可是不能接受甘地这个声明。他在一篇公开声明书中指出：圣雄甘地为了惩戒盲目遵从“不可接触贱民制度”的人们，说正是他们给比哈尔邦招来神的惩罚，他们显然引起了

① 董友忱，主编 . 泰戈尔作品全集 [M]. 北京：人民出版社，2015（7）：1056-1058.

神的可怕的不快，这不能不令人感到悲哀和震惊。而这种对自然现象不科学的解释竟被我国广大人民简单轻易地接受下来，尤其不幸。

为了给规模越来越大的国际大学筹集必要的资金，泰戈尔除了将自己的家产和著作稿酬献出以外，还得寻找别的方法。在这种情况下，他组织起一个巡回剧团，排练他自己创作的剧本，并由他亲自带领，于 1934 年 5 月前往全国各地巡回演出。他这样做，当然不仅为了筹款，也是为了检验自己的作品的舞台效果。

《最后的旋律》和《小径集》

1935 年泰戈尔有两部诗集问世，一是《最后的旋律》，一是《小径集》。

在《最后的旋律》（收入 46 首诗）里，诗人沉入回忆与冥想之中。他觉得这或许是自己最后的歌唱，于是便回顾一生的经历，思考自己在生活、写诗、谱曲和作画中的感受，心有所得，便写了下来。

开卷第一首诗是献给一个女性的，诗人没有点明她是谁，看样子是他的妻子。当他们在一起的时候，他忽略了她的价值，后来她离开了，他才体会到她的爱情的价值。这首诗最后一节如下：

日日夜夜的过去了
今天你却不再在这里。
至终我来打开了我的仓库，
拿起那串你亲手给我戴在颈上的
珍宝的链环。
我从前那漠不关心的骄傲
吻了尘土里你的遗留的足迹。
今天我真正赢得了你
因为我以我的忧伤偿抵了
你的爱情的价值。[1]

① 泰戈尔．泰戈尔诗选 [M]. 谢冰心，石真，译．北京：人民文学出版社，1958：135-136.

在这部诗集里，还有一首诗也值得我们注意，即第 44 首。据说诗人由于年老体弱，不能常常出外旅行，便不断变换住所。于是，他决定在自己住室旁边修建一所泥屋，称之为“墨绿斋”。这首诗共八节，第一、二节内容如下：

我要造一栋晚年住的泥屋，
起名“墨绿斋”。
日后它坍塌，
如同躺下睡觉。
泥土回归土壤的怀抱；
旧柱昂着头悲叹，
但不会和大地发生对抗；
残壁裸露着骨架，
但绝不允许
死去的日子的幽灵
在其间建栖身之所。

我这最后一座
泥屋的地基里，
羼杂着
我对全部情感的忘怀，
羼杂着
对一切过错的原谅。
泥墙上
杜尔巴草丛清新的馈赠，
掩盖一切讽刺和言行的过激；
千百个世纪
嗜血的凶狠的嗥叫

归于寂静。[①]

从这些诗句中，我们不难感受诗人建造墨绿斋的复杂情怀。他每天坐在屋檐下，回忆自己的幼年时光，回忆自己在这里所见所闻的一切——黑眼睛的孟加拉姑娘，争奇斗艳的油菜花和亚麻籽花，啼唱的斑鸠，懒洋洋的牛儿，孤寂的老鹰，而最后想到的则是自己的归宿——"年已古稀的我，今日响应你的召唤，扑进你宽容温馨的胸怀。"[②]

《小径集》收入 78 首诗，表现的是诗人对自己各种各样生活经历的不同感受，笔调不断变化，时而轻松，时而沉重，时而愉快，时而悲伤。其中《山达尔女人》（山达尔族是当地的少数民族）一诗放射异彩。这是当他眺望山达尔女人忙忙碌碌往来劳作，为他建造墨绿斋的情景时，心存愧疚，写下的一首对劳动者的赞美诗。全文如下：

这个山达尔女人在木棉树下的沙径上忙忙地走上走下；一块粗糙的灰色的纱丽紧紧地缠裹住她的黧黑而结实的苗条的身躯；纱丽的红边和妙焰花的火红魔咒一样在风中飘扬。

哪位心不在焉的设计之神，在用七月的云彩和电光模塑一只黑鸟的时候，一定在不知不觉之中忽然造成了这个女人的形象；她的激动的翅翼藏在身子里，她的轻健的脚步兼有了女人的行走和鸟的飞翔。

几只漆镯圈在她模塑得绝美的臂腕上，一筐的散沙顶在她头上，她在木棉树下飞掠过红沙的小径。

留恋的冬天已经完成了它的使命。南方的偶然的气息已在撩弄这冬月的清颜。金冬丛枝上的叶子已经染上灿烂的凋萎的金光。余甘树

① 董友忱，主编 . 泰戈尔作品全集 [M]. 北京：人民出版社，2015（9）：147.

② 董友忱，主编 . 泰戈尔作品全集 [M]. 北京：人民出版社，2015（9）：149.

林中点缀着丰熟的果实，喧闹的孩子们在那里围聚抢夺。成堆的落叶和沙土在随着无定的风跳着鬼一样的旋律。

我的土屋的建筑动工了，工人们在忙着砌墙。远远的汽笛声在宣告铁路的交叉处正过着火车，隔壁的学校里也传来了叮当的铃声。

我坐在凉台上看着这年轻的女人一小时一小时地不断地劳作。当我觉得这女人的服务是神圣地注定为她所爱的人们的，而它的庄严被市价污损了，竟被我借着几个铜钱的帮忙把它掠夺了，我的心感到深深的羞愧。①

① 泰戈尔．泰戈尔诗选[M]．谢冰心，石真，译．北京：人民文学出版社，1958：137-138.

《叶盘集》及其他

1936年2月，泰戈尔在加尔各答就教育问题作了三次讲演。随后，他率领国际大学剧团前往北印度旅行演出。剧团到达德里时，当地自治团体要求举行欢迎大会，竟被殖民政府驳回。甘地这时也在德里，眼见年迈的泰戈尔为筹集资金风尘仆仆到处奔走，不禁愕然，立即赠给国际大学六万卢比，泰戈尔深为感谢。剧团返回加尔各答以后，诗人继续进行频繁的社会活动，时常参加各种群众集会。10月2日，他在圣蒂尼克坦主持特别礼拜，为甘地祝寿。

这一年诗人出版的诗集有《叶盘集》《墨绿斋》和《错位集》等，其中既有对日常生活的杂感，也有对世界局势的思虑；既有天马行空的想象，也有实实在在的描写。可谓丰富多彩，五花八门。

《叶盘集》收入19首诗。卷首《祝福》一诗，表明这部诗集是赠给他的外孙女依蒂达（他小女儿米拉唯一的女儿）的，祝贺她喜结良缘，字里行间充溢着至亲至爱的热情。其中写道：

在新生活的领域，你们共同
以爱的神咒精心建立的家庭中，
让痛苦化为勇气，幸福化为美的琼浆，
让欢乐的世界坐在友情的御座上，
让笃信坚贞的心琴的情弦常弹
真挚的乐曲，甜美你们的庭院。
在发出热诚的请柬、敞开大门的寓所中，

你的心向所有的人表示好客的热情，
门前的路上，每日的画面累积
吉祥女神看不见的含福的足迹。
受到不倦的关怀，收到一份
纯洁仁德至善至美的礼品。
在你的家庭，侬蒂达，你的心充满
质朴甜蜜的温柔，将自己慷慨奉献。
你们的天空回响着纯光的号音，
让外祖父的祝福与之浑然交融。①

这部诗集中的第16首诗和第17首诗，思想内容密切联系当时的世界局势，因此，格外引人关注。

在第16首诗中，诗人先回顾往昔，无情地揭露了西方殖民主义者迫害非洲黑人凶狠、野蛮的手段，撕破了他们伪善的面纱：

那些用捉人的装捕机来掩袭你的猎人，
他们的猛烈比你的狼齿还锐利，
他们的骄傲比你的不见天日的森林还昏黑。
文明人的野蛮的贪婪把恬不知耻的不人道剌得赤裸。
你在哭泣，而你的号叫被闷住，
你森林中的小径被血和泪浸成泥泞，
同时强盗们的钉靴
在你耻辱的历史上
留下了抹不掉的印迹。
可是在海洋的那边总有
礼拜堂的钟声在他们城市和乡村中作响，

① 董友忱，主编．泰戈尔作品全集[M]. 北京：人民出版社，2015（10）：135.

婴孩在母亲怀中酣睡，
诗人们在吟唱“美”的颂歌。

在这里，那些“文明人”对非洲人民的“残暴”和他们自己家乡的“和谐”构成鲜明的对比，有力地揭露了他们的丑恶行径，勾画了他们的丑陋嘴脸。随后，诗人又面对现实，严厉地斥责法西斯匪徒企图再次挑起世界大战的罪恶阴谋：

当今天西方的地平线上
落日的天空涨塞着尘沙的风暴，
当野兽爬出它们的洞穴
用狂吼来宣告一日的死亡。
来吧，你这死亡时间的诗人，
站在这被劫夺的女人的门前，
恳求她的饶恕，
在垂危的大陆的昏迷之中，
让它作为一句最后的伟大的话吧。①

在第 17 首诗中，诗人则辛辣地讽刺了日本法西斯主义者竟然跑到佛寺里去祈祷侵略战争胜利的丑态。该诗全文如下：

战鼓敲起了。
人们勉强把自己面容扭成可怕的样子
咬起自己的牙齿；
在人们跑去为“死亡”的肉库
收集人肉以前，

① 泰戈尔 . 泰戈尔诗选 [M]. 谢冰心，石真，译 . 北京：人民文学出版社，1958：143.

他们整队到佛陀，那大慈大悲者的庙宇里，
祈求他的祝福，
战鼓正在隆隆地敲
大地颤抖着。

他们祈求成功；
因为他们在割断爱结，
把旗子插在荒凉的家园的灰烬上，
蹂躏了文化中心
和“美”的龛座，
把他们走过的绿野和闹市的
道路用鲜血染红了之后，
必定会引起哭泣与哀号，
因此他们整队到佛陀，那大慈大悲者的庙宇里，
祈求他的祝福，
战鼓正在隆隆地敲
大地颤抖着。

他们要以凯旋的号角来标点
每一千个被杀害的人数，
来引起魔鬼的笑乐，当他看到
妇孺的血肉淋漓的肢体；
他们祈求他们能以“不真”
来蒙蔽人们的心灵
来毒害神明的甜柔呼吸的气息，
因此他们整队到佛陀，那大慈大悲者的庙宇里，
祈求他的祝福，
战鼓正在隆隆地敲

大地颤抖着。[①]

这首诗分为三节，步步深入地揭示日本法西斯强盗的狰狞面目，辛辣地讽刺了他们打着佛陀的旗号前往他国杀人放火的可耻行径。而三节诗都以“因此他们整队到佛陀，那大慈大悲者的庙宇里，祈求他的祝福，战鼓正在隆隆地敲，大地颤抖着”作结，则更加重了诗歌的打击力量。

这里需要说明的是，这首诗的另一种文本刊印在《重生》一书中，题为《虔敬佛陀》。前面有诗人写的一段文字——“我在日本的一份报纸上读到这样的信息，日本士兵渴望战争的胜利，前往佛教寺庙去祭拜。他们在把暴力之箭射向中国，而把虔敬之箭射向佛陀。”[②] 这段话明确指出，这首诗是针对日本发动侵华战争而写的。

《墨绿斋》收入 22 首诗，第一首诗是《献给拉妮 · 莫赫兰比什》。拉妮 · 莫赫兰比什女士和她的丈夫是诗人亲近的朋友，在诗人的晚年，她一直陪伴在诗人的身边。该诗的第一节写道：

我喜欢遨游天宇的心灵，
被你从砖木造的枯燥的樊笼
召唤到绿色的侍奉中，
召唤到和风吹拂的椰子林的庭院。
秋天女神的云彩的发辫，
缠绕着羌芭花串，
蓝天的背景上画了一行槟榔树。
南边是细腰扭伤扭弯的池塘码头，
百合花覆盖着斜坡。
贾姆鲁尔树上的硕果

① 泰戈尔 . 泰戈尔诗选 [M]. 谢冰心，石真，译 . 北京：人民文学出版社，1958：153-154.

② 董友忱，主编 . 泰戈尔作品全集 [M]. 北京：人民出版社，2015（10）：1049.

好似窃来的万千歌女的耳坠。
蜜蜂在素馨花丛中翩飞，
池塘边逸散幽香的晚香玉
仿佛是通晓吠陀的隐士。
木兰花娇弱的花瓣垂落在青草上，
房后传来的消息通报柠檬花在怒放。
一排粗圆的棕榈树目空一切，昂首挺胸，
犹如站在街上的英国卫兵。[①]

其中写的是在拉妮·莫赫兰比什女士的护卫下，一向“喜欢遨游天宇”的诗人，从狭小房间移到宽阔庭院的心情，面对秋日五颜六色的花草树木，他感到愉悦，感到爽快。而最后的两句诗以棕榈树比喻英国卫兵——“一排粗圆的棕榈树目空一切，昂首挺胸，犹如站在街上的英国卫兵。”——则蕴含着轻松的幽默。

这部诗集的最后一首诗是与诗集同名的《墨绿斋》，全文如下：

啊，墨绿斋，
雨季你黛青的顾盼，
似默坐的孟加拉姑娘
那湿润的秀目流露的心绪。
你的泥土以芳草碧绿的字母
写成的歌谣，与雨天唱和。
你的紫浆果树因枝繁叶茂而益显丰腴，
挥手对流云喊道：
“停一下，你这东风的骑士。”

① 董友忱，主编 . 泰戈尔作品全集 [M]. 北京：人民出版社，2015（10）：189.

啊，墨绿斋，路边树下是你的住所，
你是仙界耍蛇艺人的女儿。
你的屋子多次塌毁，
你空手走到外面的路上，
霎时间你一贫如洗，
却依然无忧无虑。
不要用丝绦连结你和情人的衣裙，
清晨开启洞房的大门，
他去了不再回顾。

在你嫩绿篱栅的院内，
我建造这幢泥房，
为的是与你朝夕相对而坐。
那天欢唱的鸟儿
未被关进坚固的囚笼；
它们的巢筑了又毁掉，
春天飞到此岸，
冬天回归彼岸的森林。
那天上午，绿叶以清风的节律击掌，
此刻它们在树林里旋舞，
明天跌落尘土中——
为此它们不怨恨，不哭泣。
它们是春天王国的司令官；
今日传旨，他日方有奉旨行事的奏本。

这几天我与你悄声交谈。
今天你俯耳说道：“莫延迟，建房吧。”
我不曾铺设永固的基石，

未用方石把我的祈求砌入你的拱门。
我建房采用的松软泥土，
在河水中漂来，在夏雨中溶落。

我将远行。
在你毫无痛楚的离别日子，
喜鹊在我的断壁上摇舞着尾翎唱歌。
啊，墨绿斋，
你的竹笛又吹响萨哈那调乐曲，
我会来聆听，当天便起程归去。①

这首诗于1936年8月6日写于圣蒂尼克坦，当时诗人已75岁高龄。他似乎觉得自己在人世间的日子不多了，所以面对新建成的墨绿斋感慨良多。正如诗中所描述的那样，他建造这座泥屋“不曾铺设永固的基石，未用方石把我的祈求砌入你的拱门”，而是“采用的松软泥土”，任其“在河水中漂来，在夏雨中溶落”。他建造这座泥屋“为的是与你朝夕相对而坐”，观赏自然风光，思索漫长人生。

《错位集》收入105首诗。其特点有二：一是语言朴素；二是题材平易。这可以从诗集前面的题词看出来。这六行题词如下：

你叫我用朴素的语言写诗，
用朴素的语言写诗不容易。

脑子里汩汩地喷涌词汇，
那时我也许下笔如有神。
严肃题材的写作并不太难，

① 董友忱，主编．泰戈尔作品全集[M]. 北京：人民出版社，2015（10）：254-257.

写习见的事物颇费脑筋。[①]

以《序诗》为例，描绘一位魔术师的风采，由此可见该诗集特色之一斑：

拨浪鼓啵隆啵隆摇响，
一片草地上是一座临时剧场，
路旁边坐着一位魔术师。
来了乌本，来了鲁本，
看表演来了讷里本、普本、
戈多尔村的玛吐·科尔。
这位老魔术师白发银髯，
艺术理想闪射出他的双眼，
一群孩子坐在他的四周。
他口中念念有词，末了
脸上露出甜蜜的微笑，
用一条披肩把青草盖住。
当他轻轻地揭去披肩，
草地上观众吃惊地看见
一束黑浆果、一只破风筝、
一对涂有虫漆的手镯、
一座香烟缭绕的香炉、
一副吸管破裂的水烟筒、
摔破的中国瓷盘片一堆、
一只麻雀、两只茄子、
一把扫秃了的木柄笤帚……

① 董友忱，主编．泰戈尔作品全集 [M]. 北京：人民出版社，2015（11）：4.

排成一行，伸向无限，
一物与另一物互不关联，
——戏耍的一瞬的魔术。[①]

① 董友忱，主编 . 泰戈尔作品全集 [M]. 北京：人民出版社，2015（11）：7-9.

《边沿集》及其他

1937 年 2 月，泰戈尔在加尔各答大学学生的毕业典礼上发表贺词。这个工作历来由英国总督或市长担任，现在由一个印度人用孟加拉文致词，这成为该校 80 年历史上破天荒的事件。泰戈尔借此机会强调指出，教育应当使用本国语言。

3 月，泰戈尔参加孟加拉作家会议，并在会上发表演说。4 月，主持国际大学中国学院开设典礼，并作题为“中国和印度”的讲演。这年夏天，他是在喜马拉雅山麓舒适的避暑地阿勒昌拉度过的，并写了一本近代科学入门书籍——《宇宙入门》，他用优美、风趣的笔调解释了自然科学研究的最新成果。回到加尔各答以后，他又站在群众集会的讲台上抗议反动势力对安达曼群岛上政治犯的残酷虐待。9 月，诗人为剧本《雨季节》作曲，该剧不久在加尔各答上演，他自己也登台演出。

这一年，他的诗集《儿歌之画》出版，收入 32 首诗。其《序言》写道：

本集的儿歌是为孩子们写的。这些儿歌身高不一，未用戒尺把它们压得一样高。其中哪一首比较含蓄，那意味着有些难懂，但也具有音律的节奏感。孩子们不会抱怨诗义深奥，而会做诗韵的游戏，他们不是喜欢钻研诗义的读者。

儿歌的韵律，是孟加拉古代地方语的韵律。这种韵律充当女孩子的悄悄话和男孩子喧嚷的坐骑的角色。它无意参与高雅社会的活动。在它的姿态和服饰中，诗美极易渗透，但这鲜为人知。在这种儿歌中，重要题材可以摇响足铃，轻快走路，而不摆出骄矜的神态。然而，在与这种儿歌打交道的过程中发现，原以为最简单的，恰恰最不简单。

孟加拉古代地方语，赋予儿歌韵律以孟加拉语词汇的容貌。在现代科学领域，关于光的形象，有两种截然不同的观点。一种观点认为，光像波浪，另一种观点则认为它酷肖细雨。事实上，孟加拉文言文像波浪，孟加拉古代地方语似细雨。文言文词汇可以用密集的字母构成，单词发音时，元音字母中间不能嵌入其他东西……这些坚实的单词，在文言文韵律中，是难以化解的。

受制于文言文韵律，高贵的孟加拉人不能用白话文，只能说文言文……儿歌的韵律，是密集的单词的地盘，适合表达某些人的情感——他们有的簇拥着随随便便在街上游逛，有的是士兵，有的不在路上留下宽深的车辙，有的在市场、旷野的泥土上留下足印，但很快隐逝。[①]

由此可见，这部诗集以儿童为对象，语言平易，韵律自由。兹以它的最后一首诗《天灯》为例，这首诗虽然短小，却具有感人的巨大力量。

小姑娘独自蹲在黑暗的海滩，
望着天边漂放一只点灯的纸船。
她知道她的妈妈已升入天堂，
乘这只灯船也许能重返故乡。
人间有许多陌生的国家和山岭，
有纵横交错的道路、数不清的人。
从天堂妈妈看得见这茫茫人世
一间茅屋里住着她和弟弟吗?
妈妈兴许正在夜空寻找他俩，

① 董友忱，主编．泰戈尔作品全集[M]．北京：人民出版社，2015（11）：85-86.

在银河的繁星间不慎迷失方向。
她点亮一盏油灯，光线虽暗，
在高高的天空妈妈肯定看见。
每夜在失去妈妈的破床上，
妈妈为亲吻进入他俩的梦乡。[①]

1937 年 9 月 10 日傍晚，76 岁高龄的泰戈尔坐在椅子上休息，突然失去知觉，继之昏睡两个昼夜，后来意识才渐渐恢复。这种徘徊于生死之间的梦幻一般的体验，在他头脑中留下深刻的印象，随即化为一系列高度简洁、凝练的动人诗篇。这些作品共计 18 首，于当年以《边沿集》之名出版。

这部诗集中的大部分诗都是诗人患重病康复后随即创作的，只有第 14、15、16 首诗是几年前创作的。第 1 首诗写于 9 月 25 日，表现的是他生命濒危随即又复苏时的种种体验：

死神的使者悄然步入世界的光芒
消隐后的黑暗中；以剧痛的溶液
冲刷人生边地的天空中一层层
细微的尘土，在可怕的噩梦下面，
有力的双手无声地分发宽宥。
不知何时统辖人生戏剧的天神的
舞台上帷幕升起。光束从空中
点触边缘地区木然的一片黑暗，
瑟瑟颤抖的光，炫目地闪电般地
射向无边无际的堆积的昏睡，
将其击碎。如同夏天干涸的

① 董友忱，主编 . 泰戈尔作品全集 [M]. 北京：人民出版社，2015（11）：136.

河床里，突然水流湍急，
初到的洪水的舞步滑过“干枯”
的胸脯，滑向万千支流，虚茫的
幽黑覆盖的脉管里勃发的“苏醒”
骤然排放光的潜流。交融的光影
在心空制造隐隐约约的疑惑。
末了矛盾化解。昏沉的旧牢的
一面面墙壁刹那间白雾似的
消失殆尽。自由、透明、洁白的
第一抹曙光中创造出新的生命。
昔日积蓄的躯体，从“今时”的
胸脯上抬起头，瞻望未来，
像文底耶山，今日我看到，
它像黎明时分飘离地平线的
疲惫云彩。走过银河，在无形的
光的圣地那幽茫的毁灭的河岸，
我在悠远的心空获得无羁的新我。①

第 7 首诗写于 10 月 7 日，表明他并不为此种危难而消极颓丧，仍对生活充满希望，准备“踏上崭新的胜利征程”：

这难道是忘恩负义割断尘缘的哀泣？
要像奄奄一息变形的病人那样
突然冲出躯体？

光荣，我的人生——

① 董友忱，主编.泰戈尔作品全集 [M]. 北京：人民出版社，2015（11）：140-141.

我要这样吟唱，就像方醒的
晨鸟以歌声宣告自己的快乐。
我过去有过不幸，以悲伤的笛音
逗引痛苦之蛇跳舞。我把心底的
隐痛化为生命的活泉，喷涌而出。
瞬息间的背景上，我以胸中的碧血
一再画出的心声之像，被夜露抹去，
被自己的豪情抹去——然而
它们至今残留在梦宫的艺术走廊
和昔日已枯萎的花环的残香里。
从岁月之手滑落的无可描述的
温馨使心原的和风饱含韵味，
晨空洋溢着熟悉不熟悉的乐音、
蜂蝶的鸣声和鸟啼。第一个恩典的
花环从幼稚少年颤抖的手中垂落，
未戴在颈上，未绽放的花蕾依然
鲜艳、纯洁。我一生因此总
戴着花冠。我未祈求而啜饮的
爱情的琼浆和奋斗却未得的东西，
融入我受磨难的青春。想象和
现实混杂，真情和假意，成功
和失败，汇成缤纷的戏剧之河，
在辉煌的舞台上，在隐秘的幕后，
夹带着各个时期各个阶段我人生
篇章中所显露的创造的深邃奥秘，
多少个日子的清醒时刻，把我
点化得无比神奇。今日离别的
时候，我承认它是我的空前奇迹。

我要高唱，啊，人生，我生存的驭手，
你穿越许多战场，战胜死亡之后
携我踏上崭新的胜利征程！[①]

不过，这部诗集中的作品并非都是描绘这种濒危体验的，卷末两首诗所表现的是诗人摆脱梦境之后面对世界严酷现实的强烈感受。当时，他已经看到国际法西斯匪徒日益猖獗，疯狂破坏世界和平，严重威胁人类安全。同时发现不少国家的政府尚未做好同法西斯匪徒斗争的准备，仍然企图用妥协退让甚至出卖弱小国家的办法苟延残喘。他对此感到无限忧虑，于是写道：

当我的心从遗忘的
黑洞里被放出来
觉醒到不堪忍受的惊奇中
它发现自己是在
喷出一股窒息的对人类
侮辱的气味的
地狱烈火的火山口边；
它目击了“时间幽灵”的
长期的自杀的痛苦
经过一阵比死亡还惨痛的
畸形残废的痉挛。
在它的这边是一个挑战的凶悍
和杀人的酗醉的咆哮，
在那边是束缚在他们小心看守的
积蓄上的畏怯的国家，

① 董友忱，主编．泰戈尔作品全集 [M]. 北京：人民出版社，2015（11）：144-146.

在失算的爆发的烦躁之后
柔顺地在勉强服从的沉默的安全中定居了下来。
在古老国家的会议厅里的
计划和抗议都在禁闭的慎重的
嘴唇中间压平了。
同时从天空中横飞过那
带着炽燃的诅咒的
没有灵魂的兀鹰的机群
携带着那垂涎人类脏腑的
饥饿的飞弹。

其中所谓“在它的这边是一个挑战的凶悍和杀人的酗醉的咆哮”，是指法西斯匪徒，而“在那边是束缚在他们小心看守的积蓄上的畏怯的国家，在失算的爆发的烦躁之后，柔顺地在勉强服从的沉默的安全中定居了下来”，则是指那些企图苟延残喘的国家的政府。诗人对前者予以猛烈抨击，对后者也予以尖锐揭露。最后，他义愤填膺、怒火万丈地写道：

赐给我权力吧，
坐在永生宝座上的，可怖的裁判者！
赐给我雷霆般的声音，
使我能够投掷诅咒在那生番身上
他那使人毛骨森立的饥肠
连妇女儿童也不放过，
使我斥责的言词能够永远震动
这自侮的历史的脉搏，
直到这个时代被扼死被锁住
在它的灰烬里找到它最后

安息的床榻。[①]（《边沿集》第 17 首）

诗人本来反对诅咒，也从不轻易使用尖锐的语言，可是在法西斯势力面前，他再也无法克制了。

群蛇蠕动着喷吐毒焰
染污了四周的空气。
“平和”的柔婉词句
听来仿佛是无用的讽嘲。
因此，在我离去之前
我向每一个家庭呼吁——
准备战斗吧，反抗那披着人皮的野兽！[②]
（《边沿集》第 18 首）

在这首诗里，他用“群蛇”“披着人皮的野兽”等最严厉的字眼来形容法西斯匪徒，以表达自己对他们的刻骨仇恨；用呼吁人们准备进行反法西斯战斗的最有力的语言，来表达自己同他们血战的坚定决心。他还在这首诗的最后特地注明写于“耶稣诞生日”，这是含有深意的。因为西方人大多信仰基督教，崇拜耶稣，而耶稣是重视爱的。如今他们之中一些人——那些法西斯匪徒——的所作所为恰恰破坏了他们的信仰，违背了他们的誓言。

1938 年新年过后，诗人病体渐次康复。当夏天来临时，他的艺术创作欲望再度冲动起来，于是立即动手将剧本《贱民之女》歌舞化。这个舞剧 3 月间在加尔各答演出时，获得观众好评。不久，诗人来到喜马拉雅山附近的边境小城葛伦堡，在儿子、儿媳家里度过夏天。过 77 岁生日那天，他写了一首题为《生辰》的诗作为纪念，向“大地母亲”

① 泰戈尔 . 泰戈尔诗选 [M]. 谢冰心，石真，译 . 北京：人民文学出版社，1958：151-152.

② 泰戈尔 . 泰戈尔诗选 [M]. 谢冰心，石真，译 . 北京：人民文学出版社，1958：563.

诉说自己的感受，向“大地母亲”献上最后的顶礼，其中既有生之留恋，也有死之魅惑。这首诗共五节，兹引首末两节如下：

我的生日！
手里拿着“死亡”的护照
它从潜跃中浮现在“无”的裂口
来到存在的边沿呼吸一会。
从腐朽的链条上散落下过去年月的链环。
又用这个最新的生日
开始数着新生生命的日子。
这款待把今天献上给我。
一个过路人，
他想默读那一颗不相识的星辰的早晨的记号
招呼他走向一段没有图表的旅程，
这是被他的生日和死期平分的，
和晨星与残月的光明相混的。
我将向他们唱出同样的赞诗；
向死亡也向生命。

…………

够了。你的凉台上敲着时间终了的钟，
我的心响应着告别的叽嘎的开门的声音。
在这黄昏逐渐阴沉的幽暗里，
我将收聚起残留的微焰来点起我的将烬的意识，
来向你献上最后的顶礼，呵，大地，
在七仙星的凝注之下。
我的最后的无声歌曲的香烟

将缥缈上升围绕着你。
我将留下一棵蛟花粉
它就要开花，
此岸的痛苦的心无望地盼着过渡，
爱的自责在它疲倦的记忆里
消失到日常工作的帘后了。[①]

后来，这首诗与其他 19 首诗一起被收入同年年底出版的诗集《晚灯祭》中，是该诗集的第 1 首诗。

① 泰戈尔 . 泰戈尔诗选 [M]. 谢冰心，石真，译 . 北京：人民文学出版社，1958：153-154.

《戏谑集》和《天灯集》

在葛伦堡儿子、儿媳家里过了一段舒适的生活后，泰戈尔又来到大吉岭附近的一所别墅，受到女诗人摩德列伊·蒂维的热情款待。在这里，他除了写诗外，还写了一部有关孟加拉语的著作——《孟加拉语》。7月初，他返回圣蒂尼克坦。

德、意法西斯于1939年挑起了第二次世界大战。诗人对此深感痛心。第一次世界大战曾经使他十分痛苦，但他仍然相信基督教的文明能够避免悲剧重演。如今这种信念彻底破灭，欧洲重新陷于一片混乱之中，他自然倍加难过。当年圣诞节，他写了一首简洁的诗，抒发自己的悲愤：

以他们统治者的名义
打过他一次的人，
又在这世纪出生了。

他们穿着敬神的服装聚集在
他们的祈祷堂里，
他们号召他们的兵士，
“杀，杀。”他们喊着；
在他们的怒吼声中夹杂着他们赞美诗的音乐，
同时人子正在他的痛苦中祷告说：“啊，上帝，丢掉，远远地丢掉这只盛满最苦的毒汁的苦杯吧。”[①]

1939 年泰戈尔创作了一系列风格不同的诗歌，分别收入《戏谑集》和《天灯集》，并于同年分别出版单行本。

《戏谑集》收入 33 首诗，大多以日常现实生活为题材，语言通俗易懂，笔调诙谐幽默，表现了诗人虽已年老体弱，但仍保持着积极乐观的精神。由排在卷首的《序诗》（原无题，此题为译者所加）便可了解：

彗星经常手执嬉笑的扫帚
清扫天庭，将诙谐播布，
迅速掠过惊愕的太阳的宫殿——
撇下玩笑，消失于悠远，
获得闲憩的是太阳系的丑角。

我不知道发疯的彗星为什么
常常坠入我生活的茅舍——
凌空展开平淡的絮语的翎羽，
一瞬间做完儿童的游戏，
“严肃”被震得轻轻晃摇。

只要有机会，这世界便放声大笑，
或者露出淡淡的笑容，
熠熠的阳光下清晰可见——
但不能永存，转眼之间
被抹去，不留浅痕。

① 泰戈尔．泰戈尔诗选 [M]. 谢冰心，石真，译．北京：人民文学出版社，1958：163.

漆黑的蒲团上长夜沉思默想，
这时流星的释放者突然发狂——
一把把撒下幽默的颗粒，
纷纷扬扬，如祭品在布施。
消隐只需几个时辰。

宇宙的创造中含有大量荒诞，
天帝仁慈、含笑的目光穿透其间。
同样，我的荣誉中交融着
天帝恩赐的轻微的笑声——
价值心领神会。

我不会老到在某年某月某日
将开玩笑斥为轻浮的举止。
耄耋之年假如为此烦恼，
我愿与天帝瓜分玩笑，
作为私藏，面带笑意。[①]

在《天灯集》（收入 22 首诗）中，诗人往往沉入对往昔岁月的回忆中，笔调趋向沉重哀伤。第一首诗题名《天灯》，1938 年 9 月 24 日写于圣蒂尼克坦，全文如下：

日光消逝，
暮色缓缓降临，
祖宅里一张张

① 董友忱，主编 . 泰戈尔作品全集 [M]. 北京：人民出版社，2015（12）：5-6.

熟悉的脸相继消隐。
遥望目标消失的远方，
不禁老泪纵横，
到户外去吧，
手擎室内的灯。
今日空中闪耀的星星
是昔日欢聚的证人。
永别的残夜阴暗，
一颗星凝视露湿的虚空，
此时在夕阳的门旁
东张西望。
我怅然朝夜空举起点燃的灯——
那儿的一个梦陨落我心中。①

这首诗写的是对亲人的回忆，对昔日的回顾，以及由此引发的诗人“老泪纵横”的激动，而天空中一颗星——一盏天灯的出现，似乎使诗人的心灵获得一点儿慰藉。

在《天灯》之后还有若干首回忆往事的诗，以《逃学》为例，其开端如下：

在教学统治的城墙上挖洞的顽童
放弃上课的责任；
不知是什么引力
牵引我朝内宅遭冷落的清静花园奔去。
衰老的李子树
斜靠着围墙，它的长寿

① 董友忱，主编．泰戈尔作品全集[M]. 北京：人民出版社，2015（12）：79.

挑着一年年积聚的
春季雨季的无声回忆。
它的果实，我不贪馋，
我只在树底下积攒
抚摩的奥秘，
它的显示扩向
水域陆地
视力不可企及的地方。
背靠着多皱的树皮，
我感受到的摩挲不知叫什么名字；
也许初辟鸿蒙，
那是最初的生命
对热情款待的无言呼唤，
最初的生命在人的血管和树的
纤维里那血液和浆汁之流中
激荡起同样的汹波，
在两者的原子里
荡漾着同样的脉息旋律。[①]

这首诗写的是诗人自己童年时代“逃学”的有趣经历，表现的是他作为“在教学统治的城墙上挖洞的顽童”，在“不知是什么引力”的牵引下，“朝内宅遭冷落的清静花园奔去”时的种种体验。他不是贪吃各种各样花草树木的果实，而是轻轻地抚摸它们，从中获得无穷的乐趣，并感受到它们的浆汁与人们的血液流动所产生的共同旋律。这表明他从童年时起就是一个与众不同的人，一个善于思考的人。

① 董友忱，主编 . 泰戈尔作品全集 [M]. 北京：人民出版社，2015（12）：79–80.

《新生集》和《唢呐集》

1940 年 2 月，甘地夫妇前来圣蒂尼克坦访问，泰戈尔在美丽的芒果林中欢迎他们。他在欢迎词里说："我把您作为我们自己的人，又属于全人类的人来欢迎。"在甘地离开前，泰戈尔交给他一封信，请他将圣蒂尼克坦和国际大学置于他的保护之下。甘地在回信中表示，他将尽自己所能对国际大学进行各方面的援助。后来，甘地履行了这个诺言，在印度获得独立后，印度政府承担起国际大学的全部经费。

同年 5 月，泰戈尔仍到喜马拉雅山麓度夏。在一个偏僻的小山村里，诗人过了自己第 79 个生日。当天早晨，尼泊尔老和尚前来为他祝福，焚香拜佛。傍晚，女主人设宴为他祝寿，并邀请附近村民参加。这些并未读过他的作品的淳朴百姓为他采集了许多鲜花。他深为这朴素、亲切的气氛所感动。

第二次世界大战爆发后，英国派驻印度的总督悍然宣布印度为参战国。这种独断措施，激起全国各界人士的愤怒抗议，国大党也表示反对。为了安抚民心，总督又发表演说，指出英国准备战后在尽可能短的时期内给印度以自治权。国大党力图利用战争局面向英国施加压力，要求立即成立"国民政府"，否则将要发动不合作运动。泰戈尔虽然年老，但仍然关心祖国命运，竭力要为人民出一把力。6 月 15 日，他写信给美国总统罗斯福，诉说印度作为英国殖民地所受的深重苦难，指出自由的印度将是世界有价值的存在，而奴隶的印度则不过是别国的负担。

8 月 7 日，牛津大学授予泰戈尔名誉文学博士学位，并在圣蒂尼克坦举行特别授予仪式。8 月 10 日，泰戈尔在公开讲演中论述印度史诗《罗摩衍那》的意义和中古诗人杜尔西达斯的地位。9 月 3 日，他在圣蒂尼克坦最后主持了一次雨季活动。

在此期间，他的诗歌《新生集》出版。这部诗集（收入 35 首诗）的重要意义在于，它表明诗人的创造力是无穷无尽的，因为他的诗歌又发生了新的变化。事实正如他在该诗集序里说的那样：

往往是在不经意的情况下，我诗歌的季节一次次地嬗变。随着时间的推移，栽种的鲜花品种随之改变，为蜜蜂采蜜提供新的途径。在眼睛看到鲜花之前，蜜蜂已经在周围的空气中闻到淡淡的花香。享受花蜜者，可以体味到这种特殊现象。有的树林里的蜂蜜，充盈甜美，富于色彩。我看见山区的蜂蜜浓稠而透明，但没有色彩的魅力。而有的丛林里保存的蜂蜜，略有苦味。

在诗歌中，气候变化导致创作变化，是非常自然的，仿佛是鬼使神差，别具一格的作品就从笔端流出来了。诗人并未意识到风格的变化。可它的走向，已被外面的评论家发现。最近，我已听到他们的议论。我这类诗的特点，已落进我亲爱的朋友奥米耶琼德罗的视野。我说不清楚，他是如何分析这些作品的，将其归入别一类的。也许，他们发现，它们不是春天的鲜花；它们也许是成熟季节的作物。它们对从外部迷醉心魂的做法有些冷淡。它们获得了从性灵中生长的经验。如果不是这样，那成熟年龄的激情就毫无用处。然而，这方面我不宜说太多的话。所以，我把《新生集》编辑的任务交给了奥米耶琼德罗。我对他是很放心的，因为他曾游历国内外广阔的文学领域。[①]

也就是说，诗人自己认为，这部诗集所发生的新变化如下："它们不是春天的鲜花；它们也许是成熟季节的作物。"

---

① 董友忱，主编 . 泰戈尔作品全集 [M]. 北京：人民出版社，2015（12）：135.

《新生集》由开端第一首诗《新生者》而得名，这首诗似乎表明诗人对新时代、对后来者、对新生者、对人类的新子嗣，充满热情的期待，怀着无限的希望。期待和希望他们“像明天早晨的启明星”，在“崭新的黎明”送来“自由的光火”。该诗全文如下：

哦，新生者，新时代
在你的旅途中
焦急地等待。
你为凡世带来了什么佳音？
在生活舞台的中心
为你安置了怎样的席位？
你为民神的祭祀携来了
怎样的新祷词？
降生前你听了天界哪首仙曲？
年轻英雄的箭囊里，
你插入哪一种神箭，
以便与邪恶决一死战？
泥泞、浴血的路上
遍布憎恨和分离，
也许你将修筑和平的大坝，
开辟欢聚的圣地。
谁能描述你的额际
那看不见的奋斗的胜利标志？
此时，我们寻觅
未曾书写的你的名字，
也许它在舞台后面，
像明天早晨的启明星。
人类的子嗣一次次带来

永远值得信赖的承诺——
在崭新的黎明也许
正送来自由的光火。[①]

除《新生者》外，诗人随时随地将心有所感的种种思绪凝聚成篇，有时探寻人生意义（如《夜车》），有时思索祖国命运（如《印度斯坦》），有时呼吁年轻的国家进行保卫自由的战争（如《呼吁——致加拿大》），等等。以《呼吁——致加拿大》一诗为例：

通过人类的多难的历史
卷来一阵破坏的无知的狂怒
文明的高塔倾塌在尘埃里。
在道义的无政府的混乱里
历代的烈士们英勇地赢得的
人类最好的珍宝
被掠夺者践踏在脚下。

来吧，年轻的国家，
宣告保卫自由的战争
举起不可战胜的信仰的旗帜。
用生命修起桥梁跨过被恨恶
炸烈的大地
向前行进。
不要自己屈服把侮辱的负担
顶在头上，
被恐怖踢倒，

① 董友忱，主编 . 泰戈尔作品全集 [M]. 北京：人民出版社，2015（12）：136–137.

也不要用虚伪和诡诈来挖掘沟壕
为你不名誉的人格
盖起一个隐蔽所；
不要为了拯救自己
把弱者当作祭品献给强人。①

这首诗于1939年4月1日写于他的祖宅——加尔各答的焦拉桑科，同年5月29日在渥太华广播电台广播。诗中号召加拿大这个“年轻的国家”，高举“不可战胜”的旗帜，为“保卫自由”而战，既不要被恐怖吓倒，也不要“为了拯救自己，把弱者当作祭品献给强人”。这最后一句话使我们不由得联想起他在《边沿集》第17首诗中所说的“在那边是束缚在他们小心看守的积蓄上的畏怯的国家，在失算的爆发的烦躁之后，柔顺地在勉强服从的沉默的安全中定居了下来”，二者具有共同的意思。

《唢呐集》收入60首诗，也于1940年出版了单行本。其中有的是歌，有的是诗，还有很多短诗以歌曲的形式单独流行于世。该诗集以《唢呐》一诗而得名。这首诗全文如下：

通宵达旦，牛车
装卸一包包香蕉叶。
借来的盆盆罐罐
堆成小山。
从这村从那村，
来了应邀不应邀的几百个客人；
气喘吁吁，你推我拥，
争相进入办喜筵的大厅；

① 泰戈尔．泰戈尔诗选[M]. 谢冰心，石真，译．北京：人民文学出版社，1958：161–162.

见空位就坐，
不理睬劝说。
大呼小叫，人声喧阗，
在哪儿，李四，在哪儿，张三！
全家的仆人
都缠裹红头巾，
履行光荣的责任，
里里外外忙个不停。
通往集市的路上行进着
一辆辆牛车，
飞扬的尘土
为红日穿上灰褐色的衣服。
天边那举着黑手的碾米厂
弄脏了黎明洁净的面庞。
腐烂的水稻的“臭味”
把病毒吐进空气的孔隙。
田野尽头不时传来火车的汽笛声，
时钟敲响十二下，宣告婚礼的良辰。

韵律遭破坏的嘈杂之中，唢呐吹奏
高亢的萨龙格调乐曲。
它似神咒，为哪种混乱
带来如此严密的井然秩序？
令人来不及弄明白。
从“无形”的情怀，
热情奔放的竹笛
播布节日的优美旋律。
好似晚星闪光的天空的心窝

汇集“博大”的无穷抚摩，
那乐曲悠扬、透明、
甜蜜、深沉，
把天国不可言传的真切福音
送入迷茫大地的耳中。
冉冉降落的欢乐之流
迷失于离情别绪的变奏。
随着春神一声长长的叹息，
巴库尔花作出离别的忧伤暗示。
惶惑的激情瑟瑟战栗，
触到刚落的软乏的羌芭花枝。
沙哈那乐曲中猛然惊觉的少女，
朝迷路的混沌的地平线走去。

我常常暗自思忖：
谁晓得为何出现这样的情景？
也许从宇宙的源头，
创造的亿万江河凌空奔流，
源自那里的这个曲调
尾随自己的韵律，
携来的某种幻术
超越具体的事物，
充斥其乐音、节拍的形象，
排列在时光的手掌上。
太初的梵音
在脉管里回萦；
我觉得，这乐曲一次又一次
有力地冲击

"一日"的局囿，
一次又一次慢慢地解救一些事物，
进入陌生的未来的初期。
于是我们忘记
近处的不圆满和痛苦的矛盾，
灵魂
回归至未见之地的河岸，
那里的流年
在白昼消失的夜里宛如荷花花蕾
在自己的中间隐匿。[①]

这首诗语言朴实，描写生动，绘声绘色。全诗共计三节。第一节写婚礼的热闹场面，第二节写高亢的唢呐音乐，第三节写诗人面对这种景象的内心感受——他觉得，这乐曲使我们"进入陌生的未来的初期"，使我们"忘记近处的不圆满和痛苦的矛盾"，使我们的灵魂"回归至未见之地的河岸"。这种感受是诗人特有的，是深层次的，是非同一般的。

除了诗歌之外，他在这个时期还写下了三篇短篇小说，即《星期天》《最后的故事》和《实验室》，收入《三个伙伴》（1940）出版。与此同时，他还出版了用朴素、生动的文字写成的一本回忆录，回忆自己的童年和少年时代，题名《少年时代》（1940）出版。在这本书的序言中，作者把它和1911年写的那本《生活的回忆》作了如下比较："这部作品的少量内容，在《生活的回忆》中可以找到。但两者的味道是不一样的，两者的区别，如同湖泊和清泉的区别。《生活的回忆》是故事，而《少年时代》是鸟啼。前者在书箧里，后者在树上显现。果实是由四周的枝叶簇拥着现身的。它的简单轮廓，出现在最近写的一部诗集中。这

① 董友忱，主编．泰戈尔作品全集[M]．北京：人民出版社，2015（12）：215-219.

部诗集的名字是《儿歌之画》。诗集中既有未成年人的，也有成年人的一些絮叨。其中表现的快乐，大部分属于幼稚的梦想。而在这部作品中，孩子说话用的是散文语言。”①

① 董友忱，主编．泰戈尔作品全集[M]. 北京：人民出版社，2015（13）：865.

在病榻上

1940 年的秋天来临了。这是泰戈尔一生度过的最后一个秋天。他热爱这个多彩的、收获的季节。9 月 19 日，他离开圣蒂尼克坦，又来到边境小城葛伦堡，住进高里普尔别墅。在这里，他一面享受亲人无微不至的照料，一面坐在椅子上欣赏美丽的秋景，眺望清澈蔚蓝的天空和连绵的碧绿山峦，感到心旷神怡。但 9 月 26 日，他突然因前列腺症病倒，又一次完全失掉了知觉和意识。然而，此地远离加尔各答，一时难以请到印度医生抢救，只好先到大吉岭去找英国医生。态度傲慢的英国医生诊断为肾脏病，主张马上进行外科手术。正当为难之际，加尔各答的印度医生团赶到，决定把他送回加尔各答治疗。29 日他回到加尔各答，在将近一个半月的时间里，他都住在焦拉桑科的祖宅里。两天之后，甘地派他的秘书前来问候。泰戈尔当时既不能听，也不能说，心情激动异常，热泪夺眶而出。他的儿媳普罗蒂玛在场，见此情景，深为感动。据她后来回忆，这是她第一次看见父亲眼里落下泪来。泰戈尔在什么情况下都有坚强的自制力，无论多么悲伤从不哭泣。现在，堤防好像崩塌了。

普罗蒂玛在《涅槃》一书中对他这段生病卧床的情况，作了最可靠的详细描述，其中写道：第一个月（10 月）泰戈尔的神志一直处于昏睡状态，有时清醒了，随后又沉睡过去；从第二个月开始他完全恢复了神志，并且口述儿歌和诗歌，他身边的人便负责记录这些作品。医生们的意见是，危险期虽然过去了，但是不可能恢复到以前那种健康状态了。他们同意在 11 月把他送往圣蒂尼克坦。那里有空旷的环境和清新的空气，一接触这一切，他的身心就会清醒，就有可能恢复一些健康，也有可能像以前那样散步。他住在加尔各答时，写了若干首诗，后来都以《病榻集》的书名出版。这部诗集和《康复集》里的很多诗，都是为那些爱戴他和照顾他的男女服务人员写的。

由于医务人员和亲人的尽心医疗和护理，他不久就能坐起来，也能听能说了。不过，因为病情严重，年老体衰，身体机能始终未能完全恢复，握笔写字已经没有可能了。但是，诗人的头脑一刻也不能停止活动，心情一刻也不能平静下来。他不仅关心自己和身边的事情，而且焦虑祖国印度的命运（当时英国政府既强制印度参战，又不肯在政治上作出让步，不同意国大党立即成立“国民政府”的要求。因此，甘地于同年 10 月发起不合作运动，号召国大党党员在公共场所发表反战演说，结果数千党员被捕入狱）；不仅关心自己国家的命运，而且不忘饱受战争蹂躏的世界各国人民（他对混乱的世界感到无比痛心，他同情中国人民、苏联人民以及一切反法西斯势力的人们）。诗的韵律和语言不断地冲击着他的心田。于是，由自己口述，请别人记录的诗歌创作阶段开始了。如果我们在读他这些丰富多彩的诗篇时能想到，他当时正处在生命的垂危阶段，并忍受着剧烈的病痛，怎能不对他的才华和毅力感到无限惊异？

在这个伟大的宇宙里
痛苦的巨轮旋转着；
星斗崩裂；
光尘的火花，远远地四溅，
迅疾地飞散
把生存的烦恼包罗在
原始的网子里。
在痛苦的武库里
在通红的意识的架子上满挂着

响得叮当的拷打的刑具。
流血的创口张裂着。
人的躯体是细小的，
他的含辛茹苦的力量多么巨大。
在创造和混乱的合流里，
他为什么在沉醉于自己神威的神人们的可怕的贺宴上，
举起他的火灼的酒杯呢，——
呵，为什么扫聚这红泪的乱潮
来灌满他的泥土的躯壳呢？
从他的不可征服的意志里
他把无尽的价值带给每一段时刻。
人的祭献
他的肉体上燃烧的苦痛——
有什么东西能和
日星的整个火热的奉献相比呢？[①]

这是他口述的一首诗的前半部分，1940 年 11 月 4 日作于加尔各答他的祖宅焦拉桑科。他在这里似乎是把当时世界正在遭受法西斯匪徒蹂躏和人类正在经受痛苦熬煎的悲惨情景形象化了。这充分证明他所关心的范围是多么广大。人类苦难的根源何在呢？诗人没有给出明确的回答。但他坚信人类的意志是“不可征服的”，人类能够经受得起“肉体上燃烧的苦痛”，未来仍然充满光明。诗的结尾写道：

这般勇敢的不屈的财富，
这般无畏的坚持，
这般视死如归，——

① 泰戈尔 . 泰戈尔诗选 [M]. 谢冰心，石真，译 . 北京：人民文学出版社，1958：167-168.

像这样的凯旋的行进，千千万万，
踏着炭火
走向忧伤的极点——
在哪一条路上还有这样的追求的，无名的，光辉的
这样走在一起的香客？
这样的礼拜的净水，冲穿火成岩石，
这样无边的爱的宝藏？[①]

同被法西斯匪徒蹂躏的各国人民一样，诗人自己的病痛也非常剧烈，难以忍受。每天上午还比较好过，但一到下午体温就会上升，食欲减退，夜间常常不得安眠。然而他的意志十分顽强，不肯让人发觉他在受苦。据说几年前，他曾在睡觉时被一只大蝎子蜇了，疼痛异常。但他不愿惊动别人，强制自己忍住。他极力要把自己和肉体区分开来，心想疼的是这个肉体，不是自己本身。这样一来，痛苦果然渐次减轻，终于完全停止。如今他记起这个经验，又用全力来进行这个“分离”工作了。他后来只能吃些乳粥，而且越来越少。有一次听说给他的乳粥仅仅相当于两个月婴儿的食量，他觉得很有意思。自此之后，每当送进粥来，他总是幽默地问：“今天我是几个月的孩子？”

他与病魔战斗的顽强意志，他对现实生活的无限热爱，在他的诗歌里得到了最生动的体现。他不要职业护士的护理，因为她们对自己没有感情；要求家里亲人的照料，因为他们爱自己，自己也爱他们。这种爱给他以无穷的力量。他满怀深情地写过不少讴歌他们的小诗，下面是其中的一首：

夜深时节
在病榻的幻光中

① 泰戈尔．泰戈尔诗选 [M]. 谢冰心，石真，译．北京：人民文学出版社，1958：168.

呈现了清醒的你，
这对我仿佛是
数不尽的日月星辰
都在保证我微小的生命：
等到我知道你要离开我
恐怖就伸展到诸天，
那“万有”可怕的漠不关心的恐怖。①

亲人的照料使他感动，友人的关怀也令他欣慰。一筐橘子能够让他想起许多亲切的朋友，到底谁是这礼物的赠予者？

当我从睡中醒起
我发现一筐橘子在我脚边，
我正忖想谁能是这礼物的
赠予者；
我的猜测从这一名字飞到那一名字
但是美好的名字
像春花一样的繁多，
一切不同的名字联合起来
使它成为一件完美的礼物。②

以上提到的几首诗都收入1940年出版的诗集《病榻集》（收入39首诗）中。该诗集卷首还有一首短诗：

凡世执掌康复的女神
居住的生活的内宫里，

---

① 泰戈尔．泰戈尔诗选[M]．谢冰心，石真，译．北京：人民文学出版社，1958：169.

② 泰戈尔．泰戈尔诗选[M]．谢冰心，石真，译．北京：人民文学出版社，1958：171.

飞禽走兽林木藤萝，
时时受到无形的照拂，
她以轻柔的摩挲缓解衰朽中死亡的折磨，
传播治愈痼疾的福音。
我在两位女性的温柔、健美的姿态中
看见她的转世再现，
我把不灵便的笔所编串的
第一个松散的韵律的花环送给她们。[①]

这首诗表达了他对看护自己的亲人的感激之情，其中所说的“两位女性”，据说是指依蒂达·克里巴洛尼和奥米达·泰戈尔，前者是他的外孙女，后者是他的侄孙女。

① 董友忱，主编.泰戈尔作品全集[M].北京：人民出版社，2015（13）：5.

《康复集》和《生辰集》

顽强的战斗意志和热情的生活态度给他以力量，使他一度脱离危险，有时竟能离开病床，坐在扶椅上，沉入他所热爱的回忆与冥想之中。他回顾自己走过的道路，思考祖国和人类的未来，并用诗的形式表达出来。1941 年初先后出版的两册诗集《康复集》和《生辰集》，汇集了这一时期的作品。其中的两首诗，即《康复集》第 10 首和《生辰集》第 10 首特别令人瞩目，值得细细品读。

《康复集》（收入 33 首诗）卷首有一首短诗：

许多人走进我人生的第一个早晨——
有游伴，有好奇者，
有的帮我做事，有的制造麻烦。
今日在这清贫的时辰，
在倦乏黄昏的憔悴微光中，
身边只有你们高擎华灯，
在起航前倾诉河岸的离情别绪。
你们是同行的朋友，
如同在暮色中隐逝的路上
旅人疲惫的最后时刻的晚星。[①]

这部诗集描绘的是诗人在养病期间的种种思绪，种种感受。其中

① 董友忱，主编 . 泰戈尔作品全集 [M]. 北京：人民出版社，2015（13）：43.

第10首诗是1941年2月13日上午口述的。在这首诗里，诗人高瞻远瞩，纵观印度上下几千年的历史长河，发现一个不可违抗的历史规律：无论是古代印度的征服者（如帕坦人、莫卧儿人），还是现代印度的征服者（英国人），尽管他们趾高气扬，不可一世，但是命运终究不会长久。前者早已化为灰烬，后者也必步其后尘，只有劳动人民才是印度真正的主人。

当我在这大地上举目四顾，
我看见许多群众
纷乱地移动着，
在分歧的路上三五成群
从世纪到世纪，
被人类的生和死的日常所需驱策着。
他们，永远地
打着桨，掌着舵；
他们，在田地里，
播种，收割。
他们不停地劳动着。
王笏破裂了，战鼓也不再敲；
胜利的柱子崩裂，痴呆地忘掉了自己代表的意义；
血斑的武器，血红的眼睛和面庞，
把他们的记录隐藏在儿童的故事书里。
他们不停地劳动着；
在安伽，在般伽，在羯陵加的河海的石阶边，
在旁遮普，孟买，和古吉拉特。
亿万的雷霆般嘈杂的声音
日夜交织在一起，
形成这伟大世界生活的共鸣。

不断的忧伤和快乐夹杂在
高唱的生命伟大的颂歌中。
在千百个帝国的废墟上，
他们不停地劳动着。①

他认为，人民的劳动看起来很平凡，并不伟大，很琐碎，并不辉煌，但永远不会停息，永远不会消亡。这铁的事实雄辩地说明了它所具有的无穷无尽的力量。

此外，也有的诗是他对自己人生的回顾。如第 16 首：

时光流逝，我静坐着沉思：
哪些生活的赠品已经浪费？
哪些已偿还？哪些该保存？
哪些物品保管不善已经耗损？
得到了哪些该得的，赠送了哪些该馈赠的？
哪些是最后的川资？
来了又去的，他们的摩挲
织进了哪支情歌里？
乱了方寸，未认清人，
心中忽然响起离别的足音。
也许并不熟识，
谁给予原谅，便悄然离去？
我如果错误地批评了何人，
我不在人世，他会表示愤恨？
人生的织锦已经脱散，
缀补没有时间。

① 泰戈尔．泰戈尔诗选 [M]. 谢冰心，石真，译．北京：人民文学出版社，1958：171-172.

人生终点留下的永恒爱情中，
若有我不受尊重的伤痕，
我一再想，
就让我的死亡之手治愈那创伤吧。[1]

这表明诗人的生活态度是严肃认真的，对自己的解剖丝毫不留情面，直到生命临近终点仍在清算一生所犯的过失。

这部诗集的最后一首诗——第 33 首诗既含有与人世告别之意，但又要在此之前“看清今生的真正含义”。全文如下：

轻轻垂落吧，这个“我”的帷幕！
悟彻的圣洁灵光啊，
穿过迷雾，
耀亮甜美的真实！
在芸芸众生中，
让永生之人喜悦的光芒
洒满我的心田！
人世间的怒吼沉寂了的天堂里，
让我见到恒久的安宁！
将行乞的不安分的人群、
生活中庸俗的繁杂
和载负社会哄抬物价的虚伪媒介
推得远远的，
跨过今世的界限之前，
让我看清今生的真正含义！[2]

① 董友忱，主编 . 泰戈尔作品全集 [M]. 北京：人民出版社，2015（13）：5.
② 董友忱，主编 . 泰戈尔作品全集 [M]. 北京：人民出版社，2015（13）：72.

《生辰集》共计收入29首诗，其中有些诗曾经在期刊上发表过，有些诗是初次发表。如果说《康复集》第10首是诗人对印度劳动人民的热情颂歌，那么《生辰集》第10首则是诗人对自己和印度劳动人民关系的深刻总结。当回顾自己几十年的创作生涯时，他并没有满足于已有的成绩，陶醉于既得的荣誉，而是承认自己对包罗万象的世界实在缺乏了解，在所有不了解的事物中，最不了解的是人们的心灵，在不了解的人们的心灵之中，最不了解的是劳动人民的心灵。

农民在田间挥锄，
纺织工人在纺织机上织布，
渔民在撒网——
他们形形色色的劳动散布在四方，
是他们推进整个世界在前进。
从我上等社会地位的祭坛上，
从我荣誉的永久流放所的窄小窗口
我并不能全部看到他们。
有时我也曾走近他们住所的围墙，
却没有那种勇气跨进他们的院子。
如果一位诗人不能走进他们的生活，
他的诗歌的篮子里装的全是无用的假货。
因此，我必须羞愧地接受这种责难：
我的诗歌的旋律有着缺陷。
我知道，我的诗歌，
虽然传布四方，却没有深入到每个角落。

因此，我在等待着一位诗人——
他是农民生活中的同伴，
他是他们工作、谈话中的亲人，

他和土地更加亲近。
在文学的盛宴中
让他来供献我不能奉献的一切。
让他不要只用空虚的形式来欺骗人们的眼睛。
只盗窃文学的荣誉而不偿还以真正的价值是要不得的。

来吧，诗人！你普通人的，
沉默的心的诗人！
来解放他们内心的痛苦吧，
用你音乐的甘露
洒遍这没有活力，没有歌声的死乡，
这被污辱的烈焰烧干了无欢乐的沙漠之国。
打开他们隐藏在心灵深处的泉源吧，
让那些无论在欢乐或悲哀中哑默无声的，
让那些在世界面前垂头站立的，
让那些被社会屏弃的——重新发出声音！
在文学大合唱的盛会上
让他们的单弦同样受到尊重。
呵，你有才华的诗人，
成为他们的亲人吧！
让他们在你的荣誉里找到他们的荣誉，
我将是第一个
一再向你敬礼，对你衷心欢迎。①

这首诗写于 1941 年 1 月 21 日上午。泰戈尔的诗歌的确同印度劳动人民隔着一段距离，尽管其中也曾偶尔闪现出一些善良、勤劳、受

① 泰戈尔 . 泰戈尔诗选 [M]. 谢冰心，石真，译 . 北京：人民文学出版社，1958 ：568-569.

苦受难的劳动者的身影，可是毕竟未能走进他们的生活，深入他们的心灵。然而，作为一个出身于贵族地主家庭，长期接受上层阶级教育，又已获得世界荣誉的诗人，在他临终之际，能够这样清醒地认识劳动人民推动历史前进的地位和作用，这样尖锐地指出自己同劳动人民若即若离的关系，明确地承认自己诗歌创作的严重缺陷，是难能可贵的。非但如此，诗人还力图补救这个缺陷，知道自己已经失去机会，于是就把希望寄托在后来人的身上，愿他们是“农民生活中的同伴”，是“他们工作、谈话中的亲人”，并“和土地更加亲近”，“在文学的盛宴中，让他来供献我不能奉献的一切”。

不言而喻，泰戈尔得出这样的结论并非由于他阅读了什么新的理论著作，而是由于他善于观察生活现象，总结生活经验。这并不能认为他临终之前突然改变了自己的信仰，而是说明他随着年龄的增长，认识日益扩展，感受次第加深，在理解人民在历史中的作用这一点上得出了新的结论。毫无疑问，这两首诗标志着泰戈尔思想的新的跃进，在他的诗歌宝库中大放异彩。

此外应当指出，这首诗在表现方法上也有值得提及之处，即它所表现的内容虽然是概括的、抽象的，它使用的语言却是具体的、形象的，留给读者的印象也是深刻的、持久的。例如，为了说明社会地位和社会荣誉使诗人脱离劳动人民的道理，他写道：“从我上等社会地位的祭坛上，从我荣誉的永久流放所的窄小窗口，我并不能全部看到他们。有时我也曾走近他们住所的围墙，却没有那种勇气跨进他们的院子。”这种表现方法非常巧妙。

最后还有必要引出《生辰集》的第 3 首诗。在这首诗里，诗人在迎接自己生日时，特别想到当年访问中国时，在中国过生日的美好情景。这表明中国在他的心目中占有非同寻常的地位：

在我生日的水瓶里
从许多香客那里

我收集了圣水，这个我都记得。
有一次我去到中国，
那些我从前没有会到的人
把友好的标志点上我的前额
称我为自己人。
不知不觉中外客的服装卸落了，
内里那个永远显示一种
意外的欢乐联系的
人出现了。
我取了一个中国名字，穿上中国衣服。
在我心中早就晓得
在哪里我找到了朋友，我就在哪里重生，
他带来了生命的奇妙。

在异乡开着不知名的花朵，
它们的名字是陌生的，异乡的土壤是它们的祖国，
但是在灵魂的欢乐的王国里
他们的亲属
却得到了无碍的欢迎。①

《生辰集》是诗人在世时出版的最后一部诗集，而《儿歌集》虽然在他去世后才得以问世，但在他生前就已经着手印制了。《儿歌集》（1941 年）收入 11 首诗，采用活泼、风趣、幽默、讽刺、夸张的笔调描绘日常生活中的一系列场景，令人忍俊不禁。例如，第 9 首诗（1940 年 3 月 17 日写于圣蒂尼克坦）描写几家报纸之间展开的无聊的激烈论战，全文如下：

① 泰戈尔．泰戈尔诗选 [M]. 谢冰心，石真，译．北京：人民文学出版社，1958：179-180.

今天是星期日，报纸增加版面，
邮差送来的一沓报纸充满
城市的流言蜚语和马路消息，
幽默的话谁也不肯少说一句。
《茄子》报说，一队队，一群群，
库兹郎地区来了旁遮普的牧牛人。
他们说，如今是社会进步的年代，
放弃农村养牛传统的日子已经到来。
从今天起，夜尽天明，在这个
牛圈里开始上小学预备班的课。
他们全当老师，告别四小时堆放
两大堆青草、稻草、稻糠的行当。
吞进肚子的各种书本知识中
包含老牛、小牛哞哞的叫声。
改变千百年拉扯牛尾巴的老习惯，
捶打小学生的后背，心里会很舒坦。

《棍棒》报愤怒地写道，开玩笑——
七八篇文章先后在《茄子》报上发表，
每篇文章都同文明社会唱对台戏，
文章中的观点是想把进步的大门关死。
《架子》报说牛粪饼应大力推广，
城里每家每户烧牛粪饼煮饭炖汤。
烧牛粪和煤，好比猫鼬和蟒蛇，
让查里亚煤炭公司破产，关门上锁。
盛大的灯节在塞内特豪斯考场欢度，
一个无边的谜覆盖着都市的胸脯。
“囤积牛粪饼”这道命令一下，

市政委员会的收入必将大大增加。
养牛的人把牛尿灌满盆盆罐罐，
将省下为奶里掺水打官司的多少钱！
《茄子》报文章中的讽刺令人恼火，
他们把锅灰往漂亮的脸蛋上乱抹。
这类讽刺说明他们的头脑不值钱，
印度这个国家已乱得不能再乱。
《棍棒》报的厉声训斥刚刚结束，
《茄子》报笑了笑，又投入战斗
说，这世上玩笑归玩笑，兄弟——
《棍棒》报，你得暂时放下棍子，
你不是老师，只擅长新闻编排，
因此，你欠下国家的一屁股债。
教育事业，你从来不放在心上，
这德行决定你只配在牛群里瞎忙。
眼看这两家报纸吵架动了火气，
忠实的读者吓得不敢再言语。[①]

在《儿歌集》之后，还有一部诗集在他去世不久出版，即《后写集》。这部诗集收录了他最后创作的一些诗歌，共计15首。罗廷德罗纳特·泰戈尔为该诗集写了一份说明，兹摘录如下：

父亲大人走了，他没能为这部诗集命名。

《后写集》中有几首诗是他亲笔写的；很多首诗是他躺在床上口授的，在他身边的人将这些诗记录下来，然后他进行了修改并且同意发表。

① 董友忱，主编．泰戈尔作品全集[M]．北京：人民出版社，2015（13）：141-142.

《前面是宁静的海洋》这支歌，是为演出《邮局》而写的。这一次演出计划没能实现；这首歌在他的遗体火化后吟唱过，尊敬的父亲大人表达过这种意愿。依据这个意愿，他去世后（1941 年斯拉万月 22 日）的晚上，在圣蒂尼克坦的神庙里和斯拉万月 22 日在圣蒂尼克坦举行葬礼时都分别唱过。

…………

《喜结良缘的五周年之际》这首诗是为侬蒂达女士结婚五周年而创作的。

《今日是你生日的布施的节日》这首诗是为侬蒂达女士的生日而创作的。

《哀伤的黑夜一次次》这首诗是父亲大人口授，并且后来经他修改过的。

《覆盖你的创造道路》这首诗同样也是父亲口授，但是已经没有时间和机会对其进行修改了。[①]

在写作这些严肃认真的诗歌的同时，他还口述了不少故事、寓言和童谣，其中充满瑰丽的想象和奇特的幽默，令人难以想象作者是个生命垂危的人。这些作品集为一册，同年以《故事集》的名字出版。

① 董友忱，主编. 泰戈尔作品全集 [M]. 北京：人民出版社，2015（13）：926-927.

《文明的危机》

1941年5月7日这一天，在泰戈尔生活史上具有重要意义。这一天是他80岁的生日，同时也是他发表最后一次公开讲演的日子。讲演的题目是“文明的危机”。这篇讲演稿当即以小册子的形式在圣蒂尼克坦出版，作为献给他80大寿的礼物。据记载，当天傍晚，在圣蒂尼克坦北寓所的院子里聚集了在静修院居住的师生和前来祝贺的客人们。泰戈尔虽然亲临会场，但是由于身体过度虚弱，不能亲自讲话，只好请基迪莫洪·森替他宣读了这篇讲演稿。在庆典的最后，人们诵唱了歌曲《这位伟人来了》。

当时世界正处在一个艰难困苦的时期，面临着西方资本主义“文明”的危机。这篇讲稿综述了作者一生对西方“文明”（主要是英国“文明”）从信仰到失望的过程，是他留给印度人民的宝贵遗书。

《文明的危机》一开篇便感慨万端地写道：“今天我八十岁了，我眼前呈现人生的广阔领域。我目光淡然地从一端望见最前面的地平线上生活起步的情景。我感到我的人生历程和整个国家的思想轨迹断为两截，断裂自有其痛楚的缘由。”

全文内容可以归纳为以下七个要点：

一是回忆他们这一代人过去对英国文明的深切信赖——

“我们直接通往伟大的人类世界的桥梁，是当时的英国历史……诚然，我们开始探索祖国独立的道路，但心里总相信英国的开明。那种信念是如此坚深，以至我们的先驱们一度认为，失败民族的独立之路会因征服民族的仁慈而变得宽广。产生那种信念的背景是，英国曾经有过被压迫民族的庇护所，有过为民族尊严献身的志士仁人的尊贵席位。我在接触过的英国人的品行中，看到人类友谊的纯真，因此怀着由衷的敬意，让他们坐在我珍贵的心座上。当时，帝国的疯狂尚未玷污英国人本性的友善。”

二是回忆他自己过去对英国文明的深切信赖——

“少年时代我曾在英国学习，在议会内外的会议上听过约翰·白莱特的演讲。我从中听到了英国人隽永的心声。那演讲中昭示的宽广胸怀，超越一切民族的狭隘界限，影响深远，我至今记忆犹新。‘至美’迷途的今天，我依然珍藏着当年的回忆。依靠别人固然不是光荣的事，然而，在阅历尚浅的年月里，我们看到的人性的崇高形象，哪怕是在外国人身上表现出来的，也敬重地毫不迟疑地接受了，这还是值得称道的。其原因在于，人最美好的东西，不可能囿于某个狭隘民族的范围内，绝不是守财奴关闭的库房里的财物。所以，我从中汲取了富有营养的英国文学的胜利号音，至今在我心田回响。

“我刚踏上人生旅途的时候，受过英国教育的知识分子心里，正蔓延着反叛外在礼教的情绪……我们糅合文明理想和英格兰民族特性，用以取代善行。在我们的家庭中，无论是宗教观点、社交方式，还是理性的家教等方面，这种嬗变被全盘接受了。我就是在那样的文化氛围中出生的。我们爱好文学的天性，合乎情理地把英国人扶坐在高位上。这是我人生的第一阶段。”

三是印度的严酷现实使他感到异常痛苦——

“之后，出现了异常痛苦的隔阂。我时常发现，承认文明是从心灵之泉喷涌出来的一些人，为欲望所驱使，肆意破坏文明。

“有一天，我冲破意蕴深厚的文学作品的包围，走到书斋外面。我面前印度民众的极端贫困是那样触目惊心。对于身心不可缺少的食品、衣服、饮用水和教育的严重匮乏，在世界上实行现代统治的任何国家，是不会出现的。而印度，一百多年来不得不为英国提供了大量财富。我专注地回顾文明世界的业绩的时候，无法想象打着文明旗号的人类理想会有如此悲惨的变态。最后，我察觉到，这种变态暴露了文明国家对别国亿万群众的无限冷漠和鄙夷。”

四是他把印度的命运与其他国家的命运加以比较，越发看清印度命运的悲惨——

“英国依仗机器动力维持其世界霸权，印度却被剥夺了充分使用机器的权利。我看到日本广泛使用机器，在各方面迅速富强起来。我曾亲眼目睹日本的繁荣和日本国内的文明统治。在苏联首都莫斯科我看见，劳动群众为普及教育、提高全民的健康水平，不遗余力地工作，荡涤着辽阔的沙俄帝国的愚昧、贫穷和自卑自贱。他们的文明捐弃民族歧视，处处扩展着真挚的人际关系的影响。访问莫斯科时，苏俄出色的行政管理，令我赞叹不已。我注意到穆斯林和非穆斯林之间没有围绕国家权力分配爆发冲突；统治制度起着真正维护双方的共同利益的作用。目前，主要是两个国家——英国和苏联，拥有对其他众多国家施加影响的国力。英国一向扼杀其他民族的斗志，使之一蹶不振。但苏联政府与沙漠地区几个游牧的穆斯林民族建立了同盟关系。我可以作证：他们从各方面使少数民族强盛的努力，是始终如一的。我读了有关的书籍，见过苏联政府尽力将他们培养成合作者的事例。这种政府的影响，从任何意义上说，都不是粗暴的，也不会损害人性。那里的统治，绝非外国势力的碾压机般的可怕奴役。

“此外，我看到觉醒的波斯国被两个欧洲国家蹂躏的时候，千方百计增强自身的力量，终于免受欧洲的疯狂进攻的獠牙的啃咬。早先拜火教徒和穆斯林之间残酷的拼杀，已在文明统治下完全平息了。否极泰来的主要原因，是他们冲出了欧洲国家的阴谋之网。我衷心祝愿波斯国繁荣昌盛。

“在我们的邻邦阿富汗，教育和社会政策的意义深远的优越性尚未显露，但显露的可能性完好无损；唯一的原因，是炫耀文明的欧洲国家征服不了它。阿富汗在发展和自由的道路上阔步前进。”

五是他明确地指出英国文明的实质是掠夺和奴役——

“外国人的文明，你愿意称之为‘文明’的话，我深知它掠夺了我们的什么珍异。它手持棍棒炮制的东西，名之曰法律和秩序，是地地道道的舶来货和护门神。西方国家的文明已没有慎重对待民愤民怨的耐心，它向我们显示的是武力，而不是自由的本相。实际上，人与人的关系最为珍贵，堪称真正的文明，而西方文明的悭吝，严重阻塞了印度人民发展的道路。”

六是他庄严地宣告自己对英国“文明”信念的彻底破产——

“物换星移，天道无常。英国迟早要放弃印度帝国。但它留给我们的是怎样的一个印度呢？一堆可怜的贫困的垃圾？一百多年的统治之河干涸之时，宽阔泥泞的河床承载着惨不忍睹的荒凉？在人生的起点，我由衷地相信欧洲心中的宝藏是文明的贡献；可是在行将辞别人世之际，我的信念彻底破产了。”

七是他对印度的现实虽然觉得十分痛心，但是对她的未来仍充满信心——

“我坚信救世主即将诞生在为贫穷所困扰的茅屋里，我期待他走出东方的地平线，携来文明的福音，对人们作出可信的承诺。我的人生之舟向彼岸驰去。在背后的码头上我遗留下什么？我看见了什么？是历史残剩的微不足道的文明的废墟？不错，对人类失去信心是一种罪过，一息尚存，我就该满怀信心。我希望，一场毁灭之后，满天的愁云惨雾将会荡然无存，红日东升的地平线将铺展洁净的历史篇章。不可战胜的人民踏上恢复尊严的道路，排除万难，胜利向前。我一贯认为：断言人性的失败无可挽回、永无尽头，无异于犯罪。”

这篇讲演稿最后以一首诗作结，这首诗进一步表明了他的乐观精神——

伟人冉冉降临，
遍野的芳草瑟瑟喜颤。
天国吹响法螺，

胜利的锣鼓响彻人间。
伟大的诞生日，
黑夜的城堡轰然倾圮。
莫怕！莫怕！莫怕！
在旭日喷薄的东山之巅，
这庄严响亮的呐喊
把新生活的美景展现。
胜利属于新的一代！
欢呼声回荡在明丽的蓝天。[①]

这篇讲演恰好可以同之前引用的两首诗——《康复集》第 10 首和《生辰集》第 10 首互相印证，说明泰戈尔这时不仅坚定地相信英国殖民主义者必将被赶出印度，而且对英国带给印度的所谓文明已经完全失掉信心，认为只有千千万万印度劳动人民才能真正支撑印度。

① 董友忱，主编 . 泰戈尔作品全集 [M]. 北京：人民出版社，2015（13）：908-914.

临终时刻

1941年5月13日凌晨3点15分，诗人口述了一首含义深远的诗歌，即《后写集》第11首，思索自己对世界和人生的认识，表示自己对真理的热爱和追求——因为在他的心目中，真理是“严酷”的，是“永不欺骗”的，具有“可怕的价值”，为获得真理必须“在死亡中偿还一切的债负”：

在茹卜那伦[①]的河岸上
我起来，清醒着；
这个世界，我承认，
不是一个幻梦。
在用血写成的文字里
我清楚地看到了我的存在，
通过重复的毁伤和痛苦
我认识了我自己。
真理是严酷的，
我喜欢这个严酷，
它永不欺骗。
为换得真理的可怕的价值，
在死亡中偿还一切的债负。[②]

① 茹卜那伦是孟加拉的一条河。这名字含有“神人的形象”的意思。——译者注

② 泰戈尔.泰戈尔诗选[M].谢冰心，石真，译.北京：人民文学出版社，1958：184.

孟加拉的夏季是难熬的，天气酷热，气候干燥，大地中的水气仿佛全被蒸发。这时，诗人衰微的体力似乎也已消耗殆尽。他的病情再度严重恶化，日益加剧的痛苦在摧残着他。从加尔各答定期前来出诊的医生主张把他送回加尔各答施行手术，周围亲友也表示赞同，他们一心想要抢救这个宝贵的生命，哪怕只有一线希望也好。诗人自己虽然已经预感末日来临，要求平安死去，可是终究抵挡不住别人的说服劝解，最后只好屈服。

7 月 25 日，他恋恋不舍地告别了圣蒂尼克坦，回到加尔各答焦拉桑科祖宅。两天之后，他口述一诗，即《后写集》第 13 首，内容如下：

最初一天的太阳
问
存在的新知
你是谁，
得不到回答。
一年又一年过去了，
这天的最后的太阳
在静默的夜晚
在西方的海岸上
问着最后的问题——
你是谁
他得不到回答。[①]

这首诗语言凝练，思想大胆，态度直率。所谓“你是谁”的问题，似乎依然是指生命和宇宙的终极真理何在。所谓“得不到回答”的结论，似乎是指自己始终未能掌握这个真理。诗人一生都在追求这个真理，

① 泰戈尔 . 泰戈尔诗选 [M]. 谢冰心，石真，译 . 北京：人民文学出版社，1958：185.

可是直到如今即将了结此生之际，仍然没有得到结果。如果说这是一个“悲剧”的话，那么这个悲剧其实不仅是他个人的悲剧，同时也是所有人的悲剧，是整个人类的悲剧。事实上，宇宙是无穷尽的，人们对宇宙的认识也是无穷尽的，每个人的认识都不能不受到他自身的条件、他所处的环境和时代的局限，即使是泰戈尔这样伟大的人也不能不受到一定的局限，更何况我们这样一般的人！

不过，诗人临到最后仿佛还是相信自己已经了解到这个真理，至少是一部分真理，这使他感到快慰，使他得以安息。从 7 月 30 日上午 9 时半，他临上手术台前口述的一首诗，即《后写集》第 15 首，可以得到证明：

你用不同的诡骗之网把你
创造的道路盖起，
你这狡猾者。
你用灵巧的手
在简单的生活上
安上伪信的圈套。
你用这欺骗
在“伟大”上留下一个印记；
对于他，夜不是秘密的。
你的星辰向他指示的道路，
就是他自己永远清醒的心的道路，
他的单纯的信仰
使他永远照明。
外面弯曲内里正直
他为此而自豪。
人们说他是无用的人。
他用自己的内心

赢得了真理
用他自己的明光洗净。
什么都不能骗走，
他带进他的仓库中的
最后的报酬。
他这从容地接受你的诡计的人
从你的手中得到了
达到安宁的永远的权利。[①]

诗中的“你”好像是指宇宙的主宰者，“他”好像是指诗人自己。“他用自己的内心赢得了真理”，“什么都不能骗走，他带进他的仓库中的最后的报酬”，他“从你的手中得到了达到安宁的永远的权利”，他感到满足了。泰戈尔平时口述作品，常常加以订正，仔细进行推敲。这次口述之后，记录的人读给他听，他也不十分满意，说有几个韵脚不够铿锵，需要修改一下；不过又觉得过于疲倦，不能构思了。他说：“这些日子，我真容易疲倦哪！医生们告诉我说，作完手术就会复原。算了，放着以后再改吧！”

10点半开始进行手术，到12点45结束。医生宣布：手术情况良好，病人体力之强出乎意料。这个消息立刻发表出去，并且用专电通知了甘地。然而，次日病情恶化，体温上升，脉搏加速，医生认为“不很乐观”。8月1日，病情又大为减轻，体温和脉搏恢复正常。8月2日，病情再度恶化，肠胃作痛，呼吸困难。此后几天，病情继续发展，逐渐增加咳嗽、噎嗝、水肿等新情况，到8月6日已经滴水不进，医生认为无望，要求准备后事。8月7日，病人哮喘不止，输氧也已无效，终于在中午12点13分逝世，享年80岁零3个月。

诗人曾在1939年12月3日写过一首动人心弦的歌曲，希望人们

① 泰戈尔．泰戈尔诗选[M]. 谢冰心，石真，译．北京：人民文学出版社，1958：187-188.

追悼他的时候演唱，即《后写集》第 1 首。遵从他的意愿，这首歌在圣蒂尼克坦礼堂追悼会上唱过，后来每年的这一天都会歌唱。让我们也以它作为告别诗人的结语吧：

前面是平静的海洋。
放下船去吧，舵手。
你们将是永远的伙伴，
把他抱在你的膝上吧。
在“无穷”的道路上
北极星将要放光。
自由的付与者，你的饶恕，你的仁慈
在这永远的旅程上
将要是无穷的财富。
让尘世的牵累消灭吧，
让广大的宇宙把他抱在臂间，
让他在他无畏的心中
认识到这伟大的无名作者吧。①

① 泰戈尔 . 泰戈尔诗选 [M]. 谢冰心，石真，译 . 北京：人民文学出版社，1958：189.

泰戈尔——多才多艺的文学家和艺术家

据不完全统计，泰戈尔一生辛勤劳作，共计写了65部诗集，约有10余万行；96篇短篇小说，15部中长篇小说；80余部剧本；大量关于宗教、哲学、社会、政治、教育、文学、艺术的论著；还有游记、日记、回忆录、书信等散文。此外，他还创作了两千多首歌曲和两三千幅美术作品。

泰戈尔在文学上的成就和贡献是巨大的、多方面的。他堪称近代孟加拉文学以至全印度文学的旗手。他的作品生动地反映了印度人民反对封建势力、反对殖民主义、争取民族独立和争取美好生活的强烈愿望。这是他的作品为广大孟加拉人民、印度人民和世界各国人民所热爱的根本原因。

泰戈尔首先是诗人。他在诗歌创作方面所取得的成就最大，他的诗歌享有盛名。印度和世界各国的泰戈尔研究者对于他的小说和戏剧的看法常有分歧，评价有高有低，但对于他的诗歌的评价都很高。他在印度被称为诗圣，也是世界上最伟大的诗人之一。他的诗歌创作长达70多年。他的诗歌尽情地抒发了他对丰富多彩的现实生活的无限热爱，生动地表现了他对苦难深重的祖国人民和世界人民的无限关怀。他的诗歌用流畅的孟加拉语写成，感情充沛，韵律优美，文字丰富。他的诗歌在内容上和形式上达到了多样化的程度，从内容上说有抒情诗、叙事诗、政治诗、咏物诗、爱情诗、儿童诗、哲理诗等，从形式上说有格律诗、自由体诗、散文诗、歌词等，犹如一座百花吐艳的大花园，各种不同形状、颜色和香味的花朵都有，随你喜爱什么。他既描绘大自然的种种景观，也描绘人类生活的各个方面；既表现人与自然的关系，也表现人与神灵的交往。尽管他也受到英国诗歌（如雪莱、济慈等人的作品）和其他欧洲国家诗歌的影响，但是他的诗歌主要还是植根于本民族艺术的土壤之中，从印度梵语诗歌（特别是《罗摩衍那》和迦梨陀娑的作品）和孟加拉诗歌中汲取营养。他在诗歌创作方面达到了自由的境地，驰骋的情思和独特的表现融为一体，构成印度和孟加拉人民喜闻乐见的新形式，给印度和孟加拉的诗歌开辟了新天地，并且通过译文在世界各国赢得了众多的读者，产生了广泛的影响。

泰戈尔也是小说家。他在小说方面所取得的成就仅次于诗歌创作的成就。他的优秀作品不仅代表了当时印度和孟加拉小说的最高水平，而且达到了当时世界小说的水平。他的小说在思想方面，对普通人寄予无限同情，而对权势者表示无比憎恨；在题材方面，不以历史故事为主，而是着重表现现实生活；在结构方面，不以传奇式的巧合取胜，而立足于矛盾、必然、合理的发展之上；在人物方面，不停留于表面的描述，而侧重于心理和性格的刻画。他从印度古典小说和故事中得到启示，并以西方近代小说为楷模，接受后者更多的影响。在中长篇小说方面，般吉姆琼德罗·丘多巴泰是他的先驱者，但他在题材上、写法上和反映时代精神上比般吉姆琼德罗·丘多巴泰提高了一大步。在泰戈尔以前，印度和孟加拉几乎没有现代意义上的短篇小说，因此可以说他是印度和孟加拉短篇小说的开创者。他在几乎没有前辈经验可资借鉴的情况下，写出了一系列作品，创立了印度和孟加拉近代短篇小说的形式。

泰戈尔又是剧作家。他的剧本也是多样化的。从形式上可以分为话剧、诗剧、歌剧、舞剧、音乐剧、象征剧、独幕剧和多幕剧等；从题材上可以分为神话传说、历史故事和现实生活等；从影响上看，有的偏重继承古代梵语戏剧和孟加拉民间戏剧的传统，有的则偏重接受西方近代话剧的影响，总的来看后者居多。他的剧本风格独特。从思想内容来看，他的剧本大部分具有社会、政治、哲理的性质，反映出先进与落后、压迫与被压迫的矛盾，表现了作者对生活和社会的见解，并且由于到处演出，在群众中影响很大，因而其意义不可低估。从艺术表现上说，他的剧本大多以发人深省的哲理和优美动人的抒情为特色，不以曲折紧张的情节见长。

泰戈尔还是散文家。他的散文数量众多，内容广泛，涉及诸多领域。作为文学家，其中特别值得关注的是他的文学性散文和文学性论文。前者如《生活的回忆》《少年时代》等，这些散文思想深刻，内涵丰富，语言精美，风格自然，形式多样，被认为是孟加拉和印度近代散文的典范。后者如《文学》《古代文学》《现代文学》《民间文学》和《文学之路》等，阐述了作者对于文学的本质、文学的目的、文学的源泉、文学的特性等根本问题的认识，其中包含许多真知灼见。

泰戈尔不仅是杰出的文学家，同时也是杰出的艺术家。他在音乐和绘画两个艺术领域显示了自己的才华。

他是作曲家。在他所创作的歌曲中，《印度的主宰》和《金色的孟加拉》分别被印度和孟加拉定为国歌。这在世界上是极其罕见的，甚至可能是绝无仅有的。他的歌曲不仅数量多，而且质量高，其特点是语言精练，旋律优美，大胆创新，自成一派。据说在印度，凡是说孟加拉语的地方，都可以听到他的歌曲。早在19世纪80年代，他便开始作曲，其后几乎终生不断。他的歌曲所表现的内容极为广泛，有的描绘丰富多彩的大自然，有的反映千变万化的现实生活，有的赞颂神秘莫测的神灵世界，有的歌咏至亲至爱的祖国印度和孟加拉，诸如此类，不一而足。他的音乐作品主要包含印度古典音乐、孟加拉民间音乐和西方音乐。泰戈尔从小受到印度古典音乐的深刻影响，在他家里每星期举办的祷告会都以歌唱《吠陀》和《奥义书》的赞美诗为中心。这种音乐令他感受颇深。他在孟加拉农村生活期间，对孟加拉民间音乐产生浓厚的兴趣。在多次访问英国时，尤其是早年访问期间，曾经热心阅读过莫尔的《爱尔兰歌曲集》一书，并且聆听过伦敦的音乐会。因此，在进行音乐创作中，他将印度的古典曲调、孟加拉的民间小调以及英国的音乐巧妙地融合在一起，既充分表现了古典曲调的典雅性，又充分表现出民间小调的简朴性，还融入若干外国音乐的因素，从而构成一种崭新的音乐，形成了独特的风格。

他是画家。他小时候就曾经练习过绘画，长大以后也偶尔为自己的诗歌配画，可是没有长期坚持下来。不过，他对绘画一直怀着浓厚的兴趣，写过美术评论文章，并与画家讨论过美术理论，发表过关于美术问题的文章和讲演。直到 64 岁，他又重新拿起笔来作画，并且怀着满腔热情投入这项新的工作，获得了丰硕的成果。他曾经多次在欧洲和美洲各大城市（如伦敦、巴黎、伯明翰、柏林、慕尼黑、哥本哈根、莫斯科、纽约、波士顿等）举办个人画展，受到专家好评。按照他的说法，他作画没有固定的程式，不想遵守陈规戒律，也不一定有意表达什么思想，而主要在于表现自己对韵律的体验。用他自己的话说就是："我的绘画就是线条的韵律，是诗化的线条。我的画如果有一天被人们认可的话，那也肯定是因为画中的节奏（韵律）被人们认可，而不是因为它阐明了某种思想或某种事实而被认可。"[①] "我的画作完全出于我对韵律的直觉体验，我只想享受线条和色彩和谐的组合带来的那份愉悦。要是能达到这个目的，我也就心满意足了。"[②] "人们常常问我，我的画表达了什么意思。我只能像我的画那样保持沉默。我的画自己会说，而不需要我来作任何说明。在它们的外表后面，并不存在什么隐秘的东西，也没有什么需要深究的思想，因此也不需要有文字说明。"[③] 董友忱先生认为，泰戈尔的绘画大致可以分为三类：第一类是描绘自然界各种景观的风景画，这类作品是他热爱大自然的形象体现；第二类是描绘各式各样人物的人物画，其中以女性肖像居多；第三类是具有象征意义的抽象画，其中有各种怪异的飞禽和走兽等。至于他的绘画属于什么流派的问题，恐怕难以勉强归入一个流派。如他的风景画具有现实主义味道，抽象画具有荒诞派色彩，而大写意画则接近抽象派。

---

① 董友忱，主编 . 诗人之画——泰戈尔画作欣赏 [M]. 上海：中西书局，2011：15.

② 董友忱，主编 . 诗人之画——泰戈尔画作欣赏 [M]. 上海：中西书局，2011：17.

③ 董友忱，主编 . 诗人之画——泰戈尔画作欣赏 [M]. 上海：中西书局，2011：18.

泰戈尔生平创作年表

1861 年

5 月 7 日生于加尔各答焦拉桑科祖宅，爱称“罗比”，正式名字为“罗宾德罗纳特”，是父亲代本德罗纳特·泰戈尔和母亲莎罗达苏多丽的第 14 子。

1868—1872 年

先后在东方学校、师范学校和孟加拉学校学习。1869 年练习写诗。

1873 年

2 月 9 日举行佩带圣线仪式（成人式）。

2 月 14 日—5 月 23 日随父亲前往喜马拉雅山。

1875 年

2 月在印度教庙会一周年庆祝会上朗诵诗歌《印度教庙会的礼物》，该诗刊载于《甘露市场报》。

3 月 8 日母亲莎罗达苏多丽去世。

从孟加拉学校转入圣泽维亚尔学校，不久退学。

在一次会上朗诵诗歌《大自然的悲伤》。

写作第一部长诗《心愿》（未发表）。

发表长诗《林花》（在《知识幼芽和镜子》上连载至 1876 年）。

1877 年

7 月 29 日泰戈尔家主办的杂志《婆罗蒂》创刊。

发表《帕努辛赫·泰戈尔诗集》（《婆罗蒂》）。

发表短篇小说《女乞丐》（《婆罗蒂》）。

发表中篇小说《科鲁娜》(《婆罗蒂》)。

1878 年

前往艾哈姆达巴德和孟买，为去英国留学做准备。结识安娜。

9 月 20 日随同二哥前往英国留学。在伦敦大学听课三个月。

11 月 5 日出版长诗《诗人的故事》。

1879 年

发表书信《旅欧书札》(在《婆罗蒂》上连载)。

出版长诗《诗人的故事》。

1880 年

2 月随同二哥二嫂一家从英国回印度。

3 月 9 日出版长诗《林花》。

1881 年

计划再去英国留学，但因故中途返回。

出版剧本《蚁垤的天才》。

出版诗集《暮歌集》。

1883 年

出版诗集《晨歌集》。

出版剧本《大自然的报复》。

出版长篇小说《王后市场》。

12 月 9 日与穆里纳莉妮结婚，在焦拉桑科祖宅举行婚礼。

1884 年

4 月 19 日五嫂迦东波丽服鸦片自杀身亡。

担任原始梵社秘书。

出版诗集《画与歌》。

出版诗集《帕努辛赫 · 泰戈尔诗集》单行本。

1886 年

10 月 25 日大女儿玛图莉洛达出生。

出版长篇小说《贤哲王》。

出版诗集《刚与柔》。

1887 年

带领妻子、孩子前往大吉岭。

1888 年

11 月 27 日大儿子罗廷德罗纳特出生。

出版剧本《虚幻的游戏》。

1889 年

出版剧本《国王与王后》。

1890 年

出版诗集《心声集》。

8 月 22 日随二哥前往英国。

11 月 3 日从英国回到印度。

从本年至 1898 年负责管理家族田地产业，前往什来多赫居住。同时创作 60 余篇短篇小说，其中 40 余篇在《实践》杂志上发表。

1891 年

1 月 23 日二女儿蕾奴卡出生。

出版散文《旅欧日记》。

1892 年

出版剧本《花钏女》。

1893 年

1 月 12 日小女儿米拉出生。

1894 年

出版诗集《金船集》。

1895 年

出版诗集《吉德拉星》。

1896 年

12 月 13 日小儿子绍明德罗纳特出生。

出版诗集《春收集》。

1897 年

出版散文《五元素》。

1898 年

移居圣蒂尼克坦，着手创办学校。

1899 年

出版诗集《微思集》。

1900 年

出版诗集《故事诗》。

出版诗集《幻想集》。

出版诗集《瞬息集》。

1901 年

出版诗集《祭品集》。

12 月 22 日圣蒂尼克坦学校正式成立。

1902 年

3 月将妻子、儿女带到圣蒂尼克坦居住。

6 月妻子穆里纳莉妮染病。

11 月 13 日妻子穆里纳莉妮去世。

出版长篇小说《眼中沙》。

1903 年

9 月 19 日二女儿蕾奴卡去世。

出版诗集《儿童集》。

出版诗集《叙事集》。

1905 年

1 月 19 日父亲代本德罗纳特去世。

10 月参加反对孟加拉分治的爱国民族运动，发表爱国歌曲和《告自治运动的被迫害者书》。

1906 年

出版诗集《渡口集》。

出版长篇小说《沉船》。

1907 年

11 月 23 日小儿子绍明德罗纳特去世。

1910 年

出版长篇小说《戈拉》。

出版剧本《国王》。

1911 年

出版剧本《邮局》。

出版诗集《献歌集》。

12 月发表歌曲《印度的主宰》。

1912 年

5 月 27 日起程访问欧美。

7 月 30 日在罗森斯坦家由叶芝朗读英文诗集《吉檀迦利》。

10 月由英国前往美国访问。

11 月在伦敦出版英文诗集《吉檀迦利》。

出版散文《生活的回忆》。

1913 年

4 月由美国返回英国。

9 月由英国回到印度。

11 月因英文诗集《吉檀迦利》等作品获得当年诺贝尔文学奖，消息传到印度。

12 月 26 日加尔各答大学授予荣誉文学博士称号。

出版英文诗集《园丁集》。

出版英文诗集《新月集》。

1914 年

1 月 24 日瑞典科学院举行诺贝尔奖授奖仪式。

出版诗集《怀念集》。

出版诗集《献祭集》。

出版诗集《歌环集》。

出版诗集《颂歌集》。

从本年至 1917 年在《绿叶》杂志上断断续续发表短篇小说十余篇。

1916 年

5 月访问日本。

9 月访问美国。

出版英文诗集《飞鸟集》。

出版诗集《鸿雁集》。

出版中篇小说《四个人》。

出版长篇小说《家庭与世界》。

1917 年

1 月从美国返回日本。

3 月从日本回到印度。

在国大党加尔各答年会上朗诵诗歌《印度的祈祷》。

1918 年

5 月 16 日大女儿玛图莉洛达去世。

出版诗集《遁逃集》。

1919 年

前往印度南方。

6 月 2 日在报纸上发表公开信，抗议英国殖民当局颁布的《维持治安法案》。

1920 年

前往印度西部。

5 月起程访问欧美，到达伦敦、巴黎、纽约等地。

1921 年

5 月从美国返回英国，走访伦敦、巴黎、日内瓦、汉堡、哥本哈根、斯德哥尔摩、柏林等地。

7 月从欧洲回到印度。

8 月发表“文化之汇合”的讲演。

9 月与甘地论争。

12 月 23 日，国际大学成立。

1922 年

2 月主持纪念莫里哀诞生 300 周年活动。

7 月主持纪念雪莱诞生 100 周年活动。

9 月前往印度西南部和锡兰。

出版剧本《摩克多塔拉》。

出版诗集《童年湿婆》。

1924 年

4 月至 5 月访问中国，途经上海、杭州、南京、济南、北京、太原、武汉等地，在北京多次发表讲演。

5 月从上海前往日本。

7 月从日本回到印度。

9 月起程访问秘鲁，但因病在阿根廷休养。

1925 年

1 月从阿根廷起程，经意大利等地回到印度。

发表《纺车礼赞》一文，与甘地就纺车问题论争。

主持印度哲学会第一次大会，并发表讲演。

开始绘画。

1926 年

5 月起程访问欧洲，抵达意大利、英国、挪威、瑞典、德国、捷克斯洛伐克、匈牙利、奥地利、南斯拉夫等国。

12 月途径埃及返回印度。

1927 年

3 月前往印度西部旅行。

夏天前往西隆避暑。

9 月起程访问东南亚，抵达新加坡、吉隆坡、印度尼西亚、泰国等地。

年底从泰国回到印度。

1928 年

前往科伦坡、班加罗尔等地疗养。

1929 年

3 月起程访问日本、加拿大。

7 月途经中国回到印度。

出版长篇小说《纠缠》。

出版长篇小说《最后一首诗》。

出版诗集《莫胡亚》。

1930 年

1 月前往印度西部。

3 月起程访问欧美，抵达巴黎、伦敦、柏林、日内瓦、莫斯科、华盛顿、纽约等地，多次举办个人画展。

1931 年

1 月从欧洲回到印度。随即投入火热的爱国自治运动。

出版诗集《森林之声》。

出版书信集《俄国书简》。

1932 年

2 月起程访问伊朗，其后途经巴格达回到印度。

9 月抗议英国殖民当局逮捕甘地，支持甘地在狱中的绝食斗争。

出版诗集《总结集》。

出版诗集《再次集》。

1933 年

出版诗集《五彩集》单行本。

出版中篇小说《两姐妹》。

1934 年

1 月就地震问题与甘地论争。

率领国际大学艺术团到印度各地和锡兰演出。

出版中篇小说《四章》。

1935 年

出版诗集《最后的旋律》。

出版诗集《小径集》。

1936 年

2 月就教育问题发表讲演。

前往印度北部。

10 月为甘地祝寿。

出版诗集《叶盘集》。

出版诗集《墨绿斋》。

出版诗集《错位集》。

率领艺术团到印度北部巡回演出。与甘地会面，甘地赠款并劝阻演出活动。

1937 年

2 月在加尔各答大学毕业典礼上发表贺词。

3 月参加孟加拉作家会议，并发表讲演。

4 月 14 日主持国际大学中国学院开设典礼，并作题为“中国和印度”的讲演。

9 月突发昏厥。

出版诗集《儿歌之画》。

出版诗集《边沿集》。

1938 年

出版诗集《晚灯祭》。

1939 年

出版诗集《戏谑集》。

出版诗集《天灯集》。

1940 年

2 月在圣蒂尼克坦会见甘地。

8月7日牛津大学授予荣誉文学博士学位。

9月3日在圣蒂尼克坦最后主持了一次雨季活动。

9月26日又一次昏厥。

出版诗集《新生集》。

出版诗集《唢呐集》。

出版诗集《病榻集》。

出版短篇小说集《三个伙伴》。

出版传记《少年时代》。

1941年

5月7日参加最后一次生日庆典，发表讲演“文明的危机”。

5月13日口述《后写集》第11首诗。

7月27日口述《后写集》第13首诗。

7月30日口述《后写集》第15首诗，随即施行手术。

8月2日病情恶化。

8月7日去世。

追悼会上人们演唱了《后写集》第1首诗。

出版诗集《康复集》。

出版诗集《生辰集》。

出版诗集《儿歌集》(去世后)。

出版诗集《后写集》(去世后)。

参考文献

[1] 董友忱，主编 . 泰戈尔作品全集 [M]. 北京：人民出版社，2015.

[2] 董友忱，主编 . 诗人之画——泰戈尔画作欣赏 [M]. 上海：中西书局 .2011.

[3] 董友忱 . 天竺诗人——泰戈尔 [M]. 北京：人民出版社 .2011.

[4] 唐仁虎，等 . 泰戈尔文学作品研究 [M]. 北京：昆仑出版社，2003.

[5] 刘安武，倪培耕，白开元，主编 . 泰戈尔全集 [M]. 石家庄：河北教育出版社，2000.

[6] 泰戈尔 . 泰戈尔十四行诗 [M]. 白开元，译 . 合肥：安徽文艺出版社，1998.

[7] 克里希那・克里巴拉尼 . 泰戈尔传 [M]. 倪培耕，译 . 南宁：漓江出版社，1984.

[8] 泰戈尔 . 泰戈尔作品集 [M]. 北京：人民文学出版社，1961.

[9] 迦梨陀娑 . 沙恭达罗 [M]. 季羡林，译 . 北京：人民文学出版社，1959.

[10] 泰戈尔 . 泰戈尔诗选 [M]. 谢冰心，石真，译 . 北京：人民文学出版社，1958.

[11] 尚会鹏 . 印度文化史 [M]. 桂林：广西师范大学出版社，2007.

[12] 林承节 . 殖民统治时期的印度史 [M]. 北京：北京大学出版社，2004.

[13] 季羡林，主编 . 东方文学史 [M]. 长春：吉林教育出版社，1995.

[14] 林承节 . 印度近现代史 [M]. 北京：北京大学出版社，1995.

[15] 吴于廑，齐世荣，主编 . 世界史 [M]. 北京：高等教育出版社，1992—1994.

[16] 陈峰君，主编 . 印度社会述论 [M]. 北京：中国社会科学出版社，1991.

[17] 季羡林，主编 . 印度古代文学史 [M]. 北京：北京大学出版社，1991.

[18] 黄心川 . 印度哲学史 [M]. 北京：商务印书馆，1989.

[19] 黄心川 . 印度近现代哲学 [M]. 北京：商务印书馆，1989.

[20] 马宗达，赖乔杜里，达塔 . 高级印度史 [M]. 张澍林，等译 . 北京：商务印书馆，1986.

[21] 辛哈，班纳吉 . 印度通史 [M]. 张若达，冯金辛，译 . 北京：商务印书馆，1973.

[22] 金克木 . 梵语文学史 [M]. 北京：人民文学出版社，1964.

[23] 周一良，吴于廑，主编 . 世界通史 [M]. 北京：人民出版社，1962.

[24] 中国大百科全书（第二版）[M]. 北京：中国大百科全书出版社，2009.

[25] 陈翰笙，主编 . 中国大百科全书・外国历史 [M]. 北京：中国大百科全书出版社，1990.

[26] 罗竹风，主编 . 中国大百科全书・宗教 [M]. 北京：中国大百科全书出版社，1990.

[27] 胡绳，主编 . 中国大百科全书・哲学 [M]. 北京：中国大百科全书出版社，1987.

[28] 我妻和男 . タゴール [M]. 东京：讲谈社，1981.

[29] K. クリパラーニ . タゴールの生涯 [M]. 森本达雄，译 . 东京：第三文明社 ,1978.

后记

泰戈尔是我最敬爱的外国作家之一，也是我因教学工作需要而重点研究的作家之一。屈指算来，从 20 世纪 80 年代初到 90 年代末，我先后发表了二三十篇有关泰戈尔的论文，出版了几本有关泰戈尔的小册子，还在几种自编和合编的东方文学教材上执笔了有关泰戈尔的章节。但是，由于我不懂泰戈尔的母语——孟加拉语，且当时所依据的有关泰戈尔的汉语和日语资料比较零碎，并且大部分资料不是直接译自孟加拉语而是译自英语，再加上我的理论水平和文学修养不高，使我对泰戈尔的理解受到很大限制。1983 年付梓的《泰戈尔传略》是我出版的第一本关于泰戈尔的书，也是我平生出版的第一本书。该书不仅在内容上有不少含糊、片面、不准确的地方，且受到一些极左思想的影响，而且因为当时我国尚未颁布著作权法，我又缺乏明确的著作权意识，所以在参照别人的著作内容（如 K. クリパラーニ著、森本达雄译《タゴールの生涯》、我妻和男著《タゴール》、郑振铎著《泰戈尔传》等书），引用别人（如谢冰心、郑振铎、石真、季羡林、金克木、谭云山、黄雨石、俞大缜、唐季雍、张梦麟、柳朝坚、尹召、陈珍广、黄星圻、殷衣、冯金辛、英若诚、瞿菊农、林天斗等先生）的评语和译文时，没有一一注明姓名和出处。在此谨向各位作者和译者致以诚挚的歉意。

2013 年，我主要依据刘安武、倪培耕和白开元先生主编的《泰戈尔全集》（河北教育出版社），编写了《泰戈尔——东西融合的艺术家》一书，由中国社会科学出版社出版。当时我以为该书可能是我对泰戈尔研究的最终成果了。之后，2015 年人民出版社又推出了董友忱先生主编的《泰戈尔作品全集》，这套书不仅材料更多更全，而且几乎全部译自泰戈尔的母语——孟加拉文。这些因素又促使我产生了进一步认识和研究泰戈尔及其作品的兴趣，其结果便是现在的这部书稿。

最后，我谨向本书参考书的作者和译者，向华中科技大学出版社和郭善珊、李静女士表示衷心的感谢！

何乃英

2018 年元旦写于北京师范大学越水书屋